Jan Rolfsmeier

AMRUMER
ZUKUNFTS-
WELTEN

Tod auf dem Bahndamm
Hark Petersens dritter Fall

Ein Küsten-Krimi

Amrumer Zukunfts-Welten
Tod auf dem Bahndamm - Hark Petersens 3. Fall
Copyright © 2019 Jörg Rüdiger (alias Jan Rolfsmeier)
Titelgestaltung: JR-Team
Titelfoto: Jörg Rüdiger

Verlag und Druck: tredition GmbH
Halenreie 42, 22359 Hamburg
https://tredition.de

ISBN Taschenbuch: 978-3-7482-9530-3
ISBN eBook: 978-3-7482-9548-8

Jan Rolfsmeier
AMRUMER ZUKUNFTS-WELTEN
Tod auf dem Bahndamm - Hark Petersens 3. Fall

Der Autor von „Amrumer Zukunfts-Welten" ist Journalist. Seine redaktionelle Laufbahn begann er als Volontär und Redakteur bei der Dithmarscher Landeszeitung in Heide. Er leitete als Chefredakteur Fachzeitschriften im Lebensmittelsektor und arbeitete als freier Journalist sowie als Autor von Studien für die Welternährungsorganisation. Zuletzt gründete und leitete er eine erfolgreiche Fachzeitschrift für die Lebensmittelindustrie. Als begeisterter Nord- und Ostseeurlauber schreibt er regionale Krimis mit Küstenflair. „Jan Rolfsmeier" ist ein Pseudonym.

Die Nacht über war es stürmisch geblieben. Schon am Vortag hatte der Wind deutlich aufgefrischt und sich bis zum Abend zu einem kapitalen Sturm aus Südwest aufgebaut. Orkanböen peitschten über das Meer, über die Inseln, die Deiche, die Köge und das Marschland. Sie schleuderten den Regen mit wütender Kraft fast waagerecht gegen alles in ihrem Weg, ließen ihn mit dem knatternden Geräusch kleiner Silvesterknaller gegen Fensterscheiben prasseln und durchnässten in Sekundenschnelle jeden, der sich ohne die richtige Kleidung hinausgewagt hatte. Die wenigen Unerfahrenen, die einen Regenschirm aufspannten, merkten umgehend, warum kein einziger Einheimischer einen Schirm dabei hatte. Der vermeintliche Regenschutz taugte kaum gegen waagerecht heransausende Tropfen. Außerdem fand der Sturm in nur wenigen Augenblicken seinen Weg unter den Stoff, klappte ihn nach außen, verbog das Gestell. Die Papierkörbe in den Urlaubszentren entlang der Küste füllten sich mit Regenschirm-Kadavern.

Auf den Halligen hatte man längst das Vieh auf den Warften zusammengetrieben, die Fensterläden geschlossen. Die Menschen dort hatten getan, was zu tun war. Nun warteten sie in ihren Häusern bei Tee und Grog auf das Abflauen des Sturms und das Abebben der tosenden See. Ohne große Sorge, aber doch mit einer gewissen Unruhe. Sturmfluten war man hier, auf den Außenlanden, seit jeher gewöhnt. Die, die sich jetzt aufbaute, würde nicht zu den schweren gehören. Zwei Meter über dem Mittleren Hochwasser waren für fünf Uhr morgens vorausgesagt. Das war nichts, worüber man sich hier, an der Küste, aufregt hätte. Es beeinträchtigte den Fährverkehr und ganz allgemein die Bewegungsfreiheit. Es hielt die Feriengäste vom Strandspaziergang ab. Aber sonderlich bedrohlich war es nicht.

Carsten Mewes liebte es, wach im Bett zu liegen, wenn der Sturm um sein kleines Häuschen herum heulte. Sein Herz ging auf, wenn eine Bö den Regen gegen das Schlafzimmerfenster peitschte oder ein Hagelschauer auf die Dachziegel direkt über seinem geräumigen Ehebett prasselte. Die mächtigen alten Bäume vor seinem Haus stimmten mit nur leichtem Rauschen in den Gesang des Unwetters ein. Sie hatten jetzt, Ende April, noch kein Laub angesetzt, boten den Orkanböen nur wenig Widerstand.

Was Carsten Mewes hingegen nicht liebte, gerade in solchen Nächten, das war die Frühschicht. Bereits um 3:30 Uhr würde der Wecker klingeln. Eine halbe Stunde später musste er aus dem Haus, um rechtzeitig auf dem Bahnhof von Niebüll zu sein. Pünktlich um 4:31 Uhr würde er die erste Lok in Richtung Westerland in Bewegung setzen.

Schon als Kind hatte Mewes, wie angeblich so viele Jungen, davon geträumt, einmal Lokführer zu werden. Er gehörte zu den wenigen, die diesen Traum hatten wahr werden lassen. Allerdings war es für ihn schon längst kein verwirklichter Traum mehr, sondern zum zermürbenden Alltag im Schichtdienst geworden. Je älter er wurde, desto mehr verblasste der einstige Traum gegenüber der Realität eines um 3:30 Uhr klingelnden Weckers. Besonders hart waren die Tage des Wechsels von der Spät- zur Frühschicht. So wie heute. Als das leise Fiepen des Weckers einsetzte, war er wach. Immer noch wach, wie er meinte. Er hatte das Gefühl, in dieser Nacht nicht eine Minute Schlaf gefunden zu haben. Doch der um das Haus tosende Sturm hatte sie wenigstens zu einer wunderschönen schlaflosen Nacht gemacht.

Im Zimmer war es stockdunkel. Dennoch fand Carsten Mewes' Hand die Austaste seines Weckers sofort und drückte sie, bevor das Fiepen anschwellen und Claudia wecken würde. Seine Frau schlief tief. Das hörte er an ihrem ruhigen, gleichmäßigen Atem. Sie hatte sich längst an seinen Schichtdienst gewöhnt und wachte nur noch selten auf, wenn er am frühen Morgen aus dem Bett musste oder erst spät am Abend hineinkroch. Auch sonst erweckte er schon seit Langem kaum noch etwas in ihr, schlich es sich ihm als bedauernder Gedanke in den Kopf. Sie lebten mehr nebeneinander als miteinander. „Zwei Züge im Leben, die dieselbe Strecke fuhren, die aufeinander getaktet waren, sich dabei aber niemals trafen", dachte er, während er die Bettdecke zur Seite und seine Füße in die Filzpantoffeln schob. Trotz der bleiernen Müdigkeit musste er über diesen, ihm ungewohnt philosophisch anmutenden Gedanken grinsen, während er in die Küche schlurfte und die Kaffeemaschine anstellte. Der Kaffee würde durchlaufen, während er im Bad war. So früh am Morgen war jede eingesparte Minute ein kostbares Gut.

Ein Ast des großen Apfelbaums schlug zeitgleich mit einer kräftigen Regenbö unvermittelt gegen das Badezimmerfenster. Carsten Mewes schreckte zusammen, fuhr dann aber achselzuckend mit dem Zähneputzen fort. Es stürmte immer noch kräftig, mittlerweile aus Nordwest. Das hob seine Stimmung. In gut einer Stunde würde die Flut ihren Höchststand erreichen. Sturm und Flut – das versprach Wellen bis hoch hinauf auf die Flanken des Hindenburgdamms und hochgespritzte Gischt auf den Scheiben der Lok. Bei diesen Verhältnissen würde es ihm erscheinen, als führe er die acht Kilometer Seestrecke nach Sylt hinüber direkt durch ein aufgewühltes Meer. Ein bisschen Abenteuer, ein klein wenig Unabwägbarkeit in einem sonst eher eintönigen, von Fahrplänen und Schichtwechseln unbarmherzig strukturierten Alltag. Schade, dass die Sonne auf der Hinfahrt noch nicht aufgegangen sein würde. Doch auch so würde es ein Erlebnis sein, insbesondere, wenn ihm kurz vor der Insel die Bahn aus Westerland entgegenkommen würde und beide mit ihren Scheinwerfern die Strecke und die See beleuchteten. Auch die Rückfahrt, dann schon im ersten Tageslicht, versprach trotz ablaufenden Wassers noch aufregende Blicke auf eine tosende See.

Der Kaffee war bereits durchgelaufen, als Carsten Mewes in die Küche zurückkehrte. Gewaschen und frisch rasiert, fühlte er sich jetzt schon viel wacher. Er füllte zwei gehäufte

Teelöffel Zucker in seinen großen Morgenbecher, goss den heißen Kaffee darauf, rührte um und kippte dann so viel Milch nach, dass das Getränk immer noch heiß, aber doch zügig zu trinken war. Das reichte ihm als Frühstück. Mehr bekam er um diese Uhrzeit ohnehin noch nicht hinunter. Nach seiner ersten Rückkehr des Tages, kurz nach sechs, würde er sich am Bahnhof in Niebüll ein ofenwarmes belegtes Brötchen holen, bevor es dann wieder hinüber nach Sylt gehen würde.

Der Kaffee stärkte seine Lebensgeister ganz unmittelbar. Er fühlte sich ausgeruht und hellwach, als er das Haus verließ.

Fast hätte es ihm die Mütze vom Kopf geweht, als er aus dem Windfang seines kleinen Häuschens hinaus ins Freie trat. Erst im letzten Moment konnte er sie mit einem schnellen, unbewusst ausgeführten Griff retten. Es zog im Nacken; beinahe hätte er sich bei der schnellen, ungewohnten Bewegung einen Halswirbel blockiert. Aber nur beinahe; es war noch mal gutgegangen.

Der Wind war kühl und erfrischend, nicht wirklich kalt. Mewes bildete sich ein, Seeluft darin zu riechen und Salz zu schmecken, obwohl das kleine Häuschen doch ein gutes Stück vom Meer entfernt stand. Sie hatten das Haus vor sieben Jahren von den Schwiegereltern geerbt. Sie waren nach einer Hochzeitsfeier in Büttjebüll betrunken mit ihrem Wagen von der Straße abgekommen und kopfüber im Kanal gelandet. Noch heute schauderte es Carsten Mewes, wenn er sich die grausamen letzten Minuten der beiden vorstellte – mit Kopf, Hals und Nacken vom eigenen Gewicht aufs Autodach gedrückt, unfähig, sich umzudrehen oder die Fenster oder Türen zu öffnen, durch die langsam aber stetig das Wasser eindrang und sie dann irgendwann im Laufe dieser Nacht ertränkte. Aber vielleicht, so hoffte er, hatten sie beim Aufprall auch das Bewusstsein verloren und von diesen letzten Minuten nichts oder nur wenig mitbekommen. Man hatte es nie gesichert herausfinden können. Der nur mit der Unterseite der Reifen aus dem Wasser ragende Wagen war erst am nächsten Morgen von einem Landwirt entdeckt worden. Da war es für Hilfe längst zu spät gewesen.

Der Zufall wollte es, dass die Kinder damals gerade mit der Schule fertig waren und er einen festen Arbeitsvertrag für die Bahnstrecken hier oben im Norden bekommen konnte. So tauschte Carsten Mewes die unregelmäßigen Einsatzorte überall in der Republik, die einst wichtiger Bestandteil seines Jugendtraums vom Lokführer-Beruf gewesen waren, gegen den regelmäßigen Arbeitsalltag im Norden Schleswig-Holsteins ein. Mit annähernd fünfzig Jahren erschien ihm das damals als angemessene Zukunftsplanung.

Carsten Mewes schloss die Tür sorgfältig hinter sich ab. Die Zeiten, in denen man die Türen ungesichert ließ, waren auch hier in Fahretoft längst vorbei. Früher, da waren er und seine Frau einfach ins Haus spaziert, wenn sie die Schwiegereltern oder deren Nachbarn besuchten. Doch irgendwann hatten die Eltern und nach und nach alle anderen angefangen abzuschließen. Wann war das gewesen, und hatte es einen konkreten Auslöser gegeben? Er dachte darüber nach, konnte sich aber beim besten Willen nicht mehr erinnern. Einbrecher waren hier jedenfalls weder vorher noch nachher jemals am Werk gewesen. Nicht bei ihnen und auch bei keinem in der Nachbarschaft.

Der Wagen stand im Carport, mit dem Kühler zur Straße gedreht. Er stieg ein, startete ihn und stellte sofort die Sitzheizung an. Ein Luxus, den er sich beim letzten Autokauf gegönnt hatte und der ihm seither in der kalten Jahreszeit den Weg zur Frühschicht nicht nur erträglicher machte, sondern so sehr versüßte, dass er sich manchmal sogar einen längeren Anfahrtsweg zur Arbeit gewünscht hätte.

Doch mehr als zehn Minuten brauchte er jetzt, so früh am Morgen, nicht. Auf den kaum mehr als zehn Kilometern begegnete er nur drei anderen Fahrzeugen, die alle, genau wie er, mit deutlich überhöhter Geschwindigkeit unterwegs waren. Zweimal musste er Ästen ausweichen, die der Sturm auf die Straße geschleudert hatte. Dreimal brach der Wagen in tiefen

Pfützen fast aus. Eigentlich hätte er angesichts möglicher weiterer Sturmfolgen langsamer und vorsichtiger fahren müssen. Aber dieser Gedanke drang nur halb in sein Bewusstsein durch. Die Gewohnheit ließ ihn das Gaspedal durchtreten wie an jedem anderen Morgen. Und wie an jedem anderen Morgen hatte er auch dieses Mal Glück und kam unbeschadet an seinem Arbeitsplatz an. Zwei der Kollegen waren schon da.

„Moin Klaus, moin Thomas", grüßte er im Vorbeigehen. „Alles klar?"

„Moin Carsten", kam es zurück. „Alles bestens. Bei dir auch?"

Mehr hatten sie sich um diese Uhrzeit noch nicht zu sagen, und keiner blieb stehen, um eine Antwort auf diese achtlos dahingeworfenen Fragen abzuwarten. Später am Tag würden sie ein paar mehr Worte miteinander wechseln. Übers Wetter, die Fußballergebnisse, vielleicht auch über Urlaubspläne oder die Kinder. Aber eigentlich waren sie hier eher eine Zweckgemeinschaft von Menschen, die sich nur sehr oberflächlich füreinander interessierten und mit denen er vom Führerstand des Triebwagens oder der Lok aus vergleichsweise wenig Berührung hatte. Sie konnten sich aufeinander verlassen. Das wussten sie. Mehr war auch nicht nötig, fand er und war schon wieder völlig bei sich selbst, als er die Tür zum Führerstand aufschloss, sich auf seinen Sitz fallen ließ und die Maschine startete.

Die Absprache mit Fahrdienstleiter Reinhard Börnsen war nicht viel ausführlicher als das Gutenmorgen mit den Kollegen im Rangierbereich. Zehn Minuten vor ihm würde eine Bahn von Ecofare die gleiche Strecke nach Westerland rüber fahren, hatte Reinhard ihn informiert.

„Jetzt schon?", hatte Carsten überrascht gefragt. Ecofare war der neue Mitbewerber auf der Strecke nach Sylt. Der sollte aber eigentlich erst ab Mai starten.

„Ist ne Überführungsfahrt", kam die knappe Antwort. „Wird dir auch nicht im Wege sein. Sie halten nicht an den Bahnhöfen und sind eh viel schneller."

„Schneller" war ein Wort, das den Finger direkt in eine Wunde legte. Carsten Mewes hasste die Fahrt im Triebwagen. Viel zu kraftlos, viel zu langsam. Damit brauchte man ewig, um auf Fahrt zu kommen. Dafür war er nicht Lokführer geworden! Zudem war jeder, der dieses Teil fahren musste, dem Gespött der anderen ausgesetzt. „Wanderdüne" nannten sie diesen kraftlosen Haufen Blech. Aber wartet nur, im Laufe des Tages würde auch er noch eine richtige Lok unter den Hintern bekommen und dann zum Kollegen im Triebwagen rübergrinsen. Das entschädigte!

Gerne hätte Carsten Mewes auch mal eine der Loks von Ecofare ausprobiert. Sie sollten ordentlich Kraft auf die Schiene bringen, hieß es. Und sie fuhren durchweg mit Wasserstoffantrieb. Das fand er spannend. Komplett emissionsfrei! Überhaupt war Ecofare hier auf dem Bahnhof schon seit Wochen und Monaten lebhaftes Gesprächsthema unter den Kollegen. Das Unternehmen war angetreten, den Nahverkehr in Deutschland, ja in ganz Europa zu revolutionieren und komplett ökologisch zu gestalten. Vor drei Jahren hatte man das erste Mal von ihnen gehört. Inzwischen hatten sie eine eigene Fährlinie für Personen und Fracht zu den Inseln aufgebaut und ein gutes Dutzend Bahnstrecken in den Ausschreibungen für sich gewonnen. Am 1. Mai würden drei weitere hinzukommen, darunter die ganze Westküste bis nach Sylt. Autos und Lastwagen nahm Ecofare auf seinen Fähren grundsätzlich nur mit, wenn diese ebenfalls emissionsfrei fuhren. Das polarisierte und brachte allein für sich gesehen schon unglaublich viel Aufmerksamkeit. Die Tochter-GmbH einer Aktiengesellschaft mit Europasitz in Luxemburg war damit zu einem Lieblingsthema der Presse geworden. Sorgen um seinen Arbeitsplatz machte Carsten Mewes sich trotzdem nicht. Selbst wenn Ecofare seinen jetzigen Arbeitgeber aus dem Rennen drücken würde: Einen guten Lokführer würden auch die „Öko-Reisen", wie er sich den Firmennamen mit Wörterbuch und ein wenig Intuition übersetzt hatte, brauchen.

Pünktlich um 4:27 Uhr stellte er seinen Zug auf Gleis 3 bereit. Einige wenige Pendler warteten bereits ungeduldig auf dem zugigen Bahnsteig darauf, endlich einsteigen zu können. In den Waggons war es bei der ersten Fahrt des Tages zwar kaum wärmer als draußen. Aber es war windgeschützt, und gerade setzte auch der Regen wieder ein und wurde von den Böen waagerecht unter die Überdachung getragen. Er kannte die Gesichter von allen, die hier warteten – und auch bei denen, die mit eiligen Schritten noch dazukamen, fiel ihm niemand Neues auf. Nicht, dass er auch nur einen Einzigen oder eine Einzige von den Fahrgästen mit Namen gekannt oder auch nur jemals ein Wort mit jemandem von ihnen gewechselt hätte. Aber Vertrautheit kann ja auch ohne Worte entstehen.

Sie alle, so nahm er an, quälten sich, wie er, an jedem Morgen aus dem Bett, weil das zum Job gehörte und es halt so sein musste. Ganz früh, weil sie ihre Arbeit auf der Insel gefunden hatten. Dort gab es aber keine Wohnungen, die sie sich hätten leisten können. Es waren Bäcker, Polizisten, Reinigungs-, Küchen- und Pflegekräfte – so stellte er es sich vor. Jobs, mit denen man auf Sylt sehr willkommen war, von denen man dort aber nicht leben konnte.

„Ich werde sie sicher auf die andere Seite der tosenden See bringen", schoss es ihm in den Kopf. Und dann, mit breitem Grinsen, „das scheint mein philosophisch-pathetischer Morgen zu sein".

4:31 Uhr. Auf die Sekunde genau kam das Zeichen zur Abfahrt. Er schob den Gashebel nach vorne. Der Zug setzte sich ruckelnd in Bewegung in Richtung Sylt.

Zehn Minuten brauchte er für die Fahrt durch die Marsch zum ersten Zwischenstopp. Fahrplangerecht um 4:41 Uhr rollte der Zug auf dem Bahnhof Klanxbüll ein. Hier warteten lediglich drei Personen auf dem Bahnsteig. Bis zur Abfahrt eine Minute später kam auch niemand mehr hinzu. Aber erstmals an diesem Morgen nahm er eine Person wahr, die er, soweit er wusste, noch nie gesehen hatte. Der hochgewachsene, schlanke Mann in seiner teuer wirkenden, dunklen Regenkleidung wäre ihm mit seiner beeindruckend geraden, entspannten Haltung sicherlich aufgefallen. Das Gesicht war von einer Kapuze verhüllt. Auch nach dem Einsteigen konnte er es nicht erkennen, denn der Unbekannte setzte sich zwar mit Blick in seine Richtung, wurde aber durch eine Trennleiste im Waggon weitgehend verdeckt.

4:42 Uhr. Wieder setzte sich die Bahn langsam und ruckelnd in Bewegung. Ein kurzes Stück hinter Klanxbüll bog sie von ihrem Nordwestkurs in einer Linkskurve direkt nach Westen auf den Hindenburgdamm ab. Der 1927 erbaute und später auf zwei Gleise erweiterte Eisenbahndamm führte direkt hinüber auf die Insel, gute acht Kilometer durch das Wattenmeer.

Dieses Meer, das meistens ruhig und bei Ebbe oftmals gar nicht als Meer zu erkennen war, würde jetzt wild toben. Bei Carsten Mewes stieg die Vorfreude auf diesen Anblick, während er das letzte Stück der Kurve hinter sich ließ, den schützenden Festlandsdeich kreuzte und auf den Damm hinaussteuerte. Der Triebwagen war nun genau nach Westen ausgerichtet, bot den Orkanböen damit die halbe Breitseite und wurde kräftig durchgeschüttelt, während er sich langsam zwischen die auf beiden Seiten der Bahnlinie hoch aufgetürmten, gischtenden Wellen schob.

Carsten Mewes dachte bei diesem Anblick an seine Kindheit zurück, an seinen Traum, Lokführer zu werden, dessen Ursprung er in diesem Moment wieder so warm und nah fühlte wie damals. „Jim Knopf und die Wilde Dreizehn", aufgeführt von der Augsburger Puppenkiste. Aufgeregte Sonntagnachmittage vor dem Fernsehgerät. Lukas, der Lokomotivführer von Lummerland, der mit dem Waisenkind Jim Knopf die Insel verlassen muss und mit seiner tapferen Dampflok Emma scheinbar unbeeindruckt von physikalischen Gesetzen die Wellen des Meeres durchpflügt, um Abenteuer in fernen Ländern zu bestehen. Ein verträumtes Lächeln verklärte sein Gesicht.

Doch schon einen Augenblick später fand die Freude ein jähes Ende. Direkt vor ihm war das Rotsignal gesetzt. Kreischend und quietschend kam die Bahn mitten im tosenden Meer zum Stehen, ohne dass der Lokführer auch nur eine Hand dafür hätte rühren müssen. Und auch ohne dass er etwas dagegen hätte tun können. Das Rotsignal hatte eine Zwangsbremsung ausgelöst. Völlig unerwartet für den Lokführer. Rot hatte er um diese Uhrzeit und an dieser Stelle noch nie gesehen.

„Was ist denn das jetzt für ein Mist", fluchte er und wusste die Antwort darauf eigentlich schon, bevor er vom Fahrdienstleiter die Erklärung erhielt. Der nagelneue Ecofare-Zug hatte auf dem Damm gestoppt. Beziehungsweise war gestoppt worden, wie es hieß. Jemand hatte in Höhe der Blockstelle eine Notbremsung ausgelöst. Aber es hätte gar kein „Jemand" im Zug sein dürfen. Der Zugführer war ausgestiegen, nachdem er Meldung gemacht hatte. Jetzt wartete der Fahrdienstleiter auf weitere Informationen. So lange würde Carsten Mewes hier an Ort und Stelle ausharren müssen, und mit ihm seine Passagiere, die natürlich alle keine Zeit zu verlieren hatten auf ihrem Weg zur Arbeit. Wären sie sonst hier so früh an Bord? Er stellte das Mikrofon an und entschied sich für eine laxe, norddeutsche Ansprache mit einem kleinen Seitenhieb auf den Mitbewerber.

„Moin Leute, tut mir leid. Einer von den grünen Ecofare Frischlingen hat 'ne Panne und blockiert uns. Ich hoffe, die Wasserstoffschaukel kommt schnell wieder in die Gänge."

Mewes schaltete das Mikrofon wieder aus und blickte durch die Scheibe nach hinten in den Waggon. Er sah genervte, frustrierte aber auch gelangweilt-schläfrige Gesichter, einen Stinkefinger und demonstrative Blicke auf echte und imaginäre Armbanduhren. Er drehte sich wieder um. Im Moment gab es nichts weiter zu tun als abzuwarten – und den Ausblick zu genießen. Im leider recht begrenzten Scheinwerferkegel sah er die weißen Kronen der Wellen tanzen. Manche Brecher ließen ihre Wucht sogar über die Schienen branden. Dichte Vorhänge aus Regentropfen fegten in engen Abständen über den Damm und nahmen ihm fast vollständig die Sicht, wenn sie auf die Front- und Seitenscheiben prallten. Die Scheibenwischer waren weitgehend machtlos gegen diese Schwemme. Die ganze Bahn zitterte im Rhythmus der Böen, die von schräg vorne gegen ihre Seiten pressten.

Dann sprang das Signal unvermittelt auf grün. Carsten Mewes schob den Gashebel nach vorn.

„Was war denn los", wollte er vom Fahrdienstleiter wissen.

„Irgendwas mit Notbremse und offener Waggontür, aber kein Mensch zu finden", kam die Antwort. „Schwer zu verstehen: Der Kollege spricht drei oder mehr Sprachen durcheinander. Mach langsam, Carsten, und halt die Augen auf dem Damm offen. Besonders im Bereich um die Blockstelle."

Mit einem „Moin nochmal, Leute" wendete der Lokführer sich erneut an seine Fahrgäste. „Wie ihr merkt, gehts nun weiter. Fünf Minuten Verspätung. Sorry, nochmal, bleibt uns treu. Schuld waren die Neuen."

„Ich werd Gas geben", versprach er dann noch. Hatte aber nicht im Entferntesten vor, dies wirklich zu tun. Er hatte jetzt nämlich ein richtig mulmiges Gefühl im Bauch. Der Regen prasselte auf die Scheibe, die Sicht war miserabel und irgendetwas war merkwürdig da draußen. Er legte die linke Hand auf den Schalter für die Schnellbremsung, während die rechte den Gashebel nur behutsam nach vorne schob. Eine heftige Bö setzte die Frontscheibe unter Wasser. Für einen Augenblick sah Carsten Mewes nichts außer Wasser, durch das sich die Scheibenwischer mühsam einen Weg bahnten.

Als der Blick wieder freier wurde, war es zu spät. Die Linke betätigte wie von selbst die Bremse, die Rechte zog den Gashebel zurück. Die Körper der schlaftrunkenen Passagiere setzten, den Fliehkräften unterworfen, ihre Reise mit unverminderter Geschwindigkeit fort, während das Fahrzeug unter ihnen abrupt langsamer wurde. Sie wurden nach vorne geschleudert, von den Sitzen hinunter, auf den Boden, die

Bänke oder die Rückenlehnen vor ihnen. Nur die wenigen, die sich gegen die Fahrtrichtung gesetzt hatten, drückte es lediglich gegen die eigene Rückbank. Einige schrien auf, viele fluchten oder brüllten ein empörtes „Ey!". Einzig der große, schlanke Mann in dunkler Regenkleidung saß völlig ungerührt da. Mit seinem locker über die Rückenlehne gelegten Arm und einem Fuß auf der Sitzkante gegenüber hatte er die Fliehkräfte mühelos aufgefangen. Fast schien es, als wäre er vorbereitet gewesen auf das, was kam.

Carsten Mewes starrte entsetzt auf die Gleise vor ihm, während der Zug trotz der geringen Geschwindigkeit viel zu langsam an Fahrt verlor. Es würde nicht reichen, das wusste er. Sein Körper war wie gelähmt. Sämtliche Adern hatten sich schlagartig erweitert und das Blut in die Beine und Füße abgleiten lassen. Der Kopf blieb blutleer und kreidebleich zurück, aber die Wahrnehmung hatte dennoch nicht ausgesetzt. Er sah wie in Zeitlupe, wie die unter der Bremsung kreischende Bahn sich Meter für Meter auf den Körper zuschob, der in Längsrichtung, den Kopf in Richtung Zug, auf der rechten der beiden glänzenden Stahlschienen lag, die zusammen das Gleis bildeten. Er nahm unbeschreiblich detailliert wahr – und würde dieses Bild für immer in sich tragen -, wie der Mann da draußen bäuchlings und vollkommen reglos auf der Schiene lag. Die beiden Hände waren wie zum Schutz auf den Hinterkopf gelegt, je ein Bein links und rechts der Schiene platziert, der Körper mittig auf ihr ausgerichtet.

Mit Verwunderung nahm Carsten Mewes wahr, dass der Mann dort auf den Schienen unpassend gekleidet war, und gleichzeitig wunderte sich der Lokführer über seine eigene, in dieser Situation irgendwie unpassende Beurteilung der Kleidung. Trotzdem formulierte sich beim Anblick des nur mit einem vom Regen aufgeweichten Hemd und einer ebenso nassen Hose bekleideten Körpers ein „Der muss doch wahnsinnig frieren" in seinem Kopf. Der Körper verschwand aus seinem Blickfeld und es gab einen dumpfen Schlag gegen das Bodenblech. Dann endlich stand der Zug. Dass es zu spät sein würde, hatte er schon gewusst, als seine linke Hand noch vor der Anweisung des Gehirns die Bremsung eingeleitet hatte.

Eine Sekunde lang – vielleicht waren es auch zwei, drei oder sogar fünf Sekunden – klebte Carsten Mewes noch in unveränderter Haltung auf seinem Sitz fest. Dann löste sich die Schockstarre. Er sprang hoch, riss die Tür des Führerstands auf und rannte nach hinten. Die empörten, fragenden, klagenden und verwirrten Rufe der Passagiere drangen nicht zu ihm durch. Die nächstgelegene rechte Tür stand offen. Erst viel später würde er sich darüber wundern. Jetzt sprang er lediglich ohne abzubremsen hinaus auf den meerumtosten Damm und wurde unmittelbar von einem Schwall hochschäumender Gischt durchnässt, der wie ein eisiger Schlag auf Körper und Gesicht traf. Sein Atem stockte, aber dann war er plötzlich wieder ganz bei sich. Die eisige Dusche hatte eine bemerkenswerte Wirkung auf ihn, zog ihn ins bewusste Sein zurück. Der Geist wurde klar, die Ruhe kam zurück.

„Personenunfall! Alle bleiben auf Ihren Plätzen!", brüllte er ins Wageninnere und verfluchte innerlich, dass diese erste Tour des Tages ohne Kundenbetreuer gefahren wurde. Dann wandte er sich der Schiene zu. Im Licht eines Zuges, der in diesem Moment von Sylt kommend auf sie zufuhr und angesichts der unklaren Situation sein Tempo verlangsamte, sah er den Körper. Aber nicht unter dem Zug. Beim Aufprall nach rechts geschleudert, lag der Oberkörper auf dem Damm, die Beine ragten hinunter und wurden im Sekundentakt von den auf den Damm emporleckenden Wellen bewegt. Es mutete an, als versuche der Mann, sich mit den Beinen nach oben zu schieben. Carsten Mewes lief zu ihm, aber der Zustand von Kopf und Oberkörper machte überdeutlich, dass in diesem Körper kein Leben mehr sein konnte.

Dem Lokführer wurde speiübel. Er wankte zurück zur offenen Waggontür. Die Wellen, die ihn dabei ein ums andere Mal trafen, und den prasselnden Regen nahm er kaum wahr. Er rettete sich in den Wagen, zog mühsam die Türen zu, ignorierte die Gesichter, die sich ihm fragend zuwandten. Taumelnd hastete er in den Führerstand zurück und meldete dem Fahrdienstleiter stammelnd, was passiert war. Während dieser alles Notwendige einleitete, sank Carsten Mewes erschöpft in seinen Sitz und starrte, vor Aufregung und Kälte am ganzen Körper zitternd, nach hinten in den Waggon. Er fühlte sich ausgebrannt und gleichzeitig tief betroffen. Trotzdem funktionierte seine Wahrnehmung noch recht gut und ließ ihn stutzen. Der dunkel gekleidete Fremde war nicht mehr zu sehen.

2

Der innere Schweinehund hatte auch an diesem Morgen mal wieder keine Chance. Hark Petersen wachte wie immer eine Minute vor dem Weckerklingeln auf und schob diesen Schweinehund und dessen Einflüsterung, sich noch mal gemütlich umzudrehen, entschlossen zur Seite. Redlef hatte am späten Abend angerufen. Er wollte schon zwei Stunden früher hier sein als ursprünglich verabredet. Hark sollte sich noch eine Ermittlungsakte anschauen, die seinen Freund irritierte. Es ging um den vermeintlichen Selbstmord eines Journalisten letzte Woche auf dem Hindenburgdamm. „Eine ganz und gar abstruse Sache", wie Oberstaatsanwalt Redlef Maier meinte.

So sprang Kriminalhauptkommissar Hark Petersen trotz seines Kurzurlaubs bereits in aller Herrgottsfrühe aus dem Bett, putzte die Zähne, wusch das Gesicht, zog den Jogginganzug über und war bereits fünf Minuten später unrasiert und ungekämmt im breiten Treppenhaus auf dem Weg nach unten.

In straffem Tempo durchquerte er das Husumer Hafengebiet. Es war Ebbe, und die Schiffe an der Kaimauer lagen, trockengefallen, auf dem Hafenschlick auf. Wenig später war er bereits auf dem Außendeich unterwegs, froh darüber, dem Impuls, sich noch einmal im Bett umzudrehen, widerstanden zu haben. Eine seiner Strategien gegen den inneren Schweinehund war der Schrittzähler in seinem Smartphone, der nicht nur jeden einzelnen gelaufenen Meter amtlich machte, sondern auch noch die Geschwindigkeit und den angeblichen Kalorien-verbrauch dokumentierte. Ein irgendwie alberner, fast kindi-scher Ansporn, wie er fand, aber trotz dieser Einsicht war der Ansporn wirksam.

Die Luft war klar. Der Wind blies frisch über das Meer heran und riss immer breitere Lücken in die Wolkendecke. Nach den Stürmen, der Kühle und den Regenschauern der letz-ten Tage würde heute und für den Rest der Woche ein stabiles Hochdruckgebiet das Wetter an der Küste bestimmen. So war es jedenfalls vorausgesagt. Dieses Hoch würde warme Luft aus dem Süden bis weit hinauf in den Norden pumpen. Die ersten Maitage versprachen sommerlich warm zu werden.

Hark Petersen selbst fand eigentlich fast jede Wetterlage ak-zeptabel. Solange es nicht fortwährend regnete oder windstille Hitze über dem Land brütete, genoss er Kälte und Sturm ebenso sehr wie milde Luft und wärmende Sonnenstrahlen. Aber die aktuelle Wettervorhersage freute ihn trotzdem unge-mein. Nicht für sich selbst, sondern für Leif!

Leif Hansen war bis vor kurzem sein Assistent bei der Mordkommission hier in Husum gewesen. Dann hatte er sich bei Ermittlungen auf Amrum in eine Insulanerin verliebt und sich im November letzten Jahres mit einflussnehmender Hilfe von Hark und Redlef zur Amrumer Polizeidienststelle in Nebel versetzen lassen. In zwei Tagen würden die beiden heiraten. Bei schönstem Frühlingswetter, wie es aussah, und im Kreise all ihrer Freunde und Kollegen, die sie für mehrere Tage auf die Insel eingeladen hatten. Auch Hark und Redlef würden na-türlich dabei sein. Sie wollten sich gegen Mittag mit Harks Frau Freddy und Redlefs neuer Freundin Beatrice an der Fähre treffen. Die beiden Frauen reisten gemeinsam aus Kiel an, während Redlef gestern noch zu Besprechungen in Hamburg und Bad Bramstedt gewesen war und Hark auf dem Weg nach Dagebüll in Husum abholen würde.

Es war noch nicht viel los auf Husums Straßen, als Hark die Deichwiesen hinter sich ließ und ins Häuserlabyrinth der Stadt eintauchte. Wenig später erreichte er den Schlosspark. Das war ein durchaus gefährlicher Ort um diese Uhrzeit, denn die Krähen saßen noch auf ihren Schlafbäumen und bereiteten sich auf die Morgentoilette vor. Sollte sich auch nur eine von ihnen vor dem Läufer da unten erschrecken und die anderen mit aufscheuchen, wäre er einem Bombardement von Kot ausgesetzt. Die enorme Krähendichte dieses Parks drohte mit hundertfachem Trefferrisiko. Nachdem ihm das einmal passiert war, lief er hier nur noch mit gemischten Gefühlen hindurch. Gleichwohl trotzte er der Gefahr; vor Drohungen zurückzuweichen lag ihm nicht.

Doch was hatten diese Landvögel überhaupt hier zu suchen, in Theodor Storms „Grauer Stadt am Meer"?, fragte sich Petersen. Nun ja, im Gegenzug hatten die Möwen mittlerweile das Binnenland erobert und nervten die Städter im Frühjahr mit ihrem Brunft- und Brutgeschrei. Die Flachdächer von Schulen, Gewerbeimmobilien und Privathäusern boten ihren Gelegen mehr Schutz als Dünenlandschaften, und Nahrung schien es nicht nur auf städtischen Mülldeponien im Überfluss zu geben. Verrückt verschobene Vogelwelt...

Noch sechs Minuten bis zurück zur Wohnung.

„Fünf, wenn du Gas gibst", sagte sich Hark und drehte noch mal richtig auf. Schließlich wollte er nach seinem läuferischen Fiasko im Vorjahr beim Amrumer Insellauf in diesem Herbst wieder einen der vorderen Plätze belegen. Seine Füße flogen nun so schnell über das Kopfsteinpflaster hinweg, dass die vielen Unebenheiten fast nicht mehr auffielen. Nur gut, dass hier um diese Uhrzeit noch kaum jemand unterwegs war, auf den er Rücksicht hätte nehmen müssen.

Die Sonne schien bereits mit leuchtend heller Kraft über die überwiegend flachen Häuserreihen hinweg, als er den Hafen erreichte. Ohne groß abzubremsen stieß Hark die Haustür auf, nahm drei Stufen auf einmal ins Obergeschoss hinauf und stoppte erst im Badezimmer richtig ab. Die Wohnung abzuschließen, hatte er sich beim Loslaufen geschenkt. Diebe um diese Uhrzeit und so weit oben im Haus? Da hätten sie ja gleich einen normalen Job ausüben können! Außerdem wär's doch mal was, einen Einbrecher in den eigenen vier Wänden zu erwischen. Amüsiert stellte er sich dessen langes Gesicht vor, wenn er „Polizei, Sie sind festgenommen!" rief.

„Und stell dir erst mal *dein* langes Gesicht vor, wenn er schon den Tresor geknackt und deine Dienstwaffe auf dich gerichtet hat", hielt eine innere Stimme dagegen. Er ließ sie mit einem Schwall eisigen Wassers aus der Dusche verstummen. Aber die Kälte ertrug er dann doch nur kurz. Hark Petersen zog warmes Duschen bei weitem vor.

Vor dem Spiegel rubbelte er sein gerade mal wieder etwas zu langes, dunkelbraunes, von zunehmendem Grau aufgehelltes lockiges Haar trocken. Glatte Rasur oder Dreitagebart? Petersen entschied sich für die Stoppeln. Freddy, die er nun schon seit über einer Woche nicht mehr gesehen hatte, mochte das. Außerdem unterstrich es den Kontrast zu Redlef noch mehr. Dieser Kontrast machte den beiden Freunden inzwischen richtig Spaß. Der zu jeder Tageszeit glattrasierte Oberstaatsanwalt legte größten Wert auf sein repräsentatives, gepflegtes Äußeres. Egal, ob sie sich am Gericht trafen oder durch die Kneipen im Hamburger Schanzenviertel zogen: Die Male, die Hark seinen Freund ohne Anzug und Krawatte gesehen hatte, konnte er an zwei Fingern abzählen. Das war jeweils bei ihm zuhause gewesen. Hark selbst hingegen war mehr für die praktische, natürlich ebenfalls gepflegte „Dienstkleidung" zu haben: Jeans, Sweatshirt, Turnschuhe und ein sportliches Sakko, das sein Pistolenholster und die Handschellen verdeckte, ohne den schnellen Griff zu ihnen zu blockieren.

Fürs Frühstück warf Hark die höllenteure Espressomaschine an, die Freddy ihm vor fünf Jahren zum Einzug in seine Wohnung am Husumer Hafen geschenkt hatte – zusammen mit einem leidenschaftlichen Kuss, der diesen Beginn eines neuen Lebensabschnitts besiegelte, in den sie nach 22 Ehejahren eintauchten, und der deutlich machen sollte, dass sie ein Paar bleiben würden.

Inzwischen war die Fernehe für sie beide zum Alltag geworden und, wohl auch aufgrund der geringen Distanz zwischen ihren Wohnorten und der Arbeit, die beider Alltag ausfüllte, längst nicht mehr so schmerzhaft wie in den ersten Monaten. *Sie* führte weiterhin ihre Arztpraxis in Kiel und wohnte dort im gemeinsamen Haus, in das ihre Kinder Max und Beckie nur noch in den Semesterferien gelegentlich zurückkehrten. *Er* konzentrierte sich auf die Leitung der Mordkommission in Husum und eilte nach Kiel, wann immer es seine Zeit zuließ. Oder sie trafen sich hier in Husum – oder am liebsten bei Lizzy auf Amrum, wo sie jederzeit mehr als willkommen waren. Bei seiner Tante Lizzy hatte Hark seit frühester Kindheit immer wieder die Ferien verbracht. Nach der Heirat mit Freddy war sie auch für die junge Familie zu einem Ankerpunkt im Leben geworden.

Mit frisch gebrühtem Cappuccino und einer Scheibe Brot in der Hand genoss Hark vom Sofa aus den Blick auf den von der Morgensonne beschienenen Binnenhafen. Er liebte sein Apartment in einem der wenigen etwas höheren Wohngebäude am Hafen, das früher mal eine Fabrik gewesen war und durch riesige Kassettenfenster einen grandios weiten Blick über Hafen, Stadt und Landschaft erlaubte. Selbst das Meer konnte man von hier aus erahnen, wenn auch nicht wirklich sehen. Die Wohnung war klein genug für ihn als Einzelperson, bot aber doch genügend Raum, dass Frederike oder eines der Kinder ihn dort besuchen konnten. Leif Hansen hatte sie einst „Das Loft vom Chef" getauft. Ein Begriff, der sich nach anfangs vehementer Ablehnung inzwischen auch bei ihm selbst gelegentlich einschlich.

3

„Ihr habt es gesehen! Ostern! Die Hölle ist über uns hereingebrochen! Wieder einmal! Die ganze Insel voll mit diesen

Stinkern! Hin und her sind sie gerast! Für die kleinsten Wege die Karre angeschmissen! Laut! Rücksichtslos! Mörderisch! Tödlich! Also, mir reicht's! Euch auch? Heute! Ja! Ab heute schlagen wir zurück!"

Zehn Minuten lang hatte Bodo von Thien auf diesen Höhepunkt seiner Rede hingearbeitet. Der Vorsitzende von „Amrum autofrei e.V." hatte gezielt und äußerst routiniert die Wut in sich aufsteigen und bis zum Kochen hochheizen lassen. Kopf und Ohren waren puterrot, die Hände zu Fäusten geballt, er atmete schwer und schabte mit dem Fuß wie ein Stier vor dem Angriff. Er hatte seine Mitglieder wachrütteln und auf den aktiven Widerstand einschwören wollen. Es war ihm gelungen! Sie klatschten leidenschaftlich, riefen „bravo", „stimmt genau", „recht hast du" und gaben jetzt, da er geendet hatte, ihre eigenen wütenden Kommentare ab.

„Mir reichts schon längst!", „Jetzt ist Feierabend!", „Ich hab total die Schnauze voll von diesen Irren!", „Einer hat fast meine Enkelin umgenietet!", „Das muss endlich aufhören!", „Wir müssen sie stoppen!", „Wir zeigen 's ihnen!"

Der Anflug eines Lächelns umspielte die Lippen des hochgewachsenen, bulligen Maschinenbauingenieurs. Er war zufrieden mit der Wirkung seiner Worte. Sein Blick glitt von einem zum anderen in der leider viel zu kleinen Runde, die sich da in seiner geräumigen Doppelgarage in Süddorf versammelt hatte. Wen er auch anschaute: Sie alle waren jetzt genau so wütend, wie er es ihnen gerade vorgelebt hatte. Sie würden alle mitmachen, wenn es hieß, die Autoflut zu stoppen.

„Heute kommt die nächste große Welle!", brüllte er, als die Rufe langsam abebbten. „Diesmal stellen wir uns ihr entgegen!" ... Und nach kurzem, dramaturgischem Zögern: „Wir schmeißen die Autos von der Insel, so wie ich sie aus dieser Garage geschmissen habe! Wer ist dabei?"

Alle Hände flogen ohne das kleinste Zögern nach oben. Ein Lynchmob, den man, mit Knüppeln in der Hand, auf ein beliebiges Ziel hätte loslassen können, stellte der Vorsitzende befriedigt fest. So hatte er es seinerzeit in der Firma gemacht, wenn es darum ging, das Team einzuschwören und zu Höchstleistungen im Kampf gegen die Mitbewerber anzufeuern. Seit sein Sohn den Betrieb übernommen und er sich auf die Insel zurückgezogen hatte, fehlte es ihm ein wenig an Gelegenheiten. Der Vereinsvorsitz und das höhere Ziel gaben ihm nun endlich wieder die Chance, sich mit seiner charismatischen Persönlichkeit voll einzubringen.

Lynchen würden sie heute allerdings niemanden, und Knüppel waren auch nicht vorgesehen. Aber trotzdem: Heute war der Tag X. Ab heute würden sie ihren Kampf gegen die Autos auf Amrum aktiv und unübersehbar führen. Mit den Feriengästen würden sie beginnen, aber das Endziel war bereits klar formuliert: Auf Amrum sollte in spätestens fünf Jahren kein einziger stinkender Motor und möglichst überhaupt kein Privatfahrzeug mehr laufen.

Noch waren sie erst wenige. Gerade mal ein Dutzend fest entschlossener Kämpfer. Aber wenn sie erst einmal in der Öffentlichkeit auftauchten mit ihren Aktionen, würde die Schar der Anhänger schnell anwachsen. Ihre Botschaft war schließlich sehr überzeugend, fand er. Und sie waren die gesellschaftliche Mitte, nicht irgendwelche grünen Phantasten. Sie hatten nichts gegen Autos an sich. Ihnen ging es einzig und allein um die Autos hier auf der Insel, die mit ihren Abgasen die Nordseeluft verpesteten, die Straßen für sich beanspruchten und mit ihrem Lärm die Ruhe störten. Wer sollte sich dem nicht anschließen wollen?

„Rolf, du nimmst dir mit Krischan und Ole die Autos drüben in Dagebüll vor. Fangt mit denen in den Amrum-Reihen an." Bodo von Thien liebte es, Befehle geben zu können. „Ihr anderen geht mit Johann Steffens Plakate kleben. Von Norddorf bis Wittdün. Jede freie Stelle! Treffen hier in zwei Stunden. Dann ziehen wir los und legen die Straße lahm. Wenn sie Chaos säen, werden sie Chaos ernten!"

Seine Leute stürmten los und ließen Bodo von Thien allein in seiner dauerhaft zweckentfremdeten Garage zurück. Der Vorsitzende beglückwünschte sich dazu, mit Johann Steffens einen Stellvertreter im Verein aufgebaut zu haben, der die Leute im Griff hatte. Der pensionierte Oberstudienrat war in seiner knurrig-sturen Art nicht leicht im Umgang, aber ein unfehlbarer Garant dafür, dass die an ihn vergebenen Aufgaben buchstabengetreu umgesetzt würden. Gleichzeitig war er viel zu kantig im Wesen, um ihm jemals den Vorsitz im Verein streitig machen zu können. Ambitionen dazu hätte er sicherlich, aber nicht die geringste Chance.

Während seine Mitstreiter die Garage verließen, griff Bodo von Thien zum Telefon. Jetzt galt es, ihre Aktion an die Öffentlichkeit zu bringen, und dafür hatte er sich einen mächtigen Verbündeten an Bord geholt: den Ecofare-Konzern mit seiner Pressestelle. Kein Traumpartner, zugegeben, denn denen ging es um den Verkehr in ganz Europa, um Ökologie und ähnlichen Kram, mit dem er und seine Leute überhaupt nichts am Hut hatten. Aber bezüglich Autos auf Amrum saßen sie im gleichen Boot. Das galt es zu nutzen. Vielleicht würden die sogar eine Inselbahn hier etablieren!

„Es geht los", informierte er seine Gesprächspartnerin in militärischer Knappheit. „Wie geplant, die 15-Uhr-Fähre. Drei sind unterwegs nach Dagebüll. Von *hier* ziehen wir in zwei Stunden los. Kommt die Presse?" ... „Fernsehen? Großartig!"

Lächelnd steckte Bodo von Thien sein Smartphone in die Tasche zurück. Dann ging er gut gelaunt pfeifend ins Haus und bereitete sich ein üppiges zweites Frühstück zu.

4

Hark legte die Mappe nachdenklich auf den niedrigen Couchtisch und lehnte sich im Sofa zurück. Sein Blick strebte weit hinaus zum Horizont, in den inzwischen strahlend blauen Himmel hinein, ohne etwas von dem, was er da sah, wahrzunehmen. In Gedanken ging er noch einmal alles durch, was er gerade gelesen hatte. Redlef Maier saß ihm schräg gegenüber in einem breiten, bequemen Sessel und hatte sich nicht mehr gerührt, seit er dem Kriminalkommissar die Kopie der Ermittlungsakte mit der Bitte überreicht hatte, sie zu lesen. Aber er hatte das Gesicht seines Freundes die ganze Zeit über nicht aus den Augen gelassen und versucht, dessen Gedanken und Gefühle schon während der Lektüre zu erraten. Petersen, der bei der Arbeit durchaus ein undurchdringliches Pokerface aufzusetzen wusste, hatte, den Wunsch seines Freundes erratend, viel von seinen Gedanken und Gefühlen nach außen dringen lassen. Vor allem war es Verwirrung und ein bis zur Fassungslosigkeit reichendes Staunen, was sich in seinen Gesichtszügen abzeichnete.

Endlich rührte er sich und schaute Redlef in die fragenden Augen. Der Oberstaatsanwalt nahm dies als Signal, sein Schweigen zu beenden, sagte aber nur ein einziges Wort: „Und?"

Hark zögerte einen Moment, atmete tief ein und fragte „Woher hast du das?".

„Von der Bundespolizei, besser gesagt, von der Bundesbahnpolizei – oder, noch besser ausgedrückt, von *jemandem* dort", antwortete Redlef. „Es ist der Bericht, der *Abschluss*-Bericht des Bundesbahninspektors, der den Todesfall letzte Woche auf dem Hindenburgdamm untersucht hat. Ein Bundesbahn-Oberrat hat ihn mir gestern bei einem gemeinsamen Abendessen zugesteckt. Vertraulich. Er wollte wissen, was ich davon halte. Und diese Frage gebe ich hiermit an dich weiter. Was sagst du dazu?"

Ein breites Grinsen zeigte sich auf Harks Gesicht, wich aber gleich wieder einer ernsten Miene.

„Okay, Redlef, ich fasse mal zusammen, was da herauszulesen ist: Peter Kurtz, ein Journalist, wird in seinem Redaktionsbüro in Hamburg überfallen. Man schlägt ihn zusammen, raubt ihn aus und verschwindet. Ein typischer Fall von Beschaffungskriminalität, wie hier steht. Daraufhin wird dieser Journalist sehr traurig, *todtraurig*, um es buchstäblich auszudrücken. Anstatt die Polizei zu rufen, fährt er, bei echtem Sauwetter nur mit Hemd und Hose bekleidet, barfuß und auf nicht ermitteltem Wege ins gut 200 Kilometer entfernte Niebüll, verschafft sich in der Nacht Zugang zu einem Zug der Ecofare Gesellschaft, der um 4:20 Uhr in Richtung Sylt abfährt. Während der Fahrt sendet er via Smartphone eine Abschieds-Mail gleichlautend an drei Redaktionen, für die er arbeitet, mit der kurzen Erklärung, man sei in sein Büro eingedrungen, habe ihn geschlagen und seine Recherche-Unterlagen gestohlen, und nun wolle er nicht mehr leben. Mitten auf dem Hindenburgdamm zieht er dann die Notbremse, öffnet die Notverriegelung, steigt aus, wirft sein Handy weg und versteckt sich auf dem meerumtosten Damm so lange vor dem Zugführer, bis dieser wieder abfährt. Dann legt er sich in Regen, Sturm und Gischt auf eine harte, eisig kalte Eisenbahnschiene und lässt sich vom 4:31 Uhr Zug nach Westerland überrollen. Habe ich das so ungefähr richtig verstanden?"

„So habe ich das auch gelesen und der Oberrat ebenfalls", antwortete der Staatsanwalt. „Was sagst du dazu?"

„Du weißt, dass mir Kollegenschelte nicht liegt, aber das ist mit Abstand der größte Schwachsinn, den ich jemals in einem Untersuchungsbericht gelesen habe", seufzte der Kommissar. „Allerdings ist es so komplett irrsinnig, dass man nicht davon ausgehen kann, dass der Inspektor selber allen Ernstes an einen Selbstmord glaubt. Also stellt sich die Frage nach seiner Motivation. Und natürlich danach, was tatsächlich passiert ist: wer diesen Journalisten ermordet hat und warum."

Redlef war aufgestanden, hatte sich an das fast bodentiefe Fenster gestellt und blickte nachdenklich hinunter zum Hafenbecken, wo das auflaufende Wasser den Schiffen bereits wieder zu einer Handbreit Wasser unter dem Kiel verholfen hatte.

„Genau das sind Fragen, die wir uns gestern beim Abendessen ebenfalls gestellt haben", sagte er schließlich. „Es sind auch die Fragen, wegen derer uns der Oberrat um Unterstützung gebeten hat. Ganz diskret und inoffiziell."

„Wie soll das gehen?", fragte Hark. „Der Damm ist Bundesbahngebiet, der Fall Sache der Bundespolizei, es gibt einen offiziellen Abschlussbericht, der auf Selbstmord lautet..."

„... und den wir offiziell gar nicht gesehen haben", ergänzte der Oberstaatsanwalt. „Das ist alles richtig, Hark. Aber außerhalb der Bahnstrecke ist das unser Revier, und ich bin mir ziemlich sicher, dass etwas Größeres dahinter steckt, das eventuell sogar weit nach oben reicht..."

„... bis dahin, wo es uns wehtut, wenn wir jemandem auf die Füße treten?", warf Hark mit betont ernster Miene ein.

Redlef stutzte kurz, dann grinste er ihn breit an, und schließlich fingen beide herzhaft an zu lachen.

„Na, dann mal los", schnaufte Hark, als sie sich wieder beruhigt hatten. „Was finden wir eigentlich so komisch daran, irgendwelchen Behörden auf die Füße zu treten?"

„Nichts, reinweg gar nichts", lachte Redlef. „Du hattest das nur mit einem so ernsten Gesicht rübergebracht, dass ich deine Vorbehalte für einen Augenblick fast geglaubt hätte. Trotzdem sollten wir uns, solange wir noch nichts Handfestes haben, vorzugsweise so diskret darum kümmern, dass es nicht auffällt. Das Heikle ist nämlich, dass dieser Bundesbahn-Inspektor einen Onkel weit oben in der Hierarchie hat. Aber jetzt lass uns erst mal Amrum genießen. Nach diesen sechs Tagen ist der Fall ohnehin schon ziemlich kalt. Aufwärmen können wir ihn ebenso gut nächste Woche."

5

Claudias Hand legte sich sanft auf seine Schulter. Mit der anderen stellte sie einen Becher Tee für ihn auf den Tisch. Carsten Mewes lächelte dankbar. Sechs Tage waren seit dem schrecklichen Unglück vergangen. Sechs Tage, in denen er immer wieder den Mann vor sich auf den Gleisen und dann halb zerfetzt neben dem Gleisbett liegen sah. Das Erlebnis hatte ihn aus der Bahn geworfen, nicht nur innerlich, sondern auch buchstäblich, denn seither war er krankgeschrieben. Der Schock saß tief in seinen Knochen, drückte unbarmherzig auf sein Gemüt, das zwischen hellem Grau und tiefem Schwarz hin und her glitt, dabei aber die meiste Zeit im dunklen Bereich verharrte. Noch am selben Tag war er von der Arbeit freigestellt worden, wurde seither psychologisch betreut. Sein Arbeitgeber war fürsorglich. Man hatte Spezialisten für genau solche Fälle, die bei der Bahn leider immer wieder vorkamen und nicht nur ihn, sondern auch viele andere betroffene Lokführer in tiefe seelische Abgründe stürzten.

Doch was half das Gespräch mit der Psychotherapeutin, wenn die Fragen, die sich ihm so dringlich stellten, keine Antwort erfahren konnten. Es waren vor allem die Fragen nach dem Wie und Warum, die ihm zu schaffen machten. Er sehnte sich danach zu wissen, wen er da überrollt hatte. Warum hatte der Mann dort gelegen? Was hatte ihn dazu gebracht, sich in dieser nasskalten Sturmnacht ausgerechnet auf dem Hindenburgdamm und ausgerechnet vor *seinem* Zug das Leben zu nehmen? Man ließ ihn dazu nicht mehr erfahren als jeden Unbeteiligten. Eine kleine, nichtssagende Notiz in der Zeitung, das war alles.

Insbesondere war das Gespräch mit der Bahnpolizei nicht so gelaufen, wie er es sich erhofft hätte. Gerne hätte er für seine Zweifel Gehör gefunden, ob es denn tatsächlich ein Selbstmord gewesen war. Er wollte von dem dunkel gekleideten Fremden erzählen, von dessen Verschwinden und der offenstehenden Tür nach der Schnellbremsung. All das aber interessierte den unkonzentriert, uninteressiert und irgendwie auch dümmlich wirkenden Bundesbahninspektor nicht. Den Fremden tat er mit „Was soll *der* denn mit diesem Selbstmord zu tun haben, wenn er hinten in ihrer Bahn saß?“ und „Unsinn, wo soll der denn wohl hin sein!“ ab. Zu den merkwürdigen Umständen mit der neuen Ecofare-Bahn sagte er nur „Mit *dem* Lokführer reden wir natürlich auch noch“. Auf Fragen nach der Identität des Toten und seinem Motiv reagierte der Inspektor gar nicht erst. Nach fünf gehetzten Minuten war er wieder weg gewesen und hatte sich seither nicht mehr gemeldet.

„Ach Carsten", sagte Claudia und legte ihm erneut die Hand auf die Schulter. Sie hatte ihm ein Brötchen mit Krabbensalat gemacht, mit einem knackigen Salatblatt darauf, genau wie er es liebte. Aber er war weiterhin völlig appetitlos. Seit dem Unglück hatte er kaum noch etwas gegessen und wenn, dann gänzlich ohne Freude. Aus reiner Notwendigkeit. Nur *ein* Gutes hatte das Ganze gehabt: Die Beziehung zu Claudia war jetzt so intensiv wie schon seit Jahren nicht mehr. Aus den beiden in gleiche Richtung fahrenden Zügen, die einander nie trafen, waren zwei Züge geworden, die in der Wartungshalle nebeneinander standen, aus dem routinierten Alltag gerissen. Der eine von ihnen sichtlich lädiert, dadurch aber endlich wieder vereint.

Claudia saß ihm gegenüber am Tisch, hatte ihre Hand auf die seine gelegt, schaute ihm liebevoll und betrübt in die Augen. „Du solltest etwas essen, auch wenn dir *nicht* danach ist", sagte sie ruhig und ohne drängen. „Dein Körper braucht das, sonst wirst du krank."

Er nickte zustimmend und dankbar, nahm zögernd eine Brötchenhälfte in die Hand und biss hinein. Die letzten Tage hatte alles fade, strohig und langweilig geschmeckt. Das erwartete er auch jetzt. Aber diesmal war es anders. Der Krabbensalat war süßlich, salzig und fleischig, die Mayonnaise umhüllte cremig und fett seine Zunge, das Salatblatt war knackig, saftig und mild und das Brötchen weich und knusprig. All das *schmeckte* er jetzt wieder. So wie früher, so wie vor dem Unglück. Es war köstlich! Einfach nur köstlich!

Carsten Mewes fühlte in sich hinein, schaute zu Claudia und fühlte auch sie. Fühlte und sah, wie sie ihm zugetan war und mit ihm litt. Sein Magen verkrampfte sich, sein Hals zog sich zusammen. Er legte das Brötchen auf den Teller zurück. Undenkbar, dass er davon in diesem Moment noch einen weiteren Bissen hinunter bekommen könnte. Eine Träne rollte über seine Wange, die erste seit Jahren, vielleicht seit Jahrzehnten. Dann noch eine und noch eine und dann verschwamm alles vor seinen Augen. Sein Körper fing an, in Krämpfen zu beben, heftige Schluchzer drangen aus tiefsten Tiefen empor. Der ganze Schmerz, die ganze Anspannung der letzten Tage bahnten sich ihren Weg aus ihm heraus, schüttelten ihn durch, ließen ihm keine Kontrolle mehr über sich selbst, keine Freiheit, irgendetwas anderes zu tun als zu weinen, zu schluchzen, zu beben.

Claudia war um den Tisch geeilt. Sie hatte ihn hochgezogen und in den Arm genommen. Sie hielt ihn ganz fest. Sanft und fest. So verharrten sie minutenlang, während der Weinkrampf ihn durchtoste und seine Tränen ihr Shirt durchtränkten. Auch ihr selbst liefen nun dicke Tränen aus den Augen, bei ihr jedoch ganz ohne Beben und Schluchzen, vollkommen still, sanft und befreiend.

Dann endlich flauten die Krämpfe ab. Sein Körper beruhigte sich, japste nach Luft. Der Tränenfluss versiegte. Carsten Mewes atmete tief ein, tief wieder aus, dann noch einmal und noch einmal.

„Entschuldige", druckste er und merkte, dass sein durch den Weinkrampf bereits geröteter Kopf noch roter wurde. Noch nie hatte er in Gegenwart seiner Frau oder überhaupt irgendwann mal in seinem erwachsenen Leben so losgeheult.

„Dummkopf", lächelte sie und küsste ihn. „Das war höchste Zeit. Wie fühlst du dich?"

Er horchte in sich hinein und fühlte sich ... gut! So gut wie schon lange nicht mehr. Die Anspannung war weg, hatte sich aufgelöst, war ins Nichts verschwunden. Der Körper fühlte sich schlapp an vom Weinen, aber der Geist war wieder frei. So frei wie seit dem Unglück nicht mehr und freier noch, als er sich in den Monaten, vielleicht Jahren davor gefühlt hatte. Ein Neubeginn! Ein Neubeginn auch mit Claudia, die in den letzten Tagen deutlich gezeigt hatte, wie sehr sie ihn noch liebte und wie sehr sie zu ihm stand. „In guten wie in schlechten Zeiten." Er lächelte sie warm an, sie lächelte ebenso warm zurück. Nach all den Jahren und Jahrzehnten ihrer Ehe hatte seine Frau die Veränderung in ihm sofort gespürt und freute sich darüber. Für ihn, aber auch für sich selbst.

Carsten Mewes schaute auf die altmodische runde Uhr an der Küchenwand, die noch von den Schwiegereltern stammte und dort schon gehangen hatte, als Claudia ein kleines Kind gewesen war. Ein unverwüstliches Modell aus den Sechzigern. Claudia würde bald los müssen zur Arbeit. Sie machte im Imbiss am Fähranleger den Tresendienst. Um zehn Uhr war Schichtbeginn.

„Wenn du magst, bringe ich dich mit dem Wagen", sagte er. Normalerweise fuhr sie die acht Kilometer zu ihrer Arbeitsstelle mit dem Rad.

„Und wie komme ich wieder zurück?", fragte sie, erfreut über seinen Vorschlag, aber irritiert über diese Konsequenz daraus.

„Ich hole dich wieder ab", versprach er. „Oder, besser noch, ich lasse dir den Wagen da und gehe zu Fuß zurück. Ein langer Spaziergang wird jetzt genau das Richtige für mich sein."

„Das ist lieb von dir", sagte sie, und, mit einem Blick auf ihr T-Shirt, „Ich gehe mich eben noch umziehen und mein Gesicht in Ordnung bringen. Bin gleich wieder da."

6

„Welches gefällt dir für heute Abend besser?", fragte Christine und streckte Leif mit aufforderndem Blick ein dunkelblaues, kurzes und ein dunkelrotes, noch kürzeres Cocktailkleid entgegen. Sie stand im gemeinsamen Schlafzimmer vor der weit geöffneten Tür ihres riesigen Kleiderschranks. Nur mit einem Höschen bekleidet wartete sie aufgeregt darauf, die Kleider zur Erleichterung seiner Wahl nacheinander anzuziehen.

Leif Hansen fühlte sich ein wenig unwohl bei dieser Frage, denn er fand beide Kleider gleichermaßen hübsch. Deswegen hatten sie sie – und sehr, sehr vieles mehr – ja vor vier Wochen bei ihrer zweitägigen Shoppingtour durch Hamburg auch beide gekauft. Nur zu gerne wäre er bereit gewesen, ihr die Qual der Wahl durch eine klare Entscheidung für eines der Kleider abzunehmen. Doch aus Erfahrung wusste er, dass es ihre Unsicherheit nicht beseitigen, sondern nur neue Zweifel säen würde, wenn er nach dem Ene-mene-muh-Prinzip den Finger einfach auf eines der Kleider richten würde. Daher suchte er in eiligem Bemühen nach irgendwelchen Argumenten, die ein Votum für das eine oder das andere untermauern könnten.

„Die sind beide toll, aber das Rote ist vielleicht doch ein wenig zu kurz für den Anlass?", versuchte er es.

„Ach?", schmollte sie. „Sonst noch was Herr Polizist? Glaub ja nicht, ich gehöre dir allein, nur weil wir heiraten!"

Autsch, das war falsch angekommen, bemerkte sie sofort an seinem Gesicht. Dabei sollte es doch nur ein scherzhaftes Necken sein.

„Oje, nein, so hab ich 's doch nicht gemeint", sagte sie schnell, warf die beiden Kleider aufs Bett, sprang in seinen Arm und küsste ihn. „Keine anderen mehr! Das ist versprochen! Ich mein' doch nur die Blicke."

In der Anfangszeit ihrer Beziehung, als Leif noch nicht auf Amrum lebte, hatte Christine Olufsen zu seinem Leidwesen immer auch Liebhaber neben ihm gehabt. Ihre Mutter war bei ihrer Geburt gestorben, der Vater einem Krebsleiden erlegen, als sie elf war. Die Pflegefamilie auf Föhr war freundlich, aber unpersönlich. Vielleicht ertrug sie es deshalb einfach nicht, mehrere Tage und Nächte hintereinander allein zu verbringen, vermutete Christine. Mit Leif hatte sie, nachdem es richtig ernst zwischen ihnen geworden war, oft und ausführlich darüber gesprochen und dann hatten sie drei Dinge entschieden. Zum einen würde Leif so schnell wie möglich nach Amrum ziehen; das war im November letzten Jahres geschehen. Zum zweiten würde Christine bis dahin bei ihrer Cousine Mara unterschlüpfen, wann immer das Gefühl der Einsamkeit zu quälend wurde; das hatte funktioniert. Und schließlich wollte sie mit einer Therapeutin, die sie auf Föhr gefunden hatte, versuchen, ihre Angst vor dem Alleinsein in den Griff zu bekommen; nur für den unwahrscheinlichen Fall, dass Leif vielleicht mal ein paar Tage nicht bei ihr sein könnte. Denn auch sie selbst hatte von diesen zwanghaft aufgenommenen Beziehungen, die nur der Bekämpfung der Einsamkeit dienten, die Nase mehr als voll.

Unter dem leidenschaftlichen Ansturm von Christines Küssen heilte Leifs Verletztsein schnell wieder. Die Küsse wurden immer intensiver. Doch dann löste er sich sanft von ihr.

„Du, ich muss doch gleich zum Dienst", sagte er bedauernd und ein wenig außer Atem. Eigentlich war er ja schon im Urlaub, aber für diese blöde Demonstration der Autogegner brauchten die Kollegen ihn heute noch. Zumindest für ein paar Stunden. Sie waren einfach zu wenige, um bei solchen Anlässen nicht in voller Besetzung zu erscheinen.

Christine schaute auf den Wecker und zog Leif wieder zu sich heran. „20 Minuten hat mein wackerer Schutzmann doch noch", bestimmte sie.

7

Das Packen ging Hark schnell von der Hand. Es kam kaum mehr in die Reisetasche hinein als er sonst für eine knappe Woche auf Amrum brauchte. Nur ein Anzug für die eigentliche Hochzeitsfeier ergänzte sein übliches Freizeit-Outfit, das sich von seinem Dienstoutfit praktisch nicht unterschied.

Redlef hatte den Bentley direkt vor dem Haus geparkt. Hark bekam seine Tasche nur mit Mühe neben dem riesigen Koffer seines Freundes verstaut. Redlef würde sich, seinem Wesen entsprechend, mehrmals täglich umziehen, um beim Spaziergang, im Restaurant und auf den Feiern jeweils genau so gekleidet zu sein, wie es ihm für den jeweiligen Anlass passend erschien. Hier und jetzt trug er einen sportlich-eleganten dunklen Zweireiher aus Tweed mit einer breiten, dunkelgrünen Seidenkrawatte. Für ihn war das ein „Freizeitlook" und die ideale Bekleidung für eine Anreise nach Amrum.

Während sein Freund die schwere Limousine in Richtung Dagebüll steuerte, nutzte Petersen die Zeit zum Telefonieren. Heute und die nächsten Tage hatte er zwar Urlaub, und den würde er auch genießen, weil der Fall, der angeblich keiner war, ihnen ja nicht weg lief. Aber was schadete es, schon mal ein wenig vorzufühlen.

Darum rief er seinen Assistenten an. Max Weber. Der junge Kriminalmeister war innerlich und äußerlich ein gänzlich anderer Typ als Leif Hansen, den er seit dessen Abgang nach Amrum im November ersetzte. Leif war groß und breitschultrig, ein sportlicher, draufgängerischer, auch mit Anfang 30 noch sehr jugendlich wirkender Mann, der vor allem im Außendienst und im praktischen Tun seine Erfüllung fand. Max hingegen war vergleichsweise klein, schmal, drahtig und zurückhaltend, fühlte sich vor dem Computer am wohlsten und überließ Befragungen und Verhöre am liebsten seinem Chef. Ebenso wie, zu dessen Leidwesen, das Steuer des Dienstwagens. Hark hatte es früher immer genossen, wenn Leif Hansen das Fahren übernommen hatte und er selbst dabei in Ruhe telefonieren oder seinen Gedanken nachhängen konnte.

Aber natürlich hatte Max Weber auch seine besonderen Stärken. Eine davon war es, elegant durch die verschlungenen Pfade des Internets zu steuern, auf denen er sich mit seiner Kollegin Ella perfekt ergänzte. Ella war es ein Leichtes, an jegliche im Internet verfügbare Information heranzukommen, das nicht Auffindbare durch Telefonate zu ergänzen und alles zusammen dann gut strukturiert an das Team weiterzugeben. Die Wege von Max hingegen führten tiefer hinein in die Datenwelt, überwanden Sperren und Barrieren, bezogen das Darknet mit ein und förderten Dinge zutage, von denen manch ein Verdächtiger glaubte, sie seien uneinnehmbar gut versteckt. Hark hatte den jungen Mann eindringlich ermahnt, dabei ausschließlich erlaubte Pfade zu beschreiten. Ob Max sich daran hielt, konnte er allerdings nicht immer nachprüfen. Dafür war ihm die Materie einfach zu fremd.

Jedenfalls würde Max heute und in den nächsten Tagen die Stellung in der Mordkommission halten, während Hark zur Hochzeit von Leif nach Amrum fuhr. Der junge Kriminalmeister selbst war nicht eingeladen. Er hatte ja nie mit Leif gearbeitet, er kannte ihn nicht einmal. Mit den Aufgaben, die Petersen jetzt für ihn vorgesehen hatte, würde er die nächsten Tage sinnvoll nutzen und dabei besser noch als Ella dafür sorgen können, bei den Recherchen unentdeckt zu bleiben.

Grundsätzlich hätte Petersen sich in dieser Situation trotzdem mit seiner langjährigen Kollegin Ella, die eigentlich Elke Finkenbein hieß, vertrauter gefühlt. Aber die war natürlich ebenfalls zur Hochzeit eingeladen. Und nicht nur eingeladen. Sie würde sogar eine herausragende Attraktion der Feier sein, denn gemeinsam mit ihrer Band bestritt sie die Musik am Abend der Hochzeit. Neben ihrer Arbeit bei der Polizei war die korpulente Mittfünfzigerin nämlich eine herausragende Jazzmusikerin, die hier im Norden auf eine riesige Fangemeinde zählen konnte. Nicht nur äußerlich hatte Elke Finkenbein durchaus Ähnlichkeit mit Ella Fitzgerald, auch mit ihrer Stimme stand sie ihrem berühmten Vorbild nicht nach. Hark freute sich daher ebenso wie Redlef ganz besonders auf diesen Teil der Hochzeitsfeier.

Petersen hörte das Freizeichen geschlagene sechs Mal, bevor ein wenig enthusiastisch klingendes „Weber" auf der anderen Seite erklang. Auch dies war ein deutlicher Unterschied zu Leif, der Hark einen eigenen Klingelton zugewiesen und sich meistens schon beim ersten Klingeln mit einem interessierten „Hallo Chef!" gemeldet hatte. Aber Hark nahm es gelassen. Er neigte dazu, die Kollegen nach ihren Stärken einzusetzen anstatt sich an ihren Schwächen zu reiben.

„Ah, Chef, du bist's", kam es denn auch gleich deutlich engagierter von der anderen Seite. „Sorry, hatte mich gerade in einer Barriere verbissen und musste da erst mal die Zähne wieder rausziehen. Was gibt's?"

Petersen schilderte ihm in wenigen Worten die Hintergründe, wies eindringlich auf Diskretion und Geheimhaltung hin und gab dann eine To-do-Liste durch. Alles herausfinden über den Toten: Woran arbeitete er gerade, wo war er in den letzten Wochen und Monaten unterwegs gewesen, welche Verbindung hatte er hier in den Norden, welche zu Ecofare, in deren Zug er eingedrungen war – und dann noch seine Freunde, Familie und Kollegen mit allen Kontaktdaten, damit man sie anrufen und gegebenenfalls aufsuchen konnte.

In der Ermittlungsakte gab es eine Liste aller Personen, die am Unglücksmorgen im Unglückszug gewesen waren. Immerhin! Hark würde sie Max gleich nach Beendigung ihres Gesprächs als Fotodatei schicken, damit er alles Verfügbare über jeden Einzelnen herausfand. Die Namen des Lokführers und des Fahrdienstleiters waren ebenfalls aufgeführt. Für sie galt der gleiche Auftrag. Und über die beteiligten Bahngesellschaften wollte er informiert werden, zumal zum Ecofare-Lokführer lediglich „War nicht anzutreffen" im Bericht stand. Dann leitete Hark vorsichtig den sensibelsten Teil seiner Anweisungen ein.

„Das, was ich dir jetzt sage, bleibt zwischen dir und mir", betonte er. „Und zwar ausschließlich zwischen dir und mir. Ich möchte, dass du alles über den ermittelnden Bundesbahninspektor, diesen Klaus Steingräber, herausfindest und über seine direkten Vorgesetzten. Warum war er an diesem Morgen im Dienst, gab es Vergleichbares in seiner Vergangenheit, wo hält er sich gerade auf, gibt es Auffälligkeiten, finanzielle Probleme und so weiter. Aber all das – hör zu, das ist ganz, ganz wichtig! – ohne dass dich dabei jemand bemerkt. Bekommst du das hin?"

„Unbemerkt bleiben ist kein Thema; ob dann was rauszukriegen ist, muss man schauen", brummte Max. „Nur legal verfügbare Quellen?"

„Natürlich nur legale Quellen, das weißt du doch", antwortete Hark ohne groß darüber nachzudenken. Der Kampf gegen Illegales war schließlich das, wofür sie bei der Polizei waren.

„Okay, du bist der Boss", kam es von Max zurück. „Allerdings könnte es dann mit den Infos ein bisschen mager ausfallen."

„Schon klar", räumte Hark ein. „Dann sag ich's mal so: Was ein Richter genehmigen würde, wenn wir offen agieren könnten, kannst du machen. Bringt uns das weiter?"

„Jap", antwortete Max knapp und klang dabei durchaus zuversichtlich.

„Na denn man los", schloss Petersen. „Halt mich auf dem Laufenden, aber nicht schriftlich. Wenn ich gerade nicht rangehen kann, schick nur 'ne Kontakt-Message, ich ruf dann zurück."

Redlef hatte das Telefonat natürlich mitverfolgt und grinste breit. „Na, Herr Kommissar, weichen wir ein wenig vom Pfad der Tugend ab?"

„Findest du das verkehrt?", fragte Hark irritiert. „Du weißt, dass ich nichts davon halte, wenn Polizisten für sich selbst das Recht zu großzügig handhaben. Aber dass wir uns da reinhängen, ist doch eh schon gegen die Dienstvorschrift. Die Sache ist derart oberfaul, da können wir nicht einfach drüber wegsehen. Bist du anderer Meinung?"

„Natürlich nicht", meinte Redlef und grinste noch breiter. „Tut mir leid! Sollte ein Scherz sein. Ich wollte dich nicht hinterfragen, ganz im Gegenteil. Für mich ist das mehr als okay!"

Jetzt lächelte auch Hark wieder. „Warum fahren wir eigentlich nicht durch die Köge?", fragte er dann mit einem Blick nach draußen. Sie ließen gerade Bredstedt hinter sich.

„Ist die Strecke denn wieder frei?", fragte Redlef zurück? Sein üblicher Weg von Struckum aus durch die Köge war seit Ewigkeiten durch eine Baustelle blockiert gewesen und im letzten Jahr war obendrein die Strecke über Schlüttsiel wegen einer Fahrbahnerneuerung monatelang gesperrt worden. Daher hatte er es sich angewöhnt, bis Niebüll auf der Bundesstraße zu bleiben.

„Weiß ich eigentlich auch nicht so genau", räumte Petersen ein. „Schlüttsiel ist aber auf jeden Fall wieder frei."

„Na, wenn das so ist", freute sich Redlef und ordnete sich hinter Bredstedt gerade noch rechtzeitig auf die Linksabbiegerspur ein. Denn es ging ihm wie Hark: Die Fahrt entlang des Speicherbeckens im Hauke-Haien-Koog war für ihn immer der schönste Teil der Anreise nach Dagebüll. Gerade in dieser Jahreszeit, wenn die Schafherden mit ihren oft gerade erst geborenen, zum Teil aber auch schon größeren Lämmern auf dem Seedeich grasten und das Speicherbecken zur Raststätte für riesige Schwärme von Graugänsen wurde.

Redlef reduzierte das Tempo, als sie das Speicherbecken erreichten. Ohne sich abgesprochen zu haben, fuhren beide Männer gleichzeitig die Scheiben herunter und ließen die frische Seeluft und die Rufe der Schafe und Vögel ins Auto herein. Der schwere britische Wagen glitt fast geräuschlos über die erst kürzlich asphaltierte Fahrbahn. Die Sonne glitzerte flirrend auf dem Wasser, das quakende Schnattern der Gänse drang fröhlich zu ihnen herein – und wurde jäh unterbrochen durch den Dauerhupton eines im Vorbeisausen dröhnend beschleunigenden schwarzen Audis. Links und rechts winkten Stinkefinger aus den Seitenfenstern heraus. Einige Schafe stoben erschrocken auf dem Deich hoch, ein Vogelschwarm stieg empört schnatternd in die Luft.

„Der hing schon 'ne Weile an unserer Stoßstange und konnte sich kaum einkriegen, weil Gegenverkehr kam", erklärte Redlef. Er schaute auf den Tacho. Dessen Anzeige stand bei gerade mal 70.

„Ist schon merkwürdig, wie sich manche Leute im Recht fühlen, wenn sie schneller als andere unterwegs sein wollen", grinste Hark säuerlich. „Und glauben dann auch noch, das beleidigend kundtun zu dürfen. Ein Glück, dass das auf Fußwegen noch nicht so verbreitet ist."

„Stimmt! Stell dir vor, wie Kinder und alte Leute sonst herumgeschubst würden", gab Redlef ihm recht. „Aber sag mal, standen hier nicht früher noch 80-er Schilder?"

„Keine Ahnung", meinte Hark, der auf solche Details ohnehin selten achtete. „Die letzten Male saß Leif auf dieser Strecke am Steuer. Ich hab mir immer nur die Landschaft angeschaut."

Das war für sie das Stichwort, sich wieder entspannt in ihren Sitzen zurückzulehnen und die wunderschöne Strecke zu genießen.

8

Claudia Mewes lachte herzhaft, Carsten stimmte in das Lachen ein. Erst im Auto war ihnen beiden die Schwachstelle ihres Plans aufgefallen: die begrenzten beziehungsweise teuren Parkmöglichkeiten in Dagebüll Mole. Das war ziemlich komisch, fanden sie, denn diese waren ja der eigentliche Grund dafür, warum Claudia auch dann mit dem Rad zur Arbeit fuhr, wenn das Auto, wie nun schon seit fünf Tagen, mal verfügbar war. Doch irgendwie hatten sie keine Lust, deswegen ihre Pläne komplett zu ändern. Claudia genoss es gerade sehr, von ihrem Mann gebracht zu werden, und er genoss es ebenso sehr, sie zu fahren. So beschlossen sie, dass er sie doch nach Feierabend wieder abholen würde. Spazierengehen wollte er trotzdem unbedingt. Daher würde er etwas abseits der Mole parken und auf dem Seedeich laufen. Das wäre sogar noch schöner!

Nachdem er Claudia abgesetzt und sich, erstmals seit langem, mit einem wirklich gefühlvollen Kuss von ihr verabschiedet hatte, musste Mewes sich entscheiden, ob er in Richtung Norden oder in Richtung Süden gehen wollte. Gleich mehrere Gründe ließen ihn den Süden in Richtung Hauke-Haien-Koog wählen. Zum einen kannte er dort, gar nicht so weit entfernt, eine gute Stelle zum Parken. Außerdem würde er die Sonne im Gesicht spüren. Vor allem aber lief er dann nicht auf den Hindenburgdamm zu. Der war zwar gut 20 Kilometer entfernt, doch das Wissen, dass der Deich in Nordrichtung unweigerlich auf den Eisenbahndamm treffen würde, machte den Süden doppelt attraktiv. Er wollte nicht mit jedem Schritt dem Ort des Geschehens näher kommen.

Doch auch nach Süden gewandt machten sich die Ereignisse jenes unglücklichen Morgens schon bald wieder in seinem Kopf breit. Allerdings nicht mehr so drückend und in Grau ertränkt wie in den letzten Tagen, sondern viel klarer, deutlicher und endlich bereit, aufgearbeitet zu werden. Sechs Tage lang hatte er die Fragen schon in seinem Kopf herumgewälzt. Dabei hatten sie sich zu einem dichten, unübersichtlichen Knäuel verdichtet. Jetzt, mit der wärmenden Sonne im Gesicht und der kühlenden Meeresbrise auf der Haut, wollte er sich endlich die Antworten geben. „Ehrliche Antworten", wie er sich selber auferlegte.

„Mach langsam und halt die Augen auf, besonders an der Blockstelle", hatte Fahrdienstleiter Reinhard Börnsen ihm gesagt, als er nach dem Zwangsstopp wieder anfuhr. War er zu schnell gewesen oder zu unaufmerksam? Er versuchte, einen ehrlichen Blick auf sein Verhalten zu werfen. Nein, er war nach der Vorwarnung deutlich langsamer gefahren als üblich. Sogar so langsam, dass er innerhalb der Reichweite seiner Scheinwerfer hätte stoppen können – wenn ihm denn nicht plötzlich eine Regenbö die Sicht genommen hätte.

„Plötzlich?", fragte die innere Stimme, die ihm aufgetragen hatte, ehrlich mit sich zu sein.

„Ja, plötzlich – wenn auch nicht unerwartet", antwortete er sich. „Noch langsamer, um auf jede Sichtveränderung vorbereitet zu sein, hätte ich nicht fahren dürfen; das machen Züge einfach nicht!" Trotzdem hätte er es ja fast noch geschafft, den Zug rechtzeitig zum Stehen zu bringen. Zehn Meter! Lächerliche zehn Meter hatten dafür gefehlt.

„Und warst du unaufmerksam? Warst du zu übermüdet zum Dienst gekommen?" Auch über diese Frage dachte er eine ganze Weile so ehrlich wie möglich nach. Nein, unaufmerksam war er nicht gewesen. Ganz im Gegenteil: Er war höchst konzentriert bei der Sache und hatte blitzschnell reagiert. Übermüdet? Ja, kann sein. Aber das hatte in diesem Moment keine Bedeutung gehabt.

„Hast du zu schnell gedacht, dass dem Mann nicht mehr zu helfen ist? Hättest du dich um ihn kümmern und ihn wiederbeleben können?" Diese Frage tat Carsten Mewes sofort vehement ab. Quatsch! Der halbe Kopf war aufgerissen, da gab 's weder Mund noch Nase für eine Beatmung! Der Gedanke, das Opfer zu beatmen, und das Bild, das dabei vor seinem inneren Auge zurückkam, hatten eine verheerende Wirkung auf seinen Magen. Er ging auf die Knie, begann zu würgen, brachte den Impuls dann aber unter Kontrolle und musste sich schließlich doch nicht übergeben.

„Na, das hätten wir dann ja auch geklärt", dachte er mit sarkastischem Lächeln, während er tief durchatmete und wieder auf die Füße kam. Sein Blick ging weit über die deichnahen Lahnungsfelder hinaus aufs Meer.

„Das waren drei klare Nein bezüglich Schuldfrage. Du konntest es nicht verhindern. Du hast ihn nicht umgebracht! Außerdem: Der Mann hat sich schließlich selbst auf die Schienen gelegt!"

„Hat er das denn?", kam prompt die Hinterfragung durch sein Inneres. „Wer sucht sich denn für einen Selbstmord so einen Sturmmorgen aus und so eine blödsinnige, abgelegene Stelle, wo er gleich zwei Züge dafür braucht und wo er pitschnass und halb erfroren ist, bevor der Zug ihn trifft?"

„Na, und wer sucht sich so was Kompliziertes aus, um jemanden umzulegen?", hielt Mewes der Stimme entgegen. „Außerdem stand das mit dem Selbstmord in der Zeitung. Die Polizei hats untersucht!"

„Klar doch! So wie der Inspektor, der bei dir war! Da kommt doch gleich Vertrauen auf." ... Seine Zweifel ließen ihm an diesem Punkt einfach keine Ruhe. Das hatte er schon mit Claudia immer wieder hin und her gewälzt. Ohne Ergebnis. Selbstmord erschien letztlich ebenso abwegig wie Mord. Es blieb beim Patt und bei der quälenden Ungewissheit, was denn da wirklich passiert war und warum. Schon am zweiten Tag hatte er deshalb versucht, den Inspektor anzurufen. Aber der war in den Urlaub gefahren.

„Sie haben 's doch in der Zeitung gelesen. Da hat sich ein Verrückter auf die Schienen geworfen", sagte die gelangweilt-genervte Stimme in der Polizeidienststelle. Dann kam ein schnelles „Tschüss" und die Leitung war tot.

Ein laut aufheulender Motor ließ Carsten Mewes zusammenzucken. Er fuhr zur Straße herum und sah eine große schwarze Limousine, die hinter der Sielbrücke von Schlüttsiel beschleunigt hatte und jetzt in Richtung Dagebüll davonraste.

„Bestimmt 160 Sachen", schätzte er kopfschüttelnd, als sie aus seinem Blickfeld verschwand. Die Schafe entlang der Fahrstrecke hasteten aufgeschreckt zur Deichkrone hinauf. Anlass für Carsten Mewes, seinem Kopfschütteln noch ein „Vollidioten" folgen zu lassen.

Der Lokführer schob den Ärmel zurück und schaute auf die Armbanduhr. Seit annähernd zwei Stunden war er jetzt unterwegs und dabei fast bis nach Schlüttsiel gekommen. Besonders zügig war er nicht gegangen, trotzdem meldeten sich nun seine Beine. So weite Strecken war er schon lange nicht mehr gegangen. Da fehlte es ein wenig an Kondition – „und am richtigen Schuhwerk", wie seine Füße ergänzten. Kurz überlegte er, ob er zur Straße hinuntergehen und den Rückweg per Anhalter fahren sollte. Die schwere englische Limousine, die da gerade gemächlich vorbeiglitt, wäre dafür doch nicht zu verachten. Aber er schüttelte den Gedanken schnell wieder ab.

„Kommt gar nicht in Frage, du Weichei", lachte er über sich und schob die Müdigkeit und den Protest der Füße beiseite. „Von jetzt an tust du wieder mehr für dich und deine Fitness." Dann machte er sich ungewohnt fröhlich auf den Rückweg zu seinem Auto.

9

Frederike Petersen hatte beste Laune. Fünf ganze Tage mit Hark lagen vor ihr. Und dann auch noch bei Tante Lizzy auf Amrum. Außerdem freute sie sich darauf, Redlef und Leif wiederzusehen, und auf die Hochzeitsfeier mit Abendkleid, Tanzen und allem Drum und Dran! Kurzum: Herrliche fünf Tage mit vielen ihrer Lieblingsmenschen auf ihrer Lieblingsinsel. Was ihr diesmal allerdings ein wenig zuwider war, war das Packen, weil sie sich nämlich schon jetzt für ein Cocktail- und ein Abendkleid entscheiden musste.

„Musst du wirklich?", fragte sie sich. „Nö!", kam die gelächelte Antwort. „Nimmst das Auto doch eh mit rüber!"

Sie legte also alle drei für den Hochzeitsabend geeigneten Kleider auf dem Bett bereit, außerdem zwei kurze für den morgigen Abend. Dann suchte sie die dazu passenden Schuhe heraus. Bei der Freizeitkleidung war sie hingegen eher anspruchslos. Eine Jeans, ein paar Tops, Turnschuhe... die Regenjacke nicht wieder vergessen! Würde sie die brauchen? Für die nächsten fünf Tage war herrlichstes Wetter angesagt! Trotzdem: Auf Amrum war es grundsätzlich besser, eine dabei zu haben. Das Wetter konnte sich dort sehr schnell ändern.

Die Geräte, die sie für Tante Lizzy aus der Konkursmasse eines biologischen Labors günstig ersteigert hatte, waren zum Glück schon auf der Ladefläche ihres Fünftürers verstaut. Erstmals seit die Kinder aus dem Haus waren, würde sie heute mal wieder ein wenig von der enormen Ladekapazität der alten Familienkutsche nutzen können. Sie hatten sie angeschafft, als Beckie acht geworden war. Aber der alte Diesel lief immer noch ganz passabel, wie sie fand. Kein Grund für was Neues.

Am Morgen hatte Frederike noch mal mit Lizzy telefoniert. Besonders freute die sich auf den Chromatographen, mit dem sie endlich chemische Analysen würde durchführen können. Nicht, dass ihr Arbeitgeber, die Naturschutzstation, für die Kosten aufkommen würde. Doch zumindest durfte sie die Geräte dort im Labor aufstellen.

Freddy schaute auf die Uhr. „Nun aber mal los", ermahnte sie sich und begann zügig, das Herausgesuchte zusammenzulegen und ordentlich im Koffer zu verstauen. In einer Stunde wollte sie Redlefs Freundin Beatrice im Ministerium abholen. Sie kannte sie noch nicht sonderlich gut. Beatrice von Warendorff und Redlef Maier waren erst seit einem halben Jahr offiziell zusammen. Die Fahrt nach Dagebüll war die erste Gelegenheit, einmal ungestört von Frau zu Frau mit ihr zu reden. Bei den wenigen bisherigen Treffen zu viert war ihr die gutaussehende und, wie Redlef, immer äußerst elegant gekleidete Staatssekretärin zwar sehr sympathisch gewesen, doch auch ein wenig spröde vorgekommen. Aber vielleicht lag das ja nur an der ungewohnten Situation in einem neuen Freundeskreis. Freddy sah der Fahrt jedenfalls voller Freude entgegen. Es fiel ihr leicht, sich auf Menschen einzustellen, ohne gleich über sie zu urteilen. In ihrer Arztpraxis musste sie schließlich auch zu jedem Temperament den richtigen Zugang suchen.

„Na, das ist ja mal wieder typisch für dich", lachte Freddy mit Blick auf die Uhr. Sie war zehn Minuten zu früh vor dem Wirtschaftsministerium am Düsternbrooker Weg angekommen. Da hätte sie gar nicht so eilig packen müssen.

Vor dem Ministerium selbst konnte man nicht halten, aber auf dem Parkstreifen gegenüber war gerade etwas frei geworden. Freddy wendete ihren Mercedes mit quietschenden Reifen, fuhr in die Parklücke, ließ alle vier Fenster herunter und stellte den Motor ab. Dann nahm sie ihr Handy und schickte eine SMS an Beatrice: „Bin zu früh. Stehe auf dem Parkstreifen gegenüber. Keinen Stress! Freddy." Anschließend lehnte sie sich gemütlich in ihrem Sitz zurück und ließ ihre Gedanken schweifen. Wie schön, behütet und friedlich es hier doch war, freute sie sich. Den ganzen März über war sie mit „Ärzte ohne Grenzen" in Syrien gewesen und hatte Leid und Elend und vor allem die extreme Rechtsunsicherheit und ständige Lebensgefahr in dem vom Bürgerkrieg zerrütteten Land hautnah erlebt.

Wie froh und unbeschwert konnten sie hier in Deutschland doch leben!

„Hände aufs Lenkrad und keine Bewegung", befahl eine herrische, gleichzeitig auffallend unsichere Stimme. Freddy drehte den Kopf nach links in Richtung der Stimme und sah direkt in die Mündung einer Maschinenpistole, die durch die geöffnete Scheibe ins Fahrzeug hineingeschoben worden war. Langsam drehte sie den Kopf wieder zurück. Sie hatte größte Mühe, bei diesem erschreckenden Anblick keine schnelle Bewegung zu machen, nicht zurückzuzucken, nicht aufzuschreien. Ihre Gesichtszüge versteinerten sich, sie fühlte ihren Puls schnell und heftig in ihrem Hals schlagen. Ganz langsam und vorsichtig legte sie ihre Hände aufs Lenkrad und atmete tief durch.

Vor ihrer Abreise nach Syrien hatte sie sich auf solche Situationen seelisch vorbereitet und darauf, die Ruhe zu bewahren. In Syrien hatte sie dann allerdings nichts Derartiges erlebt. Zum Glück! Gerade bemerkte sie nämlich, dass das mit dem „Ruhe bewahren" gar nicht so leicht war. Warum, zum Teufel, passierte das hier und jetzt in Kiel? Ein Raubüberfall! Am helllichten Tag auf offener Straße, direkt gegenüber eines Regierungsgebäudes! Unfassbar!

„Frederike Petersen", herrschte die Stimme von links sie an. Halb war es eine Frage, halb eine Feststellung.

„Ja", krächzte sie, halb als Antwort halb als Gegenfrage. Ihr Hals war mit einem Mal staubtrocken. Sollte das eine Entführung werden? Welcher Straßenräuber fragte sein Opfer schon nach dem Namen.

„Was tun Sie hier?", fragte die immer noch herrische und weiterhin unsichere Stimme.

Das passte nun weder zu Raub noch zu Entführung noch zu Auftragsmord. Langsam drehte Freddy erneut ihren Kopf, diesmal etwas weiter, ohne dass es ihr untersagt wurde. Hinter der Maschinenpistole sah sie das Gesicht eines jungen Mannes mit Polizeimütze und Uniform. Es drückte genau dasselbe aus wie seine Stimme: herrisch und unsicher blickte der Polizist sie an. Frederike atmete tief durch. Zum Schreck und der aufkeimenden Angst gesellte sich jetzt Ärger. Was erlaubte sich dieser Beamte hier mit ihr?

„Ich warte hier auf jemanden", antwortete sie und versuchte, dabei ruhig zu klingen. Dann atmete sie tief durch und ergänzte „Würden Sie bitte den Finger vom Abzug nehmen! Das könnte leicht zu einem Unfall kommen."

Ohne zu antworten oder ihrer Aufforderung nachzukommen, trat der Polizist einen halben Schritt zurück und zog dabei die Autotür auf.

„Langsam aussteigen, die Hände bleiben da, wo ich sie sehen kann; machen Sie ja nichts Unbedachtes!", befahl er. Süffisant fügte er „Wir wollen doch keinen Unfall riskieren" hinzu.

Sie hielt es für besser, dem erst einmal nachzukommen und keine Diskussion zu beginnen. Noch nicht. Ganz bewusst und in Zeitlupe stieg sie aus. Der junge Mann schien ihr ziemlich nervös. Was, zur Hölle, sollte das hier werden?

„Umdrehen, Hände aufs Autodach", herrschte er sie an, als sie auf der Straße stand.

Das ging ihr jetzt aber doch zu weit. „Sagen Sie...", begann sie ihren Protest, kam aber nicht weiter. Der junge Mann schob die Waffe ins Holster zurück, griff gleichzeitig hart nach Freddys Schultern und drehte sie ruckartig zum Auto um. Dabei stieß er sie hart gegen den Wagen und trat ihr mit schnellen Kicks gegen die Knöchel die Beine auseinander.

„Arhhh", stöhnte sie. Das tat alles verdammt weh.

„Also, was haben Sie hier zu suchen?", herrschte er sie an.

„Ich sagte es schon, ich warte auf jemanden!", fauchte Frederike, bei der die Wut nun endgültig die Oberhand über Schreck und Angst gewonnen hatte. „Und was, glauben Sie, rechtfertigt das, was Sie hier gerade tun?"

„Was ist unter den Decken auf der Rückbank?" Jetzt war der Polizist fast am Schreien.

„Laborgeräte", antwortete sie. „Noch mal: Was soll das hier werden?"

„Laborgeräte?", der Mann brüllte jetzt endgültig und schlug ihr mit der flachen Hand gegen die Schulter. Leicht nur, aber dennoch bedrohlich.

„He, Jonas, das reicht, fahr mal einen Gang zurück", sagte ein zweiter, kaum älterer Polizist, der sich von der Seite genähert hatte, und schob sich zwischen sie und seinen Kollegen.

Freddy wollte sich umdrehen, aber davon hielt der zweite Polizist sie ab. „Nee, nee, Sie bleiben mal schön, wie Sie sind, bis die Kollegin zum Abtasten da ist. Also: Auf wen warten Sie hier und wozu sind diese angeblichen Laborgeräte gedacht?"

„Ich warte auf Beatrice von Warendorff, und die Geräte sind nicht ´angeblich` sondern für eine befreundete Biologin", sagte sie ruhig.

Der Polizist drehte ihr kommentarlos erst den rechten, dann den linken Arm nach hinten, legte ihr Handschellen an und drehte sie um. Viel sanfter als sein Kollege war auch er nicht im Umgang.

„Ein Anschlag auf die Staatssekretärin! Habs doch gewusst!", mischte sich jetzt der erste Polizist wieder ein.

Frederike traute ihren Ohren nicht. „Anschlag? Sind Sie verrückt? Wir fahren zusammen nach Amrum. Das ist alles!"

„Eine Urlaubsfahrt!" Der erste Polizist lachte höhnisch. „Frederike Petersen, Teilnehmerin an ungezählten gewalttätigen Demonstrationen, militante Naturschützerin, Gefährderin, gerade zurück aus einem Ausbildungscamp in Syrien! Das hört man doch gerne: Die Terroristin will mit der Staatssekretärin nur *in den Urlaub fahren.* Und dann auch noch in so einer alten Kutsche. Ha, ha, ha!"

„He, Sie", erklang eine laute, wütende Frauenstimme von der anderen Straßenseite. Frederike schaute hin und trotz ihrer misslichen Situation trat ein bewunderndes Grinsen auf ihr Gesicht. „Wie konnte man auf so hohen Absätzen nur so schnell und elegant laufen?", fragte sie sich. Beatrice von Warendorff in ihrem streng geschnittenen Kostüm raste über den Vorplatz des Ministeriums und die Straße heran wie ein grauer Blitz. Eine Truppe von Polizisten, die in die gleiche Richtung lief, ließ sie dabei spielend hinter sich. Eine Sekunde später hatte sie Frederike erreicht, gab ihr Küsschen auf beide Wangen und drehte sich dann betont langsam zu den Polizisten um.

„Eine Falschparkerin?", fragte sie höhnisch und musterte die Beamten von oben bis unten. Dann wurde ihre Stimme frostig wie eine Polarnacht. „Was! Tun! Sie! Hier!" Jedes Wort war einzeln betont und wurde von einer kleinen Pause begleitet.

Die Polizisten sagten gar nichts, traten unruhig von einem Bein aufs andere, schauten unsicher auf die Erde, hatten sofort erkannt oder vielmehr befürchtet, dass sie die Situation vielleicht falsch eingeschätzt hatten und sie sich jetzt mit Macht gegen sie wendete. Auch ihr Ausbilder war inzwischen herangekommen und hatte, als wäre der Auftritt der Staatssekretärin nicht schon unheilverkündend genug gewesen, die vermeintliche Terroristin in den Arm genommen.

„Oh Gott, Freddy! Was ist passiert? Es tut mir unendlich leid!", stammelte er dabei. Dann brüllte er die beiden Polizeimeister an. „Schröder, Wilkens, worauf warten Sie? Nehmen sie Frau Dr. Petersen gefälligst die Handschellen ab! Was haben Sie sich nur dabei gedacht!" Dann wandte er sich wieder Frederike zu, die ihre gefesselten Hände sofort auffordernd den Polizisten zugedreht hatte. „Bist du okay? Haben sie dir weh getan?"

„Nein, nein, schon okay", murmelte sie beschwichtigend. Die beiden Polizisten waren ungefähr im Alter ihres Sohnes. Es wäre wohl nicht förderlich für deren Karrieren, wenn sie die gerade erlebte Situation zu detailliert schilderte. „Das habe ich doch bei Demos auch schon erlebt. Aber, verdammt noch mal, was habt ihr denn in euren Akten über mich stehen? Ich hab vier Wochen in der Krankenstation eines syrischen Flüchtlingslagers gearbeitet und die beiden hier reden von Ausbildungscamp und Terroristin? Ich habe auch noch nie irgendetwas Gewalttätiges auf einer Demonstration getan, auch wenn um mich herum die Fetzen flogen und ich selbst die Polizeiknüppel abgekriegt habe. Das weißt du doch auch!"

Polizeiausbilder Martin Holzkamp, der zusammen mit Hark die Ausbildung zum Höheren Dienst absolviert hatte und auch heute noch zu ihrem engeren Freundeskreis zählte, drehte sich mit düsterem Blick zu den jungen Polizeimeistern um.

„Wir hatten das Nummernschild abgefragt. Frederike Petersen ist in der zentralen Datenbank als Gefährderin, potenziell gewalttätig und gefährlich eingestuft!" Der von seinem Kollegen Jonas genannte junge Mann bekam nun doch wieder Oberwasser. „Und sie hat sich der Festnahme widersetzt!"

„*Was* habe ich?" Freddy fuhr zu ihm herum und sah ihm giftig in die Augen.

„Nein, hat sie *nicht*!"; mischte sich jetzt der andere Kollege ein. „Bitte entschuldigen Sie vielmals, wenn wir Sie vielleicht ein wenig zu hart angefasst haben, Frau Dr. Petersen. Wir hatten – und haben immer noch – die Information, dass Sie eine islamistische Terroristin sein könnten. Und wenn Sie dann mit merkwürdigen, großen Dingen auf der Ladefläche gegenüber vom Ministerium parken und ganz offenkundig auf etwas warten..." Er beendete den Satz nicht.

Martin Holzkamp hatte in der Zwischenzeit selbst bei der Zentrale angefragt. Jetzt drehte er sich wieder Frederike zu.

„Ja, Freddy, das stimmt leider. Du bist eine islamistische Gefährderin", sagte er mit betont ernstem Gesicht. Dann brach er in ein herzhaftes Lachen aus, in das aber weder Freddy noch sonst jemand in der kleinen Menschenansammlung einstimmen mochte. Holzkamp bemerkte, dass sie das nicht so komisch finden konnte wie er. „Beim Verfassungsschutz arbeiten ja auch nur Menschen", ergänzte er darum schnell und entschuldigend. „Du bist nicht die Erste, bei der es so einen Fehler gibt. Ein falscher Klick, und schon wird aus der Krankenstation eines Flüchtlingslagers ein Ausbildungslager des IS und aus der christlichen Ärztin eine muslimische Terroristin."

„Und ich wäre wohl auch nicht die Erste, die deswegen von einem unbeherrschten und unsicheren jungen Polizisten misshandelt oder gar versehentlich erschossen wird, was der dann mit Widerstand begründet", knurrte sie. Die Behauptung „Widerstand" hatte sie ihm, Jugend hin, Jugend her, nicht vergessen und diesen einen Punkt wirklich übel genommen.

„Ich kümmere mich darum", versprach er. „Um deine Akte beim Verfassungsschutz und auch", Seitenblick auf den angesprochenen Polizisten, „um die Ausbildung der Jugend."

„Na, dann können wir jetzt ja wohl", mischte sich Beatrice von Warendorff ein, die sich die letzten Minuten im Hintergrund gehalten und konzentriert auf ihrem Smartphone herumgetippt hatte. Sie machte einem Begleiter, einem elegant gekleideten Herrn in mittlerem Alter, ein Zeichen, den Koffer, den er die ganze Zeit über neben sich stehen hatte, in den Kofferraum des Mercedes zu laden.

„Ähm", sagte Martin Holzkamp, und Freddy legte ihm sanft die Hand auf die Schulter.

„Lass mal, ich mach schon", sagte sie, öffnete die hintere Wagentür und bedeutete den jungen Polizisten, auf der Ladefläche unter die Decken zu schauen. Freddy war seit 25 Jahren mit einem Polizisten verheiratet und wusste, dass Martin sie, bei aller Freundschaft, in dieser Situation und mit diesem ungeklärten Akteneintrag nicht einfach mit einer Staatssekretärin abfahren lassen konnte, ohne zumindest einmal ins Fahrzeug geschaut zu haben. „Gaschromatograph, Autosampler, Spectrometer, Inkubator, Kühlzentrifuge", erläuterte sie. „Alles gebraucht und preisgünstig ersteigert. Für das Labor unserer Tante Elizabeth Hochkamp auf Amrum. Sie ist Biologin in der Naturschutzstation."

„Darf ich?", fragte der besonnenere der beiden jungen Polizisten und deutete auf das Handschuhfach.

Freddy nickte, und er begann, es zu durchsuchen sowie, nach einem weiteren zögernd fragenden Blick und ihrem erneuten Nicken, ihre Handtasche.

Als der andere sich allerdings ihren Koffer greifen wollte, stoppte sie ihn mit einem scharfen „Moment bitte!" und wandte sich hilfesuchend an den Ausbilder. „Der zerknickt mir am Ende noch die Abendkleider."

„Schröder! Nicht öffnen! Bringen sie ihn rüber zum Durchleuchten! Laufschritt! Los, los!", befahl der Vorgesetzte und erklärte Freddy, dass sie am Eingang zum Ministerium jetzt ein Durchleuchtungsgerät installiert hatten. „Da wird keines deiner Kleider auch nur berührt."

Die Staatssekretärin verfolgte die Szene mit zunehmender Ungnade, gerunzelter Stirn und schließlich mit in die Seiten gestemmten Fäusten. Gleich würde sie explodieren, dachte Freddy und lächelte sie aufmunternd an. „Lass nur, Beatrice", beschwichtigte sie. „Wir haben noch über zweieinhalb Stunden, bis die Fähre ablegt. Wenn's nicht mehr allzu lange dauert, schaffen wir das problemlos."

Tatsächlich kam Jonas Schröder – den Namen hatte sie sich für alle Zeiten gemerkt – kurz darauf im Laufschritt zurück. „Ist sauber", keuchte er schon von weitem und verstaute wenig später das Gepäckstück neben dem von Beatrice auf der Ladefläche. Sie konnten abfahren. Endlich!

10

„Zwei große Wasser und zweimal Currywurst mit Salat, bitte!" Hark hatte sich an der Kasse des Imbiss am Fähranleger Dagebüll angestellt und nicht lange warten müssen. In diesem Moment war hier trotz Mittagszeit gerade einmal nicht so viel los. Die Passagiere nach Föhr waren wohl schon zur Fähre gegangen und die, die nach Amrum wollten, noch nicht da.

Während die beiden Paare vor ihm ihre Bestellung abgegeben hatten, hatte er Zeit gehabt, sich ein wenig umzusehen. In einem Ständer mit Reiselektüre standen die beiden Krimis, die dieser Jan Rolfsmeier über die „Volvo-Morde" auf Amrum geschrieben hatte. Haarklein waren da seine Ermittlungen aus den Vorjahren aufgedröselt. Woher mochte er nur all die internen Informationen haben? Die beiden Bände erinnerten Petersen daran, dass er noch nach der undichten Stelle im Kommissariat suchen wollte, aber so wichtig war ihm das dann auch wieder nicht. Er nahm einen der Bände in die Hand, ein Staubflöckchen löste sich von der Oberseite. „Naja, Bestseller sind das ja nicht gerade", dachte er und stellte zum eigenen Erstaunen fest, dass er darüber ein wenig beleidigt war. Wenn er schon zur Romanfigur geworden war, dann doch bitte auch zu einer gut verkäuflichen.

„Macht 22,20 Herr Kommissar", sagte die Frau hinter dem Tresen. „Sie sitzen draußen? Das Wasser zapfe ich Ihnen gleich zum Mitnehmen, die Currywurst bringe ich dann raus."

Petersen sah die Frau überrascht an. Woher wusste sie, wer er war? Sie kam ihm zwar irgendwie bekannt vor, aber das hatte er darauf geschoben, dass er sich hier öfter mal etwas zu essen oder einen Kaffee holte. Sie musste wohl so Mitte 50 sein, halblanges, dunkelblond getöntes Haar, kräftig gebaut, aber nicht wirklich dick, durchaus gepflegt, aber nicht sonderlich zurechtgemacht... Nein, er konnte sich beim besten Willen nicht erinnern.

„Ist lange her, Herr Petersen", lächelte die Frau ihn an. „Sieben Jahre. Sie hatten den Unfalltod meiner Eltern untersucht. Damals war Ihre Dienststelle, glaube ich, noch in Kiel?"

Er nickte. „Ja, klar, jetzt weiß ich wieder. Ein sehr tragischer Unglücksfall. Tut mir leid, dass ich mich nicht gleich erinnert habe, Frau... äh... Mewes, richtig?"

„Ja, Mewes ist richtig. Claudia Mewes. Ich bin ja seither auch ein ordentliches Stück älter und breiter geworden", lachte sie, während sie ihm das Wechselgeld rüberreichte und zwei große Gläser mit Wasser füllte. „Ihr Bild sieht man außerdem hin und wieder mal in der Zeitung; das hält die Erinnerung frisch." Das Lachen war einem traurigen Blick gewichen. „Für

Sie ist das ja wohl auch eher der Alltag, während es für mich selbst sehr einschneidend war." Sie war inzwischen nach links zur Ausgabe gegangen und reichte ihm, schon wieder gewinnend lächelnd, das Wasser hinüber. „Ich bin in vier Minuten mit den Currywürsten bei Ihnen."

Hark nahm das Wasser, lächelte freundlich zurück und ging hinaus zu Redlef, der sich an einen der vielen freien Tische in die Sonne gesetzt hatte. Der Imbiss war, sturmflutsicher, im ersten Stock des Servicegebäudes direkt an der Kaimauer des Fähranlegers untergebracht. Von seiner Terrasse aus hatte man eine gute Sicht auf das Hafenbecken, das Meer und die Fähre an Brücke 3.

„Die Wurst wird uns gleich herausgebracht", erklärte Hark.

„Ach, ist das hier jetzt mit Bedienung?", wunderte sich der Staatsanwalt.

„Nee, wohl eher ein Promi-Bonus", grinste Hark.

Bis die Würste kamen, saßen die Freunde schweigend nebeneinander, genossen die frühlingshaften Sonnenstrahlen auf der Haut, die leichte Brise, die vom Meer heranwehte, und den Blick auf das geschäftige Treiben an der Fähre, die gerade die Autos und Passagiere für die Fahrt nach Föhr an Bord kommen ließ.

„Hmmm, sieht lecker aus", schwärmte Hark, als Claudia Mewes die beiden Teller auf dem Tisch absetzte. Sie hatte die Wurst halbiert und mit rotem Curryketchup übergossen, auf dem ockergelb-orange Inselchen aus Currypulver für farbliche Kontraste sorgten. Auf dem hausgemachten Kartoffelsalat gab feingehackte Petersilie den appetitlichen grünen Farbtupfer.

Die Imbissfrau lächelte dankbar. Hark bemerkte, dass sie zögerte, ob sie gehen oder etwas sagen sollte. Sie hatte jetzt ein sehr ernstes Gesicht. Hark kannte das von Zeugen, die sich nicht recht entscheiden konnten, ob sie ihm das, was sie wussten, mitteilen sollten und ob er sie auslachen würde, wenn sie es täten. Bestimmt hatte sie noch eine Frage oder Beobachtung zum Tod ihrer Eltern, vermutete er.

„Setzen Sie sich doch und erzählen Sie", lud er die Frau ein.

Sie schaute unsicher auf Redlef, der sie aber ebenfalls freundlich anlächelte und mit einer einladenden Handbewegung auf den freien Platz neben sich deutete. Wenn Hark diese Frau zum Platznehmen einlud, hatte das seinen Grund. Da war er sich bei seinem Freund sicher.

Die Frau war immer noch unschlüssig. Darum stand Hark lächelnd auf und deutete auf seinen Freund. „Entschuldigung, darf ich vorstellen: Redlef Meier. Ein sehr netter, freundlicher und absolut diskreter Freund. Was auch immer Sie mir erzählen wollen – und Sie *wollen* mir doch etwas berichten, nicht wahr? – ist bei ihm ebenfalls sicher aufgehoben. Redlef, das ist Frau Mewes. Sie hat vor sieben Jahren bei einem tragischen Autounfall beide Eltern auf einmal verloren. Ich hatte damals dazu ermittelt."

Das Wort „Staatsanwalt" hatte er beim Vorstellen vorsorglich weggelassen.

Claudia Mewes fasste sich ein Herz und setzte sich.

„Aber lassen Sie Ihre Wurst mal nicht kalt werden", bat sie. „Wenn's recht ist, erzähl ich einfach, was ich auf dem Herzen habe, während Sie essen."

Beide Männer nickten in aufmunternder Zustimmung, griffen nach ihrem Besteck und ließen sich das Imbissessen schmecken. Aber Claudia Mewes ging es zu ihrer Überraschung gar nicht um den Tod der Eltern vor vielen Jahren. Vielmehr berichtete die Frau von genau dem Unglücksfall auf dem Hindenburgdamm, der auch Hark und Redlef gerade beschäftigte. Claudia Mewes schilderte, was ihrem Mann, dem Fahrer der Lok, widerfahren war und wie sehr er darunter litt, dass er so wenig über den Toten und dessen Motive wusste. Sie sprach über das merkwürdige, desinteressierte Verhalten des ermittelnden Bahnpolizisten und über die Zweifel ihres Mannes, ob das überhaupt ein Selbstmord gewesen sein konnte oder ob nicht vielleicht etwas ganz anderes dahinter steckte.

Die beiden Männer hörten ihr ausgesprochen aufmerksam zu, voller Verblüffung, dass dieser Todesfall, kaum hatten sie davon erfahren, nun auch von anderer Stelle auf sie zukam. Als Claudia Mewes den schwarz gekleideten Fremden in der Bahn erwähnte, war Petersen besonders hellhörig. Das musste eine Bedeutung für das Geschehnis haben, da war er sich sicher. Und wenn es das hatte, war ein Selbstmord eigentlich endgültig ausgeschlossen. Im Bericht war davon allerdings nichts erwähnt worden. Versonnen schnitt er sich ein Stück Wurst ab, fuhr damit durch die Sauce auf dem Teller und steckte es sich in den Mund.

„Oh, Vorsicht!", rief Claudia Mewes und streckte ihre Hand blitzschnell unter den Tisch. Hark hatte beim Schneiden, ohne es zu merken, Sauce über den Tellerrand geschoben, und die tropfte nun klebrig durch eine Ritze zwischen den Streben des rustikalen Tisches nach unten. Claudias Hand verhinderte gerade noch, dass sie auf Redlefs Hose landete.

„Das passiert hier leider immer wieder", lächelte die Frau entschuldigend, während sie sich die Hand in einem Papiertaschentuch abwischte. „Aber Tischdecken können wir hier draußen natürlich nicht auflegen. Der Wind, wissen Sie. Ich hatte schon mal vorgeschlagen, eine durchgehende Tischplatte aufzuschrauben, aber davon wollte die Chefin nichts wissen."

„Claudia! Claudia, kommst du bitte!" Wie auf Stichwort hatte sich die Tür zum Imbiss geöffnet und eine schroffe Stimme befahl die Angestellte hinein. „Wir haben hier noch mehr Gäste!"

Mit einem bedauernden Blick stand Claudia Mewes auf. Petersen ebenfalls.

„Wir sind gerade auf dem Weg nach Amrum", sagte er. „Ein paar Tage Urlaub. Aber vielleicht können Sie mir eine Telefonnummer geben, unter der ich Ihren Mann erreichen kann? Ich würde mich mit ihm sehr gerne einmal ausführlich darüber unterhalten."

„Ich schreibe sie Ihnen drinnen gleich auf, sobald ich Zeit finde", rief die Frau im Hineinlaufen zu ihm zurück. „Aber lassen Sie mich Carsten vorwarnen. Ich hab das ja nicht mit ihm abgesprochen."

Die Chefin war bereits mit grimmiger Miene vorausgeeilt. Die Bahn aus Niebüll hatte gerade einen großen Pulk hungriger Reisender ausgespuckt.

11

Freddy hatte Mühe, ihren Adrenalinspiegel herunterzufahren, und auch Beatrice war immer noch wütend. Auch 20 Minuten nach ihrer so unangenehm verzögerten Abfahrt aus Kiel waren beide noch am Schimpfen über die Gefahr, die für jeden Einzelnen von falschen oder falsch interpretierten Daten in den elektronischen Akten von Polizei, Behörden und Sonstnochwem ausgehen konnte.

„Der hatte seinen Finger direkt am Abzug", empörte sich Frederike ein ums andere Mal. „Ein Nieser und ich wäre jetzt tot!"

„Durch nichts zu rechtfertigen!", stimmte Beatrice ein. Ihre Stirn hatte sich besorgt in Falten gelegt. „Das musst du so schnell wie möglich löschen lassen! Vielleicht geht das ja schon auf dem kurzen Dienstweg. Mal schauen. Ich kenne da einen netten Abteilungsleiter beim Verfassungsschutz, der das eigentlich hinkriegen müsste." Sie überlegte kurz. „Am besten mache ich das gleich", erklärte sie nachdrücklich und suchte auf ihrem Handy den entsprechenden Kontakt heraus.

Der Bekannte war nach dem zweiten Freiton am Apparat, und die Staatssekretärin wechselte ein paar freundliche Worte mit ihm. Sie fragte nach Frau und Kindern, erzählte selbst, dass sie auf dem Weg zu einer Hochzeit nach Amrum sei, zwischendurch aber noch mal weg müsse, um den Minister zu vertreten. Dann kam sie zur Sache und schilderte kurz und sachlich, worum es ging, begleitet von „nein, ganz bestimmt weder Terroristin noch gewalttätig, dafür lege ich meine Hand ins Feuer".

„Er wird sich für dich ins Zeug legen und dem, der das verbockt hat, die Hölle heiß machen", freute sie sich nach Ende des Gesprächs.

Freddy lächelte dankbar. Das war wirklich beruhigend. Vielleicht hätten auch Hark und Redlef gewusst, wie man das schnellstens richtigstellen konnte. Aber so war es natürlich besser.

Der Mercedes reihte sich in den auffallend dichten Verkehr auf der Autobahn 7 in Richtung Flensburg ein. Viele hatten sich offenbar bereits vor dem morgigen Feiertag aufgemacht, um in den Norden Deutschlands, nach Dänemark oder sogar noch weiter hoch zu fahren. Es ließ sich kaum mal schneller als hundert fahren. Da das Navi einen erheblichen Stau kurz vor Flensburg anzeigte, beschlossen die Frauen, die Autobahn schon bei Schuby wieder zu verlassen und Dagebüll in Richtung Nordwest über Landstraßen anzusteuern. Das würde kaum länger dauern, als es das auf der Autobahn selbst ohne Stau getan hätte, und war obendrein viel schöner.

„Du musst noch mal von Amrum weg?", fragte Freddy mit Bezug auf das gerade mitgehörte Telefonat.

„Ja, leider", antwortete Beatrice. „Redlef weiß das noch gar nicht. Hab es selber gerade erst erfahren, als ich schon draußen bei dir war. Ist aber auch nur kurz. Gleich morgen. Es gibt Mittags einen großen Festakt zur Einweihung der neuen Ecofare Bahnverbindung nach Sylt. Der Minister hatte zugesagt, hängt aber noch in Berlin fest. Ist nicht so wild. Fünf, sechs Stunden, dann bin ich wieder bei euch."

„Ecofare, das sind doch die mit den Wasserstoffzügen und Wasserstofffähren, die den Verkehr in ganz Europa emissionsfrei machen wollen?", fragte Freddy.

„Genau die", erklärte Beatrice begeistert. „Ein milliardenschwerer Konzern, total international angelegt. Die erzeugen sogar ihren Wasserstoff selbst. Zumindest zum Teil. Mit Energie aus eigenen Sonnen- und Windkraftwerken auf den Shet-land-Inseln und in Marokko. Sie bauen im Kongo Kobalt ab und in Kolumbien Lithium und fertigen daraus Zwischenspeicher in einer eigenen Fabrik in Sierra Leone, wo sie jetzt schon einer der größten Arbeitgeber sind. In Tschechien errichten sie ein Produktionswerk für Elektroautos und –lastwagen, das in ein paar Monaten in Betrieb gehen soll. Und in Litauen haben sie einen ganzen Industriekomplex mit Schiffwerft, Motorenbau und Fabriken für den Bau von Bahnen, Autos, Bussen und LKW auf Wasserstoffbasis. Das ist der erste wirklich weltumspannende Ökokonzern."

„Klingt wirklich riesig", murmelte Freddy mit skeptischem Unterton. „Ein bisschen wie ein DDR-Kombinat, wo neben dem eigentlichen Produkt auch alles Mögliche drum herum gemacht wurde, was man halt so brauchte: von Tischlerei und Bäcker bis hin zur Kinderkrippe. Macht sowas Sinn?"

„Ich denke schon", überlegte Beatrice. „Wenn du in eine völlig neue Technologie einsteigst, kannst du dir die Dinge nicht einfach irgendwo auf dem Markt zusammenkaufen. Die gibt es ja noch gar nicht. Darum bleibt dir wohl gar nichts anderes übrig, als das selbst herzustellen. Oder zumindest jemanden damit zu beauftragen."

„Naja, Lithium und Kobalt könnten sie ja ganz normal einkaufen, und den Strom auch!" Freddy blieb bei ihrer skeptischen Haltung. „Und woher kommt das Geld? Das Ganze muss Milliarden gekostet haben!"

„So im Detail bin ich da noch nicht eingearbeitet", räumte die Staatssekretärin ein. „Aber ich weiß, dass Ecofare eine Aktiengesellschaft ist, die für die einzelnen Bereiche jeweils GmbHs oder Vergleichbares gegründet hat. Vor allem stehen große Kapitalgesellschaften dahinter, aber, wie ich gehört habe, auch Umweltverbände und ökologisch orientierte Banken. Wenn die da mitmachen, ist das natürlich ein zusätzlicher grüner Ritterschlag."

„Und was hältst du selbst von Ecofare?", wollte Freddy wissen.

„Mein Ministerium und ich finden die Idee absolut beispielhaft für die Energiewende. Das ist genau die richtige Antwort auf Erderwärmung und Umweltprobleme", schwärmte Beatrice. „Von uns hier im Norden bekommen sie darum volle Unterstützung. Das ist aber leider nicht überall so. Die Bundesländer mit starker Automobilindustrie halten ziemlich dagegen, und auch in Berlin hat Ecofare bei weitem nicht nur Freunde. Du kannst dir vielleicht vorstellen, was für Geschütze die Öl- und Gaslobbys auffahren. Aber alles hinter den Kulissen. Niemand will sich die Finger an der öffentlichen Meinung verbrennen. Während also im Hintergrund Gift und Galle gespuckt wird, wird öffentlich vor allem gelobt."

Auch Freddy hatte bislang nur Gutes über den neuen Konzern gehört. Besser gesagt Dinge, die sie selbst als „gut" empfand, denn eine saubere Umwelt lag ihr am Herzen. Darum fand sie auch das Ecofare Engagement für emissionsfreien Verkehr eigentlich toll. Eigentlich! Tatsächlich nämlich misstraute sie aufgrund ihrer Erfahrungen den Beweggründen jedweder Konzerne, die sich angeblich oder tatsächlich für Umwelt und Nachhaltigkeit engagierten. Und nicht nur denen, sondern auch vielen der nationalen und internationalen Nichtregierungsorganisationen, den NGOs. Letztlich ging es, wie sie es erlebt hatte, doch immer auch ums Geld. Bei den Konzernen musste sich Umweltengagement rechnen, bei den NGOs mussten Kampagnen spendenwirksam sein. So hielt sich der Enthusiasmus für Dinge, die nichts abwarfen, bei den einen wie den anderen in der Regel in Grenzen.

Freddy ließ Beatrice an diesen Gedanken teilhaben.
„So eng würde ich das nicht sehen", meinte diese. „Wenn sie den Verkehr weltweit emissionsfrei machen können, dann sollen sie sich von mir aus gerne eine goldene Nase damit verdienen. Und was die NGOs angeht, so muss da für mich nicht jeder Mitstreiter oder jede Methode edel und gut sein, wenn das Ergebnis stimmt. Gilt übrigens auch in der Politik. Was

meinst du, wie vielen in der eigenen Partei ich in meinem Job und mit meiner Kleidung suspekt bin. Ist trotzdem kein Grund, mit Selbstgestricktem irgendwelchen Klischees hinterherzuhecheln."

Freddy lachte. „Nee, stimmt, dem Klischee einer Grünenpolitikerin entspricht dein Outfit wirklich nicht so ganz."

„Aber innerlich bin ich grün wie der Dschungel, das kannst du mir glauben." Die Staatssekretärin lachte jetzt ebenfalls. „Und nur fürs Protokoll: Ich fahre morgen mit der *Fähre* nach Sylt und zurück! Den *Hubschrauber* habe ich selbstverständlich abgelehnt."

12

„Ist das zu fassen?", fragte Redlef, als sich die Imbisstür hinter Claudia Mewes geschlossen hatte. „Da haben wir gerade angefangen, uns diese Sache näher anzuschauen, und schon kommt die Frau des Lokführers auf uns zu. Glaubst du an Zufälle?"

„Schon aus rein beruflichen Gründen nicht", antwortete Hark. „Weißt du ja! Aber ich glaube an sowas wie atmosphärische Verdichtungen in der Welt, weil ich die schon oft erlebt habe. Passiert dir das nicht auch ständig: Du stößt auf irgendein Thema, mit dem du bis dahin nichts am Hut hattest, und plötzlich prasselt das von allen Seiten auf dich herein? Habe ich auch bei Orten. Da war ich monatelang nicht in Hamburg, dann muss ich plötzlich dreimal hintereinander zu Sachen hin, die rein gar nichts miteinander zu tun haben. Oft auch noch in derselben Gegend von Hamburg, in der ich eventuell nie zuvor gewesen war und vielleicht nie wieder sein werde."

„Klar, das kenne ich auch", lachte der Staatsanwalt. „Aber das ist für mich ´Zufall` und nicht... wie hast du das genannt?... ´atmosphärische Verdichtung`!"

„Na, dann glaub ich wohl doch an Zufälle", lachte nun auch Hark. „Zumindest an die Zufälle, die auf atmosphärischer Verdichtung beruhen."

Eine Weile hingen die Freunde gut gelaunt ihren Gedanken nach und genossen die immer wärmer werdenden Sonnenstrahlen.

„Sag mal", unterbrach Hark das Schweigen. „Dieser Bundesbahn-Oberrat. Ist das eigentlich ein guter Bekannter oder Freund von dir?"

„Nein, überhaupt nicht", antwortete Redlef. „"Ich hatte ihn bislang höchstens drei oder vier Mal gesehen und das war immer rein beruflich gewesen. Warum fragst du?"

„Naja, ich dachte gerade, wenn er mit so einer heiklen Angelegenheit zu dir kommt und dich mehr oder weniger zu diskreten eigenen Nachforschungen auffordert, dann muss er ja schon ein ziemliches Vertrauen in dich haben. Oder ein ziemlich starkes Motiv. Und wenn ihr euch gar nicht so gut kennt, frage ich mich halt nach dem Motiv. Wegen der Zufälle und so. Du weißt."

„Hmh, ja, da hast du vielleicht nicht ganz unrecht", räumte Redlef nach kurzer Überlegung ein. „War mir gar nicht so aufgefallen. Er hat ja eigentlich ganz gut begründet, warum er eine kleine Recherche hinter den Kulissen bräuchte, bevor er dem offiziell nachgehen könnte: Weil der Onkel von diesem dämlichen Inspektor ein ganz hohes Tier ist, bietet sich eine gewisse Vorsicht an."

„Was war denn der eigentliche Anlass für euer Treffen, und wann habt ihr es vereinbart?", wollte Hark wissen.

„Das war eine kurzfristige Verabredung gewesen", grübelte Redlef. „Es ging um eine engere Kooperation zwischen Landes- und Bundespolizei hier oben im Norden und die Möglichkeiten, die Staatsanwaltschaften dabei mit einzubinden. Er hatte mich vor drei Tagen angerufen und vorgeschlagen, das mal zu besprechen. Nur so ein lockeres Brainstorming zu dem Thema. Dafür war ein Abendessen doch ein guter Rahmen. Meinst du, da ist was faul?"

„War nur gerade so ein Gefühl", meinte Hark.

Dann stand er auf und drehte sich freudestrahlend um. Wie so oft hatte er Freddy gespürt, bevor er sie sehen oder hören konnte. Tatsächlich war sie in diesem Moment auch noch nirgendwo zu sehen. Doch bevor sich Enttäuschung in ihm breitmachen konnte, kam sie schon über die Außentreppe zu ihnen hoch, dicht gefolgt von Beatrice, die mit einem für Staatssekretäre wohl eher ungewöhnlichen Freudenjauchzer in Redlefs ausgebreitete Arme flog. Auch Freddy und Hark umarmten sich, etwas weniger stürmisch vielleicht als die frisch verliebten Freunde, aber keinesfalls weniger zugewandt. Immerhin hatten auch sie sich schon über eine Woche nicht gesehen. Eine volle Minute waren alle auf ihre eigenen Partner konzentriert, bevor sie sich lösten und die jeweils anderen mit doppeltem Wangenkuss und freudigem Lächeln begrüßten.

Nachdem sich die Frauen schließlich gesetzt hatten, erzählten sie, was sich vor dem Ministerium in Kiel abgespielt hatte. Hark blieb sonst auch in brenzligen Situationen kühl und entspannt. Aber nicht, wenn es um seine Liebsten ging. Seine Gesichtsfarbe hatte zu puterrot gewechselt, sein Puls raste, seine Gefühle schwankten zwischen tiefer Anteilnahme für das, was Freddy widerfahren war, und tosender Wut, die nicht so recht wusste, wo sie hin sollte.

„Die Idioten schnapp ich mir!", knurrte er schließlich, ohne so recht zu wissen, ob er die beiden jungen Polizisten meinte oder die Verantwortlichen für den falschen Eintrag in die Datenbank oder Polizei und Verfassungsschutz ganz allgemein.

„Hey, so schlimm war 's dann am Ende ja auch wieder nicht", versuchte Freddy ihn zu beruhigen. „Bestimmt hat Beatrice den Datenquatsch beim Verfassungsschutz schon in Ordnung gebracht. Zum Glück war ja auch Martin dort gewesen. Der wird diesem Jonas Schröder bestimmt ne gewaltige Nachschulung aufdrücken."

Freddy hatte Harks Hände in ihre genommen. Peinlich berührt stellte er fest, dass Freddy gerade versuchte, ihn zu trösten, obwohl sie *selbst* das Opfer war und *er* sie hätte trösten müssen. Sie sah sofort, dass er dies gerade kapiert hatte, und lachte ihn an.

„Entschuldige", lachte nun auch er. „Völlig falscher Einsatz!"

Sie nahmen sich erneut in die Arme. Schreck und Wut waren verraucht. Bei beiden. Die Situation war überstanden, sie würden nun ruhig und gelassen mit dem voraussichtlich Wenigen, was dazu noch zu tun sein würde, umgehen können.

Beatrice war am Telefonieren, die freie Hand in der von Redlef. Der sah ein wenig unglücklich aus. Er hatte gerade von ihr erfahren, dass sie morgen noch einmal weg musste. Dabei hatten sie sich doch so auf die gemeinsame Zeit gefreut.

Die Staatssekretärin hörte ihrem Gesprächspartner am Telefon eine Weile zu. Nun sagte sie „Vielen Dank, ich geb dann mal weiter" und reichte das Gerät mit einem grinsenden „Für dich!" an Freddy weiter.

Die zog ein fragendes Gesicht, aber Beatrice lächelte nur breit und machte eine auffordernde Geste, das Telefon endlich anzunehmen.

„Ja, bitte? Dr. Frederike Petersen hier", sagte Freddy fragend.

„Landesamt für Verfassungsschutz, guten Tag Frau Dr. Petersen", klang es von der anderen Seite. Seinen Namen nannte der Mann nicht. „Ich habe hier den Herrn... hm, nennen wir ihn Meier, für Sie. Der... hm, sagen wir Volltrottel, hat Sie in unserem System zur potenziellen Gefährderin gemacht. Und nun möchte sich dieser... hm, reuige Sünder, dafür in aller Form bei Ihnen entschuldigen. Auch ich selbst bitte Sie ganz herzlich, diesen dummen Fehler zu entschuldigen, und gebe jetzt mal weiter."

„Ja, ähm, Meier hier", druckste nun eine Männerstimme, die deutlich jünger klang als die erste. „Das mit diesem Eintrag, ja, ähm, das tut mir wirklich sehr leid, geehrte Frau Dr. Petersen. Ist mir ungeheuer peinlich. Das müssen Sie mir glauben! Ein dummer Irrtum (vernehmliches Räuspern im Hintergrund), äh, nein, wohl eher dumme Schlamperei. Da hatte ich die Meldung gekriegt, dass Sie nach Syrien sind. Und nach vier Wochen wieder da. Dann hab ich in Ihre Akte geschaut..."

„...meine *Akte*?" fuhr Freddy schrill dazwischen „Wieso gibt es ´meine Akte` bei Ihnen?"

„Äh, ja, die gibts natürlich. Schon ziemlich lange sogar. Sie sind oder vielleicht auch *waren*, sagen wir mal, doch politisch ziemlich aktiv. Demonstrationen und so, jede Menge. Auch gewalttätige. Und Sitzblockaden. Zweimal festgenommen. Eine ziemliche Revoluzzerin sind Sie ja (sehr vernehmliches Räuspern im Hintergrund), äh, nein, entschuldigen Sie, sind sie natürlich nicht, dachte ich nur, und dann hatte ich, nun ja, gar nicht erst groß recherchiert, was Sie in Syrien gemacht haben. Weil ich war da natürlich ganz sicher, dass Sie beim IS waren. Im Trainingslager. Was natürlich nicht natürlich ist, dass ich da sicher war. Und jetzt bitte ich Sie darum vielmals um Entschuldigung, Frau Dr. Petersen. Das ist mir wirklich sehr, sehr unangenehm, und ich hab den Eintrag jetzt natürlich sofort gelöscht, und ich hoffe, dass die Kollegen von der Polizei nicht zu hart mit Ihnen umgegangen sind, und es tut mir wirklich, wirklich leid!"

Das letzte klang sogar ziemlich ehrlich, fand Freddy. Trotzdem war sie nun eigentlich aufgebrachter als vorher. Wie kamen die dazu, eine Akte über eine Bürgerin anzulegen, die lediglich von ihrem Demonstrationsrecht Gebrauch gemacht hatte! Und wieso hatten die Demonstrationen ihr das Etikett „gewalttätig" eingebracht, obwohl sie selbst niemals gewalttätig gewesen war. Die beiden Festnahmen hatten sich zudem als ungerechtfertigt und potenziell verfassungswidrig herausgestellt. Freddy fragte ihren Gesprächspartner danach.

„Tja, das weiß ich jetzt auch nicht so genau, war ja alles vor meiner Zeit", kam die Antwort. „Aber zum Schutz der Bürger müssen wir natürlich ein Auge darauf haben, wer wo dabei ist. Das wird wohl der Grund für Ihre Einträge sein."

„Und wird ´meine Akte` jetzt gelöscht?", fragte Freddy fordernd.

„Äh, hm, nun ja, das wird sicherlich nicht möglich sein", druckste das telefonische Gegenüber. „Aber wie gesagt, der Syrien-Eintrag ist korrigiert, und als Gefährderin sind Sie jetzt auch nicht mehr geführt. Wie gesagt, das Ganze tut mir wirklich, wirklich leid."

„Ich hätte *erschossen* werden können", zischte Freddy nachdrücklich und sich durchaus bewusst, dass sie da vielleicht ein wenig dick auftrug. So schnell wollte sie ihm nicht die Absolution erteilen. „*IS*! Was für ein *Unfug*! *Mann*, ich bin evangelisch und zahle Kirchensteuer! Ist das nicht ungewöhnlich für eine radikale Muslima? Na, hoffentlich sind Sie künftig aufmerksamer. Bei Ärzte ohne Grenzen arbeiten noch viele andere Kollegen aus Deutschland. Gerade in Krisengebieten. Für die machen Sie das Leben ja im Inland gefährlicher als im Ausland."

„Wie gesagt, es tut mir schrecklich leid, und ich hab das jetzt ja auf der Reihe, und es kommt ganz gewiss nicht wieder vor. Und ich entschuldige mich in aller Form bei Ihnen Frau Dr. Petersen. Ich schicke auch gleich noch einen Blumenstrauß an Sie. Auf eigne Kosten, natürlich!"

Freddy hatte keine Lust, dem zerknirschten Verfassungsschützer noch weiter zuzuhören. „Das ist nett, aber nein danke", sagte sie. „Ich bin gerade unterwegs und Blumen machen es auch nicht besser. Achten Sie künftig einfach mehr auf das, was Sie da tun, und legen Sie keine Akten zu Bürgern an, die lediglich ihre Grundrechte wahrnehmen."

Damit verabschiedete sie sich und gab Beatrice ihr Handy zurück. „Ich danke dir", flüsterte sie dabei lautlos mit einem gewinnenden Lächeln. Beatrice dankte ihrerseits noch einmal ganz herzlich dem Chef des zerknirschten Verfassungsschützers und legte dann auf.

„Gewalttätige Demonstrantin und Terrorausbildung im IS Trainingscamp! Ist ja nicht zu fassen!" Freddy grinste säuerlich.

„Tja, so schnell kommt man in Verruf, du Gewalttäterin", lachte Hark, der zu ihrer Verwunderung offenkundig schon wieder darüber scherzen konnte.

Freddy blickte ihn säuerlich an, und er küsste sie schnell auf die Nase. „Entschuldige!" bat er dabei reumütig.

Tatsächlich hatte Hark seine Frau ja sogar auf einer mehr oder weniger „gewalttätigen" Demonstration kennengelernt. Das war vor gut 25 Jahren in Lübeck gewesen. Er stand dort als Bereitschaftspolizist mit seinen Kollegen schützend vor einer Heringskonservenfabrik, sie hatte sich als Demonstrantin direkt vor ihm aufgebaut und ihm eine Ewigkeit lang nur in die Augen geschaut. So waren beide wie ein Stein in der Brandung stehen geblieben, als die Demonstranten nach vorne drängten und alles um sie herum in Bewegung geriet. Am Abend hatte er Freddy dann in einer Kneipe in Kiel wiedergetroffen. Freddy hatte sich von ihm ein Bier ausgeben lassen und ihn dann zu sich nach Hause abgeschleppt. Drei Monate später waren sie verheiratet, nach einem weiteren halben Jahr kam Max zur Welt. Da waren sie gerade mal zwanzig Jahre alt. Er erzählte es Beatrice.

„Die Demo gegen die Ostsee-Überfischung? Damals nach Fall der Mauer?", lachte die Staatssekretärin. „Nicht zu fassen! Da war ich auch dabei! Die Welt ist wirklich klein!"

Dann erzählte sie auch Hark, dass sie am nächsten Tag noch mal los müsste. Ein Termin auf Sylt. Zum Start der neuen Ecofare Bahnstrecke. Hark zog eine Augenbraue hoch.

„*Ecofare*?", betonte er und grinste dabei Redlef an. „Na, das ist ja mal wieder ein Zufall!"

„Ja", stimmte der zu. „Aber ein blöder. Wir hatten uns so auf ein paar Tage zusammen gefreut."

„Wie wärs denn, wenn du einfach mitkommst?", schlug Beatrice vor. „Die Veranstaltung selbst dauert ja keine zwei Stunden, und für die Hin- und Rückfahrt wären wir dann zusammen. Und außer während meiner Rede auch. Die wird nicht so lang. Glaube ich zumindest. Mein Referent sitzt noch dran."

„Dann wäre ich ja zum ersten Mal öffentlich der Mann an deiner Seite!", strahlte Redlef. Beatrice nickte eifrig und mit dem gleichen strahlenden Lächeln.

13

Hark schaute auf die Uhr. Es wurde Zeit aufzubrechen. Sie hatten den Bentley auf Dagebülls Inselparkplatz gelassen und von dort den Shuttlebus hierher genommen. Ihr Gepäck stand seither auf einer Abstellfläche im Imbiss. Nun wollten sie es in Freddys Kofferraum laden und die Sachen von Redlef und Beatrice später, auf Amrum, zu deren Hotel bringen. So würden die beiden im Bus die Hände frei haben. Zu viert passten sie wegen der Apparate für Tante Lizzy nicht ins Auto.

Christine und Leif hatten für alle Gäste vom Festland Ferienwohnungen freigehalten. Christine verwaltete mittlerweile mehr als einhundert Appartements und Häuser auf der Insel, die meisten davon gehörten ihr selbst. Aber Freddy und Hark würden natürlich bei Tante Lizzy übernachten. Und Beatrice und Redlef durften sich als Staatssekretärin und Oberstaatsanwalt nicht zu solch einer Übernachtung einladen lassen. Schon gar nicht zu mehreren. Außerdem wollten sie sich lieber in einem Hotel verwöhnen lassen als selbst ihr Frühstück zu bereiten. Sie hatten sich daher ein Zimmer in einem noblen Hotel im Zentrum von Norddorf gebucht.

Als die vier den Imbiss betraten, kam Claudia Mewes hinter dem Tresen hervorgeeilt. Sie hatte die Handynummer ihres Mannes auf einen Zettel geschrieben. Mit seinem Namen darüber. Hark bedankte sich und reichte ihr im Gegenzug seine Visitenkarte.

„Schicken Sie mir einfach eine SMS, wenn Sie ihn vorgewarnt haben", bat er dabei. „Ich rufe ihn dann an. Es kann aber, wie gesagt, ein paar Tage dauern."

„Ich habe schon mit ihm telefoniert, er ist total dankbar und freut sich auf Ihren Anruf", strahlte die Frau. „Er lässt sich gerade auf dem Deich den Wind um die Ohren wehen. Hätte er das vorher gewusst, wäre er nicht ganz bis Schlüttsiel gelaufen, meint er. Nun schafft er es leider nicht mehr, rechtzeitig vor Abfahrt Ihrer Fähre hier zu sein. Carsten würde auch nach Amrum kommen, wenn Sie ihn sprechen wollen, hat er gesagt. Das Ganze beschäftigt ihn sehr."

Hark schaute zu Freddy, die leicht die Nase rümpfte, gleichzeitig aber auch die Schultern hochzog. Das hieß für ihn übersetzt „es wäre mir lieber, wenn nicht, aber okay, wenn's sein muss".

„Ich werde ihn erst einmal anrufen, Frau Mewes", erwiderte Hark. „Dann können wir immer noch sehen, ob er auf die Insel kommt oder ich ihn nach meiner Rückkehr treffe. Haben Sie auf jeden Fall schon mal herzlichen Dank!"

Damit schnappten sich die Männer ihr Gepäck und folgten den Frauen hinunter zu Freddys Auto, das in Spur 13 fürs Übersetzen nach Amrum bereit stand. Allerdings nicht ganz so, wie sie es abgestellt hatte, stellte Freddy überrascht fest. Die Windschutzscheibe wurde von einem großen Plakat fast vollständig verdeckt. Und das ging nicht nur ihrem Wagen so, sondern allen Autos in der Reihe und, wie sie etwas später sahen, den hinteren Autos in Reihe 14 ebenfalls. Sie und ihre Begleiter blieben überrascht stehen, da preschte ein Hafenarbeiter an ihnen vorbei zu den Autos hinüber. Hark folgte ihm zunächst mit Blicken, dann aber auch gleich in schnellem Lauf, denn unverkennbar gab es auf der autofreien Spur 15 eine gehörige Rangelei. Ein Hafenmitarbeiter wurde dort von drei hochgewachsenen, auffallend breitschultrigen Männern in schwarzen Kapuzenjacken herumgeschubst. Offenkundig eilte der andere Arbeiter dem Kollegen gerade zur Hilfe. Hark folgte ihm dicht auf den Fersen.

„Halt, aufhören, Polizei!", brüllte er schon auf Entfernung, ohne dass das irgendeine Veränderung der Szene ausgelöst hätte. „Polizei! Aufhören!", schrie er erneut, als er näher herangekommen war. Dabei hielt er seinen Dienstausweis, den er beim Laufen aus der Tasche gezogen hatte, hoch. Anstatt auf sein Rufen angemessen zu reagieren, schlug der größte der drei Schwarzgekleideten seine Faust gegen die Schläfe des gerade hinzugekommenen Fährbediensteten. Der sackte lautlos zu Boden.

Noch ehe der Schläger den Arm wieder senken konnte, hatte der Polizist ihn gepackt und drehte ihn ihm mit einem während der Polizeiausbildung tausendmal geübten Griff auf den Rücken. Im selben Moment trat er dem Mann die Beine weg – das hatte er, wie alles, was nun folgte, allerdings nicht von seinem Polizeiausbilder, sondern von seiner Tante Lizzy gelernt. Während der gewaltige Körper des Schwarzgekleideten krachend auf dem Parkplatzboden landete, hielt Hark unverändert Kontakt zu dessen Arm und ließ sein ganzes Gewicht auf den Rücken des Mannes prallen, sobald der den Boden erreichte. Mit lautem Zischen wich die Luft aus den Lungen seines erheblich größeren Gegners. Kurz schien er das Bewusstsein zu verlieren. Trotzdem ließ Hark vorsichtshalber seine rechte Hand am immer noch auf den Rücken gedrehten Arm, während er die linke befehlend den beiden anderen Schwarzgekleideten entgegenstreckte, die gerade zum gemeinsamen Angriff ansetzen wollten.

„Wagt es ja nicht!", brüllte er dabei.

Zu seiner Überraschung wichen die Männer, die, wie der unter ihm, gut einen halben Kopf größer waren als er selbst, sofort zurück.

„Oh, scheiße Mann! Das ist Hark! Ist alles gut, Mann", rief der eine von ihnen aufgeregt. „Wirklich! Alles gut, Mann! Entschuldigung! Hatten dich nicht erkannt. Nur ein Missverständnis. Nichts passiert. Ehrlich! Können wir alles erklären. Alles ganz harmlos." Dabei wich er noch weiter zurück.

Petersen konnte sich nicht erinnern, die beiden Männer vorher schon mal gesehen zu haben. Warum, verflucht noch mal, kannten ihn hier heute jede und jeder. Schließlich war er kein Popstar. Er guckte noch mal genauer hin. Ja, vielleicht schon mal gesehen, aber keine wirkliche Erinnerung. Konnte nicht wirklich wichtig gewesen sein. Er warf einen schnellen Blick auf die Umgebung. Hinter ihm war Freddy mit Beatrice dabei, sich um den niedergeschlagenen Hafenarbeiter zu kümmern, der langsam wieder zu sich kam. Neben ihm stand Redlef mit erhobenen Fäusten, bereit einzugreifen, falls einer der beiden doch noch auf ihn losgehen wollte. Dann blickte er auf den Mann unter ihm, der wieder vollständig bei Bewusstsein zu sein schien. Mit der linken Hand griff er in dessen halblange, blonde Haare und drehte sein Gesicht so, dass er es sehen konnte. Doch, den kannte er irgendwie. Dann fiel es ihm wieder ein.

„Ach ne, sag an, dass es euch noch gibt", grinste er. „Die Harmsen-Gang! Nicht zu fassen! 35 Jahre vergangen, und immer noch auf Krawall gebürstet. Und unter mir der Obermurkel. Was ist, Rolf Harmsen, alles gut mit dir oder brauchst du nen verdammten Arzt?"

Der Angesprochene versuchte zu nicken, was ihm aber nicht recht gelingen konnte, da Hark unverändert seine Haare gepackt hielt, ihm den verdrehten Arm auf dem Rücken presste und mit seinem ganzen Gewicht auf ihm saß.

Petersen ließ die Haare los und tastete Rolf Harmsen ab, so gut das im Liegen ging. In dessen Hosentasche fand er ein beeindruckend großes Klappmesser. Er ließ es aufspringen. 18 Zentimeter Klinge, schätzte Hark, und stieß einen leichten Pfiff aus. Beidseitig geschliffen.

„Verstoß gegen das Waffengesetz, Rolf Harmsen", stellte er fest, während er den Angesprochenen auf die Beine zog. Hark schob die Klinge in ihren Schaft zurück und steckte das Messer in seine Jacketttasche. Dann blickte er auffordernd zu den anderen beiden: „Und was ist mit euch?"

Die Männer schüttelten den Kopf. Petersen zog die Augenbrauen mit strengem Blick zusammen und streckte ihnen seine offene Handfläche entgegen. Unschlüssig traten sie von einem Bein aufs andere. „Immer noch wie die kleinen Jungs", dachte er. Auffordernd winkte Hark mit den Fingern, da gaben sie auf, zogen ziemlich gleich aussehende Klappmesser aus ihren Taschen und legten sie ihm auf die Handfläche. Er ließ sie ebenfalls in seinem Sakko verschwinden.

Dem angegriffenen Hafenarbeiter ging es soweit schon wieder gut. Einen Tag Kopfschmerzen würde er aber bestimmt noch haben, eröffnete ihm Freddy. Sie war nun an Rolf Harmsen herangetreten, hatte seinen Kopf zu sich heruntergezogen und untersuchte eine Platzwunde, die er sich offenkundig beim Aufprall auf den Boden zugezogen hatte.

„Muss gereinigt, aber nicht genäht werden", konstatierte sie und strafte ihren Mann mit einem bösen Blick. Er zuckte leicht beschämt lächelnd mit den Schultern. Sie mochte Gewalt nicht, das wusste er natürlich. Während sie zum Auto ging, um ihre Arzttasche zu holen, wandte er sich an den Arbeiter, der zuerst eine Rangelei mit der Harmsen-Gang hatte.

„Was war hier eigentlich los?", wollte er wissen.

„Die Idioten haben mit Tapetenpinseln Plakate auf die Windschutzscheiben geklebt", erzählte der wütend. „Wenn einer drin saß und sich beschweren wollte, haben sie ihm die Faust unter die Nase gehalten. Wenn einer aussteigen wollte haben sie die Tür wieder zugetreten. Ich hab ihnen gesagt, dass sie das nicht machen sollen und dass das hier Privatgelände ist. Da haben sie mich dann rumgeschubst und ausgelacht."

Plakate, Eimer und Pinsel lagen verstreut auf dem Boden. Hark schnappte sich eines der Plakate. „Keine Autos nach Amrum! Bleibt uns fern!" stand darauf in großen, roten Lettern auf schwarzem Untergrund geschrieben. Sonst nichts. Auch kein Verantwortlicher.

„Von wem ist das, Harmsen?", fragte er.

„Na, von uns", grinste der zurück.

„Von wem?", fragte er nun die beiden anderen.

„Na, von uns", plapperten sie nach. Allerdings ohne zu grinsen.

Petersen bückte sich erneut, um sich einen der Pinsel zu greifen. Er untersuchte ihn. Offenkundig hatten die Männer nur Wasser benutzt, keinen Tapetenkleister. Zum Glück! Sonst hätte das eine Riesensauerei auf den Autoscheiben gegeben. Aus der Ferne hörte er Polizeisirenen zügig näher kommen.

Freddy war zurück. Rolf Harmsen war in die Hocke gegangen, um seine Wunde von ihr versorgen zu lassen. Lammfromm sah er dabei plötzlich aus, fand Petersen.

„Ihr beiden macht schon mal die Autoscheiben wieder frei", befahl er den Kumpeln des Verletzten. Die machten sich tatsächlich eiligst an die Arbeit.

„Ey, spinnt ihr? Hört sofort auf damit!", fuhr Harmsen sie an und kam mit Schwung aus der Hocke hoch, wobei er Freddy fast umstieß. Hark wollte sich auf ihn stürzen, aber Freddy zeigte ihm mit einer beschwichtigenden Geste, dass er nicht eingreifen musste.

Die Zurückgepfiffenen hielten unschlüssig inne. „Mann, Rolf", meinte einer von ihnen schließlich. „Wenn Hark nicht wäre, wären wir vielleicht gar nicht mehr. Olufsen hätt uns glatt totgeschlagen." Damit wandte er sich wieder den Autos zu und schabte das zum Teil völlig aufgeweichte Papier von den Windschutzscheiben. Der Anführer ließ ihn gewähren.

Hark war überrascht, dass die drei Raufbolde sich nicht nur an die Sache von damals erinnern konnten, sondern offenkundig auch immer noch dankbar waren. Er selbst hatte nur selten wieder daran gedacht und hätte die beiden auch nicht erkannt. Es lag ja auch schon ewig zurück. Damals muss er so um die zehn oder zwölf Jahre alt gewesen sein. Er hatte mit Sven und Svenja Olufsen am Nebeler Strand stundenlang an einer riesigen, wahnsinnig prächtigen Sandburg gebaut. Gerade hatten sie ungeheuren Spaß dabei gehabt, ihre Burg gegen die steigenden Fluten der Nordsee zu verteidigen, da klatschten diese drei Idioten mit den Bäuchen auf die Burg und machten das Kunstwerk von einem Augenblick zum anderen platt. Sven war vollkommen ausgerastet und hatte sie mit seiner Schaufel verprügelt. Er war so rasend, dass er sie vielleicht wirklich totgeschlagen hätte, hätte Hark den Freund nicht mit all seiner

Kraft zurückgehalten. „Danke" hatte nie jemand gesagt, aber offenkundig durchaus gedacht.

Das Sirenengeheul war mittlerweile sehr nahe gekommen und Sekunden später rasten fünf Streifenwagen über die Parkfläche des Fähranlegers heran. Sie hielten mangels dramatischer Szenen auf das einzig Ungewöhnliche zu, das zu sehen war, die kleine Menschengruppe auf der autofreien Spur 15.

Die Beamten stiegen aus. Mindestens drei von ihnen kannte Hark. Sie gehörten zum Polizeirevier in Niebüll. Auch sie kannten ihn, was die Lage insgesamt deutlich entspannte. Petersen berichtete kurz, was geschehen war, übergab einem der Kollegen die beschlagnahmten Messer und zeigte, wem sie gehört hatten. Plakate und Zubehör wurden eingesammelt und mitsamt Harmsen und seinen Kumpanen in die Streifenwagen verbracht. Es wurden Fotos von den wenigen noch verklebten Scheiben gemacht – die meisten Fahrer hatten schon selbst gekratzt, als die Lage nicht mehr bedrohlich war.

Die Beamten nahmen Personalien und Aussagen von Geschädigten und Zeugen auf. Zum Glück war die Polizei mit großer Besetzung angerückt, freute sich Petersen. So konnte die Fähre nach Amrum schließlich mit nur mäßiger Verspätung laden und auslaufen.

14

Leif Hansen war genervt. Jetzt schon! Dabei zuckelte er erst seit einer halben Stunde im Kriechtempo hinter diesem blöden Demonstrationszug her. Volle zwei Stunden waren für die gerade mal vier Kilometer vom Sösarper Strunwai in Süddorf zum Fähranleger Wittdün eingeplant. Das war ihm anfangs übertrieben erschienen, doch inzwischen fand er es realistisch eingeschätzt. Seit sie die Landstraße erreicht hatten, blieben die Demonstranten bei jedem entgegenkommenden Auto stehen, brüllten Beschimpfungen und schwenkten ihre Plakate. Alle zehn Minuten hielt die Polizei selbst den Aufmarsch an,

um die sich dahinter stauenden Autos und den Bus vorbeizulassen. Auf diese zehn Minuten hatten sie sich im Vorfeld mit
dem Rädelsführer geeinigt. Sie waren ein Kompromiss zwischen dem polizeilichen Interesse, den Verkehr aufrechtzuer-
halten, und dem behördlich abgesegneten Interesse der
Demonstranten, den Verkehr durch ihre Aktion fühlbar zu behindern.

Leif seufzte und warf nun schon zum vierten oder fünften
Mal den Lautsprecher des Streifenwagens an, in dem er dem
Demonstrationszug mit eingeschalteten Blaulicht folgte. Den
Verkehr hinter sich hielt er mit der „Stopp – Polizei"-Leucht-
anzeige am Wagen und zusätzlich mit einer aus dem Wagen
gehaltenen Stoppkelle in Schach.

„He, Sie da in der roten Jacke, gehen Sie wieder nach rechts
rüber", herrschte er einen dünnen, grauhaarigen Demonstranten über Lautsprecher an.

Der Mann hob winkend sein Plakat, ohne sich umzudrehen.
Der Polizeimeister war sich nicht sicher, ob das „Okay" bedeuten sollte oder „Du kannst mich mal". Deshalb schickte er
ein „Jetzt sofort, bitteschön!" hinterher. Nun kam der Mann
tatsächlich der Aufforderung nach. Allerdings so langsam, dass
die auf der Gegenspur entgegenkommenden Autos zum Anhalten gezwungen waren.

„So ein Arschloch", zischte Leif, und der Kollege neben
ihm nickte zustimmend. „Gib mir mal den Chef, Linus!"

Polizeimeister Linus Brammer kam, wie Emma Jordan, die
im vorderen Streifenwagen mitfuhr, frisch von der Polizei-
schule in Eutin. Die beiden bildeten seit Anfang Februar die
Saisonverstärkung auf der Insel. Linus griff gehorsam zum
Funkgerät und verband sich mit Revierleiter Christiano Rod-
riguez Querra da Silva, der dem Demonstrationszug im zweiten Streifenwagen vorwegfuhr.

„Genervter Jungbulle an Führungsfahrzeug", meldete Leif
sich. „Sag mal Tiano, die scheren hier immer wieder aus und
stoppen die Autos auf der Gegenspur. Mit voller Absicht! Müssen wir uns das gefallen lassen?"

„Gelassener Leitbulle an ungeduldigen Nachwuchs", kam lachend die Antwort. „Du machst das mit den Ausbrechern aus der Herde doch sehr gut! Bleib dabei: Brüll über den Lautsprecher, wenn sie zu frech werden. Noch anderthalb Stunden, dann sind wir am Anleger. Solange sie keinen gefährden, können wir ein paar zusätzliche Behinderungen in Kauf nehmen."

Da Silva, den alle im Team und fast alle Einheimischen nur Tiano nannten, leitete schon seit fast zehn Jahren die Polizeidienststelle in Nebel und war, was Fremde wegen seines Namens und Aussehens immer wieder überraschte, der einzige gebürtige Amrumer im Team. Seine Gelassenheit war sprichwörtlich und wirkte sich beruhigend auf alle aus, mit denen er zu tun hatte. Das war eine für einen Schutzpolizisten sehr vorteilhafte Eigenschaft, gerade in einem so kleinen Revier wie Amrum, wo praktisch jeder jeden kannte.

Auch auf Leif wirkte die humorvolle Antwort, die Verständnis, Lob, Anweisung, Beruhigung und eine positive Perspektive in gerade mal fünf kurzen Sätzen rübergebracht hatte, beruhigend. Allerdings nur ein kleines bisschen. Er hätte sich gerade heute Besseres vorstellen können, als einer kaum zehn Personen starken „Amrum autofrei"-Demonstration hinterherzuzuckeln. Wenn sie vorher gewusst hätten, dass es so wenige sein würden, hätte er wohl gar nicht auf seinen Urlaubstag verzichten müssen. Die Veranstalter waren von mehreren Dutzend Teilnehmern ausgegangen. Hatten sie zumindest beim Antrag so angegeben. Andererseits wars eigentlich auch egal. Christine war heute ohnehin noch voll eingespannt. Am Tag vor dem 1. Mai hatte ihre Immobilienvermietung Hochkonjunktur. Die Gäste strömten in Scharen auf die Insel.

Leif blickte in den Rückspiegel. Laut hupend drängte ein dunkler Golf an der gigantischen Schlange vorbei, die sich schon wieder hinter dem Polizeiwagen gebildet hatte. Bei Gegenverkehr zwängte er sich gerade noch im letzten Moment nach rechts zwischen zwei Autos hinein, was dann wiederum zu Protesthupen aller anderen Beteiligten führte. Leif grinste: Gleich würde der Verrückte den Polizeiwagen am Kopf der

Autoschlange sichten – Überraschung! – und mit reuigen Gedanken den Rest des Weges hinter ihm herschleichen. Erwartungsvoll und froh, ein wenig Abwechslung zu bekommen, schwenkte er die rote Kelle.

Die Überraschung lag dann aber doch eher bei Leif. Der Golffahrer scherte sich nicht die Bohne um Polizeiwagen, Kelle und Blaulicht. Mit Vollgas und erneutem Dauerhupen brach er bei der ersten Gelegenheit wieder auf die linke Fahrspur aus und zog an ihm vorbei. Leif fiel vor Verblüffung die Kinnlade herunter. Buchstäblich. Im nächsten Moment setzte er an, dem Verkehrssünder hinterherzupreschen. Aber ein harsches „Leif, bleib wo du bist" aus dem Funkgerät brachte ihn in die Spur zurück. Vorne hatte Tiano die Polizeisirene eingeschaltet und mit seinen 180 PS Vollgas gegeben, noch bevor der Golf neben ihm war. Schnell vergrößerte er seinen Abstand, um dann mit einer Vollbremsung quer zur Fahrbahn zum Stehen zu kommen und dem Golf dadurch den Weg abzuschneiden.

Leif war schon wieder voller Bewunderung für seinen Chef. Der hatte, geistesgegenwärtig, erst einmal Abstand zu den ungeschützten Fußgängern hergestellt, bevor er den Verrückten aufhielt.

„Du übernimmst das Steuer", rief Leif Linus zu, während er selbst aus dem Wagen sprang und nach vorne spurtete. Auch da Silva war inzwischen ausgestiegen, und ging betont langsam auf den gestoppten Wagen zu. So langsam, dass Leif und er fast gleichzeitig ankamen. Leif riss die Fahrertür des Golfs auf. Er kannte den Mann, der ihn da, ganz locker im Sitz zurückgelehnt, beide Hände gelassen aufs Lenkrad gelegt, säuerlich anlächelte. Hinrich Christensen, Inhaber der Tankstelle und Autowerkstatt in Norddorf.

„Moin, Christensen", grüßte da Silva. „Stell den Motor ab."

„Moin, die Herren Wachtmeister", grüßte der Angesprochene zurück und leistete der Aufforderung Folge. „Was kann ich für Sie tun?"

„Langsam Aussteigen und die Arme ausbreiten, wäre ein guter Anfang", antwortete da Silva nüchtern. In seiner Stimme war keine Spur von Freundlichkeit, aber auch keine Spur von Unfreundlichkeit zu hören.

Auch jetzt tat der Angesprochene genau das, was ihm gesagt worden war. Dabei gab er sich weiterhin demonstrativ gelassen. Leif tastete ihn nach Waffen ab, fand aber nichts.

„Darf ich fragen, warum Sie mich hier aufhalten anstatt dieses *Verkehrshindernis* dort zu beseitigen und freien Bürgern freie Fahrt zu verschaffen?" Beim Wort „Verkehrshindernis" hatte Christensen mit dem Kopf abfällig in Richtung Demonstrationszug gedeutet.

„Haben Sie getrunken oder Drogen genommen?", fragte da Silva, ohne darauf einzugehen.

Grinsend schüttelte Mann den Kopf. „Nee. Hätte ich sollen?"

„Ihr Verhalten lässt es naheliegend erscheinen", antwortete der Polizist ohne eine Miene zu verziehen. „Hinrich Christensen, Sie sind vorläufig festgenommen wegen gefährlichen Eingriffs in die Verkehrssicherheit. Sie werden uns vor einer Blutprobe aber erst einmal eine Weile begleiten müssen. Wir haben im Moment noch anderes zu tun."

Damit drehte er sich zu Emma Jordan, die inzwischen hinzugekommen war, und wies sie an, den Golf an den Straßenrand zu fahren. Leif erhielt den Befehl, Christensen bis zum Ende der Demonstration in seinem Wagen zu verstauen. Die geringe Personaldecke auf Amrum erforderte manchmal ein wenig Flexibilität.

Inzwischen war allerdings auch der Demonstrationszug herangekommen und hatte sich bedrohlich vor den Polizisten und dem Golffahrer aufgebaut. Allen voran Bodo von Thien, der Vereinsvorsitzende.

„Sehen Sie jetzt, warum das, was wir hier machen, so verdammt notwendig und im Interesse aller ist!", brüllte er da Silva an. „Diese Verrückten mit ihren Dreckschleudern werden uns noch alle umbringen! Schließen Sie sich uns an, und stoppen Sie diesen Irrsinn mit uns zusammen!"

Da Silva ging nicht darauf ein. „Erst einmal treten Sie bitte alle ein wenig zurück und lassen uns hier unsere Arbeit machen! In ein paar Minuten können Sie dann Ihren Demonstrationszug fortsetzen."

„Pah, wir lassen uns doch von so einem Verkehrsrowdy nicht aufhalten", bellte von Thien. „Los Leute, wir ziehen weiter! Jetzt gleich!"

Dass dieses Auftrumpfen keine gute Idee gewesen war, merkte der Vereinsvorsitzende sofort. Sein vermeintlicher Lynchmob von heute Morgen war inzwischen wieder zu einem Haufen mehr oder weniger braver, weitgehend obrigkeitstreuer Rentner und Fastrentner geworden, die jetzt ganz gewiss keine Polizisten umrennen würden. Schon gar nicht diesen in seiner Autorität beeindruckenden Polizeihauptkommissar, der sich ihnen da mit verschränkten Armen und Pokerface wortlos in den Weg stellte. Einen Augenblick lang war von Thien ratlos, wie er aus dieser Situation ohne Gesichtsverlust wieder herauskommen sollte. Schließlich entschied er sich für ein joviales Lächeln und ein gönnerhaftes „Na, dann machen Sie mal eben noch Ihre Arbeit hier zu Ende".

„Leute, alle einen Schritt zurücktreten!", befahl er seinen Mitstreitern. Das stellte, wie er hoffte, seine Befehlsgewalt wieder her.

15

„Moin! Zwei Latte, zweimal Cappuccino zum Mitnehmen, bitte. In Porzellan, keine Pappbecher, wenns geht", bat Hark die Servicekraft hinter dem Tresen, als er an der Reihe war.

„Geht nich", kam die schmallippige Antwort. Der Mann in weißem Kellnerhemd hatte dabei kurz aufgeschaut, dann aber gleich wieder in irgendwelchen Zetteln gewühlt.

„Was geht nicht?", fragte Hark freundlich nach. „Ist Ihnen der Kaffee ausgegangen?"

„To go in Keramik geht nich", brummelte der Mann, weiterhin ohne einen Blick für Hark. „Keramik is nur in Bedienung am Tisch." Er machte eine vage Handbewegung in den Raum hinein.

„Pappbecher mit Plastikkappe finden meine Begleiterinnen und ich aber schlecht für die Umwelt, und an Bord sind sie ja auch völlig überflüssig", meinte Hark in weiterhin bewusst freundlichem Ton. „Was ist, wenn ich Pfand hierlasse?"

„Pfand geht", antwortete die Servicekraft, machte aber keinerlei Anstalten, etwas zu tun.

„Gehts hier vielleicht auch mal weiter", keifte eine Frau von hinten und drängelte sich unangenehm nah an Hark heran. Der Geruch von altem Deo auf Kunstfaserbluse kroch in seine Nase.

Hark ignorierte sie, so gut es bei diesem Drängeln ging, und sagte „Ja, dann bitte..." zur Tresenkraft.

„Bitte was?", fragte der Mann und schaute endlich mal wieder hoch.

Hark fing an, sich köstlich zu amüsieren. „Zwei Latti macchiati und zwei Cappucini zum Mitnehmen im Keramikbecher gegen Pfand, bitteschön", sagte er mit breitestem Lächeln.

„Latte gibts nur im Glas", murmelte es von der anderen Tresenseite zurück.

„Auch gut!" Hark konnte sich ein Lachen nicht mehr verkneifen.

„Macht 14 Euro und zehn Euro Pfand. Tablett geb ich so mit. Sie sehn ja ehrlich aus."

Als Hark mit dem Tablett aufs Sonnendeck kam, waren seine Reisegefährten alle drei mit ernsten Gesichtern am Telefonieren. Sie hatten sich auf die Bankreihe direkt am Brückenaufbau zurückgezogen, um zu vermeiden, dass jemand hinter ihnen sitzen und etwas vom Gespräch mitbekommen konnte. Freddy schaute kurz hoch, als er den Becher neben ihr absetzte.

„Danke! Ein Problem in der Praxis", flüsterte sie mit entschuldigendem Lächeln und deutete auf ihr Smartphone.

„Tschuldigung, Ministerium am Apparat! Danke für den Kaffee!", lächelte Beatrice, als er den Cappuccino neben sie stellte.

„Gericht", sagte Redlef nur und ließ sich seine Latte macchiato in die freie Hand drücken.

Hark setzte sich mit seinem Kaffee neben Freddy auf die Bank, da klingelte sein Handy.

„Kommissariat", sagte er mangels anderer Zuhörer grinsend zu sich selbst und nahm den Anruf entgegen.

„Hallo Max, was gibts? Ja, passt gerade wunderbar. Die anderen telefonieren auch alle. Was hast du rausgefunden."

„Ich hab die Kontaktdaten zu allen, die im Zug waren, beisammen", berichtete sein Assistent. „Schwierig wirds aber mit dem Lokführer der Ecofare-Bahn. Zu dem steht ja nur lapidar ´nicht angetroffen` im Bericht, und ich hab noch kein Stück mehr über ihn gefunden."

„Und unser Kollege, hast du über den schon was?"

„Klaus Steingräber? Ja. Der ist gleich nach der Sache abgereist. Nicht am selben Tag, aber am Tag darauf. Und halt dich fest: In die Karibik. Hat dort einen höllenteuren Kite-Event gebucht. Kitesurfen, du verstehst? Aufm Surfbrett, aber nicht mit Segel, sondern mit einem Drachen darüber. Beim Kiten gehört er zu den besten in Deutschland, gewinnt Meisterschaften und Pokale, jetzt gerade wieder drüben auf Sylt. Auf Fehmarn auch schon. Also: Zwei Wochen auf 'nem Luxus-Katamaran von einem karibischen Surf-Revier zum nächsten. Da ist er vermutlich so gut wie gar nicht zu erreichen. Danach noch eine Woche Jamaika. Kommt also erst Mitte Mai wieder nach Deutschland."

„Wann hat er das gebucht, und wie kann er sich das leisten?", wollte Hark wissen.

„Gebucht hat er das vor über einem halben Jahr. Hat wohl ziemlich lange darauf gespart. Jeden Monat 150 von seinem Gehaltsgiro auf ein Sparkonto überwiesen, das er vor über drei

Jahren angelegt hat. Nichts direkt von Dritten, falls du daran denkst. Frag jetzt bitte nicht, wie ich an die Bankdaten rangekommen bin."

„Ich werd mich hüten", lachte Hark. „Ist er alleine gefahren oder mit jemandem zusammen?"

„Keine Ahnung. Gebucht und bezahlt hat er nur für sich selbst. Ist aber keine Einzelkabine."

„Und das Opfer, der Journalist?"

„Chef, ich bin doch erst vier Stunden an dem Thema dran. Was erwartest du? Aber okay, ein bisschen was habe ich da auch schon. Der ist ne ziemliche Nummer im Enthüllungsjournalismus. Arbeitet viel mit führenden Recherchenetzwerken zusammen, mal hier, mal dort. Aber auch viel alleine. Für Zeitschriften, Zeitungen, Rundfunk. Nur Fernsehen nicht. Immer frei. Hat ein Büro in Hamburg. Mit einem Kollegen zusammen gemietet. Dieser Kollege ist schon seit ein paar Wochen in irgendwelchen Kriegsgebieten unterwegs. Ich hab dir eine Liste der Auftraggeber beziehungsweise Abnehmer zusammengestellt. Woran er gerade gearbeitet hat, wird man bei denen wohl fragen müssen. Es sei denn, ich kriege noch seine Cloud geknackt. Bin dran."

„Der Einbruch bei ihm, bei dem er zusammengeschlagen wurde. Hast du darüber etwas?"

„Gar nichts. Anzeige hat er offenbar nicht erstattet. In den Polizeicomputern ist nichts vermerkt. Kann natürlich sein, dass ein Kollege es aufgenommen hat, der überlastet ist und daher noch nichts eingegeben hat."

„Hast du was über Ecofare?"

„Da steht jede Menge Zeugs im Netz. Die haben eine eigene Website mit Unmengen an Infos, Geschäftsberichten, Pressemeldungen, Aktienkursen und so weiter. Du findest sie auch auf jeder Internetplattform, die sich direkt oder indirekt mit Börse, Finanzmarkt oder Wirtschaft befasst. Natürlich auch Wikipedia. Das habe ich noch nicht alles sichten können. Aber ich kann dir die Links schicken, wenn du willst."

„Nee, lass mal", winkte Hark ab. Darauf würde er Ella ansetzen, wenn sie wieder im Büro wäre. Sie hatte ein unnachahmliches Talent, das für ihn Wichtige aus einer Unmenge an Infos herauszufiltern. „Schick mir einfach die Kontaktlisten und ein Foto des Opfers auf meine private Mail." Er bedankte sich und legte auf.

Freddy und Beatrice waren während seines Telefonats offenbar aufgestanden. Er blickte sich um und sah sie, immer noch telefonierend, auf gegenüberliegenden Seiten der Fähre, möglichst weit weg von anderen Menschen, an der Reling stehen. Redlef hatte sein Gespräch aber schon beendet und das Gesicht mit geschlossenen Augen genießerisch in die Sonne gedreht, die Arme locker neben sich. Hark rutschte an den Freund heran.

„Was Neues?", fragte der, ohne die Augen zu öffnen.

„Noch nicht viel", antwortete Hark und berichtete kurz, was er erfahren hatte.

„Ob unser Inspektor nur so wahnsinnig gepfuscht hat, um seine Karibikreise nicht zu verpassen?", überlegte der Staatsanwalt.

„Gut möglich, ich kenne ihn ja nicht. Das wäre dann zwar auch übel, aber verglichen mit anderen möglichen Erklärungen immer noch die harmlosere Variante", sinnierte der Kommissar.

Dann hingen die Männer jeder für sich ihren Gedanken nach. Hark erfreute sich am strahlendblauen Himmel, über den ganz gemächlich einige wunderschön aufgebauschte, schneeweiße Cumuluswolken in Richtung Festland zogen. „Wie Perlen an einer sehr lockeren Kette", dachte er. Dann schwenkte sein Blick hinunter auf das Meer. In weiten Bereichen war es bräunlich-grau oder dunkelblau, in anderen leuchtend silberfarben, hier und dort strahlte es sogar in mediterranem Azur. In den flachen Gebieten links und rechts der Fahrrinne schimmerte der Meeresboden bräunlich ockerfarben durch die Wasseroberfläche hindurch. Die Fähre glitt in die Norderaue, einem hier bei Ebbe klar von Untiefen umgrenzten Wattstrom, in Richtung Föhr. Linkerhand ragten in einiger Entfernung die Warften der Halligen wie Hügel aus den Wassern hervor. Auch sie aufgereiht wie eine lockere Kette an einem unsichtbaren Band. Die Sicht war heute so klar, dass Hark einzelne Häuser auf den Warften erkennen konnte. Sogar das Rot ihrer Backsteine und das Silbergrün der Hallig-Vegetation stachen, anders als an den meisten anderen Tagen, deutlich hervor.

Eine Schulklasse drängelte sich links an die Reling heran. Die Mädchen und Jungen, wohl alle so um die zehn, elf oder zwölf Jahre alt, hatten offenbar gerade ihre Mitnehmbrote ausgepackt. Einige von ihnen bissen herzhaft, hungrig und genussvoll hinein. Andere brachen kleine Stückchen ab und warfen sie über die Reling. Sie wurden in der Luft von kreischenden Möwen aufgefangen, noch bevor sie die Wasseroberfläche erreichen konnten. Die beiden erwachsenen Begleiter machten keine Anstalten, die Kinder auf das eher unscheinbare Schriftband „Bitte keine Möwen füttern" am Brückenaufbau hinzuweisen.

Auch Hark lag es fern, dies zu tun. Aber mit wachsendem Interesse beobachtete er, wie nun immer mehr Möwen der Fähre folgten. Und je mehr es wurden, desto ungeduldiger erschienen sie ihm. Die Kämpfe um einzelne Bröckchen nahmen zu und wurden härter. Hatte eine Möwe ein größeres Stück ergattert, wurde sie sofort von anderen bedrängt, die ihr das Brot wieder entreißen wollten. Die Kinder amüsierten sich köstlich.

Dann plötzlich stieß eine besonders wagemutige Möwe im Sturzflug direkt auf die Nahrungsquelle herunter, anstatt weiter auf gespendete Brosamen zu warten. Wie einen Fisch aus dem Meer griff sie das komplette Klappbrot aus der Hand eines lockend damit herumfuchtelnden blonden Jungen, der es sofort erschreckt losließ. Mit ihrer Beute machte sie sich auf und davon. Fünf oder sechs Möwen stürzten dem dreisten Artgenossen hinterher, um ihm diesen besonders fetten Brocken sofort wieder abzujagen.

Drei andere hingegen beschlossen, es dem erfolgreichen Jäger nachzutun und stießen auf die Brote in den Händen der Schüler herab. Kreischend flohen die Kinder in alle Richtungen und ließen dabei ihre Brote fallen. Der gesamte Möwenschwarm erkannte seine Chance und stürzte sich darauf. Es entstand ein heilloses Durcheinander aus in alle Richtungen auseinanderstiebendem Nachwuchs, wild mit den Armen wirbelnden Erziehern und angriffslustig kreischenden Vögeln, deren schneeweißes Gefieder in der Sonne glitzerte. Auch die im nahen Umfeld sitzenden Reisenden machten, dass sie Abstand gewannen.

Nach wenigen Sekunden war der Spuk vorbei. Alle Brote waren verschwunden. Nur noch wenige Möwen harrten in einem nun wieder gebührenden Abstand hoch über der Fähre am strahlendblauen Himmel darauf, ob nicht doch noch irgendwo Essbares auftauchte. Ihr schneeweißes Gefieder glitzerte wie das von Engeln unschuldig in der Sonne.

„Moin an die Schulklasse auf dem Vorderdeck, hier is der Käptn", klang eine betont genervte Männerstimme in schleppendem nordischem Tonfall aus dem Schiffslautsprecher. „Ihr habt grade gemerkt, warum Möwenfüttern bei uns verboten is. Wär nett, wenn ihr euch künftig an das büschen haltet, wo wir hier an Bord drum bitten." Nach einer kurzen Pause, in der nur Knackgeräusche aus dem Lautsprecher kamen, schob der Kapitän nach: „Jooh, liebe Lehrerinnen und Lehrer, dat gilt nu auch ganz besonners für euch!"

Alle Blicke waren auf die Schulklasse gerichtet, zumindest soweit sie noch nicht vom Sonnendeck geflohen war. Einige Reisende lachten, manche versuchten hingegen genervt, sich mit Papiertaschentüchern Möwenkot von den Regenjacken zu wischen. Viele grinsten breit und schadenfroh.

Auch Hark und Redlef gehörten zu den Grienenden. Freddy hingegen hatte ihr Telefonat offenkundig inzwischen beendet und war vor einem weinenden Mädchen in die Hocke gegangen, um eine blutige Wunde an dessen Stirn zu untersuchen.

Harks Gesicht wurde sofort wieder ernst. Er ging zügig zu den beiden hinüber.

„Brauchst du deine Tasche?", fragte er.

„Ja, wäre gut, das hier sollte desinfiziert werden", nickte Freddy und reichte ihm ohne aufzuschauen den Autoschlüssel.

Hark eilte hinunter zum Autodeck, zwängte sich durch die Reihen abgestellter Fahrzeuge hindurch zum Mercedes und holte die Arzttasche heraus. „Schon zum zweiten Mal an diesem Tag", dachte er kopfschüttelnd und mit Bedauern über Freddys heute so ungewöhnlich aufregend verlaufende Anreise nach Amrum. Dann rannte er mit der Tasche die Stufen zum Sonnendeck wieder hinauf.

Die Wunde des Mädchens war schnell versorgt. Zwei weitere Kinder hatten kleinere Verletzungen an den Händen abbekommen, um die sich Freddy auch gleich mit kümmerte. Die Lehrer hatten alle Schüler wieder zusammengetrieben. Der ganze, jetzt ziemlich kleinlaute Pulk hatte sich um die Ärztin und ihre jungen Patienten versammelt. Sie waren ebenfalls auf dem Weg nach Amrum, erfuhr Freddy durch die Fragen, mit denen sie die Kinder beim Desinfizieren der Wunden ablenkte. Wollten eine knappe Woche im Schullandheim in Nebel verbringen.

„Na, dann laufen wir uns ja bestimmt hin und wieder mal über den Weg", lächelte die Ärztin.

16

Carsten Mewes öffnete sein Auto schon aus zehn Meter Entfernung mit einem Druck auf die Fernbedienung am Schlüssel. Der mehrstündige Spaziergang hatte ihm unglaublich gutgetan, auch wenn die Beine sich jetzt gerade ein wenig schlapp anfühlten. Die trübschwarze Stimmung, in der er seit sechs Tagen steckte und die auch heute Morgen noch sein Gemüt verdunkelt hatte, war endgültig verflogen. Seit dem Anruf von Claudia war er sogar fast schon euphorisch. Endlich konnte er hoffen, dass sich die Polizei bei ihm meldet, hatte sie angekündigt. Noch dazu würde es der Kommissar sein, der damals die Sache mit seinen Schwiegereltern untersucht hatte: Hark Petersen! Das freute ihn besonders, denn der war ihm über all die Jahre hinweg als besonders einfühlsam, freundlich und kompetent in Erinnerung geblieben. Schade, dass er noch so weit von Dagebüll entfernt war, als sie anrief. Sonst hätte er vielleicht schon sofort mit dem Kommissar reden können.

Bevor er nach Hause fuhr, wollte er noch in einem Supermarkt in Niebüll etwas zu essen einkaufen. Er würde heute für Claudia kochen, hatte er beschlossen. Sein Repertoire an Gerichten, die er selbst zustande brachte, war leider sehr begrenzt. Aber einen Auflauf mit Kartoffeln, Eiern, Zwiebeln, Speck und Käse würde er schon hinbekommen. Der könnte im Ofen garen, während er Claudia von der Arbeit abholte, und wäre dann schon fast fertig, wenn sie eintrafen. Überraschung! Dazu ein Salat – und eine gute Flasche Sekt, zur Feier des Tages. Auf dem Supermarkt-Parkplatz googelte er vorsichtshalber noch, was für Zutaten er für das geplante Menü brauchen würde.

Mit zwei vollgepackten Einkaufstaschen kam Mewes geraume Zeit später wieder heraus. Es hatte länger gedauert als erwartet, denn er kannte sich hier nicht sonderlich gut aus und hatte daher nach jeder einzelnen Zutat erst einmal suchen müssen. Aber das machte ja nichts. Zeit hatte er noch genügend. Kurz überlegte er, ob er bei seiner Arbeitsstelle vorbeischauen und sich für übermorgen zum Dienst zurückmelden sollte. Doch dann entschied er sich dagegen. Er würde sich dafür sicherlich gesundschreiben lassen müssten, und die Psychiaterin hatte, wie er wusste, den auf einen Mittwoch fallenden 1. Mai zum Anlass genommen, ihre Praxis für die komplette Woche zu schließen. Also fuhr er direkt nach Hause.

Mewes stutzte, als er in die schmale Siedlungsstraße einbog. Da stand ein schwarzes Auto direkt vor seiner Einfahrt. Er konnte nicht auf sein Grundstück fahren, sondern war gezwungen, hinter dem Wagen auf der Straße zu halten. „Was für ein Vollidiot stellt sich denn da mitten in den Weg?", fluchte er. Ein Audi A5 Coupé. Zweitürer mit Hamburger Kennzeichen. „Typisch", grummelte er weiter. „220 PS unterm Hintern, aber nur 'nen IQ von 70 im Kopf." War das nicht genau so eine Karre, wie sie vorhin am Deich die Schafe in Panik versetzt hatte? „Irgendwie sind die doch alle gleich!"

„Oder könnte das schon die Polizei sein?", überlegte Mewes. Die Kripo fuhr ja auch mal schnelle Wagen. Zumindest im Fernsehen. Auf jeden Fall schien der Wagenbesitzer ja zu ihm zu wollen, warum sonst hätte er direkt vor seinem Haus geparkt! Zu sehen war im Audi allerdings niemand.

Mewes stieg aus, nahm seine Einkaufstaschen und stieß die Pforte zum Vorgarten mit dem Fuß auf. Zwei junge Männer kamen gerade von hinten um die Hausecke in seinem Garten herum.

„Was machen Sie hier auf meinem Grundstück!", brüllte er so laut, dass, wie er hoffte, vielleicht auch seine Nachbarn aufmerksam werden würden, falls sie denn zuhause waren. Einer der beiden hielt eine dicke Spiegelreflex-Kamera auf ihn gerichtet. Während sie näher kamen, drückte er unentwegt auf den Auslöser.

„Lassen Sie das gefälligst!", schrie Mewes ihn an. Der Fotograf machte trotzdem ungerührt weiter.

„Carsten Mewes?", fragte der Mann ohne Kamera, als er ihn erreicht hatte. Der andere war in ein paar Meter Entfernung stehen geblieben und knipste weiter.

„Wer will das wissen?", knurrte Mewes ihn an.

„Wir wollen mit Ihnen reden", kam die Antwort. Der Mann hielt ihm eine Art Ausweis in Scheckkartengröße vors Gesicht, hatte ihn aber schon wieder eingesteckt, noch bevor er überhaupt irgendetwas darauf erkennen konnte.

„Was soll das Geknipse?", fluchte Mewes mit wütender Geste zum Fotografen hin.

„Nur fürs Archiv, muss Sie gar nicht kümmern", sagte sein Gegenüber.

„Kümmert mich aber. Soll er lassen! Sofort! Und was war das da eben für ein Ausweis? Zeigen Sie mal her!" Mewes hatte die Einkaufstüten vor sich auf den Boden gestellt und streckte fordernd die Hand aus.

Der Angesprochene zögerte kurz, hielt ihm dann aber tatsächlich wie verlangt den Ausweis erneut hin. Es war ein Presseausweis. Also nicht die Polizei!

„Und? Was wollen Sie?", fragte Mewes irritiert. „Und überhaupt: Wie kommen Sie dazu, hier einfach ungefragt auf mein Grundstück zu latschen und mich gegen meinen Willen zu fotografieren?"

„Die Fotos gehen klar. Öffentliches Interesse! Sie sind jetzt eine Person der Zeitgeschichte. Erzählen Sie doch mal: Wie war das letzte Woche mit dem Mann auf dem Hindenburgdamm?"

Mewes' Augen verengten sich zu Schlitzen. Darum also ging es! Aber wieso jetzt auf einmal? Er wollte gerne mit der Polizei über das Thema reden, aber ganz gewiss nicht mit irgendwelchen nassforschen Reportern, die ihn hier unangemeldet überrumpelten.

„Was geht Sie das an!", blaffte er.

„Er war ein Kollege von uns. Sie haben ihn *totgefahren*. Wir wissen, dass es kein Selbstmord war. Also erzählen Sie schon: Was ist an dem Morgen passiert?"

Mewes musste schlucken. Wollte der Kerl ihm einen Mord unterstellen? „Nee", dachte er sich dann. „Der will mich nur provozieren, damit ich ihm irgendwas erzähle. Na, darauf kannst du lange warten!"

Laut sagte er dann: „Erzählen Sie mir doch erst mal, was. Wie kommen Sie darauf, dass das kein Selbstmord war?"

„Das können Sie nachher alles in unserem Newsticker erfahren. Oder lesen Sie 's morgen im Blatt, wenn Sie 's lieber auf Papier haben möchten."

„Ja, das mache ich dann wohl", schnaufte Mewes. „Und jetzt machen Sie, dass Sie von meinem Grundstück runterkommen, bevor ich die Polizei rufe!"

So schnell wollte der Reporter aber nicht aufgeben. Er versuchte es jetzt mal mit einem gewinnenden Ton und zum ersten Mal mit einem Anflug von Lächeln. „Mein lieber Herr Mewes! Bitte! Die Öffentlichkeit hat ein Recht darauf zu erfahren, was wirklich vorgefallen ist. Meinen Sie nicht auch? Wenn Sie wollen, lassen wir Ihren Namen auch da raus."

„Aber ich weiß doch gar nicht, was vorgefallen ist", brach es aus dem Lokführer heraus. „Der Mann lag einfach plötzlich da! Auf den Schienen! Ich hab noch versucht zu bremsen, aber da wars schon zu spät. Der Zug hat ihn voll erwischt. Er war sofort tot!"

Im selben Moment, in dem er das ausgesprochen hatte, verfluchte sich Mewes schon dafür. Wieso hatte er sich dazu bringen lassen? Aber jetzt war Schluss. „Für alles andere fragen Sie unsere Pressestelle. Ich darf Ihnen gar nichts sagen, und das eben habe ich auch nicht gesagt."

„Glauben Sie wirklich, dass es ein Selbstmord gewesen sein kann?" Der Mann ließ einfach nicht locker.

Mewes zog demonstrativ sein Handy aus der Tasche. „Wenn Sie nicht sofort mein Grundstück verlassen, wähle ich die 110!", drohte er.

Der Reporter überlegte kurz, dann zuckte er mit den Schultern. „Komm Leo, wir gehen", rief er seinem Begleiter zu. „Wir haben alles, was wir brauchen."

„Nichts haben Sie!", brüllte der Lokführer den abziehenden Reportern hilflos hinterher. „Und wehe, Sie zitieren mich oder bringen ein Bild von mir! Ich verklag Sie! Darauf können Sie Gift nehmen!"

Mit kreischenden Reifen brauste der Audi davon.

17

Die Fähre hatte Föhr erreicht und entließ mehr als die Hälfte ihrer aus Menschen und Fahrzeugen bestehenden Ladung auf die von Landwirtschaft und Tourismus geprägte Insel, die nach

Sylt die zweitgrößte unter den Nordfriesischen war. Hark hatte sein Leergut nach unten an den Tresen zurückgebracht und den Pfandzettel gegen einen Zehneuroschein zurückgetauscht. Jetzt stand er mit den drei anderen vorne an der Reling und schaute dem wuseligen Treiben unter sich zu. Mehr als zwei Dutzend Fahrzeuge verließen das Schiff. Lediglich zwei wurden wieder aufgenommen. Sie fuhren im Rückwärtsgang auf die Fähre, damit sie sie auf Amrum in Fahrtrichtung wieder verlassen konnten.

„Was grübelst du?", fragte Freddy.

Er stutzte. Merkte man ihm das *so* deutlich an? Aber, nun ja, es war halt Freddy. Was glaubte er, da verbergen zu können. In wenigen Sätzen erzählte er ihr von der Undercover-Ermittlung.

„Was sagt denn die Gerichtsmedizin dazu?", war ihre erste Frage. Typisch Ärztin.

„In der Akte war kein Bericht der Pathologie", bedauerte er.

„Und du hast noch nicht nachgefragt?", fragte sie überrascht.

„Geht ja undercover eher schlecht", meinte er. „Pathologiechef Sandemann und ich haben nicht gerade das innigste Verhältnis. Da kann ich nicht einfach ´vertraulich` bei ihm nachfragen."

„Und diese hübsche Kieler Gerichtsmedizinerin mit Fernbeziehung in Husum? Wie hieß sie doch gleich...? Mit der kannst du doch ziemlich gut, hatte ich den Eindruck!"

Klang da eine Spur von Misstrauen oder gar Eifersucht in Freddys Stimme mit? Auf jeden Fall gab es einen Unterton. Er versuchte, ihn zu überhören.

„Dr. Tanja Steffens, ja klar! Die könnte ich natürlich anrufen. Dass ich darauf nicht selber gekommen bin! Du bist ein Schatz!" Hark schaute auf die Uhr und nahm sein Handy wieder in die Hand. „Die macht heute wegen dem 1. Mai bestimmt sehr früh Feierabend, aber vielleicht erwische ich sie jetzt trotzdem noch im Institut."

Die Pathologin nahm schon nach dem zweiten Freizeichen ab und begrüßte ihn hörbar erfreut.

„Oh, hallo Kommissar Petersen! Lange nicht gesprochen! ... Ja, natürlich kann ein Gespräch unter uns bleiben, wenn Sie mir nicht gerade einen Mord gestehen wollen", lachte die Gerichtsmedizinerin auf seine vorsichtige Frage hin. Er hatte sie tatsächlich gerade noch vor Verlassen des Gerichtsmedizinischen Instituts erreicht. Sie wollte schnellstmöglich nach Husum zu ihrem Freund. „Worum geht es denn?"

„Ein Fall, der mich offiziell nichts angeht, mir aber irgendwie merkwürdig vorkommt", schilderte der Kommissar. „Ein angeblicher Selbstmord, letzten Mittwoch, am frühen Morgen auf dem Hindenburgdamm. Liegt der Tote bei euch?"

„Er ruht hier in Frieden und auf Eis", antwortete sie. „Das ist jetzt aber wirklich merkwürdig, dass Sie anrufen! Wir hatten ihn vor sechs Tagen vom Damm geholt und keiner hat sich seither um unseren Toten geschert oder unseren Untersuchungsbericht abgefordert. Und jetzt sind Sie innerhalb von zwei Stunden schon der Sechste, der mich darauf anspricht."

„Der Sechste? Wieso der Sechste? Wer waren denn die anderen?" Hark war vollkommen überrascht.

„Zuerst das Innenministerium, Büro vom Minister. Wollte alles zu dem Toten wissen. Dann Ihr Boss, Polizeidirektor Pauli. Persönlich! Hat sich den kompletten Bericht schicken lassen. Und dann dreimal die Presse. Die haben wir natürlich abgewimmelt. Aber damit wir uns nicht falsch verstehen: Mich überrascht weniger das plötzliche Interesse als vielmehr, dass es bis heute überhaupt kein Interesse an dem Toten gegeben hatte", schloss die Pathologin.

„Kann ich verstehen", stimmte Hark zu. „Können Sie mir kurz schildern, was Ihre Obduktion ergeben hatte."

„Naja, auf jeden Fall enorme Zweifel daran, dass es ein Selbstmord gewesen sein kann. Das steht auch so in unserem Bericht, den aber bislang keiner haben wollte! Der Mann war bis kurz vor seinem Tod an Handgelenken und Fußknöcheln gefesselt gewesen und hatte bereits erhebliche Verletzungen, bevor der Zug ihn traf. Es sollte mich wundern, wenn er noch die Kraft gehabt hätte, sich dort selbst auf die Gleise zu legen. Die Verletzungen, die er in den etwa dreißig Stunden vor seinem Tod erlitten hatte, deuten keinesfalls auf eine Schlägerei hin. Vielmehr scheint er über einen längeren Zeitraum immer wieder gezielt geschlagen worden zu sein. Er hatte zahlreiche Quetschungen und Knochenbrüche, deren Entstehung Stunden auseinander gelegen haben muss, und war sicherlich mehr als einmal bewusstlos geschlagen worden."

„Folter?", fragte Petersen entsetzt.

„So kann man das wohl nennen, zumindest sieht es verdammt danach aus", antwortete sie in bedrücktem Ton. „Er muss erhebliche Schmerzen gehabt haben. Das war übrigens selbst ohne eingehende Untersuchung kaum zu übersehen. Daher ist es umso rätselhafter, wieso der zuständige Ermittler auf Selbstmord geschlossen hatte. Und warum er den Obduktionsbericht noch nicht mal abgerufen hat!" Sie stutzte. „Oh, Moment mal: Waren *Sie* das etwa?"

„Nein, Bahnpolizei", antwortete er knapp und ein wenig verletzt von ihrem irrwitzigen Verdacht. „Hat mein Chef irgendwas gesagt, warum er danach fragt? Oder das Ministerium?"

„Beide meinten, ihnen sei da ein Bericht in die Hände gespielt worden. Mehr haben sie nicht erklärt."

„Ähm", Hark druckste etwas zögerlich. „Glauben Sie, Sie könnten mir das Obduktionsgutachten zumailen? An meine Privatmail? Oder wäre das zu viel verlangt?"

„Doch, doch, das wird schon gehen", sagte sie nach kurzem Zögern. „Aber das darf natürlich nie jemand erfahren. Versprochen?"

„Versprochen!"

„Dann ist es gleich bei Ihnen. Moment, ich drücke auf Senden! Schon unterwegs! Kommentarlos. Dafür schulden Sie mir jetzt aber mindestens dreimal Mitnehmen bei Ihren Fahrten zwischen Kiel und Husum!"

„Mit Vergnügen", lachte er und wollte gerade auflegen, da fiel ihm noch eine Frage ein. „Ach, pardon, noch eins", sagte er.

„Ja?"

„Lebte der Mann noch, als er vom Zug getroffen wurde, oder könnte er bereits tot auf die Schienen gelegt worden sein?"

„Er hat definitiv noch gelebt. Einige der Verletzungen an Kopf, Arm und Oberkörper wurden ihm vom Triebwagen beigebracht, als er noch lebte, und die waren dann tödlich. Alle anderen Verletzungen lagen etliche Stunden zurück."

Hark hatte gerade aufgelegt, da klingelte das Telefon erneut. Er kannte die Nummer: Das Büro vom Chef. Er zögerte, ob er überhaupt rangehen sollte. Schließlich war er im Urlaub! Das erschien ihm dann aber doch irgendwie kindisch. Außerdem war er neugierig, ob es um den Toten vom Hindenburgdamm gehen würde.

„Mensch, Petersen, was telefonieren Sie denn ständig!", hörte er die wie immer übertrieben gestresste Stimme von Alfons Pauli am anderen Ende der Verbindung. „Ich versuche seit einer Ewigkeit, Sie zu erreichen. Es ist dringend!"

Hark vermied es, darauf einzugehen. „Ihnen auch einen guten Tag, Herr Polizeidirektor! Was kann ich für Sie tun?", sagte er stattdessen betont höflich.

„Von wegen ′guten Tag`. Ein *mieser* Tag ist das, ein *ganz* mieser! Sie haben von dem Toten auf dem Hindenburgdamm gehört?"

„Der Selbstmord letzte Woche? Ja, hab ich in der Zeitung gelesen", antwortete er scheinheilig.

„Quatsch, von wegen Selbstmord!", bölkte der Polizeidirektor. „Das hat so ein dämlicher Inspektor von der Bundesbahnpolizei sich aus den Fingern gesogen. Bestimmt, um die Sache ohne Untersuchung schnell abschließen zu können. Vielleicht steckt sogar was anderes dahinter. Kann man noch nicht sagen, Sie werden das rausfinden! Auf jeden Fall war es

Mord! Und der Tote ein Journalist! Und jetzt hat irgendwer sein Untersuchungsprotokoll, also den Abschlussbericht von diesem Inspektor, der Presse zugespielt. Die meint nun, der Staat stecke irgendwie dahinter oder wolle zumindest was vertuschen. Sie übernehmen das, Petersen! Das ist ab sofort Ihr Fall! Höchste Priorität!"

„Mein Team und ich sind im Urlaub und so gut wie auf Amrum, Chef", gab Petersen zu bedenken. „Außerdem ist der Hindenburgdamm doch wohl Bundesbahngebiet. Damit ist die Bundes- und nicht die Landespolizei zuständig, oder sehe ich das falsch."

„Mensch, Petersen, die Sache brennt! Der Bund will Unterstützung von uns. Ich brauche jetzt meinen besten Mann! Das sind zweifellos *Sie*!" Der Vorgesetzte säuselte jetzt in einem wohl einschmeichelnd und gewinnend gemeinten Ton. „Ihren Urlaub, den können Sie ja auch gerne machen. Die Ermittlungen leiten Sie doch mit links, auch von Amrum aus. Sie kriegen nen Hubschrauber. Jederzeit, Tag und Nacht. Volle Unterstützung von allen Dienststellen! Rufen Sie Ihre Leute zusammen! Mann, das ist ein ganz dicker Hund! Der Minister will, dass wir das schnellstens aufklären. Auch der Bundesminister, Petersen! Verstehen Sie?! Der *Bundes*minister! Ich lasse Ihnen alle Informationen an Ihre Mailbox schicken. Petersen, ich zähle auf Sie!"

Der Polizeidirektor legte auf, ohne eine Antwort abzuwarten.

Hark guckte einen Augenblick lang ein wenig verdattert. Dann fing er lauthals an zu lachen.

„Was gibt's?", fragte Freddy und auch die beiden anderen kamen erstaunt heran.

„Das war gerade Alfons Pauli", erzählte Hark immer noch prustend. „Der Fall, mit dem wir uns gerade hinter den Kulissen zu befassen versuchen, ist jetzt ganz offiziell meiner. Mit höchster Priorität und voller Unterstützung der gesamten schleswig-holsteinischen Polizei. Na, wenn das mal nichts ist!

Die hatte ich noch nie!" Dann wurde er wieder ernst und bedauernd. „Aber er hat meinen Urlaub und den vom ganzen Team gestrichen. Wir sollen sofort mit der Arbeit anfangen. Naja, zumindest dürfen wir von Amrum aus arbeiten."

Freddy guckte betrübt. Irgendwie hatte ihr Urlaub diesmal von der ersten Minute an unter keinem guten Stern gestanden.

„Können wir trotzdem ein wenig Zeit miteinander haben?", druckste sie hoffnungsvoll und traurig zugleich.

Hark nickte nachdenklich und legte den Arm um ihre Schulter. „Auf jeden Fall!", erklärte er, war allerdings selbst nur mäßig davon überzeugt. „Ich kann ja von der Insel aus arbeiten, und Ella müsste auch schon hier sein. Aber mit der Hochzeit von Leif und Christine ist das nun natürlich alles sehr schade."

18

Ella hatte die Schuhe und Strümpfe ausgezogen und die Hosenbeine hochgekrempelt. Die Kollegen von der Band hatten es ihr gleichgetan und so stapfte der ganze Tross, halb im Wasser, halb an Land, den Strand entlang von Norddorf in Richtung Nebel.

Sie waren schon am frühen Morgen auf Amrum angekommen. Für später hatten sie mit ihrem riesigen orangegelben Bandbus, einem Oldtimer, der in seinen jungen Jahren angeblich einmal Schulkinder in Missouri transportiert hatte, keinen Platz mehr auf der Fähre ergattert. Aber das machte ihnen nichts aus. Sie brauchten alle nur wenig Schlaf – eine hilfreiche Eigenschaft, wenn man neben seinem Hauptberuf noch in einer erfolgreichen Band spielte. Außerdem hatten sie schon gleich nach ihrer Ankunft ihre Quartiere beziehen und sich eine Stunde hinlegen können. Christine hatte sie alle gemeinsam in einem Haus mit sechs kleineren Apartments untergebracht. Jede und jeder von ihnen hatte darin ein Apartment für sich allein.

Maria, die Schlagzeugerin, und Jacko, einer der beiden Gitarristen, liefen gerade kichernd wie die kleinen Kinder durch die auf den Strand auflaufenden Wellen. Jacko hatte eine glitschige tote Qualle gefunden, hielt sie zwischen Daumen und Mittelfinger am ausgestreckten Arm weit von sich weg und tat so, als wolle er sie der flüchtenden Maria in den Nacken stecken. Mike, der andere Gitarrist, Keyboarder Jonas und Saxophonist Charly suchten am Flutsaum nach besonders schönen Muscheln und waren dadurch ein wenig zurückgefallen. Die Sonne stand südwestlich am fast wolkenlosen Himmel. Ihre Strahlen wärmten die Haut und brachen sich glitzernd auf den Wellen. Es wehte eine angenehme, leichte Brise, ebenfalls aus Südwest. T-Shirt-Wetter am kilometerlangen Amrumstrand!

Eine lebhafte Gruppe aus zehn oder zwölf Strandläufern rannte vor Ella her. Dabei hielten die Vögel, es waren wohl Sanderlinge, glaubte sie, die ganze Zeit einen gleichbleibend großen Abstand zur Spaziergängerin. Anders als die Kriminalbeamtin huschten die Strandläufer allerdings in ständigem Zickzackkurs hinein ins Wasser und zurück an den Strand. Gleichzeitig pickten sie ohne anzuhalten unentwegt irgendetwas aus den auslaufenden Wellen, und ihre Beine waren oft so schnell, dass Ella sie nur als grauen Schatten unter den Vogelbäuchen erahnen konnte. Wenn Ella der Gruppe doch einmal zu nahe kam, flog die kleine Schar laut piepsend auf, um gerade mal zehn Meter weiter wieder am Meeressaum zu landen und mit ihrem blitzschnellen Laufen und Gepicke fortzufahren.

„Ihr Dummerchen", dachte sie. „Fliegt doch einfach einmal hinter mich anstatt ständig vor mir her, dann habt ihr Ruhe." Allerdings war sie froh darüber, dass sie es nicht taten, denn sie liebte es, den betriebsamen Vögelchen zuzuschauen. Nach einer Weile hatten die Strandläufer dann aber wohl doch die Nase voll, hoben schimpfend ab und flogen wild flatternd in einer ausladenden Kurve über das Meer, um erst weit entfernt wieder zu landen.

Aber schon bald entdeckte Ella eine zweite Gruppe von Strandläufern. Diesmal blieb sie in einigem Abstand davon stehen, und tatsächlich liefen nun auch die Vögel nicht mehr vor ihr her, sondern nur in die Brandung hinein und wieder heraus. Sie beobachtete das Treiben, während die Wellen ihre Beine umspülten und beim Zurückfließen den Sand unter ihren Füßen mit sich fortzogen. Ein ums andere Mal musste sie ihre Füße anheben und wieder hinstellen, um im Sog des Wassers nicht das Gleichgewicht zu verlieren.

Dann stutze und staunte sie: Vier, fünf, nein sechs der kleinen Vögel schienen nur ein einziges Bein zu haben, auf dem sie allerdings fast so schnell in die Wellen hinein und wieder heraus hasteten wie ihre zweibeinigen Gefährten. Waren sie in einen Schwarm von Katzenhaien geraten, die jedem ein Bein abgebissen hatten? War die Hälfte der Gruppe einer familiären Mutation unterworfen? Ella ging beobachtend weiter, und das Fluchtspiel setzte wieder ein: Die Vögel flatterten hoch, landeten ein kleines Stück entfernt, liefen pickend in die Brandung, stellten mit schnellen Flügelschlägen erneut mehr Abstand her und setzten ihren pickenden Lauf fort.

„Hast du die einbeinigen Strandläufer da vorne gesehen? Die sind doch irgendwie merkwürdig", sagte sie zu Charly, der gerade zu ihr aufgeschlossen hatte.

„Einbeinige?"; Charly lachte. „Nee, das sind keine Einbeinigen. Die haben nur eines ihrer Beine angezogen, um Energie zu sparen."

„Und hüpfen dafür rasend schnell auf einem Bein hin und her?", zweifelte Ella. „Kann ich mir nicht vorstellen. Wo soll da die Energieersparnis liegen?"

„Weiß ich auch nicht so recht", meinte Charly ein wenig kleinlaut. „Hab ich aber mal irgendwo gehört oder gelesen. Naja, auf jeden Fall *haben* sie zwei Beine. Guck mal, der Kleine da links hat gerade sein zweites auf den Boden gesetzt."

Tatsächlich konnte auch Ella das jetzt erkennen. Nach einer Sekunde zog der Vogel sein Bein wieder an, hüpfte los und pickte dabei blitzschnell irgendwelche Nahrung aus dem Boden.

„Naja, auf jeden Fall scheinen sie nicht leidend zu sein", dachte die Sängerin beruhigt. „Das ist die Hauptsache." Da fühlte sie ihr Smartphone in der Hosentasche vibrieren. Sie zog es heraus und schaute drauf, wer sie anrief. Im grellen Sonnenlicht konnte sie aber nichts erkennen.

„Elke Finkenbein", meldete sich Ella daher ganz formell. „Ach, du bist's Chef. Sorry, bin am Strand, konnte das Display nicht erkennen."

„Hallo Ella! Ella? Ich kann dich nicht verstehen. Zu viel rauschen."

Sie verstand ihn recht gut, aber vermutlich blies der Wind hier am Wasser zu stark ins Mikrofon. „Moment Chef!", rief sie so laut wie möglich. „Ich geh mal ein paar Schritte vom Wasser weg."

Zehn Meter entfernt war die Brise bereits deutlich weniger spürbar. Ella drehte das Telefon vom Wind weg so gut es ging. „Besser so?", fragte sie.

„Viel besser", kam die Antwort. „Aber leider habe ich keine so guten Nachrichten. Wir haben einen neuen Fall. Alfons Pauli hat sogar selbst angerufen und darauf bestanden, dass wir ihn übernehmen. Trotz Urlaubs. Wir können dafür auf Amrum bleiben, soweit das geht, sollen uns aber sofort an die Arbeit machen."

„Wie soll denn das wohl funktionieren!", schimpfte die Kriminalhauptmeisterin. „Ich bin gerade eine gute Stunde Fußweg von der Zivilisation entfernt. Egal, in welche Richtung ich gehe. Außerdem sind wir doch hier, um Leifs Hochzeit zu feiern. Muss das wirklich sein?"

„Ja, leider, das muss", bestätigte Hark bedauernd. „Die Hochzeit versuchen wir trotzdem zu feiern. Und wir werden auch Amrum genießen können, zumindest ein bisschen. Hoffentlich! Aber ich brauche dich unbedingt für einige Recherchen. Hast du dein Laptop mit auf der Insel?"

„Hat der Leuchtturm Scheinwerfer?"

„Super!", freute sich Hark, der diese Gegenfrage als ein „Ja" nahm, und umriss ihr kurz, worum es bei dem Fall ging. „Was ich jetzt von dir möchte, ist vor allem eine Zusammenfassung mit allem Wichtigen, was ich über die beiden beteiligten Bahngesellschaften wissen muss, und alles über das Opfer, diesen Peter Kurtz. Ich will vor allem wissen, *woran* er gearbeitet hat. Redaktionen, für die er gearbeitet hat, stehen in den Unterlagen von Max. Außerdem brauche ich einen Durchsuchungsbeschluss für sein Redaktionsbüro, am besten für morgen früh, und ich brauche einen Kontakt zu den Kollegen in Hamburg, in deren Revier das Büro liegt. Natürlich auch zu dem für Einmischung aus anderen Bundesländern zuständigen Behördenchef. Das ist hoffentlich immer noch Reinhard Harmsen! Mit dem kann ich ganz gut. Zieh von den Kollegen in Husum hinzu, wen du brauchst. Ich geb den Einsatzbefehl gleich über die Gruppe raus. Wenn du einen Arbeitsplatz brauchst, bitte ich das Amrumer Revier um einen Schlüssel. Ich leite dir alle Informationen weiter, sobald ich sie in meiner Mailbox habe. Bin gerade noch auf See, da dauert die Übertragung ein wenig. Soweit alles verstanden?"

„Klar Chef, alles notiert", bestätigte Ella seufzend. So richtig nach „weiter Urlaub machen" klang die Liste nicht. „Ich brauche jetzt aber, egal, wo ich längsgehe, mindestens noch ne Stunde, bis ich zu irgendeiner Straße komme. Lasse mich da von einem Taxi aufpicken. Durchsuchungsbeschluss, Redaktionen und Kontakte mache ich sofort, wenn ich im Apartment bin. Wir haben da WLAN. Aber ab 19 Uhr sind wir alle beim Begrüßungsessen von Christine und Leif im Anker. Ihr doch auch?! Dann kriegst du die ersten Infos *dort*. Spätestens morgen Mittag hast du auch deine Zusammenfassungen."

19

Hark war es enorm unangenehm gewesen, seine Mitarbeiterin aus dem Urlaub abzuberufen. Aber es half nichts: Auf

Ellas Expertise konnte er unter diesen Umständen auf keinen Fall verzichten. So viel wie möglich wollte er allerdings von Max Weber erledigen lassen, der nicht im Urlaub war und sich jetzt zum Glück hochoffiziell um alles kümmern konnte.

Nach dem Auflegen schaute er in seine Mailbox. Der Bericht der Pathologie war inzwischen angekommen, die Informationen aus der Zentrale allerdings noch nicht. Die Netzstärke war hier, zwischen Föhr und Amrum, nicht gerade berauschend. Hark schickte einen kurzen Dank an Tanja Steffens und schrieb ihr, dass er den Fall gerade offiziell übernommen hatte und den Bericht daher – „bitte nicht wundern" – auch noch einmal offiziell bei Sandemann, ihrem Chef, abrufen müsste.

Er überlegte, ob er Sandemann diese Anforderung nicht einfach mailen sollte, weil er den mündlichen Kontakt mit dem leitenden Pathologen nicht mochte. Dann entschied er sich jedoch für ein Telefonat. Immerhin bestand die Hoffnung, dabei noch die eine oder andere wichtige Information zusätzlich zu bekommen. Also wählte er Sandemann direkt auf dessen Handy an. Hark ließ es sieben oder acht Mal klingeln, bis es auf der anderen Seite knackte.

„Ich sage einen guten Tag, dem Mann der meinen Reim nicht mag!", meldete sich der Gerichtmediziner lachend. „Nicht ärgern, bitte, guter Mann, weil ich daran nichts ändern kann."

Okay, zumindest hatte Dr. Sandemann inzwischen kapiert, dass er ihm mit seinen Reimen gehörig auf die Nerven ging, dachte Hark befriedigt. Er erwog, mit ebenso misslungener Lyrik zu antworten. „Lass das Gereime bitte sein, sonst schlag ich dir... was andres vor" lag ihm auf der Zunge. Aber das hätte sein telefonisches Gegenüber wohl allenfalls in seinem schlechten Geschmack bestätigt und klang irgendwie auch zu gewalttätig. Also beschränkte er sich auf ein herzliches „Guten Tag, lieber Herr Dr. Sandemann, schön dass ich Sie noch erwische." Dann fragte er in aller Scheinheiligkeit, ob Sandemann mit dem Journalisten vom Hindenburgdamm befasst gewesen sei, denn dieser Fall sei ihm gerade zugeteilt worden.

„Der Gute liegt bei uns im Schrank, denn er ist tot und nicht nur krank, lieber Herr Kommissar", reimte der Pathologe in Harks schon nervös zuckendes Ohr. „Na gut, weil es Sie zu sehr neckt, lass ich jetzt mal die Reime weg. Der arme Mann ist wirklich übel zugerichtet worden. Wobei der Zusammenstoß mit der Bahn für ihn wohl eher Erlösung als zusätzliches Leiden bedeutet hat. Ohne ärztliche Hilfe hätte er wohl auch ohne das innerhalb weniger Stunden das Zeitliche gesegnet. Leberriss, Nierenprellungen, Rippenbrüche, dunkelblaue Geschlechtsteile. Man hat ihm dahin geschlagen, wo es wirklich weh tut, und das nicht nur einmal. Aber machen Sie sich gerne selbst ein Bild: Ich schicke Ihnen den Bericht gleich mal zu, und Sie sind jederzeit in unserem Keller willkommen. Das wissen Sie ja! Ich hatte mich schon gewundert, warum sich niemand mit dem Fall befasst und in der Zeitung eine Meldung zu einem angeblichen Selbstmord auftauchte."

„Halten Sie es für möglich oder für ausgeschlossen, dass es ein Selbstmord war?", wollte Hark wissen.

„Er hat's gewiss nicht selbst getan, er konnte weder geh'n noch fahr'n. Upps, pardon! Aber genau so ist meine Einschätzung. Sehr unwahrscheinlich, dass er sich noch ohne fremde Hilfe auf den Beinen halten konnte, schon gar nicht die Notbremse ziehen, blitzschnell aus der Bahn springen und sich minutenlang vor dem Lokführer verstecken. Selbst bei gutem Wetter mehr als unwahrscheinlich. Von *gut* waren wir allerdings weit entfernt. Der Sturm hätte ihn sofort von den Beinen gehauen, geschwächt wie er war. Ich war an dem Morgen selber da draußen und hatte Schwierigkeiten, nicht umgepustet zu werden. Der Sturm hat die Regentropfen wie Kieselsteine aufs Gesicht prallen lassen, und es gab verdammt viele von diesen Regentropfen. Man konnte kaum die Augen offen halten. Selbst mit guter Regenkleidung war das Wetter kein Spaß. Der Tote aber war barfuß und nur mit einem dünnen Hemd und Hose bekleidet. Selbstmord? Zu 99 Prozent ausgeschlossen. Daher wird es höchste Zeit, dass sich die Polizei der Sache annimmt. An Ihrer Stelle würde ich sofort den Lokführer verhaften oder zumindest mal richtig in die Mangel nehmen, auch wenn solch eine Beurteilung der Pathologie ja eigentlich nicht zusteht."

„Den Lokführer?", fragte Petersen überrascht und ärgerte sich sofort über seine Begriffsstutzigkeit. „Ach so, Sie meinen nicht den, der ihn überfahren hat, sondern den, aus dessen Bahn der Tote angeblich gekommen ist."

„Ja, natürlich *den!*", betonte der Pathologe etwas genervt. „Dem anderen kann ja wohl kaum eine Absicht unterstellt werden und vermutlich noch nicht einmal Fahrlässigkeit oder menschliches Versagen. Der arme Kerl war fix und fertig. Hing kreidebleich in seinem Fahrersitz. Ich habe ihm sogar ein leichtes Mittel zur Beruhigung geben müssen. Aber ohne Hilfe oder zumindest Wegschauen des anderen Lokführers kann das Ganze kaum vonstatten gegangen sein."

„Haben Sie sonst noch eine Einschätzung, die ich kennen sollte, die aber nicht im Bericht steht?", fragte Petersen.

„Mehr fällt mir leider nicht mehr ein, nun tanz ich in den Mai hinein", antwortete der Mediziner. Dann schob er noch ein ironisches „Upps" hinterher und legte grußlos auf.

Petersen dachte gründlich über das Gehörte nach. Dann rief er seinen Assistenten in Husum an und informierte ihn, dass der Fall jetzt offiziell der Ihre war. „Ich sage Rufus, dass er dich mit seiner Mannschaft voll unterstützt und auch die Kollegen aus Niebüll mit einsetzt", versprach er. Hauptkommissar Rufus Hartland leitete das Kommissariat in Husum – und auch das Morddezernat, wenn Hark nicht da war. Sie sollten sofort ausschwärmen und die Passagiere befragen, die am fraglichen Morgen im Zug waren, wies Petersen an. Insbesondere nach dem mysteriösen dunkel gekleideten Fremden müssten sie sich erkundigen. Auch in Klanxbüll und Umgebung, im Bahnhof, bei Vermietern, in Gastronomie und Einzelhandel sollten sie nach ihm forschen. Ganz oben auf der Prioritätenliste aber stand, den Lokführer zu finden und festzusetzen, der an dem Morgen die Ecofare-Bahn gefahren hatte.

„Das dürfte nicht so ganz einfach werden", unterbrach Max Weber ihn. „Ich bin da gerade auf eine Anzeige von Ecofare gestoßen. Ist vorgestern reingekommen, wurde aber erst jetzt ins Intranet gestellt: Sie haben einen kompletten Zug vermisst gemeldet. Der hätte in Niebüll stehen müssen, war dort aber nicht. Später hatten sie sich noch mal gemeldet, dass der Zug wieder aufgetaucht sei. Auf Sylt. Man kann, glaube ich, eins und eins zusammenreimen und davon ausgehen, dass dies der Zug aus besagter Nacht war. Ich prüfe das aber noch mal. Geht jetzt ja problemlos, wo ich offen recherchieren kann."

„Wer von Ecofare hat die Anzeige erstattet?", fragte Petersen und ließ sich die Kontaktdaten senden. Dann rief er Tiano auf Amrum an, um ihn zu bitten, Ella von einem Streifenwagen bei einem der Strandübergänge abholen zu lassen. Er hatte die Amrumer Polizeistation auf der Festnetznummer angewählt, merkte aber, dass der Ruf schon nach dem ersten Freizeichen weitergeleitet wurde. Nur ein Klingeln später meldete sich eine sehr vertraute Stimme mit „Moin, Chef!". Er hatte Leif am Apparat. Freude und Wehmut überschwemmten ihn für einen Augenblick. Er merkte, wie sehr er seinen ehemaligen Assistenten vermisste, der nun schon seit einem halben Jahr ein neues Leben auf Amrum führte. Nach kurzer, freudiger Begrüßung erklärte er Leif sein Anliegen.

„Natürlich jederzeit gerne, Chef", meinte dieser. „Aber im Moment leider völlig unmöglich. Wir sind alle noch mindestens eine, vielleicht auch zwei Stunden im Einsatz. Du bist auf der Fähre? Ich sehe sie schon! Da wirst du dich gleich über das standesgemäße Begrüßungskomitee am Fähranleger freuen können, mit Fahnen, Plakaten und vermutlich auch bösen Pöbeleien. Tiano und ich werden aber auch dort sein und zusammen mit den Kollegen die öffentliche Ordnung aufrechterhalten. Freue mich darauf, dich gleich zu sehen!" Er dachte kurz nach. „Was Ella angeht, schaue ich mal, ob Christine da was machen kann. Irgendwas fällt uns schon ein, du kannst das als erledigt abhaken." Dann zögerte er noch einmal und fragte etwas kläglich: „Du, Hark, aber zu unserer Hochzeitsfeier könnt ihr doch hoffentlich trotzdem kommen, oder?"

„Doch, doch, Leif. Das werden wir auf jeden Fall", versprach er und hoffte, dieses Versprechen auch tatsächlich halten zu können.

„Liebe Fahrgäste, wir erreichen in wenigen Minuten Wittdün auf Amrum", klang es aus dem Schiffslautsprecher. „Wir bitten jetzt alle Autofahrer, sich zu ihren Fahrzeugen zu begeben."

„Wollen wir?", fragte Freddy und gab ihm einen Kuss.

„Ein Telefonat müsste ich noch führen, wenn das für dich okay ist", entschuldigte sich Hark. „Danach ist dann aber hoffentlich erst einmal gut. Falls ich es nicht rechtzeitig runter zum Auto schaffe, kannst du ja vielleicht am Anleger auf die Seite fahren und auf mich warten."

Freddy nickte, tastete in ihrer Jackentasche vergebens nach dem Autoschlüssel und streckte ihm dann wortlos grinsend die Hand entgegen. Er hatte vorhin versäumt, ihr den Schlüssel wiederzugeben, nachdem er die Arzttasche wieder im Wagen verstaut hatte. Lächelnd und mit angedeutetem Kuss reichte er ihn ihr, und sie verschwand ins Unterdeck. Beatrice und Redlef standen noch entspannt an der Reling. Ohne Gepäck und Auto würden sie später in aller Ruhe von Bord gehen können.

„Ich muss leider noch mal", sagte Hark und deutete auf sein Handy. Sie nickten verständnisvoll: Das „immer im Dienst sein" war ihrer aller Schicksal. Dann wählte der Kommissar die Nummer, die Max ihm inzwischen geschickt hatte.

„Ecofare Sicherheitsbüro, guten Tag! Sie sprechen mit Caroline Weiland, Sekretariat. Was kann ich für Sie tun?", meldete sich eine sehr jung klingende Frauenstimme.

„Kriminalhauptkommissar Hark Petersen, Polizeidirektion Husum", gab er sich zu erkennen. „Es geht um Ihren als vermisst gemeldeten und wieder aufgefundenen Zug. Ich hätte da ein paar Fragen. Wer ist dafür zuständig?"

„Oh, das wäre der Herr Sibender persönlich. Unser Sicherheitschef. Aber der ist im Moment nicht da. Kann ich etwas ausrichten?"

„Es ist leider dringend. Ich müsste ihn sofort sprechen. Könnten Sie mir bitte seine Handynummer geben?!"

„Dazu bin ich leider nicht befugt." Sie klang immer noch sehr freundlich, aber gleichzeitig sehr bestimmt.

„Dann verbinden Sie mich bitte mit jemandem, der dazu befugt ist", bat Petersen ebenso freundlich und ebenso bestimmt.

„Das wäre nur der Herr Sibender selbst. Aber ich richte, wie gesagt, gerne etwas aus."

Hark wurde jetzt ein wenig ungeduldig. „Hören Sie", sagte er daher in einem etwas nachdrücklicheren Ton, „ich möchte Ihnen jetzt nicht mit Drohungen kommen. Aber die Angelegenheit ist extrem wichtig und eilig, und ich werde mich von Ihnen ganz gewiss nicht abwimmeln oder vertrösten lassen. Entweder, Sie schaffen mir Ihren Herrn, wie heißt er, Sibender?, jetzt sofort ans Telefon oder ich lasse ihn polizeilich suchen und im Streifenwagen hierherbringen." Grinsend blickte er auf die Wasserfläche um sich herum. Zum Glück wusste die Frau ja nicht, wo er war. Sie zögerte und wog offenbar ab, was sie von seiner Drohung zu halten hatte.

„Ich könnte ihn anrufen und ihm die Situation schildern", erklärte sie schließlich. „Dass er Sie zurückruft, kann ich allerdings nicht versprechen. Das ist allein seine Entscheidung. Er ist ein vielbeschäftigter Mann."

„Das klingt doch nach einem guten Plan", stimmte Petersen zu. „Und machen Sie schnell, ich habe gleich einen wichtigen Termin."

„Aber natürlich", versicherte sie. „Ich bräuchte dann nur noch ihren Dienstausweis. Am besten als Selfie mit Ihrem Gesicht dazu. Ich schicke Ihnen gerade parallel eine Nachricht mit meinem Handy. Dahin können Sie das senden. Wenn ich es habe, rufe ich Herrn Sibender sofort an."

Hark bat Redlef, Gesicht und Ausweis so auf ein Foto zu bringen, dass nicht zu erkennen war, wo er sich befand. Dann schickte er es der Sekretärin. Direkt vor Amrum war das Netz zum Glück schon wieder stabiler, so dass es relativ schnell gesendet wurde. Kaum eine Minute später klingelte sein Handy. Offenkundig hatte sie ihren Chef angerufen, noch bevor der Ausweis sie erreichte.

„Ronald Sibender hier", meldete sich der Anrufer in fröhlich lachendem Ton. „Lieber Herr Kommissar, es ist wirklich nett, dass Sie sich um unser Problem kümmern wollen! Aber wozu diese merkwürdige Eile und Dringlichkeit? Der Zug ist ja zum Glück schon wieder da. Und warum gleich diese Drohungen gegen mich und mein Büro? *Wir* sind doch schließlich die Opfer."

„Das Opfer liegt in einer Schublade in der Pathologie, Herr Sibender", antwortete Petersen nüchtern. „Hier geht es um Mord, und wie es aussieht ist einer Ihrer Züge darin verwickelt. Vielleicht erklärt Ihnen das ja die Eile. Schildern Sie mir bitte genau, was es mit dieser angeblich verschwundenen Bahn auf sich hat. Wo hätte sie sein sollen, wo war sie tatsächlich und wann ist es Ihnen aufgefallen?"

„Mord? Nun, ich gehe davon aus, dass Sie nicht scherzen. Also kurz zum Sachverhalt: Wir bereiten uns seit zehn Tagen mit Mensch und Material auf die Inbetriebnahme unserer Syltstrecke vor. Morgen, am 1. Mai, weihen wir sie ein, gegen Mittag startet der reguläre Fahrbetrieb mit zwei Zügen. Den ersten davon haben wir vor zehn Tagen nach Niebüll verbracht, den zweiten vorgestern. Der erste sollte sein Abstellgleis in Niebüll räumen, um dem zweiten Platz zu machen und selber auf Sylt stationiert zu werden. Aber er war nicht mehr da. Geklaut, dachten meine Mitarbeiter, und haben daher Anzeige erstattet. Dann habe ich aus einer Intuition heraus angewiesen, einmal auf unserem Hangar in Westerland nachzuschauen, und siehe da: Dort stand das Gefährt. Daher habe ich die Diebstahlsanzeige zurückgezogen."

Petersen fand die Schilderung so klar und flüssig, als würde sie abgelesen. Er fragte den Sicherheitschef danach.

Der lachte. „Herr Kommissar, ich bin für die Sicherheit eines weltumspannenden Konzerns verantwortlich, da werde ich Sachverhalte doch wohl präzise zusammenfassen können."

„Das wird wohl so sein", bejahte Petersen. „Dann können Sie mir sicherlich auch präzise sagen, was für einen Zug Ecofare am 24. April um vier Uhr morgens vom Bahnhof Niebüll nach Westerland überführt hat und wer seinerzeit der Lokführer war."

„Am 24. April, sagen Sie? Das war der Morgen mit dem angeblichen Selbstmörder, nicht wahr. Da hat es von uns keine Überführungsfahrt gegeben. Die sollte, wie gesagt, erst vorgestern stattfinden."

„Diese Fahrt war aber angemeldet und mit dem Fahrdienstleiter der Bahn abgestimmt", widersprach der Kommissar. „Und definitiv hat ein Zug von Ecofare an diesem Morgen den Bahnhof Niebüll verlassen und später mitten auf dem Hindenburgdamm gehalten, laut Durchsage des Lokführers an den Fahrdienstleiter wegen einer ausgelösten Notbremsung."

„Dazu habe ich leider keinerlei Wissen. Wenn Sie möchten, könnte ich aber spekulieren. Dann würde ich denken, dass es sich um ebendiesen, von uns vermissten Zug handelte, den jemand unbefugt in unserem Namen nach Sylt gebracht hat. Ein Motiv dafür würde mir aber beim besten Willen nicht einfallen."

„Und Sie halten es für möglich, dass der Zug vier Tage lang weder in Niebüll vermisst wurde noch in Westerland aufgefallen wäre?", hakte Petersen nach.

„Durchaus ungewöhnlich, in der jetzigen Situation aber plausibel", meinte der Sicherheitschef. „Wir sind auf beiden Bahnhöfen mehr oder weniger avisiert. Daher würde unsere Anwesenheit eine Woche vor Start wohl niemanden wirklich überraschen. Andererseits haben wir dort noch kein eigenes

Personal, das etwas bemerken konnte. Das fängt erst heute an."

Petersen fand das alles plausibel, aber irgendwie war ihm der Sicherheitschef zu glatt und ungerührt in seinen Antworten. „War der Zug aufgebrochen worden?", fragte er.

„Nicht, dass ich wüsste. Aber ich kann nachschauen lassen, wenn Sie möchten."

„Danke, nicht nötig, sagen Sie mir nur, wo genau er steht, und stellen Sie dort jemanden für uns bereit. Ich schicke die Spurensicherung hin. Wo halten Sie selbst sich zurzeit auf? Ich würde Sie gerne noch einmal persönlich sprechen."

„Das wird etwas schwierig", antwortete Sibender. „Ich bin heute auf den Inseln unterwegs. Im Moment auf Amrum, dann gleich weiter mit unserer Fähre nach Sylt, dort könnte ich Ihre Spurensicherung in... warten Sie... also in etwa zwei Stunden treffen. Wäre super, wenn die heute noch fertig werden, mit was immer Sie da suchen, weil wir den Zug morgen für die Feier und dann für den regulären Verkehr brauchen."

„Ich schicke die Leute sofort los", versprach Petersen. „Was haben Sie auf Amrum zu tun?"

Sibender zögerte. „Nichts für die große Glocke, ich vertraue da auf Ihr Dienstgeheimnis. Unser Vorstandsvorsitzender Thomas Matsen hat hier ein Haus. Seine Familie kommt von Amrum. Er wird nach der Einweihungsfeier voraussichtlich ein paar Tage hier sein. Da muss ich vorher nach dem Rechten sehen. Behalten Sie das aber bitte für sich, sonst wird es mit der Sicherheit noch schwieriger."

„An mir solls nicht liegen. Sie begleiten ihn morgen nach Amrum?"

„Nach den Feierlichkeiten auf Sylt, ja. Danach noch kurz in die Zentrale in Hamburg und abends mit dem Flieger über Ruanda in den Kongo. Bin erst zwei Tage später wieder im Lande."

„Dann rufe ich Sie morgen an, ob wir uns auf Sylt, Amrum oder in Hamburg treffen oder erst in drei Tagen. Ach, und noch eins: Sie sagten vorhin ´angeblicher Selbstmörder`. Wieso ´angeblich`?"

„Na, da schauen Sie am besten selber mal ins Internet",
lachte Ronald Sibender und verabschiedete sich.

Die Fähre legte bereits in Wittdün an. Petersen sah, wie die
Decksleute dicke Taue um die Dalben warfen, um sie festzu-
machen. In aller Eile rief er Max Weber an und beauftragte
ihn, schnellstens die Spurensicherung nach Westerland zu schicken. In zwei Stunden sollten Sie dort auf dem Bahnhof sein.
Dann eilte der Kommissar zusammen mit Beatrice und Redlef
vom Schiff. Er wollte die Geduld seiner Frau nicht noch mehr
strapazieren.

20

Auf dem Weg vom Schiff nach unten reichte Redlef dem
Kommissar sein Smartphone.

„Schon gesehen?", fragte er knapp.

Hark schaute auf das Display, das die Meldung eines Nach-
richtenportals wiedergab. „Vertuscht Polizei Mord?" stand da
als Überschrift und etwas kleiner darunter „Lokführer: Plötzlich lag er da!" Ein Foto zum Bericht zeigte einen Mann, der
offenkundig empört mit der Hand auf etwas zeigte. Bildtext:
„Wütend! Lokführer Carsten M. glaubt nicht an Selbstmord."

Hark blieb abrupt stehen, um zu lesen. Eine Frau, die hinter
ihm auf der Rampe vom Schiff herunter eilte, prallte ihm in
den Rücken.

„Oh, Entschuldigung", sagten beide gleichzeitig.

„Ihre Bremslichter funktionieren nicht", lachte die Frau und
manövrierte, einen roten Hartschalenkoffer hinter sich herzie-
hend, um ihn herum. Hark musste noch einen Moment lang
wie ein Wellenbrecher im Strom der Reisenden verharren, der
links und rechts an ihm vorbeizog. Dann gelang es ihm, sich
im Rückwärtsgang langsam an die Seite zu bugsieren und den
kurzen Online-Bericht zu lesen.

„Reporter Peter K. ist ermordet worden", stand da. „Die Polizei hatte seinen Tod am vergangenen Mittwoch noch als
Selbstmord dargestellt. Interne Ermittlungsberichte, die unse-

rer Redaktion zugespielt wurden, belegen nun etwas anderes. Danach ist unwahrscheinlich, dass der bekannte Enthüllungsjournalist sich selbst getötet hat. Polizeidirektor Alfons Pauli, Chef der Polizeidirektion Flensburg: ´Wir gehen von Mord aus.` Warum K.s Tod offiziell als Selbstmord dargestellt wurde, wollte er nicht kommentieren. Offen ist auch, warum erst auf öffentlichen Druck hin ermittelt wird. ´Ich darf nicht mit Ihnen sprechen`, sagte Lokführer Carsten M. unseren Reportern. Er hatte den Zug gefahren, der Peter K. auf dem Hindenburgdamm überrollte. ´Plötzlich lag er da! Er war sofort tot`, so M., der Angst hatte, mehr zu erzählen. Woran Peter K. gerade gearbeitet hatte, ist nicht bekannt. ´Er schien an einer großen Sache dran zu sein`, erklärte ein Kollege, der nicht genannt werden will. Spekuliert wird über Wirtschaftskriminalität. Es fiel der Name Ecofare. Ob auch Behördenmitarbeiter darin verwickelt sein könnten, ist noch offen."

Hark setzte sich kopfschüttelnd wieder in Bewegung. Redlef und Beatrice warteten am Ende der Gangway auf ihn.

„Im Prinzip ist das alles nicht falsch und trotzdem irgendwie Schwachsinn", sagte er und reichte dem Staatsanwalt sein Smartphone zurück.

„Aber ohne das könntest du jetzt immer noch nicht offiziell ermitteln", gab Redlef zu bedenken.

„Da hast du auch wieder recht", stimmte der Polizist ihm zu. Dann schaute er sich nach dem Mercedes von Freddy um.

21

Freddys Wagen rollte gerade vom Schiff und durch ein Spalier vorwiegend grauhaariger Männer, die Schilder und Plakate schwenkten und jedem Vorbeifahrenden „Keine Autos nach Amrum" und „Wir wollen euch nicht" zubrüllten. Der Autofahrer hinter ihr schaute ziemlich verängstigt, konnte sie im Rückspiegel erkennen. Vielleicht, weil er sich an die brutalen Kerle mit den Plakaten in Dagebüll erinnerte? Sie selbst fand die Demonstration hier am Kai jedenfalls eher belustigend als bedrohlich. Da hatte sie schon ganz andere erlebt! Dies hier schienen doch nur ein paar alte Querulanten zu sein, die sich ein bisschen Gehör verschaffen wollten. Gelassen, aber vorsichtig, um niemanden anzufahren, steuerte sie durch die Protestler hindurch und hielt ein Stückchen entfernt am Rand der Fahrspur an.

„Sie können hier nicht stehen bleiben, fahren Sie bitte weiter", hörte sie prompt eine strenge Stimme durch das Autofenster. Sie blickte hinaus und sah Tiano neben ihrem Fahrzeug stehen.

Auch er hatte sie in diesem Moment erkannt und begrüßte sie herzlich. „Aber hier kannst du jetzt trotzdem nicht stehen bleiben. Der Bus muss gleich durch, und wegen der Kundgebung ist eh schon alles eng genug", bedauerte er dann.

„Ich warte auf Hark", sagte sie entschuldigend. „Der ist noch aufgehalten worden und kommt darum zu Fuß vom Schiff."

„Na, dann ist's ja eine Polizeiaktion", lachte der Revierchef. „Moment mal." Er schaute sich um, entdeckte, wen er suchte, und rief „Heh, Klaus, die junge Dame hier stellt sich mal kurz in Spur neun! Sie gehört zu uns!"

Statt eine Antwort zu geben, hob der angesprochene Mitarbeiter der Fährgesellschaft nur kurz den Daumen. Freddy startete den Motor und fuhr in die freie Spur.

Eine Minute später war Hark an ihrem Auto. Auch Redlef und Beatrice waren mitgekommen. Planänderung: Das Hotel hatte einen Wagen geschickt, um sie abzuholen. Die beiden holten ihre Koffer aus dem Kofferraum – so konnten Freddy und Hark direkt zu ihrer Ferienwohnung fahren, ohne vorher einen Abstecher nach Norddorf zu machen. Freddy war ausgestiegen und alle umarmten sich zum Abschied, obwohl sie sich ja schon am Abend im „Anker" wiedersehen würden.

„Wollen wir noch Leif hallo sagen? Tiano habe ich gerade schon gesehen", schlug Freddy vor, als die beiden weg waren.

„Habe ich schon kurz gemacht, aber die Kollegen sind gerade voll im Stress", meinte Hark.

Tatsächlich waren in diesem Augenblick alle vier Inselpolizisten dabei, die Demonstranten, die in einem Anflug von Aufmüpfigkeit auf die Fahrspur vorgedrungen waren, zurückzudrängen.

„Na, dann komm mal mein Alter, lass uns zu Lizzy fahren", lachte Freddy, griff Hark am Revers und schob ihn zur Beifahrertür hinüber. „Die vier schaffen das ganz bestimmt auch ohne dich." Sie hatte ihm angesehen, dass er drauf und dran war, seinen Kollegen beim Zurückdrängen der Demonstranten zu helfen. Er zögerte.

„Sonst könnte ich ja auch den Demonstranten ein bisschen Unterstützung geben", scherzte sie. „Die sehen ganz so aus, als ob sie eine professionelle Mitstreiterin brauchen könnten. Amrum autofrei zu machen, hätte doch was."

„Im Ernst?", staunte Hark.

„Nein, natürlich nicht im Ernst", lachte sie, beschloss aber gleichzeitig, das mit den Autos noch mal ernsthaft zu durchdenken. „Komm, steig ein! Lizzy wartet bestimmt längst mit dem Kaffee auf uns. Die Fähre hat sich ja kräftig verspätet."

22

Der Kaffee war allerdings noch nicht gekocht, als sie bei Lizzy am Waasterstigh in Nebel ankamen. Vielmehr stand Harks Tante in einem leichten, grauen Baumwollanzug kopfüber auf dem Rasen, als Hark und Freddy durch die hohe Pforte kamen, die den Garten hinter dem typisch friesischen Reetdachhaus von der Straße abtrennte. Ihr Haar ruhte auf einem Tuch im Gras, die Füße waren kerzengrade nach oben in die Luft gestreckt.

Die drahtige 65-jährige strahlte, als sie die beiden Ankömmlinge bemerkte, drückte sich langsam aus dem Kopfstand in einen Handstand hoch und kam langsam und elegant auf die Füße. Frederike und Hark wussten natürlich, dass Lizzy seit ihrer Kindheit alle möglichen Kampfsportarten trainiert und ihre Techniken jahrzehntelang auf Reisen nach Südostasien vervollkommnet hatte. Sie hatte ja Hark auch von klein auf in Kampfkunst geschult und sogar mal eine eigene Kampfsportschule auf Amrum ins Leben gerufen. Die hatte allerdings mangels Nachfrage nach wenigen Jahren ihr unrühmliches Ende gefunden. Dennoch verschlug es Freddy und Hark angesichts dieser trotz fortgeschrittenen Alters immer noch akrobatischen Fähigkeiten für einen Moment die Sprache.

„Entschuldigt!", rief die Tante, während sie auf die Ankömmlinge zueilte, um sie zu umarmen. Ihr von Wind und Wetter gegerbtes und von tausenden großen und kleinen Falten durchzogenes Gesicht glänzte vor aufgeregter Freude. „Ich hatte gehört, dass die Fähre mindestens eine Stunde später kommt und schnell noch eine Trainingsrunde eingeschoben."

„Lizzy, du bist ein Phänomen!", lachte Freddy und umarmte die Frau. „Kopfstand, Handstand und nicht mal eine Schweißperle auf dem Gesicht. Wie machst du das mit 66!"

„Alles eine Sache des Shi", winkte Lizzy bescheiden ab. „In China kenne ich 85-jährige und sogar einen 90-jährigen, die immer noch alles in den Schatten stellen, was ich je erreichen konnte. Aber beruhige dich, ganz langsam lässt es bei mir schon nach. Außerdem: 66 werde ich erst in sechs Wochen."

Hark lachte. Auf Amrum war allgemein bekannt, dass Lizzy nach Queen Elizabeth benannt war. Deshalb schrieb ihr Name sich auch mit „z" und nicht mit „s". Aber es wurde immer wieder durcheinander gebracht, ob sie einige Tage nach deren Thronbesteigung im Februar 1952 oder nach deren Krönung im Juni 1953 geboren war. Für Lizzy selbst machten diese 16 Monate durchaus einen Unterschied. Nicht etwa, weil sie eitel gewesen wäre. Vielmehr ließ ihr das noch ein paar Monate mehr Zeit bis zum Erreichen des Rentenalters. Ab dem würde sie ihre geliebte Arbeit als Biologin in der Naturschutzstation noch weiter reduzieren müssen, um Jüngeren Platz zu machen.

Auch Hark bekam eine herzliche Umarmung von der Tante. Dann deutete sie auf den großen Tisch auf der Terrasse.

„Gedeckt ist schon, Kuchen steht im Kühlschrank bereit", sagte sie. „Wenn ihr eben eure Sachen hoch in die Wohnung bringen wollt... Ich setze Kaffeewasser auf und ziehe mich um. In zehn Minuten ist alles fertig."

Hark und Freddy brachten ihre Koffer in die Ferienwohnung, die Lizzy ihnen im ersten Stock ihres Hauses freigehalten hatte. Dort wohnten sie eigentlich immer, wenn sie zu zweit auf Amrum waren. Wenn einer von ihnen alleine kam, übernachtete er hingegen meist in einem der beiden kleinen Gästezimmer in Lizzys Wohnung. Als sie wieder herunterkamen, standen der Kaffee und eine üppige Friesentorte – ein mit Pflaumenmus und Sahne gefülltes Gedicht aus Blätterteig – auf dem Tisch bereit. Lizzy war nun in Jeans und Sweatshirt gekleidet.

„Hmm, lecker! Selbstgebacken?", schwärmte Freddy.

„Wo denkst du hin", lachte Lizzy. „Wir haben doch Bäcker auf Amrum!"

Hark setzte sich auf seinen Lieblingsplatz an der Hauswand. Von hier aus hatte er einen guten Blick über den Rasen und den niedrigen Deich hinweg zum Nebeler Aussichtssteg und auf das dahinter liegende Meer. Die Sonne war bereits nach Südwest auf die andere Seite des Hauses gewandert, so dass die Terrasse im Schatten lag. Aber in der von zwei Seiten windgeschützten Ecke war es trotzdem noch angenehm warm. Niedrigwasser lag einige Zeit zurück, die Tide lief bereits wieder auf. Aber noch war das Wattenmeer weitgehend trockengefallen. Riesige Schwärme von Knutts zogen darüber hinweg. Sie verdichteten sich zu dunklen Wolken, drifteten wieder auseinander, nahmen mal die Form einer fliegenden Untertasse an, mal die eines riesigen Vogels, mal die eines Pfeils, der auf den Wattboden hinabstieß. Hark begeisterte dieses Naturschauspiel aus tausenden von Vögeln immer wieder.

„Deine Geräte haben wir erst mal im Auto gelassen", sagte Freddy gerade an Lizzy gewandt. „Die können wir dann später oder auch morgen zum Labor fahren."

„Das ist schön", freute sich Harks Tante. „Was bekommst du dafür?"

„Gar nichts, natürlich", lachte Frederike. „Ich habe sie ganz billig auf einer Auktion ersteigert."

„Schatz, das geht nicht", sagte Lizzy streng. „Das wirst du mich schon bezahlen lassen müssen."

„Dann werden wir aber ab jetzt auch unsere Ferienwohnung bei dir bezahlen", beharrte Freddy ebenso streng.

Lizzy stutzte, dachte nach, dann lachte sie. „Okay, der Punkt geht an dich! Dann sage ich dir einen ganz herzlichen Dank! Wirst du mir helfen, die Sachen aufzubauen?"

„Klar doch", versprach Freddy. „Heute oder morgen?"

„Lieber morgen oder sogar erst übermorgen, denke ich. Heute wird das zu knapp. Ich habe am Abend noch ein langes Treffen mit der Trachtengruppe."

„Ach, bist du nicht beim Begrüßungsessen dabei?", fragte Hark enttäuscht.

„Geht leider nicht", bedauerte Lizzy. „Wir haben morgen früh einen Auftritt mit der Trachtengruppe und müssen dafür noch so einiges vorbereiten. Aber ich fahre euch vorher zum Anker. Bei mir geht es erst um halb acht los."

Dann unterhielten sich die drei eine Weile über all die Dinge, die sich seit ihrem letzten Treffen ereignet hatten. Lizzy zeigte sich sehr an Harks rätselhaftem neuem Fall interessiert. Sie hatte ihm schon öfter mal mit Rat und Tat beiseite gestanden, wenn er auf Amrum zu ermitteln hatte. Zu dem Toten auf dem Hindenburgdamm fiel ihr so spontan jedoch nichts Gescheites ein. Mord erschien auch ihr angesichts der Umstände ebenso absurd wie Selbstmord.

„Dir fehlen einfach noch viele Mosaiksteinchen, um das Bild dieses Todes erkennen zu können", sagte sie schließlich. „Suche zuerst diese Steine und schaue erst dann wieder unvoreingenommen, was sie zusammen abbilden."

„Fernöstliche Weisheit?", fragte Frederike.

„Amrumer Lebenserfahrung", lachte Lizzy.

23

Christines Kleid leuchtete strahlendrot in der abendlichen Sonne. Die zierliche, hellblonde Frau stand mit ihrem gut einen Kopf größeren, breitschultrigen Verlobten an der Gartenpforte vor dem „Anker" und begrüßte die eintreffenden Gäste mit Küsschen, Umarmung und ganz viel Herzlichkeit.

„Ein strahlendes Paar wie aus dem Bilderbuch", dachte Freddy und staunte, dass irgendwo im Hinterkopf noch der bissige Zusatz „wie Barbie und Ken" auftauchte. Sie schob diesen ungewohnten Anflug von... was auch immer es war... schnell wieder beiseite.

„Toll siehst du aus!", begrüßte sie Christine mit offener Herzlichkeit.

„Du aber auch!", lachte die Braut zurück und bewunderte Freddy, die für den Abend das Kleine Schwarze ausgewählt hatte, in dem sie buchstäblich eine tolle Figur machte.

Hark, der seinem Kleidungsstil mit Turnschuhen, Jeans, Sweatshirt und Sakko treu geblieben war, begrüßte den fast ebenso gekleideten Bräutigam mit einer herzlichen Umarmung. Leif war mehrere Jahre lang sein wichtigster Teampartner gewesen, und sie hatten sich von Anfang an prächtig verstanden. Ihn nach Amrum abziehen zu lassen, war ihm nicht leicht gefallen. Es war jetzt gerade mal zwei Jahre her, dass Leif und er Christine abends im „Jacobs", wo sie damals als Kellnerin arbeitete, zum Verschwinden ihres Bruders befragt hatten. An jenem Abend hatte es zwischen Leif und Christine bereits spürbar gefunkt. Nachdem dann im Laufe der Zeit Christines Verwandte einer nach dem anderen gewaltsam ums Leben gekommen waren und es immer wieder Befragungen gegeben hatte, waren die beiden schließlich zum Paar geworden.

Ein Stückchen hinter dem Brautpaar bildete Albertina, die Wirtin des „Anker", mit ihren Kellnerinnen eine zweite Begrüßungsreihe. Es gab Sherry, Sekt und Orangensaft. Zusätzlich hielt die große, korpulente, springlebendige und wie immer in ein prächtiges Dirndl gekleidete Wirtin für jeden, den sie kannte, eine herzliche Umarmung bereit. Das traf auf die meisten Gäste zu, denn von Christines Amrumer Freunden und Mitarbeitern kannte Tianos kleine Schwester, die das Restaurant von den Eltern übernommen hatte, natürlich jeden Einzelnen. Aber auch die Angehörigen, Freunde und Festlandskollegen von Leif schloss sie sofort in ihr großes Herz. Anders als Tiano hatte Albertina den dunklen Teint und das brasilianische Temperament ihrer Mutter geerbt. Der deutlich zurückhaltendere Bruder kam eher nach dem spanischen Vater, der seine Frau 1967 hier auf Amrum kennengelernt hatte und mit ihr für immer auf der Nordseeinsel vor Anker gegangen war.

Albertina hatte ihr Lokal an diesem Abend ganz für das Brautpaar reserviert, das ein solches Begrüßungsessen für sich und seine Gäste wesentlich netter fand als einen klassischen Junggesellenabschied. Wie immer bei gewichtigen Anlässen hatte Albertina ihre übliche Speisekarte über Bord geworfen und sich etwas Besonderes ausgedacht. Heute sollte es spanisch werden, mit einer riesigen Auswahl an Tapas, die zur Begrüßung im noch angenehm warmen Garten serviert wurden. Als Hauptgericht hatte sie später Paella vorgesehen, was für mehr als 50 Personen kein ganz einfaches Vorhaben war, und auch die Desserts würden von der ehemaligen Heimat ihres Vaters inspiriert sein. Selbst die Getränke passten sich dem Thema Spanien an. Der Sekt in den Gläsern war ein spritziger Cava aus Katalonien, später würde es einen tiefroten, fruchtigen Tempranillo aus Valdepeñas und erfrischend leichten, grünlichgelben Albarinho aus Galizien geben.

Die Wirtin hatte vielerlei Köstlichkeiten auf winzigen Tellerchen angerichtet, die auf einem langen Büfetttisch am Rande des Rasens bereit standen. Dort holten sich die Kellnerinnen und Kellner, die eifrig zwischen den Gästen herumwuselten und Häppchen anboten, Nachschub, wenn ihre Tabletts sich leerten. Von drinnen wurde der Tisch mit ständig neuen Leckereien aufgefüllt.

Hark hatte ordentlich Hunger, auch wenn Lizzys Friesentorte üppig gewesen war und noch gar nicht so lange zurücklag. Er stand vor dem Büfett, einen kleinen Teller mit lauwarmem „Pulpo a la Gallega" in der Hand, jenen butterzarten Stückchen vom Oktopus, die aufwändig gekocht und mit Olivenöl, grobem Salz und Paprikapulver gewürzt werden. Mit höchstem kulinarischem Interesse betrachtete er die aufgereihten Köstlichkeiten. Albertina hatte Schilder mit den spanischen Namen der Tapas und deutscher Erklärung zu ihnen aufgestellt. Auch wenn sie gebürtige Amrumerin war, so hatte sie doch immer Freude daran, Besuchern ihres Restaurants die kulinarischen Wurzeln ihrer Eltern nahezubringen. Das Spanische hatte sich neben traditionellen deutschen Gerichten sogar einen kleinen Bereich auf der festen Speisekarte erobern können. Brasilianisches gab es hingegen nur in Ausnahmefällen und fast nur für gute Freunde. Lediglich zur Fußball-Weltmeisterschaft in Brasilien vor ein paar Jahren hatte sie es gewagt, einige solche Gerichte ins Tagesangebot zu übernehmen. Viel Erfolg hatte das allerdings zu ihrem Bedauern bei den Amrumer Feriengästen trotz der allgemeinen Fußballbegeisterung nicht gehabt.

Hark entdeckte Klassiker wie schwarze und grüne Oliven, gebratene Pimientos mit grobem Salz und natürlich Jamón Serrano, den typischen luftgetrockneten Hinterschinken, der seinen historischen Ursprung im gebirgigen Süden Spaniens hatte und jetzt hier mit einer kleinen Weißbrotscheibe und ein wenig Butter auf den Tellerchen serviert wurde. Es gab frittierte Bällchen aus getrocknetem Kabeljau, Knoblauch und Petersilie, die „Buñuelos de Bacalao". Es gab „Gambas al ajillo", bei denen die Garnelen mit Chili und jeder Menge Knoblauch in Olivenöl gebraten worden waren. Es gab Venusmuscheln in Weißweinsauce, die als „Almejas a la marinera" gekennzeichnet wurden, und es gab „Boquerones fritos", bemehlte und frittierte Sardellen, wie sie schon seit Jahrzehnten zu Freddys Lieblingsgerichten zählten. Daneben entdeckte der Kommissar gebratene, mit Speck ummantelte Pflaumen, die Albertina schlicht „Ciruelas" genannt hatte, als „Patatas bravas" beschilderte frittierte Kartoffelwürfel in einer scharfen Sauce, „Pinchas morunos" genannte marinierte Fleischspießchen, von denen wohl niemand wirklich sagen konnte, warum sie „Maurenspieße" hießen, und natürlich „Albóndigas", die Fleischklößchen nach spanischer Art in Tomatensauce, die auf keinem großen Tapas-Büfett fehlen durften.

„Schmeckt's?", fragte Ella. Sie hatte ein Tellerchen mit einem „Tortilla" genannten spanischen Kartoffelomelette in der Hand.

„Ungemein köstlich", schwärmte Hark und tauschte bei einer vorbeigehenden Kellnerin sein leeres Tellerchen gegen „Puntillitas fritas" aus, winzige frittierte Tintenfische. „Nur fehlt mir irgendwie die dritte Hand", lachte er, denn während er die Köstlichkeiten mit der Gabel herunterpickte, musst er mit der anderen Hand gleichzeitig das Tellerchen und sein Glas halten.

„Na, dann lass uns doch zu einem der Tischchen hinübergehen", schlug Ella vor. Auf dem Rasen waren kleine Stehtische mit eleganten weißen Hussen verteilt worden, die helfen sollten, genau dieses Problem zu lösen. Hark schaute sich um. Frederike stand mit Beatrice, Redlef und einigen von Ellas Bandmitgliedern an solch einem Tisch weiter hinten im Garten und schien sich prächtig zu unterhalten. Er suchte sich mit Ella einen Platz etwas abseits, um sich von ihren bisherigen Ergebnissen berichten und dabei mit weiteren Köstlichkeiten verwöhnen zu lassen.

„In Hamburg ist schon alles geregelt", begann Ella unmittelbar. „Die Kollegen dort sind ausgesprochen kooperativ. Ich habe mit Reinhard Harmsen persönlich reden können. Er ist tatsächlich noch für diese Art der Kollegenhilfe zuständig, wie du gehofft hattest, und hat dich, wie er sagt, in bester freundschaftlicher Erinnerung. Harmsen hat seine volle Unterstützung zugesagt. Ein Hubschrauber wird um acht Uhr auf dem Landeplatz in Nebel für dich bereitstehen. Der wird dich voraussichtlich kurz nach neun in Hamburg absetzen. Dort erwarten dich drei Hamburger Kollegen, die den Durchsuchungsbeschluss dabei haben werden, und begleiten dich mit der Spurensicherung zur Wohnung und zum Redaktionsbüro von Peter Kurtz. Beides liegt nur ein paar hundert Meter voneinander entfernt. Harmsen selbst wird nicht dort sein können. Er bittet dich, ihn zu entschuldigen. Es wird, wie immer am 1. Mai, mit Krawallen im Schanzenviertel gerechnet. Daher wird er die ganze Zeit in der Einsatzzentrale verbringen müssen. Möglich, dass auch du etwas von den Kundgebungen mitbekommst. Das Büro liegt gegenüber vom Bunker an der Feldstraße, die Wohnung in der Glashüttenstraße. Beides ist ziemlich nahe am Epizentrum der möglichen Ausschreitungen. Aber so früh am Tag wird es wohl noch keine Probleme geben, meint Harmsen."

„Danke Ella! Das hast du das alles wieder perfekt arrangiert!", lobte der Chef, während er sich einen Teller mit „Orejas a la plancha" reichen ließ und diese gebratenen Schweinsohren zunächst etwas misstrauisch begutachtete. Dann probierte er sie doch und fand sie arg knorpelig, aber mit ihrer Würzung aus Paprika, Knoblauch und Olivenöl trotzdem irgendwie lecker.

„Hast du schon etwas über diesen Journalisten herausbekommen und vor allem darüber, woran er gerade gearbeitet hatte?", wollte er dann wissen.

„Ein bisschen habe ich schon zusammengekriegt, Chef!", antwortete sie, während sie ein „Pan con tomate" probierte, bei dem ihr in den Sinn kam, dass man solch eine getoastete Weißbrotscheibe mit Tomate, Knoblauch und Olivenöl in Italien als „Bruschetta" servieren würde.

„Peter Kurtz", fuhr Ella fort, „ist ledig und hat keine Verwandten außer seiner Mutter, die aber dement ist und in einem Altenheim in Schwerin lebt. Er hatte sich auf Enthüllungen im

Wirtschaftsbereich spezialisiert. Banken und Industrie, bei letzterem vor allem Auto-, Chemie- und Ernährungsindustrie. Außerdem Landwirtschaft. Er war damit seit über 20 Jahren gut im Geschäft, wenn man das so nennen darf. Das heißt, er enthüllte sehr erfolgreich! Darum war die Zahl seiner Feinde um ein Vielfaches größer als die seiner Freunde. Er ist auch den ganz Großen in der Wirtschaft auf die Schlipse getreten. Vielen von ihnen nicht nur einmal. Wenn du da nach Motiven suchst, wirst du Dutzende von Verdächtigen finden!"

„Das muss nicht unbedingt sein", zweifelte Hark. „Nachträgliches Exekutieren nur so aus Spaß an der Rache gehört in diesen Kreisen meiner Erfahrung nach nicht zum Standard. Wahrscheinlicher ging es um etwas, was noch nicht veröffentlicht wurde und noch unter den Teppich zu kehren ist. Daher müssen wir vor allem auf das schauen, woran er aktuell gearbeitet hat, und herausfinden, wo er in den letzten Tagen und Wochen seines Lebens unterwegs war. Hast du dazu schon etwas?"

„Ich habe mit den meisten Redaktionen und Auftraggebern telefoniert, für die er in den letzten fünf Jahren gearbeitet hatte. Sie gaben alle vor, nicht zu wissen, zu welchen Themen er gerade recherchiert hatte. Es kann natürlich sein, dass sie nur nichts preisgeben wollen, damit ihnen niemand das Thema wegschnappt. Vielleicht auch einfach, weil ich von meinem privaten Handy aus angerufen habe; da hätte ich ja sonst wer sein können. Allerdings sagten sie übereinstimmend, dass Kurtz schon immer viel im Geheimen gearbeitet und ein Thema oft erst angeboten hatte, wenn es fix und fertig recherchiert und mit allen Beweisen unterfüttert war. Er soll diesbezüglich auch und vor allem gegenüber seinen Abnehmern sehr misstrauisch gewesen sein."

„Wissen wir schon, wo er sich in der Zeit vor seinem Tod aufgehalten hatte?", erkundigte sich Hark, und tauschte seinen doch lieber nicht ganz leer gegessenen Schweinsohren-Teller gegen „Caracoles" aus. Das war Schneckenfleisch in einer würzigen Sauce, die Albertina mit Schinkenwürfeln verfeinert hatte."

„Max hatte dazu schon eine Menge vorgearbeitet und bereits die Freigabe der Handydaten erwirken können. Bis vor etwa vier Wochen war Kurtz eine ganze Weile lang fast ausschließlich in Hamburg gewesen. Dann reiste er plötzlich in kurzen Abständen auf die Shetland-Inseln, in den Kongo, nach Sierra Leone, Marokko, erneut nach Schottland und dort auch wieder auf die Shetlands, dann nach Litauen, Tschechien und in den Norden von Schleswig-Holstein. Übrigens auch zweimal für ein paar Stunden hierher nach Amrum. Als letztes am Samstag vor Ostern nach London. Dazwischen immer und immer wieder Hamburg. In den 48 Stunden vor seinem Tod war er dann vor allem wieder in Hamburg, schwerpunktmäßig im Karolinen- und Schanzenviertel, da hat er seine Wohnung und sein Büro, und in der City Nord. In dieser Bürostadt war er dann auch letztmalig zu orten gewesen. In den gut 30 Stunden vor seinem Tod war sein Handy nirgendwo mehr eingeloggt. Es ging erst in der letzten halben Stunde seines Lebens wieder ins Netz. Zwischen Klanxbüll und Westerland. Danach tauchte es nirgendwo mehr auf."

„Irgendeine Vermutung, was es mit den Reisen auf sich hatte und wer sie bezahlt hat?", fragte Hark, während er sich ein Stückchen pikant-kräftigen Manchego-Käse mit Chili-Konfitüre in den Mund schob.

„Die Tickets wurden alle von ihm selbst mit seinen eigenen Kreditkarten gebucht. Er hatte ein beneidenswert hohes Limit auf allen drei Karten, die er besitzt. Was die Ziele angeht: Ich konnte schon mit der Recherche zu den Bahngesellschaften anfangen und bin dann bei Ecofare gleich weiter in die Tiefe gegangen, als mir die ersten Zusammenhänge auffielen. Die Reiseziele und Handy-Daten stimmen fast alle exakt mit Ecofare-Niederlassungen in Europa und Afrika überein, nur wie Amrum und London da reinpassen, weiß ich noch nicht. Kurtz hatte sogar schon einen Flug auf die Kaiman-Inseln gebucht.

Den hatte er allerdings drei Tage vor seinem Ableben wieder storniert."

„Kaiman-Inseln?", hakte der Kommissar überrascht nach, während er das letzte Käsestückchen im Mund verschwinden ließ und – mit gebührendem zeitlichem Abstand, denn das Beides passte nicht wirklich zusammen – noch einen Schluck vom prickelnd-kühlen Cava nahm. Eine aufmerksame Kellnerin hatte sein Glas gerade wieder nachgefüllt. Nun ließ er sich frittierte Kartoffelscheibchen mit Aioli schmecken.

„Dort sitzt die Zentrale der Muttergesellschaft von Ecofare", antwortete Ella, schob sich zwei in Essig marinierte Sardellenfilets, „Boquerones en Vinagre", auf die Gabel und genoss sie in Ruhe, bevor sie fortfuhr. „Ich bin noch nicht durch alles durch, aber nach meinem jetzigen Wissensstand hat der Ecofare-Konzern zwar seine Zentrale in Europa, ist selbst aber nur Teil eines größeren Konzerns oder vielmehr eines Konglomerats aus mehreren Konzernen, hinter dem wiederum ein Investmentfonds steht. Wem nun dieser Fonds gehört beziehungsweise wer in ihn investiert, haben Max und ich noch nicht herausfinden können."

Eine Kellnerin kam mit einem Tablett voller „Pinchos morunos" vorbei.

„Die wurden am Nachmittag mit Chili, Paprika, Pfeffer, Cumin und Öl mariniert und gerade eben frisch auf dem Grill zubereitet", pries sie die kleinen Fleischspießchen an.

Hark und Ella nahmen beide ein Tellerchen vom Tablett und ließen sich von einem vorbeieilenden Kellner noch einmal Cava nachschenken. Sie spürten, wie sich der Alkohol langsam im Blutkreislauf anreicherte und ein leichter, noch kaum spürbarer Nebel sich über ihren Geist breitete.

„Ich denke, wir sollten jetzt die Arbeit Arbeit sein lassen und uns den schönen Dingen des Lebens zuwenden", seufzte Hark. „Du musst dich heute Nacht auch nicht mehr dransetzen. Bis ich aus Hamburg zurück bin, reicht mir das, was wir haben, völlig als Basis."

„Deine Worte sind mir Befehl", lachte Ella erleichtert. „Ich schaue dann mal nach meiner Band."

Hark blickte sich seinerseits nach seiner Frau um und sah sie ein Stückchen weiter mit einem freundlich wirkenden Paar um die 60 zusammenstehen. Das waren, wenn er sich recht erinnerte, Leifs Eltern. Sicher war er sich nicht. Die hatte er bislang nur ein einziges Mal für einen kurzen Moment in der Haustür stehen sehen, als er Leif vor ein paar Jahren für einen Einsatz bei ihnen abgeholt hatte.

Inzwischen war es nun doch ein wenig abgekühlt. Hark zog seine Jacke aus, während er zu den dreien ging, und legte sie Freddy um die Schultern. Sie lächelte dankend und stellte ihm ihre Gesprächspartner vor. Es waren tatsächlich die Eltern von Leif, die sich enorm freuten, Hark nach all den Jahren nun endlich einmal persönlich kennenzulernen. Sie hätten ja schon so unendlich viel von ihm gehört.

Ein Gong unterbrach die angeregten Gespräche an den Tischen im Garten. Albertina hatte sich, nun mit einer bunt geblümten Schürze über dem Dirndl und die imposante, mehr als schulterlange schwarze Lockenpracht in ein grünes Kopftuch gehüllt, in die Eingangstür des Lokals gestellt.

„Liebe Gäste, ich hoffe, euch hat es bis hierhin schon mal gut geschmeckt!", rief sie mit kräftiger Stimme und erhielt ein zustimmendes Raunen und Nicken, das schnell in begeistertes Klatschen überging. „Hier draußen wird es nun ja schon ein wenig frisch", fuhr sie fort, als der Beifall abgeklungen war. „Unser Brautpaar freut sich darauf, euch alle drinnen an die Tische bitten zu dürfen."

Innerhalb der knappen Stunde, die sie hier draußen verbracht hatten, hatte offenbar nicht nur Hark bei den Tapas ordentlich zugegriffen. Alle um ihn herum schwärmten von der außergewöhnlichen Qualität und Vielfalt der Speisen. Hier und da murmelte jemand angesichts der eingedeckten Tische „Was, noch mehr Essen?".

Als alle einen Platz gefunden hatten, stellten sich Leif und Christine in die Mitte des großen Gastraums.

„Keine Angst, ich machs ganz kurz", versprach Leif etwas schüchtern, aber trotzdem mit kräftiger Stimme. „Christine und ich freuen uns riesig, dass ihr alle hierherkommen konntet, um mit uns zu feiern. Wie ihr wisst, ist der typische Junggesellen- und Junggesellinnenabschied nicht so unser Ding. Aber in Anlehnung daran haben wir für morgen für die, die Lust dazu haben, eine kleine Schnitzeljagd über die Insel vorbereitet, getrennt in eine Männer- und eine Frauengruppe. Vor allem, damit die, die Amrum noch nicht so gut kennen, die Insel ein wenig erforschen können und ihr alle ein wenig mehr Kontakt untereinander bekommt. Wir treffen uns um 14 Uhr am Fähranleger. Abendessen dann dort, wo die Jagd uns hingeführt hat. Übermorgen ist um 15 Uhr die Trauung auf dem Standesamt und um 16 Uhr in der Kirche. Keine Sorge: das ist ganz nah beieinander. Anschließend wollen wir gemeinsam im Saal des Hotels Seelust essen und tanzen. Ella und ihre Band werden dort für uns spielen. Für die wenigen, die es noch nicht wissen: Sie sind die absolut angesagteste Jazzband im Norden der Republik und einfach nur toll! Die sechs sind heute Abend auch schon bei uns. Wir begrüßen sie darum noch einmal ganz besonders herzlich!"

„Vielen Dank, lieber Leif", lachte Ella, die zusammen mit ihren Bandmitgliedern unter dem Applaus der Anwesenden aufgestanden war. „Wir freuen uns sehr darauf! Übrigens auch auf die Schnitzeljagd, denn wir sind alle zum ersten Mal hier auf Amrum!"

„Jetzt noch ein kurzes Wort für alle, die sich Sorgen machen, wie sie heute Abend nach Hause kommen", meldete sich nun Christine zu Wort. „Um halb elf stehen drei kleine Busse vor der Tür und bringen die, die nicht in Norddorf untergekommen sind, zu ihren Quartieren."

Die Paella war umwerfend, das Dessert köstlich, der Wein reichlich und vom Feinsten. Freddy und Hark waren von all den Köstlichkeiten und fröhlichen Gesprächen völlig geschafft, als sie sich in die Sitze des für die Nebeler Gäste bereitgestellten Kleinbusses fallen und zu ihrer Unterkunft bringen ließen.

„Du, sag mal, was ich dich vorhin schon fragen wollte", flüsterte Frederike in Harks Ohr, als sie wenig später nebeneinander im Bett lagen. „Lizzy hat mich mit ihrem Handstand vorhin schwer beeindruckt. Kannst *du* sowas etwa auch?"

„Nicht dran zu denken; noch nicht mal in jungen Jahren", lachte Hark. „Keine Chance! Das kommt nicht aus dem Körper, das kommt aus dem Geist. Die physische Kampfkunst hat sie mir ziemlich gut beibringen können, aber das vorhin, das war ganz etwas anderes. *Das* lerne ich in hundert Jahren nicht."

„Ha, dann kann ich dich ja mit meinem Geist besiegen", kicherte Freddy albern, rang seine Schultern auf die Matratze hinunter und setzte sich rittlings über seinen Bauch. Dann versanken sie in einem langen Kuss.

24

Hark hatte sich den Wecker auf halb sieben gestellt, aber um sechs war er bereits hellwach. Leise und behutsam, um Freddy nicht zu stören, glitt er aus dem Bett und aus dem Zimmer. Zum Frühstück mit Tante Lizzy hatte er sich erst für sieben Uhr verabredet. Das ließ ihm genügend Zeit, sich nach dem Duschen noch in Ruhe durch die Nachrichten und seine Emails zu klicken. Bei den Nachrichten war nichts dabei, was ihn direkt betraf. Außer vielleicht, dass auch dort von möglichen Krawallen in Hamburg am späteren Nachmittag und Abend die Rede war. Bis dahin würde er aber längst wieder auf Amrum sein, hoffte er. Der Wetterbericht zeigte perfekte Aussichten für den gesamten Tag und nichts, was den Hubschrauberflug stören würde.

In den Emails fand er den Bericht der Spurensicherung, die den Ecofare-Zug in Westerland unter die Lupe genommen hatte. Es gab keine Einbruchsspuren am Zug, und sie hatten nicht einen einzigen Fingerabdruck gefunden, der zum Toten gehört hätte. Dafür aber Blutspuren, Hautabschürfungen und Kleidungsabrieb auf dem Boden im hintersten Teil des Zuges, die sich alle Peter Kurtz zuordnen ließen. Er hatte dort mit Sicherheit auf dem Boden gelegen. Ganz in der Nähe seiner DNA gab es noch eine weitere, die nicht zu ihm gehörte. Sie werde jetzt mit den nationalen und internationalen Datenbanken abgeglichen.

Tante Lizzy hatte bereits alles vorbereitet, als er ihre Wohnung pünktlich um sieben durch die hintere Tür, die aus der Küche in den Garten führte, betrat. Wie immer hatte sie für ihn eine viel zu große Portion mit Rührei und Speck eingeplant, und wie immer würde er wohl auch dieses Mal kaum etwas davon übrig lassen. Angesichts des üppigen Mahls am Vorabend nahm er sich vor, später am Tag mindestens eine Stunde in zügigem Tempo über die Insel zu laufen. Bislang hatte er zwar noch keinen Speck angesetzt, aber er wollte es auch nicht darauf ankommen lassen.

„Was war das gestern eigentlich für ein komischer Verein, der da an der Fähre demonstriert hat?", fragte Hark seine Tante, die bei allem, was sich auf Amrum tat, immer bestens im Bilde war.

„Amrum autofrei?", fragte Lizzy nach und nippte an ihrem Kaffee.

Hark nickte.

„Das scheint mir ein ziemlich ungeordneter, aber trotzdem zielstrebiger Haufen um Bodo von Thien zu sein, einen Unternehmer im Ruhestand, der sich hier vorher schon in das eine oder andere einzumischen versucht hat. Da macht kein einziger von uns Amrumern mit. Das sind fast alles knurrige ältere Herren, die hier seit ein paar Jahren oder Jahrzehnten wohnen, viele aber nur in der warmen Jahreszeit. Johann Steffens gehört auch dazu, ein pensionierte Biolehrer. Der hat sein Haus unten am Ualanj neben dem von Mara Olufsen. Bleibt das ganze Jahr. *Leider*, muss man in seinem Fall wohl sagen! Er nervt sie ständig mit irgendwelchen Quengeleien und wollte schon das Schullandheim schließen lassen, weil der Lärm ihn störte."

„Ein paar Amrumer scheinen aber doch dabei zu sein", wandte Hark ein. „Rolf Harmsen und zwei seiner Kumpels haben für diese Autofrei-Leute in Dagebüll Plakate auf Autoscheiben geklebt."

Lizzy lachte. „Das sieht den Raufbolden ähnlich. Aber ja, du hast recht, die drei gehören wohl auch dazu. Aber ganz gewiss nur als bezahlte Laufburschen. Die sind schließlich selbst die wildesten Autofahrer auf der Insel, und politisches Engagement oder gar Bewusstsein kannst du bei denen komplett vergessen."

„Und was soll das werden mit ´Amrum autofrei`? Was meinen die wohl, wer das wollen und wie das gehen könnte?"

„Tja, das weiß ich auch nicht so recht", bedauerte Lizzy. „Von uns Insulanern will das sicherlich kaum einer. Sie träumen davon, die alte Inselbahn wieder aufleben zu lassen und wollen eine Bahntrasse auf der jetzigen Landstraße verlegen, vielleicht sogar wieder an den Strand. Außerdem darauf abgestimmte Busanschlüsse nach Steenodde, in die Dörfer hinein und zum Nebeler Strandübergang. Alles elektrisch oder mit Wasserstoff betrieben. Außerdem soll es Taxis für den Lastentransport und für Personen geben. Auch das alles natürlich mit Wasserstoffantrieb oder Strom. Ansonsten nur Pferde und Pferdewagen, weil es auf Amrum ja auch jetzt schon so viele Pferde gibt, meinen sie. Wenn du mich fragst, ist das alles ziemlich unausgegoren. Stell dir das allein mal mit dem Einkaufen und Reisen von uns Amrumern auf dem Festland vor. Totaler Irrsinn!"

„Du ärgerst dich ja richtig über die!", staunte Hark. So etwas kam bei Tante Lizzy tatsächlich nur sehr selten vor. „Wie kommt denn das?"

„Ach lass mal, mein Junge! Vermutlich bringt es mich nur ein wenig in Rage, dass hier mal wieder eine Handvoll Zugereister meint, uns Amrumern sagen zu dürfen, wie wir leben sollen", lachte Tante Lizzy schon wieder ganz entspannt. „Und ehrlich gesagt habe ich auch etwas Angst davor, dass sie dafür am Ende doch genügend von unseren Leuten auf ihre Seite ziehen könnten. Vielleicht stehen ja sogar größere Machtgruppen hinter dem Ganzen: Erst neulich hatte ich gesehen, wie sich Thomas Matsen und Bodo von Thien im Supermarkt sehr angeregt miteinander unterhalten hatten."

„Thomas Matsen?", fragte Hark. Den Namen hatte er doch gerade erst in einem anderen Zusammenhang gehört! Dann fiel es ihm wieder ein. „Der Ecofare-Chef?"

„Ja, genau der", bestätigte Lizzy. „Eigentlich ein ganz feiner Kerl und ein gebürtiger Amrumer obendrein. War damals einer der wenigen gewesen, die regelmäßig zu mir in die Kampfsportschule gekommen waren. Vielleicht erinnerst du dich: ein großer, auch heute noch sehr drahtiger, schlanker, gutaussehender Typ. Wohl um die fünf Jahre älter als du. Du hattest ihn beim Training aber trotzdem mindestens so oft auf die Matte geworfen wie er dich. Ich glaube, ihr mochtet euch."

Hark wühlte in seinem Gedächtnis und stieß auf eine ganze Menge Erinnerungen, die alle sehr angenehm waren. „Ja, klar erinnere ich mich. Tommy! Ich habe ihn hier auch später hin und wieder mal gesehen, aber nie gewusst, dass er Matsen heißt, und schon gar nicht, dass er Chef von Ecofare ist."

Ecofare! Da war sie wieder, diese „atmosphärische Verdichtung" beziehungsweise der „Zufall", wie Redlef es lieber formulierte. Ecofare lief ihm in den letzten 24 Stunden einfach zu häufig über den Weg, als dass er das hätte ignorieren dürfen. Hark erzählte es Lizzy, und sie stimmte ihm hundertprozentig zu.

„Ist letztlich auch egal, wie man es nennt", meinte sie schließlich. „Irgendetwas bricht sich da offenkundig gerade Bahn. ... Ach, apropos Bahn! Siehst du, das wollte ich ja auch noch sagen: Ich habe über deinen Toten vom Hindenburgdamm nachgedacht. Willst du meine Gedanken dazu hören?"

„Unbedingt!", forderte Hark sie begeistert auf.

„Also: Es war mit 99-prozentiger Sicherheit kein Selbstmord. Richtig?"

„Richtig! 99,9 Prozent würde ich sogar sagen."

„Es sollte aber wie ein Selbstmord aussehen. Auch richtig?"

„Auch richtig!"

„Der angebliche Selbstmord war aber so ausgeführt, dass es für jeden auf der Hand liegen musste, dass es in Wirklichkeit kein Selbstmord war. Oder?"

„Völlig richtig! Was schließt du daraus?"

„Dass es eine Hinrichtung war, mit der noch ein weiterer Zweck verfolgt wurde als nur der, einen Menschen zu töten."

„Und der wäre?"

„Eine Warnung an andere, vielleicht, die aus Ort und Zeit oder aus dem Ablauf ihre Schlüsse ziehen können. Schließlich muss es einen Grund dafür geben, ausgerechnet den Hindenburgdamm für diesen Mord auszuwählen. Mitten in der Nacht und bei Sturmflut! Komplizierter geht es ja wohl kaum, oder?"

„Da magst du recht haben", räumte Hark ein und wartete gespannt, was seiner Tante noch dazu eingefallen war. Sie schien noch nicht zu Ende zu sein.

„Natürlich kann es auch andere Gründe für solch eine Inszenierung geben. Das ist bislang nicht so deutlich zu erkennen. Aber jetzt mal zu den Nebenschauplätzen: Da war dieser Inspektor, der, warum auch immer, offenkundig sämtliche Hinweise übersehen und innerhalb von zwölf Stunden einen auf Selbstmord lautenden Abschlussbericht erstellt hat. Nun stell dir vor, du bringst diesen Journalisten um und inszenierst das mit großem Aufwand so, dass es nach einem Selbstmord aussieht, der nach einem Mord aussieht. Kannst du mir folgen?"

Hark nickte, auch wenn er sich gerade nicht wirklich sicher war, es verstanden zu haben.

„...und dann kommt so ein Trottel von Polizist und schließt einfach die Akte. Was würdest du dann tun?"

Jetzt verstand Hark tatsächlich, worauf sie hinauswollte.

„Du meinst", fasste er zusammen, „dass die Mörder unbedingt wollten, dass die Polizei diesen Mord untersucht..."

„... und als daraus nichts wurde, haben sie die Akte euch und der Presse zugespielt, damit der Fall doch noch als Mord verfolgt wird."

„Und wozu das Ganze?"; fragte Hark sichtlich irritiert.

„Tja, mein Junge, das wirst du jetzt wohl leider selber herausfinden müssen", lachte Lizzy. „Es kann natürlich auch ganz etwas anderes dahinterstecken. Aber du darfst dir sicher sein, dass die Angelegenheit etwas mit Ecofare zu tun hat und dass es dabei mehr als eine Schicht zu durchdringen gibt. Besser, du ziehst aus nichts, was du findest, voreilige Schlüsse. Ich bin hundertprozentig sicher, dass euch jemand manipulieren und zu einem falschen Ergebnis führen will."

Hark nickte mit nachdenklich in Falten gezogener Stirn. Wie immer hatte alles, was Lizzy sagte, Hand und Fuß. Er würde das im Bewusstsein behalten. Aber jetzt musste er los. Ein Blick auf die Uhr zeigte zehn vor acht.

„Ich nehm mir eins der Fahrräder zum Landeplatz mit, wenn 's recht ist", sagte er im Aufstehen.

„Natürlich mein Junge, die sind für euch reserviert", stimmte sie zu. „Ach, und noch eins: Pass bitte gut auf dich auf! Es sind mehrere Täter, sie sind skrupellos und hoch professionell. Und sie haben Einfluss. Das ist keine Konstellation, die man auf die leichte Schulter nehmen kann! Besonders dann nicht, wenn du über die Ebene hinausgehst, die sie dich sehen lassen wollen."

25

Auf dem Weg zum Hubschrauber dachte Hark intensiv über das Gehörte nach. Sicherlich hatte Lizzy mal wieder eine bewundernswert klare Sicht auf seinen Fall. Aber noch fehlten ihm eine ganze Menge Mosaiksteinchen, um überhaupt den Anfang eines Bildes erkennen zu können. Zum Glück gab es viele Spuren, die zu weiteren Steinchen führen und am Ende hoffentlich das Gesamtbild zusammenfügen würden. Er war hoffnungsfroh, noch vor dem Abend zumindest Ansätze erkennen zu können.

Am Sateldünwai schob Hark das Fahrrad zu einem Knick neben dem Landeplatz und schloss es an einen Baum an. Der Hubschrauber war noch nicht da, aber er glaubte, ihn bereits in der Ferne zu hören. Es war kurz vor acht, da bestand schon die Chance, Redlef telefonisch zu erreichen. Er versuchte es, und tatsächlich nahm der Staatsanwalt den Anruf sofort an.

„Entschuldige die frühe Störung", bat er. „Lizzy hat über unseren Fall nachgedacht und meint, dass es eventuell die Mörder selbst waren, die den Abschlussbericht des Bahninspektors öffentlich gemacht haben. Ich müsste darum wissen, wie dieser Oberrat, der ihn dir gegeben hatte, dazu gekommen war. Siehst du eine Chance, das rauszukriegen? Diskret! Er hängt ja vielleicht auch selbst mit drin."

„Ich rufe ihn an und taste mich langsam mit Fragen vor", versprach Redlef. „Aber wie kommt Lizzy darauf?"

Hark erklärte es ihm, und auch Redlef fand die Theorie durchaus überzeugend.

„Ein wirklich schlauer Kopf, deine Tante!", sagte er deutlich beeindruckt.

„Dem kann ich nur zustimmen", lachte Hark. „Und noch etwas: Du fährst ja heute mit Beatrice zur Einweihung der neuen Ecofare-Strecke. Kannst du bitte Augen und Ohren in unserer Sache offenhalten! Wie es aussieht, hatte sich der Tote in seinen letzten Lebenswochen alle Standorte von Ecofare angesehen, und er ist ja auch in deren angeblich gestohlenem Zug auf den Hindenburgdamm gelangt."

„Ja, mach ich", versprach Redlef. „Aber jetzt muss ich runter zum Frühstück, sonst schmollt Beatrice mit mir."

Hark hatte Schwierigkeiten gehabt, die letzten Worte zu verstehen. Der Hubschrauber schwebte mittlerweile über der Wiese, die als Landeplatz diente, und kam langsam herunter. Nach dem Landen wurde es etwas leiser. Hark winkte dem

Piloten zu und deutete auf sein Handy. Er wollte vor dem Abflug unbedingt noch kurz mit Max Weber sprechen. Der Pilot verstand sein Zeichen richtig und fuhr den Motor herunter, so dass das Telefonieren wieder möglich wurde.

Sein Assistent war, für seine Verhältnisse, nicht nur ungewöhnlich schnell am Apparat, sondern meldete sich sogar mit „Moin, Chef" anstatt nur mit seinem Namen oder einfach „Ja?".

„Moin, Max. Bin auf dem Weg nach Hamburg. Gibts was Neues bei dir?"

„Wir schwärmen gerade aus, um die Bahnreisenden zu befragen, die an jenem Morgen dabei waren. Wir haben alle erreicht und uns angemeldet. Ich bin gerade auf dem Weg nach Niebüll."

„Was denn, Max, du fährst *selber* zu einer Befragung", staunte Hark.

„Mach dich ruhig über mich lustig", schmollte Max. „Aber im Ernst, das scheint eine sehr vielversprechende Zeugin zu sein. Wenn ich sie am Telefon richtig verstanden habe, dann hat sie den mysteriösen Fremden nicht nur genau gesehen, sondern auch gemalt, gezeichnet, skizziert oder sowas. Bin mir da nicht ganz sicher. Deutsch und Englisch gingen beim Telefonat ziemlich wild durcheinander. Ich fahre mit Stine hin. Es schafft bestimmt mehr Vertrauen, wenn ich eine Frau dabei habe."

„Ach, daher weht der Wind", dachte Hark ohne es auszusprechen. Die hübsche Polizeimeister-Anwärterin Stine versetzte mit ihrer fröhlichen, offenen Art alle jungen Männer im Revier in helle Aufregung, seit sie vor vier Wochen ihren Dienst in Husum angetreten hatte. Jeden drängte es zu Einsätzen mit ihr. „Dann schick mir bitte ne SMS, wenn du was rausfindest; ich bin die nächste Stunde im Hubschrauber unterwegs", bat er und legte mit einem knappen Gruß auf.

„Sorry", sagte Hark zum Piloten, als er den Helm aufsetzte. „War wichtig."

„Kein Thema", winkte der freundlich ab. „Wir brauchen nur ne knappe Stunde bis Hamburg. Ich habe Anweisung, auf dem Heiligengeistfeld zu landen. Der Frühlingsdom ist seit gut einer Woche beendet, da ist also im Moment jede Menge Freifläche. Danach parke und tanke ich in Fuhlsbüttel. Rufen Sie mich einfach an, wenn es zurückgehen soll."

Der Flug war bei diesem sonnigen Frühlingswetter ein einziger Genuss. Von Nebel aus ging es geradeaus über die Hallig Hooge, auf der glitzernde Entwässerungsgräben ein Mosaik aus rechteckigen Wiesen und Weiden formten, das durchzogen war von mäandernden Wasserläufen. Ein Dutzend Warften ragte aus dem Grün hervor. Bei der niedrigen Flughöhe konnte Hark sehen, wie die Menschen dort zum Hubschrauber aufblickten und seinen Flug verfolgten. Einige Schafe stoben davon, eher verspielt als erschreckt, wie es ihm erschien.

Der Hubschrauber überflog einen schmalen Wattstrom und streifte dann die Westküste der deutlich von Landwirtschaft geprägten Insel Pellworm, deren Getreidefelder und Weiden in weit satterem Grün zu ihm heraufleuchteten als die Wiesen der mehrmals im Jahr von der Nordsee überfluteten Hallig.

Danach ging es wieder über das glitzernde, von Wattströmen durchzogene und von zahlreichen Untiefen aufgehellte Meer, dessen von Strömungen geprägte Strukturen aus dieser Perspektive viel deutlicher zu erkennen waren als vom Schiff aus. Der Pilot steuerte auf das nahe Festland zu. Direkt vor ihnen tauchte der markante rot-weiße Leuchtturm von Westerhever auf. Einsam ragte er aus der Weite des unbebauten Marschlandes empor, links und rechts flankiert von je einem kleinen Haus mit leuchtend ziegelrotem Dach.

„Wenn es recht ist, folge ich noch ein wenig der Küste", hörte er den Piloten über Helmfunk sagen.

„Unbedingt!", stimmte Hark begeistert zu.

Rechterhand sah er den langgezogenen weißen Strand von St. Peter-Ording mit seinen berühmten Pfahlbauten. Die Böden dieser hoch aufragenden Stelzenhütten standen selbst bei Sturmflut noch oberhalb der Wasserlinie. Die Form und

Breite dieses Strandes erinnerte Hark ungemein an den Amrumer Kniepsand. Bei Ebbe zog sich das Wasser hier allerdings, wie er wusste, deutlich weiter zurück als an der Westküste seiner Lieblingsinsel. Das verbreiterte den Strand dann noch mal um ein Vielfaches.

Der Flug ging weiter über die grünen Köge Dithmarschens, dann aber zog der Pilot den Hubschrauber doch mehr in Richtung Osten, verließ die Küste und steuerte den Nordostseekanal an. Aus der Vogelperspektive konnte Hark die Wasserstraße, die die Elbmündung mit der Ostsee verband, in beide Richtungen kilometerweit überblicken. Auch an diesem Feiertag wurde sie ihrem Ruf gerecht, eine der meistbefahrenen künstlichen Wasserstraßen der Welt zu sein. Drei Frachter konnte Hark in Richtung Süden ausmachen, drei weitere in Richtung Nord.

Der weitere Flug bot vor allem den Blick auf Felder und Weiden, die von immer stärkerer Bebauung durchzogen wurden, je näher sie Hamburg kamen. Schließlich ging die grüne Landschaft in ein einziges Häusermeer über. Aber auch das war noch von Grün durchzogen. Sie überquerten den dicht bewaldeten Volkspark, Altona und St. Pauli, bevor der Hubschrauber pünktlich um 9 Uhr auf dem Heiligengeistfeld landete. Tatsächlich waren hier nur noch wenige Schausteller dabei, die längst zerlegten Fahrgeschäfte des Frühlingsdoms zu verladen. Die meisten Flächen waren bereits geräumt, aber noch nicht wieder zum Parken freigegeben. Ideale Bedingungen zum Landen.

Petersen wurde bereits erwartet. Ein Mann und eine Frau in Polizeiuniform und ein Mann in Zivil standen etwas abseits der Landefläche. Sie kamen ihm entgegen, als er auf sie zuging.

„Kommissar Petersen!"

Es war mehr eine Aussage als eine Frage, mit der der Mann in Zivil ihn begrüßte. Petersen spürte Vorbehalte, fast schon Feindschaft bei dem griesgrämig dreinblickenden Mittfünfziger, hatte aber nicht vor, sich darauf einzulassen. Fröhlich lächelnd reichte er ihm und den anderen Kollegen die Hand.

„Na, da haben Sie sich ja einen tollen Tag ausgesucht", grummelte der Zivile, der sich als Kriminalhauptkommissar Henning Kröger vorgestellt hatte. „Als hätten wir am 1. Mai nicht schon genug in Hamburg zu tun."

„Schön, dass Sie es trotzdem möglich gemacht haben", strahlte Petersen das grummelige Gesicht an. „Die Sache drängt leider. Bund und Land wollen Aufklärung. Dann lassen Sie uns doch mal!"

„Damit das klar ist: Die Sache hier leite ich", bestimmte Kröger. „Ist unser Revier. Sie halten sich im Hintergrund."

Petersen sparte sich eine Antwort und bedeutete dem Kollegen stattdessen mit einer Geste, er möge vorangehen. Das tat der dann auch mit schnellem Schritt, gut fünf Meter vor den anderen her. Hark nutzte die Gelegenheit, mit ein paar netten Worten das Eis zu den uniformierten Kollegen zu brechen. Das klappte wunderbar. Auf den nicht einmal 200 Metern bis zum Redaktionsbüro auf der anderen Seite der Feldstraße hatte er sich bereits mit ihnen angefreundet.

Das Büro lag im zweiten Stock eines dieser für Hamburg so typischen fünfgeschossigen Wohnhäuser, die den Krieg mehr oder weniger überstanden hatten oder danach auf dem, was von ihnen übrig geblieben war, wieder aufgebaut worden waren. Durch ein muffig riechendes Treppenhaus ging es über mit Linoleum beschichtete Stufen hinauf. Unten hatte kein Firmenschild auf das Büro hingewiesen, und auch oben gab es lediglich einen weißen Zettel mit der gedruckten Aufschrift „Peter Kurtz / Harald Ruhlander – Redaktionsbüro" über dem Klingelknopf.

Die Tür stand offen, drinnen war die Spurensicherung in weißen Schutzanzügen akribisch bei der Arbeit.

„Wir haben uns erlaubt, schon mal anzufangen", klärte ihn der Hamburger Kollege auf. „Die Tür ist, wie sie sehen, mit mehreren starken Riegelschlössern gut zu sichern. Keine Einbruchsspuren an der Tür, aber hier drinnen ist alles durchwühlt worden."

Tatsächlich lag jede Menge Papier auf dem Boden. Schranktüren und Schubladen standen offen, Regale waren leergeräumt. Auf den Schreibtischen gab es Bildschirme, aber keine Computer dazu. Nutzlos herumliegende Kabel machten unmissverständlich deutlich, dass diese Bildschirme mal mit Computern verbunden gewesen waren. Das Redaktionsbüro bestand aus zwei sparsam eingerichteten Räumen mit jeweils einem Schreibtisch. Hinzu kamen ein kleines Bad und eine geräumige Küche. Mehr als 60 Quadratmeter konnte alles zusammen nicht haben. Der Blick aus dem Fenster zeigte das Heiligengeistfeld und den hoch aufragenden Bunker aus dem Zweiten Weltkrieg. Von unten drang der periodisch auf- und abschwellende Lärm des von Ampeln mal abgeblockten, mal durchgelassenen Verkehrs herauf.

„Wir sind hier so gut wie fertig", erklärte Kröger. „Keinerlei Blut- oder Kampfspuren. Die Fingerabdrücke müssen noch ausgewertet werden, aber wer auch immer hier gewühlt hat, hatte vermutlich ohnehin Handschuhe an. Im ganzen Büro gibt es keine Computer, keine Kameras, keine Chips oder USB-Sticks, keine Mobiltelefone, kurz: überhaupt nichts, worauf sich Daten speichern ließen. Der oder die Täter haben akribisch gesucht und all das wohl mitgenommen. Was genau suchen wir eigentlich?"

„Daten", lachte Petersen säuerlich und frustriert darüber, dass sein Ausflug nach Hamburg vielleicht gänzlich umsonst gewesen sein könnte. „Es könnte sein, dass der Mord an dem Journalisten mit seiner Arbeit zusammenhängt. Daher müssen wir wissen, woran er gearbeitet hat. Können Sie mir bitte das, was an Papier noch da ist, in Kartons packen und nach Husum schicken lassen? Vielleicht haben die Täter ja was übersehen. Kann ich mir allerdings kaum vorstellen."

„Machen wir, aber bestimmt nicht mehr heute", versprach der Kollege mit immer noch verkniffenem Gesicht. Petersen war es egal. Solange Kröger seine Arbeit nicht behinderte, durfte er so schlecht gelaunt sein, wie er wollte.

„Lassen Sie mich gefälligst durch! Was zum Teufel machen Sie hier!"

Die wütende Stimme gehörte zu einem ziemlich verwahrlost aussehenden, hageren Mann mittleren Alters in militärischer Tarnjacke und verdreckter Jeans. Sein Haar war halblang und wohl seit Tagen weder gewaschen noch gekämmt worden. Gleiches galt für den strubbeligen, dunkelbraunen Bart. Seine braunen Augen blitzten intelligent, kraftvoll und angriffslustig.

„Und Sie sind?", fuhr Kröger, der sofort zum Eingang gegangen war, den Mann an.

„Harald Ruhlander, Mitinhaber dieses Redaktionsbüros! Wissen Sie eigentlich, was Sie hier tun?", brüllte der und gab die Antwort ohne abzuwarten gleich selbst: „Sie sind in eine Redaktion eingebrochen! Sie verstoßen massiv gegen die Pressefreiheit, verletzen das Redaktionsgeheimnis und treten Paragraph 5 des Grundgesetzes mit Polizeistiefeln! Können Sie mir das vielleicht mal *erklären*?"

„Können wir", sagte Petersen freundlich. Er hatte sich sanft zwischen Kröger und Ruhlander geschoben und dem Journalisten die Hand auf den Oberarm gelegt. Nun bugsierte er ihn mit leichtem Druck in Richtung Küche. „Aber lassen Sie uns dafür erst mal in Ruhe Platz nehmen."

Der Mann ließ sich allerdings nicht so einfach überrumpeln. Er wischte Petersens Hand vom Arm, blieb stehen und blaffte „Nee, nee, so nicht! Sie sagen mir jetzt und sofort, was das hier soll! Und zeigen Sie mir gefälligst ihren Durchsuchungsbeschluss!"

Petersen empfand schlagartig keine Lust mehr auf vorsichtige Vermittlung.

„Ihr Kollege Peter Kurtz ist ermordet worden, und wir suchen hier nach Indizien, die erklären können, von wem und warum", sagte er daher mit brutal sachlicher Nüchternheit.

„Selbstverständlich haben wir einen richterlichen Beschluss, den wir Ihnen sofort zeigen werden, wenn Sie selbst sich legitimiert haben."

„Peter ist tot?" Bestürzung blitzte im Gesicht des Mannes auf. Die Aggressivität war schlagartig verschwunden. „Setzen wir uns!"

Er zeigte in Richtung Küche und die Ermittler folgten ihm. Kröger setzte sich mit an den Tisch. Petersen war das nicht wirklich lieb, aber es war das Revier des Kollegen, also nicht zu ändern. Zumindest überließ Kröger ihm die Initiative und das Wort.

„Wo kommen Sie gerade her?", begann Petersen das Gespräch. „Und wo waren Sie am Morgen des 24. April?"

„Direkt vom Flughafen. Aus Frankfurt oder eigentlich aus Afghanistan. Am Vierundzwanzigsten? Lassen Sie mich überlegen... Ja, am Vierundzwanzigsten war ich noch in Pakistan. Ist er am Vierundzwanzigsten getötet worden?"

Petersen nickte. „Haben Sie irgendeine Vorstellung, warum? Hatte er Feinde? Familiäre Probleme?"

„Feinde hatte er beruflich gesehen jede Menge. Aber ich glaube nicht, dass ihn einer von denen hätte umbringen wollen. Wir sind hier ja nicht im Krimi! Und Familie hatte er, soweit ich weiß, überhaupt nicht – außer seiner dementen Mutter, die ihn aber meistens nicht mal mehr erkannte, wenn er sie besucht hat. Auch keine richtig feste Beziehung, soweit ich weiß. Ich hab nicht die geringste Vorstellung, warum man ihn ermordet haben sollte. Vielleicht eine Zufallsbekanntschaft, die ihn im Streit erschlagen hat. Er konnte durchaus aufbrausend und aggressiv sein."

„Das können wir angesichts der Todesumstände wohl ausschließen", meinte Hark. „Wissen Sie, woran er gerade gearbeitet hat?"

„Nee, keine Ahnung. Leider! Ich war die letzten drei Wochen völlig abgeschnitten, hab weder mit ihm telefoniert noch gemailt. Als ich los bin, war gerade ein Auftrag von PBI für ihn reingekommen. Ging um Ecofare, diesen Wasserstoff-

Konzern. Aber was genau und ob er da überhaupt was gemacht hat... Keine Ahnung!"

„PBI?"

„Profound Background Investigations. Ein Investigativbüro, für das wir öfter mal arbeiten. Da geht es vor allem um Hintergrundrecherchen. Themen, von denen sie meinen, dass die hochkochen werden. Wenn sie es dann tun, haben sie gleich Material, Fotos oder, falls gefragt, auch fertige Berichte, die sie an die großen Redaktionen verkaufen können. Zahlen ziemlich gut!"

„Nie von denen gehört", gab Petersen zu. „Klingt ja wie so ne Art Detektivbüro für Journalismus. Wo sitzen die?"

„Haben hier in Hamburg ein Büro, sind aber international aufgestellt. Die Europazentrale sitzt in London, das Headquarter auf den Kaimans."

Erst Ecofare, jetzt Kaiman-Inseln! Schon wieder so eine Verdichtung, aber schon eher konkret als nur atmosphärisch. Hark ließ sich die Kontaktdaten von PBI geben. Heute, am 1. Mai, sei da aber bestimmt keiner im Büro, glaubte Ruhlander. Hark leitete die Daten mit einem „Bitte alles zu PBI herausfinden" an Ella weiter.

„Wie es aussieht, sind hier sämtliche Datenträger aus dem Büro entwendet worden", schilderte Hark dem Journalisten. „Computer, Kameras, Sicherungen, alles... Haben Sie eine Ahnung, wo wir sonst noch etwas finden könnten? Gibt es ein Bankschließfach? Eine Cloud?"

Der Mann war halb von seinem Stuhl hochgekommen und schaute sich wild fluchend um. „Nee, wüsste ich nicht", sagte er kopfschüttelnd und setzte sich wieder. „Alles weg, meinen Sie? Meine Sachen auch? So ein Mist! Vielleicht hatte er etwas zuhause, keine Ahnung. In die Cloud hätte er sicherlich nichts Wichtiges gestellt. Viel zu leicht zu knacken, meinte er, und vertrauen könne man den Cloudbetreibern selbst auch nicht."

„Bei ihm zuhause sieht es nicht anders aus als hier", meldete sich Kröger jetzt erstmals zu Wort. „Mein Team ist dort gerade fertig geworden. Alles durchwühlt, nichts mehr da, was Daten speichern könnte. Selbst den Fernseher scheinen sie mitgenommen zu haben."

„Nee, einen Fernseher hatte er gar nicht", widersprach Ruhlander.

Als sie aus dem Haus kamen, fuhr gerade eine Karawane von Polizeitransportern mit blinkenden Blaulichtern am Haus vorbei. Drei Hundertschaften, wie Petersen mit professionellem Blick sofort erfasste. Auf beiden Straßenseiten zogen kleine und größere Gruppen fröhlicher, vorwiegend junger Menschen in die gleiche Richtung. Einige wenige darunter, die sich nach Petersens Erfahrung auf der Demonstration wohl zum „schwarzen Block" zusammenfinden würden.

Der Weg zur Wohnung des Getöteten war tatsächlich nicht weit, aber in der kurzen Zeit auf der Straße wurden sie gleich mehrmals aus kleinen Grüppchen heraus mit giftigen Blicken bedacht, zweimal sogar angepöbelt. Petersen fand es frustrierend, wie feindselig es oft bei bestimmten Arten von Demonstrationen zuging. Er empfand aus eigener leidiger Erfahrung ein echtes Mitgefühl mit den Polizisten, die sich heute bei angesagten 26 Grad in praller Sonne mit Helm und schwerer Ausrüstung zum Schutz vor was-auch-immer stellen mussten und dabei beschimpft oder gar angegriffen werden würden. Aber dank vieler intensiver Gespräche mit Freddy fühlte er auch mit denen, an denen wohl der eine oder andere buchstäblich hochgekochte Kollege seine Aggressionen auslassen würde.

Die Wohnung von Peter Kurtz bestand aus lediglich einem Raum, in den eine kleine Kochnische integriert war. Sie war kaum weniger spartanisch eingerichtet als das Büro. Der Journalist hatte seine Lebensqualität offenkundig nicht aus seiner Wohnsituation gezogen. Soviel schien sicher. Auch hier wies die Tür keine Einbruchsspuren aus, aber innen war ebenfalls alles durchwühlt. Hark fand nichts, was ihn weitergebracht hätte. Der Blick auf die Uhr zeigte gerade erst kurz nach zehn. Er rief den Hubschrauberpiloten an. In Hamburg gab es für ihn erst einmal nichts mehr zu tun.

Der Hubschrauber ließ auf sich warten. Sein Pilot simste, dass das Tanken sich verzögere, weil zuerst die Hamburger Hubschrauber einsatzbereit gemacht werden mussten. Hark war nicht traurig darum, denn das ließ ihm etwas Zeit, seine Mails und Nachrichten durchzusehen und zu telefonieren.

Die KTU hatte sich gemeldet. Ihre Experten hatten die DNA analysiert, die als winzige Spuren von Hautabschürfungen und Blut neben der DNA des Opfers in der Bahn gefunden worden war. Es gab allerdings keine Entsprechung für sie in der Datenbank, so dass dies vorläufig nicht weiterhalf.

Max hatte ihm ebenfalls gemailt. Er hatte inzwischen die Zeugin besucht, die den Fremden in der Bahn angeblich nicht nur gesehen, sondern sogar gezeichnet hatte. Sie war eine Kunstlehrerin aus Syrien, die vor zwei Jahren nach Deutschland geflohen und nach vielem Hin und Her schließlich in Niebüll gestrandet war. Seit einem Jahr arbeitete sie als Küchenhilfe auf Sylt. Arbeitsbeginn 5:15 Uhr. Deshalb war sie so früh in der Bahn gewesen. Den Mann hatte sie später, nach der Arbeit, zuhause aus dem Gedächtnis gemalt, berichtete Max, weil sie ihn so faszinierend und gleichzeitig so bedrohlich fand. Und wohl auch, weil er dann plötzlich verschwunden war.

Max hatte Hark das Bild geschickt. Tatsächlich waren das Gesicht und die ganze Erscheinung sowohl faszinierend als auch bedrohlich. Schwer zu sagen, wie viel davon künstlerische Interpretation war und wie viel realitätsnahe Wiedergabe. Auf jeden Fall fand er die mit Buntstiften oder Aquarellstiften ausgeführte Zeichnung sehr beeindruckend. In mitfühlendem Bedauern schüttelte er den Kopf darüber, dass diese hochqualifizierte Fachkraft gezwungen war, ihr Zuhause zu verlassen, und ihre Fähigkeiten nun am Zufluchtsort offenbar nicht mehr beruflich einsetzen konnte.

Eine zweite Mail von Max, gut eine Stunde später geschickt, zeigte, wie wirklichkeitsnah die Frau das Gesicht des Fremden tatsächlich gemalt hatte.

„Habe die Zeichnung mit unserer Kundendatei abgeglichen", hatte Max geschrieben. „Bingo! Karol Singer. 41 Jahre alt. Deutscher Pass. Aufenthaltsort unbekannt. Dreimal angeklagt wegen Auftragsmorden, dreimal freigesprochen. Habe der Kunstlehrerin das Archivbild geschickt. Dir auch (Anlage). Sie meint, das ist er."

Tatsächlich hatte das Bild aus der polizeilichen Datenbank eine ungeheure Ähnlichkeit mit dem gemalten, auch wenn auf der Zeichnung der obere Teil des Gesichts bis zu den blonden Augenbrauen von einer Kapuze verdeckt wurde. Vor allem die harten, stahlblauen Augen, die tief versunken in dunkel schattierten Höhlen lagen, und die tief eingefallenen Wangen unter deutlich hervortretenden Knochen waren markant. Dieser Mann müsste auch anderen im Gedächtnis geblieben sein.

Ein Hubschrauber näherte sich, hörte Hark zu seinem Bedauern. Er hätte gerne noch ein paar Minuten mehr zum Telefonieren gehabt. Doch es war noch gar nicht sein Pilot. Vielmehr sauste die Hamburger Polizei mit bedrohlichem Dröhnen im Tiefflug über den Landeplatz hinweg in Richtung Sternschanze. Also blieb ihm doch etwas Zeit.

Hark rief die Nummer von Ronald Sibender in den Kontakten auf, wartete, bis der Hubschrauberlärm abgeklungen war, und drückte auf Anwählen.

„Herr Kommissar! Was kann ich für Sie tun?", meldete sich der Ecofare Sicherheitschef mit auch diesmal ausgesprochen fröhlich-freundlicher Stimme. Offenkundig hatte er Petersens Nummer ebenfalls in seinen Kontakten gespeichert.

„Sie sagten, sie würden heute noch einmal kurz auf Amrum sein. Wann wäre das? Können wir uns dort für ein paar Minuten sehen?"

„Das hängt ein wenig von meinem Chef ab", erklärte Sibender nach kurzem Nachdenken. „Wenn wir, wie geplant, die

Fähre ab Hörnum um 13:30 Uhr nehmen und ich ihn lediglich zuhause absetze, könnte ich Ihnen von 14:55 bis 15:05 zur Verfügung stehen. Sollte sich unsere Abfahrt hier verzögern, wäre das Zeitfenster 15:55 bis 16:05 Uhr."

„Wow, das ist mal echt präzise", lachte Petersen.

„Kunststück!" Sibender lachte ebenfalls. „Unsere Fähren fahren im genauen Stundentakt von Sylt über Amrum und Wyk nach Dagebüll. Ich begleite Herrn Matsen zu seinem Haus, checke, ob dort alles okay ist, und nehme dann die nächste Fähre zum Festland. Sie sehen: Präzision ist in diesem Fall kein großes Kunststück. Ich lasse Sie von der Fähre aus per SMS wissen, wann Sie mich erwarten können."

Harks nächster Anruf galt dem Lokführer. Auch der war sehr schnell am Apparat, meldete sich allerdings nur sehr knapp mit einem zögerlich und fragend klingenden „Hallo".

Petersen stellte sich kurz vor, bezog sich dabei auf die Frau des Lokführers und bat Mewes, ihm zu schildern, was an jenem Morgen vorgefallen war.

„Können wir uns dafür nicht vielleicht treffen?", fragte der Lokführer schüchtern. „Ich komme auch gerne zu Ihnen."

„Ich bin zurzeit leider in Hamburg und in etwa anderthalb Stunden wieder auf Amrum. Eigentlich mache ich dort noch bis Sonntag Urlaub."

„Kein Problem", antwortete der Lokführer. „Wenn ich mich beeile, bekomme ich noch die Ecofare-Fähre um 10:45 Uhr. Dann wäre ich kurz vor zwölf in Wittdün."

„Ja, gut, wenn Sie das für ein paar Minuten Gespräch auf sich nehmen wollen, kommt mir das natürlich sehr entgegen", stimmte Petersen zu. Ihm war es ohnehin lieber, mit Zeugen persönlich und nicht am Telefon zu sprechen. Mimik und Gestik hatten oftmals eine ehrlichere Sprache als der Mund. „Wir sehen uns dann gegen 12 Uhr am Anleger. Warten Sie bitte ein wenig, falls ich es nicht schaffe, genau pünktlich zu sein. Ich schicke Ihnen gleich mein Bild, damit wir uns erkennen."

„Nicht nötig, Herr Kommissar. Ich erinnere mich noch sehr gut an Sie."

26

Thomas Matsen, Vorstandsvorsitzender von Ecofare, war ein charismatischer Redner. Schon in den ersten Minuten seiner Ansprache war es ihm gelungen, die Zuhörer in seinen Bann zu ziehen. Er wirkte unglaublich vertrauenserweckend, wie er da stand und die Ziele seines Konzerns erläuterte – sportlich, kraftvoll, dabei schlank und nur dezent gebräunt, in einem maßgeschneiderten, dunkelgrünen Anzug, die obersten Knöpfe des strahlendweißen Hemdes leger geöffnet. Seine Ansichten zur Realisierung einer nachhaltigen Energiewende waren überzeugend vorgetragen. Er predigte Änderung statt Verzicht, Erfindergeist statt Reglementierung, Angebote statt Anordnungen. Das kam gut an.

„Wenn unsere Gegner behaupten, wir wollen den Individualverkehr verbieten, so ist das schlichtweg falsch", sagte er gerade und schien dabei jedem Einzelnen in der großen Runde, die sich am Bahnhof in Westerland versammelt hatte, direkt und tief in die Augen zu schauen. „Vielmehr werden wir unsere Angebote so verlockend, so verführerisch gestalten, dass das eigene Auto überflüssig wird, weil es schlichtweg niemand mehr braucht. Und wenn unsere Wettbewerber jammern, wir wollten sie vom Markt verdrängen, so ist auch das nicht richtig. Vielmehr wollen wir Transport und Verkehr europaweit ökologisch verträglich machen. Jeder Einzelne ist eingeladen, dabei mitzumachen! Auch jeder Einzelne unserer Mitbewerber! Unser Ziel ist nicht das Monopol für unser Unternehmen, unser Ziel ist das Monopol der Umwelt- und Sozialverträglichkeit. Dafür setzen wir uns ein! Dafür kämpfen wir auch, wenn es sein muss. Aber wir drängen niemanden aus dem Markt, der Waren emissionsfrei transportiert oder seine Verkehrsmittel mit erneuerbaren Energien betreibt. In Schwierigkeiten kommen nur die, die sich an die schmutzigen Technologien der Vergangenheit klammern. Ecofare zeigt ihnen die Zukunft! Wir freuen uns, auf unserem Weg so viel Unterstützung auch aus der Politik zu finden, ganz besonders hier in meiner Heimat Schleswig-Holstein, wo wir mehr als herzlich aufgenommen worden sind. Begrüßen Sie daher mit uns unsere charmante Staatssekretärin im Wirtschaftsministerium, Beatrice von Warendorff, die uns die Ehre gibt, unsere neue Sylt-Strecke zu eröffnen!"

Unter dem Applaus der Honoratioren aus Politik und Wirtschaft ging die Staatssekretärin zum Rednerpult. Äußerlich strahlend, innerlich allerdings verärgert darüber, dass sie von dem Konzernvorstand soeben in dieser unterschwelligen Form vereinnahmt worden war.

„Sehr geehrter Herr Matsen, liebe Anwesende, herzlichen Dank für diese freundliche Begrüßung!", begann sie und überlegte dabei, wie sie die schmierige Hand, die Matsen ihr da gerade verbal auf die Schulter gelegt hatte, am elegantesten wieder hinunterschubsen könnte. „Gerade als grüne Politikerin freue ich mich ganz besonders, dass mit dem heutigen Tage ein weiterer Schritt in eine ökologische Zukunft unseres Landes getan werden kann. Wir freuen uns über jede Bestrebung, die uns diesem Ziel näherbringt. Egal, ob sie nun von einzelnen Bürgerinnen und Bürgern kommt oder, wie bei Ecofare, von einem vor allem an Gewinnen orientierten Konzern. Vordergründig ökonomischen Interessen stehen wir natürlich grundsätzlich weit skeptischer und immer bewusst distanziert gegenüber. Umso mehr freue mich zu hören, verehrter Herr Matsen, dass Sie mit Ecofare keine Monopole anstreben. Denn das erspart uns, der Politik, den steuernden Eingriff, der sonst zum Wohle der Bürgerinnen und Bürger Schleswig-Holsteins unumgänglich wäre."

So, das sollte reichen, hoffte Beatrice, und Matsens steinern lächelnder Blick schien ihr da recht zu geben, Nun konnte sie nahtlos in ihre ursprünglich vorgesehene, deutlich freundlichere Rede übergehen, die bereits gestern vom Referenten des Ministers geschickt worden war. Ihr eigener Assistent, Markus Wenz, hatte sie noch mal überarbeitet und ihr vorhin übergeben, als er sie und Redlef vom Sylter Fähranleger in Hörnum abgeholt hatte. Einige Passagen in der kurzen Ansprache hatte sie gestrichen oder umformuliert, aber nur wenige, denn Wenz wusste sehr genau, worauf es ihr ankam. Bei Reden konnte sie sich blind auf ihn verlassen.

Matsen erwies sich als souverän im Einstecken und als vollendeter Gastgeber. Er stand mit Beatrice, Redlef und den Bürgermeistern von Westerland und Niebüll an einem Bistrotisch vor dem Eisenbahngleis, von dem aus Beatrice gerade der ersten Ecofare-Bahn mit Pfeife und Kelle das symbolische Startzeichen gegeben hatte. Jetzt schenkte Matsen ihnen ausgesprochen elegant aus einer Sektflasche nach.

„Ein ganz hervorragendes Tröpfchen" schwärmte der Bürgermeister von Niebüll gerade. „Ein Champagner?"

Matsen griff das Thema freudig auf und drehte dem Fragenden das Etikett zu. „Oh nein, kein Champagner, obwohl man ihn vom Geschmack und der Feinperligkeit her sicherlich ohne weiteres dafür halten könnte. Aber nein, dieser Cabernet Blanc kommt von einem Biowinzer in der Nähe von Landau in der Südpfalz, der ihn zweimal im Jahr persönlich in unsere Hamburger Niederlassung bringt. Ökologie ist uns nicht nur bei unserer Arbeit wichtig, sondern auch in unserem alltäglichen Handeln."

„Wie lobenswert", lächelte die Staatssekretärin, und nicht nur Redlef hörte einen leicht süffisanten Unterton in ihrer Stimme. „Aber können Konzerne denn überhaupt an etwas anderem orientiert sein als an ihrem Gewinn?"

„Verehrte Frau von Warendorff, nehmen Sie insbesondere erst einmal meine aufrichtige Entschuldigung dafür an, dass ich Sie mit meiner Rede offenbar verärgert habe", entgegnete der Vorstandsvorsitzende lächelnd, charmant und ohne jeden Unterton. „Es lag mir wirklich fern, Sie oder die Landesregierung ungebührlich zu vereinnahmen. Ich hatte mich mit meinen Worten vielmehr für das ausgesprochen hilfreiche Engagement Ihres Ministeriums bedanken wollen. Ohne jeden Hintergedanken, das dürfen Sie mir glauben. Und was die

Frage nach der Gewinnorientierung unseres Konzerns angeht, so kann ich Ihnen..."

Weiter kam er nicht, denn er wurde von einer lauten Stimme unterbrochen.

„Entschuldigung! *Entschuldigung*! Herr Matsen! Auf ein Wort bitte! Frau Staatssekretärin! *Bitte*! Hier ist die Presse! Wir haben ein paar dringliche Fragen!"

Ein junger, schlanker Mann in schwarzer Kleidung und mit halblangem, dunklem, nach hinten gegeltem Haar stand etwa drei Meter entfernt. Er hatte versucht, zu ihnen zu gelangen, war aber von zwei ebenfalls zur Gänze schwarz gekleideten, sportlich wirkenden, glatzköpfigen Männern mit sanftem, aber bestimmtem Druck auf die Schultern zurückgehalten worden. Etwas weiter entfernt stand ein weiterer Mann mit einer Spiegelreflexkamera im Anschlag, der pausenlos fotografierte.

Die beiden Männer, die den Journalisten festhielten, schienen Personenschützer zu sein. Redlef fragte sich, ob sie für Beatrice hier waren oder zu Matsen gehörten. Die Frage wurde im selben Moment dadurch beantwortet, dass Matsen mit der Hand ein unscheinbares Zeichen gab und die beiden den Reporter näherkommen ließen, ohne dabei allerdings die Hände von seinen Schultern zu nehmen. Sie blieben wachsam.

„Herr Matsen", begann der Journalist, ohne sich die Mühe einer weiteren Begrüßung zu machen. „Was sagen Sie zu dem Mord an unserem Reporterkollegen Peter Kurtz? Ist das die Art, wie Ecofare mit kritischer Berichterstattung umgeht?"

Der Ecofare-Chef schaute ihn fragend, aber völlig ungerührt an.

„*Was, bitte?*"

„Der Mord auf dem Hindenburgdamm! Heute vor genau einer Woche. Man hat versucht, es wie einen Selbstmord aussehen zu lassen. Was wissen Sie darüber? Haben Sie das persönlich in Auftrag gegeben? Frau Staatssekretärin! Die Behörden haben versucht, den Mord als Selbstmord darzustellen. Will Ihre Behörde Ecofare schützen? Stoßen Sie hier gerade auf den Erfolg der gemeinsamen Aktion an?"

„Wissen *Sie*, wovon der redet?", fragte Matsen die Staatssekretärin.

Sie registrierte beeindruckt, wie leise und gleichzeitig gut verstehbar er sprechen konnte, ohne dabei zischend zu flüstern und ohne seinen Mund sichtbar zu bewegen. Statt ihm eine direkte Antwort zu geben, wandte sie sich dem Reporter zu.

„Von dem Mord habe ich gehört; es wurde, soweit ich weiß, eine Sonderkommission zu seiner Aufklärung eingesetzt", erklärte sie nüchtern. „Was Ihre raunenden Unterstellungen angeht, so kann ich denen allerdings nicht einmal im Ansatz folgen."

„Unser ermordeter Kollege wurde mit genau der Ecofare-Bahn zum Tatort gefahren, die Sie, Frau Staatssekretärin, gerade so hingebungsvoll ihrer Bestimmung übergeben haben."

„Da wissen Sie dann ja schon weit mehr als ich, junger Mann. Ich schlage vor, Sie wenden sich für tiefergehende Fragen zum Tathergang an das Innenministerium. Die Polizeiarbeit fällt, wie sie vielleicht wissen, nicht in den Zuständigkeitsbereich des Wirtschaftsministeriums."

„Aber Sie stehen hier in hübsch vertrauter Runde und stoßen mit einem Konzernchef an, dessen Unternehmen ganz offenkundig in einen Mord verstrickt ist! Und dessen Gesellschaft bei Bahnstrecken und Fährverbindungen eine Ausschreibung nach der anderen für sich gewinnt. Und für *Verkehr*, Frau Staatssekretärin, für *Verkehr* sind doch wohl *Sie* zuständig!"

Beatrice zuckte mit den Schultern. Der Mann wollte offenkundig provozieren; das konnte sie problemlos an sich abgleiten lassen. Aber sie hatte angesichts seiner merkwürdigen Konstruktionen große Schwierigkeiten, sich das Lachen zu verkneifen.

„Für konkrete Fragen zur Verkehrsentwicklung in unserem Land steht Ihnen unsere Pressestelle jederzeit zur Verfügung." Das Lachen im Ton konnte sie bei diesem Satz nun doch nicht mehr ganz unterdrücken. „Ansonsten beantworte ich Ihnen jetzt gerne eine konkrete Frage, falls Sie denn eine haben. Falls nicht, würde ich mich nun aus dieser absurden Szene verabschieden wollen."

Sie hatte nicht damit gerechnet, dass der Reporter sofort lockerlassen würde. Aber offenkundig hatte er es vor allem auf den Ecofare-Chef abgesehen. Denn mit der Frage „Und *Sie*? Streiten Sie ab, den Mord in Auftrag gegeben zu haben?" wandte der sich nun wieder Matsen zu.

„Ich habe eben von Ihnen zum ersten Mal von diesem Todesfall gehört. Es tut mir ausgesprochen leid, wenn hier ein Kollege von Ihnen ums Leben gekommen ist. Aber ich kann Ihnen versichern, dass weder ich persönlich noch Ecofare etwas damit zu tun haben. Ich bin sicher, dass unsere hervorragend geschulte Polizei diesen Fall aufklären wird und dass sich die Anschuldigungen, die Sie da gerade in absurder Weise durchklingen ließen, dann von selber aufgelöst haben werden. Wenn Sie uns nun bitte entschuldigen wollen..."

Matsen machte erneut eine kaum wahrnehmbare Geste mit der Hand, und seine Bodyguards drängten den Reporter und seinen Fotografen-Kollegen mit sanfter Gewalt vom Gelände. Sie leisteten keinerlei Widerstand.

„Sie umgeben sich mit Leibwächtern?", wandte sich die Staatssekretärin mit breitem Grinsen an den Vorstandsvorsitzenden. „Sind Sie ein ängstlicher Typ oder haben Sie so viele Feinde?"

„Glauben Sie mir, das ist wirklich nicht komisch!", seufzte er. „Wir wollen die Welt verändern, aber große Teile der Welt wollen, dass die Dinge und vor allem die Einkommensquellen so bleiben, wie sie sind. Es hat bereits Anschläge auf mich gegeben. Bislang wohl eher als drohende Warnung, als tatsächlich, um mich umzubringen, denn anders, als der junge Mann da gerade glaubte, gehört das Morden noch nicht zu den gängigen Umgangsformen in der Wirtschaft. Hoffe ich zumindest. Aber ohne Security gehts für mich leider nicht mehr."

Dann winkte er seinen Sicherheitschef Ronald Sibender heran, der die Szene aus einiger Entfernung sprungbereit verfolgt hatte.

„Wissen Sie, was Ecofare mit dem Mord an einem Journalisten zu tun haben könnte?", fragte Matsen seinen Sicherheitschef.

„Das hängt mit einem Zug von uns zusammen, der in Niebüll bereitgestellt worden war. Er wurde am Mittwochmorgen von Unbekannten nach Westerland entführt. Es scheint, dass der Journalist darin von seinen Mördern auf den Hindenburgdamm gefahren und halbtot auf den Gleisen abgelegt wurde, wo ihn eine nachfolgende Bahn tödlich verletzte. Die Spurensicherung der Polizei hat diesen Zug gestern untersucht. Dadurch hatte ich selbst erstmals davon erfahren."

„Und warum höre ich das erst jetzt!"

So wie Matsen zuvor leise sprechen konnte, ohne zu flüstern, brüllte er nun, ohne die Stimme auch nur zu erheben. Beatrice war ein zweites Mal beeindruckt.

„Tut mir leid, Herr Matsen! Bislang war noch keine Gelegenheit. Ich hatte der Sache auch, ehrlich gesagt, keine weitere Bedeutung beigemessen. Ecofare hat ja nicht direkt damit zu tun."

„Sibender, solche Dinge muss ich *immer* erfahren! Merken Sie sich das!", beendete Matsen das Gespräch und winkte eine junge, unsicher wirkende junge Dame heran, die offenkundig genau darauf gewartet hatte. „Was war das da eben, Karla? Wenn Sie meine Frau hier schon vertreten, dann erwarte ich, dass Sie sich um die Presse kümmern und wir nicht von irgendwelchen Reportern belästigt werden."

„Natürlich Herr Matsen", druckste die Angesprochene mit hochrotem Kopf. „Die beiden waren nicht eingeladen und vorhin ja auch nicht beim Pressegespräch dabei. Ich konnte..."

„Schon gut!", unterbrach Matsen sie. „Seien Sie bei nächsten Mal einfach wachsamer!" Dann wandte er sich lächelnd wieder an die anderen in der Runde. „Entschuldigen Sie bitte die Störung!", bat er. „Wo waren wir stehen geblieben?"

„Sie wollten mir etwas über die Gewinnorientierung Ihres Konzerns erzählen", hatte die Staatssekretärin nicht vergessen.

„Liebend gern!", lächelte Matsen und blickte dabei auf die Uhr. „Aber ich fürchte, das werde ich ein andermal tun müssen. Die Ecofare-Fähre wartet selbst auf den Vorstandsvorsitzenden nicht, und meine Frau wäre untröstlich, wenn ich sie noch eine Stunde länger allein ließe. Sie ist bereits seit gestern Abend in unserem Haus auf Amrum. Vier Tage gemeinsamer Urlaub. Das hat bei uns leider Seltenheitswert und ist daher umso kostbarer."

„Dann lassen Sie uns doch gemeinsam rüber fahren, und sie erzählen es mir unterwegs", schlug Beatrice vor. „Wir haben dasselbe Ziel, zumindest räumlich gesehen, und Ihre Erklärungen interessieren mich wirklich brennend."

„Dasselbe Ziel?" Matsen sah überrascht, aber ganz und gar nicht unglücklich aus.

„Ja, auch wir genießen gerade einen unserer seltenen gemeinsamen Kurzurlaube auf Amrum und haben heute Morgen eine Rückfahrkarte für die Fähre gelöst", strahlte sie.

„Na, dann los!", lachte er und gab seiner Mannschaft das Zeichen zum Aufbruch.

27

Während des Fluges hatte Hark ein wenig mit Freddy gechattet. Sie hatte lange geschlafen, schrieb sie, dann gemütlich in der Sonne auf der Terrasse gefrühstückt. Wenn Lizzy vom Auftritt der Trachtengruppe zurück wäre, wollten sie gemeinsam die Geräte in ihr Labor bringen und aufbauen. Am Nachmittag würde sie dann Beatrice und Redlef an der Fähre abholen und zur Schnitzeljagd begleiten.

„Du siehst, ich komme ganz gut ohne dich zurecht", hatte Freddy geschrieben und den Satz mit einem Tränen lachenden Smiley, einem weinenden Smiley und einem Herz beendet.

Die Ecofare-Fähre legte gerade in Wyk an, als der Hubschrauber Föhr passierte. Aus der großen Entfernung konnte Hark keine genauen Einzelheiten erkennen, aber es gab ihm die beruhigende Gewissheit, Wittdün noch vor Carsten Mewes zu erreichen. Der Pilot war diesmal etwas östlicher geflogen und daher erst bei Nordstrand auf das Meer gestoßen. Von dort aus ging es in einem Bogen über die Ostspitze von Pellworm und die Warft Hilligenley an der Westspitze von Langeneß hinweg, südlich an Föhr entlang nach Nebel.

Der Hubschrauber setzte ganz am Rande der Landewiese auf, weit ab von der Markierung mit dem großen H, das in Nebel nicht von einem Kreis, sondern von einem Dreieck umgrenzt war.

„Ich bin vorerst hier stationiert", erklärte der Pilot. „Wenn Sie mich brauchen: Anruf genügt."

Das Rad stand genau so da, wie Hark es angeschlossen hatte. Er fuhr damit am Rande des Waldes entlang bis Süddorf und folgte von dort aus dem ungepflasterten Tanenwai bis zum Leuchtturm. Anschließend bot ihm die Inselstraße einen gut ausgebauten, breiten Rad- und Fußweg bis nach Wittdün hinein. Dort angekommen, ignorierte Hark, wie die meisten Radfahrer, die Schilder, mit denen die Gemeinde versuchte, Fahrräder in Richtung Fähranleger nach oben über die Mittelstraße abzuleiten. Lieber folgte er der Inselstraße weiter geradeaus bis zu seinem Ziel. Dort schloss er das Rad an einen der Ständer an, die hier im letzten Jahr hinter dem Gebäude der Fährgesellschaft in den Boden eingelassen worden waren. Vor zwei Jahren waren sie hier noch bei einer wilden Verfolgungsjagd geradeaus über den Fährplatz gerast. Das wäre angesichts der Fahrradständer heute so nicht mehr möglich.

In aller Ruhe schlenderte Hark das letzte Stück zur Anlegestelle der Ecofare Fähre. Nicht nur hier, sondern an allen seinen Anlegestellen hatte Ecofare in barrierefreie Zugänge zu seinen Personenfähren investiert. Ein Fahrstuhlhaus fuhr bei Bedarf auf Schienen nach vorne über die Kaimauer hinaus und senkte seine Plattform auf einen schmalen Ponton ab, an dem die Ecofare-Schiffe anlegten. Auf diese Weise konnten Rollstuhlfahrer bei jedem Wasserstand verlässlich auf die Schiffe und von ihnen hinunter gelangen. Auch Gepäck und Paletten ließen sich auf diese Weise bequem transportieren. Bei hohem Seegang konnte das trotz einer flexiblen Federung allerdings eine etwas schauklige Angelegenheit werden. Dennoch galt das System auch dann als ausgesprochen praktikabel.

Hark erreichte den Rand der Kaimauer genau in dem Moment, in dem die Fähre am Ponton festmachte. Bis vor sechs Jahren war hier noch ein dritter Anleger für Autofähren gewesen. Nun hatte sich Ecofare dort etabliert. Fahrstuhlanlage, Ponton und Geländer waren in dem leuchtenden Grün von Ecofare gestrichen worden, an dem sich auch die Züge und Schiffe des Unternehmens auf den ersten Blick erkennen ließen.

Petersen hatte erst am Vortag das Bild von Carsten Mewes auf der Nachrichtenseite im Internet gesehen und erinnerte sich auch von früher noch ein wenig an ihn. Daher erkannten sie einander sofort. Mewes hatte den Fahrstuhl gemieden und lief stattdessen zu Fuß über die Stufen in der Kaimauer herauf.

„Wollen wir im Dorf einen Kaffee trinken?", fragte Petersen.

„Wenn Sie die Zeit dafür haben, sehr gerne", stimmte Mewes zu, und sie gingen schweigend nebeneinander die Straße nach Wittdün hinein. Es war Mittagszeit, und sie hatten beide Hunger. Daher gönnten sie sich zusätzlich zum Kaffee auch zwei knusprige, mit Lachs und Backfisch belegte Brötchen.

Mewes schilderte dem Kommissar minutiös die Geschehnisse an jenem Morgen. Das fiel ihm leicht, denn er hatte sie in den letzten Tagen ja tausendmal im Geiste wiedererlebt. Er erzählte, wie kalt, nass und stürmisch das Wetter an jenem Morgen gewesen war und wie unpassend er da die Kleidung des auf den Schienen liegenden Mannes gefunden hatte.

„Albern in so einem Moment, nicht wahr?", lächelte er entschuldigend.

„Ganz und gar nicht", fand Petersen. „Es ist völlig normal, auch in Schreckmomenten über Dinge überrascht zu sein, die nicht zur Situation passen. Glauben Sie mir, das geht ganz vielen Menschen so."

Dann zeigte der Kommissar dem Lokführer auf seinem Smartphone das Bild, das die Kunstlehrerin von dem Fremden in der Bahn gezeichnet hatte, sowie das Bild aus der Polizeidatenbank.

„Schon mal gesehen?", fragte er.

Mewes dachte lange nach. Dann schüttelte er bedauernd den Kopf.

„Wie gesagt, an dem Morgen war es sehr regnerisch. Alle hatten die Kapuzen tief ins Gesicht gezogen, und in der Bahn war dann ein Pfeiler zwischen ihm und mir gewesen. Ich habe ihn auch sonst nie bewusst auf der Strecke oder überhaupt mal irgendwo gesehen. Das ist ein so markantes Gesicht, das wäre mir vermutlich aufgefallen."

„Und Sie sind sich ganz sicher, dass er nach dem Unglück nicht mehr im Zug war?"

„Wir hatten nur zwei Waggons an jenem Morgen. Da hätte er sich schon hinter einer der Bänke versteckt haben müssen. Und dann hätten Ihre Kollegen ihn doch sicherlich gefunden. Schließlich wurde jeder im Zug befragt."

„Haben Sie eine Vorstellung, wohin er verschwunden sein kann?"

„Darüber habe ich natürlich viel nachgedacht. Am wahrscheinlichsten finde ich es, dass er hinten auf den Zug aufgesprungen ist, der gerade aus Richtung Sylt kam. Der hatte wegen uns stark abgebremst. Das wäre also sicherlich möglich gewesen. Natürlich könnte er auch die Tür der Blockstelle aufgebrochen und sich darin versteckt haben. Oder er ist zu Fuß zum Festland zurück. Aber bei Sturmflut? Das wäre verdammt unangenehm gewesen."

Auf dem Rückweg zum Fähranleger rätselte Mewes mehr im Selbstgespräch als im Dialog über die Merkwürdigkeit der Ereignisse. Der Kommissar hörte ihm interessiert zu, ohne sich selbst an den Spekulationen zu beteiligen. Aber es kamen dabei keine Fragen auf, die er sich nicht selbst schon gestellt hätte, und leider auch keine Antworten.

Als sie den Anleger erreichten, machte sich gerade eine Ecofare Fähre aus Richtung Dagebüll zum Anlegen bereit. Sie schauten dem Manöver interessiert zu.

„Gibts denn sowas!", keuchte Mewes plötzlich und griff im Schreck nach Petersens Arm.

Der Kommissar folgte dem Blick des Lokführers, der auf die etwa anderthalb Meter tiefer liegende Fähre gerichtet war. Er brauchte einen Augenblick, dann sah auch er, was den Lokführer so aufregte. Sein Nacken begann zu kribbeln. Schon wieder ein Zufall? Er hatte Mühe, die eigene Aufregung zu unterdrücken.

„Nichts anmerken lassen", sagte Petersen so ruhig wie möglich, umfasste die Schulter seines Begleiters und führte ihn einige Schritte von der Kaimauer weg. Sie mussten raus aus dem Blickfeld des Mannes, der da unten am Ausstieg der Fähre auf das Festmachen wartete. Sein Gesicht hatten sie anhand der gerade eben erst angeschauten Bilder sofort erkannt: Es war Karol Singer. Gut möglich, dass er sich seinerseits an den Lokführer erinnern würde oder ihn gerade in der Zeitung gesehen hatte.

Petersen dachte angestrengt nach, wie er am besten vorgehen sollte. Er war offiziell im Urlaub, seine Waffe und die Handschellen lagen zuhause im Safe. Das war schlecht, wenn man einem als Profikiller verdächtigten Mann gegenübertreten wollte. Andererseits konnte er ja auch schlecht das SEK rufen, denn mehr als ein Verstoß gegen das Meldegesetz war Karol Singer bislang offiziell nicht vorzuwerfen. Nicht einmal das unberechtigte Betreten von Bahnanlagen, in diesem Fall des Hindenburgdammes, würde er ihm gerichtssicher nachweisen können. Und wenn doch, so war das schlimmstenfalls Hausfriedensbruch. Petersen beschloss, erst einmal nur aus sicherer Distanz zu beobachten, was der Mann hier auf Amrum vorhatte. Er würde ihm folgen.

„Gehen Sie bitte da hinten an die Seite und passen Sie auf, dass er Sie nicht sieht", wies er den Lokführer an und wunderte sich, warum er dabei flüsterte. Der Verdächtige war weit außerhalb ihrer Hörweite. „Wenn er weg ist, nehmen Sie einfach die Fähre zurück nach Dagebüll", fuhr er mit normaler Stimme fort. „Die müsste ja in ein paar Minuten hier sein. Erst einmal vielen Dank fürs Kommen! Ich melde mich bei Ihnen, wenn noch etwas ist."

Petersen selbst ging zur Bushaltestelle am Ende der Kaimauer hinüber. Er zog sein Handy aus der Tasche und wählte Tiano über die Kurzwahl an. In diesem Moment bedauerte er, den Leiter der Amrumer Polizeidienststelle nicht schon gestern über diesen Fall informiert zu haben. Er hatte ihn auf Leifs Feier nicht damit behelligen wollen. Nun skizzierte er dem Kollegen kurz, worum es hier ging.

„Ich werde ihn unauffällig verfolgen", erklärte er abschließend. „Es wäre super, wenn du dich mit einem Kollegen in meiner Nähe bereithalten könntest, um im Notfall einzugreifen. Ich fühle mich in dieser Situation ohne meine Waffe ein wenig unbehaglich. Aber seid auch ihr vorsichtig! Der Mann ist auf jeden Fall gefährlich. Ah, er kommt hier rüber. Scheint den Bus nehmen zu wollen."

Tatsächlich stellte sich Karol Singer an die Bushaltestelle, einige Meter von Hark entfernt. Es dauerte nur zwei Minuten, bis der Bus heranrollte. Petersen stieg vorne ein und löste eine Fahrkarte, das Handy immer noch am Ohr. Singer nahm den hinteren Einstieg und setzte sich an einen Fensterplatz. Er würde also sicherlich für mehrere Stationen im Bus bleiben, schloss Hark daraus. Der Kommissar bahnte sich langsam seinen Weg an den anderen Fahrgästen vorbei in die Mitte des Busses. „Wir sind jetzt beide im Bus", ließ er Tiano dabei wissen. „Ich sag dir Station für Station, wo wir uns gerade befinden."

Sie ließen Wittdün hinter sich und durchfuhren Süddorf. An jeder Haltestelle stiegen Fahrgäste aus dem Bus aus und andere kamen hinzu, ohne dass sich der Verfolgte gerührt hätte. Kurz hinter Süddorf sah Hark dann Singers Hand nach vorne kommen und auf den Halteknopf drücken. Das war schlecht, denn die nächste Haltestelle war die Nebeler Mühle. Sie lag am Ende eines Fußwegs; von dort aus gab es für Aussteigende nur eine Richtung, in die sie gehen konnten: die Fahrtrichtung. Da der Mann weiter hinten im Bus saß als Hark, würde er zwangsläufig in Harks Richtung kommen, wenn sie ausstiegen.

Es gab nicht allzu viele Varianten, die dem Kommissar zur Auswahl blieben. Er konnte möglichst lange im Bus verharren und hoffen, dass Singer an ihm vorbei wäre, bevor der wieder losfuhr. Das beinhaltete aber viele Variablen, insbesondere die, ob Singer nach dem Aussteigen zügig losgehen oder erst einmal stehenbleiben würde. Hark könnte auch weiter im Bus bleiben und hoffen, den Fahrer mit seinem Polizeiausweis ein Stückchen weiter zum Anhalten bewegen zu können. Ob der sich darauf einlassen würde, war fraglich. Außerdem wäre solch ein Anhalten sehr auffällig.

Hark entschied sich für Möglichkeit drei. Er drängte sich bis nach ganz vorne durch, stieg sofort zügig aus dem Bus, als dieser hielt, und ging so schnell, wie dies unauffällig möglich war, in Richtung Mühle. Dabei hielt er Tiano über Telefon auf dem Laufenden, während er gleichzeitig mit der freien Hand wild gestikulierte. Für den Fall, dass er beobachtet wurde, sollte dies seine volle Konzentration auf das Telefonat deutlich machen.

Da er sich dabei auf keinen Fall umdrehen durfte, wusste er nicht, was Karol Singer tat. Er wusste nicht einmal, ob der tatsächlich ausgestiegen war. Hark überquerte die Straße, die nach rechts zum Uasterstigh abging, und betrat dort durch die Einfahrt das Mühlengelände. Er stoppte erst, als er direkt vor der Mühle stand. Bewundernd schaute er nach oben, nach links und erst dann zaghaft nach rechts in die Richtung, aus der er gekommen war.

Petersen zuckte unwillkürlich zusammen. Karol Singer war keine drei Meter von ihm entfernt. Er ging zügigen Schrittes quer über das Rasengelände zum Maalenstegalk, einem unbefestigten Weg, der sich ein kurzes Stück weiter zu einer Straße verbreiterte, die ins Dorf hinunter führte. Zum Glück schien Singer von Petersen keinerlei Notiz zu nehmen. Der Kommissar schlenderte auf der anderen Seite um die Mühle herum und sah Singer gerade noch nach links in den Maalenstegalk einbiegen. Er folgte ihm in gebührendem Abstand den für Amrumer Verhältnisse ungewöhnlich abschüssigen Weg hinab und hielt Tiano nun kontinuierlich über seine Position auf dem Laufenden.

„Wir stehen im Lungjaat. Wenn etwas ist, sind wir in einer Minute bei dir", versicherte ihm der Kollege.

Singer ging nach links in den Uasterstigh und ein kurzes Stück später nach rechts in den Waaswai, der zum Wattenmeer hinunter führte. Petersen ließ ihm gut fünfzig Meter Vorsprung, um nicht entdeckt zu werden. Als er selbst dann mit gebührender Vorsicht in den Waaswai einbog, war der Verfolge nirgendwo mehr zu sehen.

„Verdammt!", fluchte Hark und erklärte Tiano, worüber er fluchte. Wohin, zum Teufel, konnte der Kerl verschwunden sein? Infrage kamen eigentlich nur eines der beiden nahegelegenen Wohnhäuser oder das „Öömrang-Hus", ein altes Friesenhaus, in dem das Heimatmuseum untergebracht war. Petersen tippte auf das Museum, wollte Singer aber nicht dort hinein folgen. Stattdessen beschloss er, sich rechts hinter einem der Büsche zu verstecken, die dort eine Weide begrenzten. Von da aus würde er die drei in Frage kommenden Häuser gut im Auge zu behalten können. Ohne den Blick von diesen Häusern abzuwenden, ging er langsam nach rechts auf die Weide.

Wie aus dem Nichts stand Singer vor ihm. Verwirrend nah, keine 40 Zentimeter entfernt. Der Kommissar versuchte reflexartig, in Kampfstellung zu gehen, ließ das Handy fallen. Aber der Überraschungseffekt war auf Singers Seite: Petersen reagierte nicht schnell genug. Bevor er die Arme schützend vor sich bringen konnte, traf etwas Hartes mit ungeheurer Wucht seine Brust und nahm ihm die Luft. Er konnte nicht mehr atmen. Hatte Singer auf ihn geschossen? Er hatte keinen Schuss gehört. Wie in Zeitlupe sah Hark einen Ellenbogen auf sich zukommen. Er versuchte zu reagieren, aber es gelang ihm nicht mehr.

28

Polizeihauptkommissar da Silva verfolgte das Geschehen nicht wirklich mit Sorge. Hark war Profi, er würde vorsichtig sein und sich notfalls auch ohne Waffe zu verteidigen wissen. Aber die gewisse Unruhe, die er bei seinem Freund und Kollegen gespürt hatte, hatte sich auch auf ihn selbst übertragen: Wenn Hark die Sache nicht gelassen sah, würde das seinen Grund haben.

Als Harks Anruf kam, hatte er sogar kurz überlegt, Leif erneut aus seinem Urlaub abzurufen, diese Idee aber schnell wieder verworfen. Am Tag vor der Hochzeit, mit all den dazu eingeladenen Gästen schon auf der Insel... Das wäre für seinen Stellvertreter wie auch für dessen Braut eine echte Zumutung gewesen.

Jetzt saß er hier mit Emma Jordan, von der Straße aus kaum zu sehen, im Streifenwagen auf einem Privatparkplatz im Lungjaat. Sie hatten sich anfangs im Wagen vor der Polizeistation bereit gehalten, bis sie wussten, wo der Verdächtige aus dem Bus aussteigen würde. Dann hatten sie ihren Standort hierher verlegt. Nun verfolgten sie das Geschehen über das auf Lautsprecher geschaltete Handy, gingen im Geiste mit Hark durch den Uasterstigh in den Waaswai und rätselten mit ihm gemeinsam, wo Singer abgeblieben sein könnte. Jetzt hörten sie dumpfe Geräusche, ein Aufstöhnen, einen Fluch, dann nichts mehr.

Tiano hatte sofort den Wagen gestartet und fuhr mit Sirene und Blaulicht den Lungjaat hinunter. Ob Hark den Verdächtigen oder der Verdächtige ihn angegriffen hatte, war aus den Geräuschen nicht herauszuhören gewesen. In beiden Fällen wäre ein eiliges zu Hilfe kommen angesagt.

Nach gerade mal einer Minute hielt der Polizeiwagen vor dem Grundstück. Emma sprang mit gezogener Waffe hinaus, Tiano zog seine im Aussteigen. Die Pistolen schussbereit mit beiden Händen gepackt, die Arme vor sich ausgestreckt, tasteten sie sich auf das Grundstück vor. Hark war gerade dabei aufzustehen. Auf Knie und Hände hatte er sich schon hochgerappelt. Er machte einen benommenen, aber keinen ernsthaft verletzten Eindruck, stellte Tiano erleichtert fest. Außer Hark war niemand zu sehen.

Tiano gab Emma ein Zeichen, sich um Hark zu kümmern, während er die Weide und die sie umgebenden Büsche und Hecken in Augenschein nahm. Von Karol Singer fehlte buchstäblich jede Spur. Neiderfüllt dachte Tiano an die Indianer, über deren Leben er in seiner Jugend stapelweise Bücher verschlungen hatte. Deren Fähigkeiten im Spurenlesen hätte er nun gerne. Doch ohne diese sah er keine Chance, den Flüchtenden zu verfolgen.

29

Als da Silva zurückkam, war Hark bereits vollständig auf den Beinen. Eine tiefrote Schwellung verdunkelte seine Schläfe. Die leicht gekrümmte, noch etwas zaghafte Haltung des Körpers zeigte, dass das nicht das einzige Problem war.

„Bist du okay?", fragte Tiano besorgt.

„Ich denke schon", antwortete Hark mit einer Stimme, die wohl fest und zuversichtlich klingen sollte, diesem Anspruch jedoch nicht ganz gerecht wurde. Er befühlte seine Stirn und seine Brust und schaute dann auf seine Finger. Kein Blut!

Weder hier noch dort. Er schüttelte den Kopf einige Male hin und her. Das fühlte sich nicht richtig gut an, aber wenn er eine Gehirnerschütterung haben sollte, dann allenfalls eine leichte. Die Brust schmerzte erheblich. Gut möglich, dass eine oder mehrere Rippen gebrochen waren.

„Sollen wir einen Krankenwagen rufen?", fragte Emma.

Hark schüttelte erneute den Kopf. Diesmal nicht testend, sondern verneinend. Na also, das fühlte sich doch schon besser an.

„Ist nicht nötig, vielen Dank!", sagte er dabei. „In ein paar Minuten werde ich wieder fit sein. Ich frage mich nur, was da auf meine Brust geknallt ist."

„Darf ich mal?"

Ohne eine Antwort auf diese Frage abzuwarten, hatte Tiano Hark das Shirt hochgeschoben. Er stieß einen Pfiff aus, sagte „Warte, ich zeig`s dir", zog sein Smartphone aus der Tasche, machte ein Foto von der Brust und hielt Hark das Display vor die Augen. Nun stieß auch Hark einen Pfiff aus. Das Bild zeigte einen strahlend roten, an einigen Stellen bereits ins Blaue übergehenden Handabdruck. Selbst die Finger waren gut zu erkennen.

„Das gibts doch gar nicht", staunte der Kommissar. „Er war keine 40, vielleicht nur 30 Zentimeter von mir weg. Wie kann er auf so kurze Distanz so einen Wums in den Schlag bekommen?"

Langsam fügten sich die Bruchstücke der Erinnerung in seinem Kopf wieder zusammen. Er war zu Boden gegangen und ein schwarzer Nebel hatte seinen Blick getrübt, aber er hatte das Bewusstsein nicht vollständig verloren. Er hatte gespürt, wie der Mann seine Jackettaschen durchwühlte, das Portemonnaie herauszog, „Oh, Scheiße" murmelte und zwei Sekunden später weg war. Bevor er verschwand... Hark überlegte kurz, ja, bevor er verschwand hatte er noch an seinem Jackett herumgezogen. Hark blickte sich um. Sein Portemonnaie lag aufgeklappt auf dem Gras, sein Polizeiausweis direkt daneben.

„Jede Wette", sagte er. „Der ist wegen meinem Ausweis abgehauen und hat vorher noch mit meiner Jacke seine Fingerabdrücke abgewischt."

„Das haben wir gleich", meinte Tiano und holte ein Fingerabdruck-Set aus dem Streifenwagen. Nach einer Minute war Harks Verdacht bestätigt: Kein einziger Fingerabdruck war zurückgeblieben.

Petersen steckte Portemonnaie und Ausweis wieder ein. Das Handy lag ebenfalls auf dem Boden. Es hatte keinen Schaden genommen. Das Display zeigte eine Nachricht von Ronald Sibender. „Stehe 14:55 zu Ihrer Verfügung", hieß es darin knapp.

Die Umgebung nach Karol Singer abzusuchen, erschien den Polizisten wenig erfolgversprechend, selbst wenn sie eine Hundertschaft zur Verfügung gehabt hätten. Aber wo der Hubschrauber schon mal da war, konnten sie damit ja durchaus ihr Glück versuchen. Der Plan war, dass Emma mit ihren noch jungen Augen von oben die Insel absuchte und Tiano sich mit Linus Brammer im Streifenwagen bereithielt, für den Fall, dass sie ihn entdeckte. „Schlanker Mann mit dunkelblonden Locken, dunkles Langarmshirt, dunkle Jeans"... damit ließ sich herzlich wenig anfangen. Aber der schwarze tornisterartige Rucksack könnte helfen, sofern er den noch auf dem Rücken trug.

Petersen schickte das Foto des Verdächtigen an die Einsatzzentrale. Die Beamten vom Küstenwachboot, das seit einigen Stunden in Wittdün zu seiner möglichen Unterstützung bereit lag, könnten problemlos den Fährhafen, den Yachthafen und Steenodde abriegeln. Ein Blick den Waaswai hinunter aufs Meer zeigte in der Sonne glitzerndes Wasser. Auch zu Fuß würde sich Singer also in den nächsten Stunden nicht nach Föhr absetzen können.

„Welchen Haftgrund gibt es?", wollte der Einsatzleiter von Petersen wissen.

„Tätlicher Angriff auf mich in Tateinheit mit schwerer Körperverletzung", antwortete er.

„Oh, das tut mir leid", meinte der Kollege. Es klang erschrocken. „Ist es schlimm? Sind Sie versorgt?"

„Alles in Ordnung", versicherte Petersen. „Zumindest, solange ich nicht lache."

Dann blickte er an sich hinunter. Auf seiner Hose und Jacke sah er Grasflecken und Erde. Vor dem Treffen mit Sibender würde er sich umziehen müssen. Ein Kaffee wäre jetzt auch nicht verkehrt und eine Schmerztablette gewiss nicht zu verachten.

Da Silva fuhr den Kollegen nach Hause, nachdem sie den Piloten informiert und Emma beim Hubschrauber abgesetzt hatten. Unterwegs rief Hark nochmals die Einsatzzentrale an und bat darum, ihm seine Waffe, zwei Uniformierte und den zivilen BMW auf die Insel zu schicken. Alles wurde ohne Rückfrage genehmigt. Sein Chef hatte es offenkundig ernst gemeint mit „Vollste Unterstützung".

Der Schmerz in der Brust behinderte die Atmung und sorgte dafür, dass Hark bewusst vorsichtig aus dem Wagen stieg, als sie vor Lizzys Haus angekommen waren. Hinter dem Streifenwagen hielt im selben Moment ein Mercedes. Freddy sprang heraus und kam aufregt auf ihn zugelaufen, dicht gefolgt von seiner vollkommen unaufgeregten Tante.

„Oh, Gott, Hark, was ist passiert? Geht es dir gut? Lass mal sehen! Halt gefälligst still! Schau auf meinen Finger!"

Freddy hatte seinen Kopf in die Hand genommen, begutachtete die Wunde, starrte ihm mit professionellem Blick in die Augen. Dann seufzte sie „Kann man dich denn keinen Moment allein lassen!" und küsste ihn erleichtert auf den Mund.

Sie gingen ins Haus und Hark erzählte, was passiert war. Freddy hörte es sich entsetzt, Lizzy erstaunt an. Dann begutachteten die beiden Frauen den Handabdruck auf seiner Brust.

„Nichts gebrochen", stellte Freddy nach kurzer, schmerzhafter Untersuchung fest. „Aber davon wirst du noch mindestens zwei Wochen lang etwas haben."

Lizzy schüttelte den Kopf. „Er wollte dir keinen ernsthaften Schaden zufügen", sagte sie ernst. „Darum die volle, offene Handfläche. Hätte er nur den Ballen oder die Faust auftreffen lassen, wären die Rippen durch gewesen. Wer auch immer das war: Du solltest dich künftig von ihm fernhalten." Sie dachte kurz nach, dann ergänzte sie: „Und falls du jemals eine Waffe auf ihn richtest, bleib mindestens zwei Meter von ihm entfernt."

Hark hatte sich umgezogen und in einen der Strandkörbe im Garten gesetzt. Dort hatte Freddy ihn liebevoll mit Kaffee und Schmerztabletten versorgt.

„Soll ich nicht doch lieber bei dir bleiben? Die anderen würden das ganz bestimmt verstehen", fragte sie und schaute ihm zärtlich in die Augen.

„Nein, nicht nötig", wehrte Hark ab. „So schlimm ist es nicht, und ich muss eh schon bald wieder los zu einem Termin. Entschuldige mich bitte bei Christine und Leif, und habt ganz viel Spaß bei der Schnitzeljagd."

Dann überflog er seine Emails. Max Weber hatte eine geschickt. Er hatte es geschafft, in die Cloud des Journalisten einzudringen – der Vorname und das Geburtsdatum von dessen Mutter ergaben das Passwort – und war jetzt dabei, Text- und Fotodateien zu sichten. Es ging darin fast ausschließlich um Ecofare: belastende Aussagen von nicht namentlich erfassten Mitarbeitern, Fotos, die offenbar Kinderarbeit dokumentierten, Überweisungsbelege, die vielleicht auf Schwarze Konten oder Bestechung hinwiesen. Vor allem aber waren da Meldungen über zahlreiche Unfälle bei Ecofare, bei denen vieles auf grobe Fahrlässigkeit als Ursache hindeutete.

„Da ist zwar eine ganze Menge zusammengekommen, aber wenn du mich fragst: Wirkliche Beweiskraft haben die Sachen alle nicht", meinte Max am Ende seiner Mail.

Petersen dachte nach. Nach einem Mordmotiv klangen diese Erkenntnisse des Journalisten eher nicht. Aber vielleicht gab es in der Cloud ja nur die Anfangsrecherchen. Gut möglich, dass die brisanten Dinge nur auf den gestohlenen Datenträgern gespeichert waren oder in den vielleicht ebenfalls entwendeten Dokumenten standen.

„Von wann waren die Daten?"; mailte er an Max.

„Endeten fünf Minuten vor seinem Tod", lautete die Antwort, die Sekunden später eintraf.

„Häh?", schrieb Hark, da kam auch schon eine Korrekturmail: „Sorry, natürlich fünf *Tage* vor seinem Tod, nicht fünf *Minuten.*"

„Okay, das passt zu meinen Überlegungen", dachte Petersen.

Der Polizeihubschrauber flog in so geringer Höhe über den Garten hinweg, dass welke Blätter aus der noch winterlich kargen Buchsbaumhecke herausgepustet und die Schmerzmittel-Packung vom Tischbrett des Strandkorbs gefegt wurden. Der Lärm war fürchterlich. Zur Mittagszeit an einem Feiertag dürfte das sicherlich böses Blut in der Gemeinde geben, fürchtete Hark. Aber es ließ sich nicht ändern. Auch wenn die Chancen schlecht standen, den Flüchtigen auf diese Weise zu entdecken, so mussten sie es doch versuchen.

Der Hubschrauber setzte seine Suche zum Glück ein Stück weiter entfernt fort. Der Lärm wurde erträglich. Zwei Geschwader aus jeweils drei Austernfischern flogen schrill kreischend über den Garten hinweg, als wollten sie versuchen, ihre Geräuschhoheit über den Amrumer Luftraum wiederherzustellen. Eine krächzende Möwe, schneeweiß vor einem tiefblauen Himmel, eiferte ihnen darin nach.

„Was wollen Sie von mir?"

Der Mann, der die Frage gestellt hatte, war aus dem Nichts vor Hark aufgetaucht. Er musste von hinten in den Garten gekommen sein, vielleicht über den flachen Deich direkt hinter dem Zaun. Jetzt stand er in zwei Meter Entfernung vor dem Strandkorb. Sein Gesicht zeigte etwas, was wohl ein freundliches Lächeln darstellen sollte, aber die stahlblauen Augen blickten Hark mit wütendem Blitzen an.

Petersen wollte aufstehen, aber der Mann bedeutete ihm mit einer Handbewegung, sitzen zu bleiben. Hark dachte an Lizzys warnende Worte und verharrte im Strandkorb.

„Warum haben Sie mich geschlagen?", fragte er.

„Warum haben Sie mich verfolgt?", stellte Singer die Gegenfrage.

„Ich wollte sehen, was Sie auf Amrum vorhaben und Ihnen dann vielleicht ein paar Fragen stellen. Warum haben Sie mich geschlagen?"

„Weil Sie mich verfolgt haben. Ich nahm an, Sie wollten mich überfallen."

„Sie schlagen Menschen zusammen, von denen Sie sich verfolgt fühlen?"

„Die Welt ist schlecht", antwortete Singer mit einem breiten Grinsen, das nahelegen mochte, dass er damit nicht die anderen in der Welt, sondern vor allem sich selbst meinte. „Und natürlich wollte ich herausfinden, wer Sie sind und was Sie von mir wollen. Konnte als unbescholtener Bürger ja nicht ahnen, dass Sie Polizist sind. Als ich es herausfand, war es aber schon zu spät."

„Sie haben mich verletzt zurückgelassen."

„Sie waren nicht verletzt, Sie waren nur außer Gefecht gesetzt. Brust und Kopf werden Ihnen noch ein paar Tage weh tun. Das ist alles. Hätte ich gewusst, dass Sie Polizist sind, hätte ich Sie natürlich nicht geschlagen."

„Was wollen Sie jetzt hier im Garten?", fragte Petersen.

„Mich stellen, mich entschuldigen", gab Singer knapp zurück. „Ich hatte ein bisschen Zeit nachzudenken und fand das angemessen."

„Oder Sie hatten ein bisschen Zeit nachzudenken und stellten fest, dass wir hier auf einer Insel sind und Sie nicht unentdeckt von hier entkommen können."

Singers Antwort darauf war eine wortlose Geste, die wohl deutlich machen sollte, dass Petersen mit seiner Vermutung richtig lag, dies aber niemals von ihm hören würde.

Hark entschloss sich zur Offensive: „Wo waren Sie am 24. April zwischen 4:30 Uhr und 5:00 Uhr morgens?"

Singer stutzte und seine Miene verdunkelte sich schlagartig. Mit dieser Frage hatte er offenkundig nicht gerechnet.

„Sagen Sie es mir", schlug er nach kurzem Überlegen vor.

„Sie sind um 4:41 Uhr in Klanxbüll in die Bahn nach Westerland gestiegen. Gegen 4:56 Uhr sind Sie mitten auf dem Hindenburgdamm wieder ausgestiegen. Warum? Wohin sind Sie gegangen?"

„Ich hatte vergessen, mein Auto abzuschließen. Das war mir gerade eingefallen. Da war ich froh, dass die Bahn noch mal hielt und bin nach Klanxbüll zurück." Diese Lügengeschichte machte Singer offenkundig Spaß. Sein Grinsen wurde immer breiter.

„Das soll ich Ihnen glauben?" Petersen, jetzt wieder ganz Kommissar, war aufgestanden und ging auf Singer zu. Der ließ ihn gewähren. „Es war Sturmflut, Orkan, heftigster Regen und der Damm von Brechern überspült."

„Man kann es sich nicht immer aussuchen", lachte Singer jetzt ganz offen. „Die Welt ist, wie gesagt, schlecht, und mein Auto hätte gestohlen werden können."

„Sie sind vorläufig festgenommen", sagte der Kommissar und machte einen weiteren Schritt auf den Mann zu. So richtig wohl war ihm dabei nicht, aber diesmal hatte er seine Hände zumindest kampfbereit oben.

„Weil ich aus der Bahn ausgestiegen bin?"

„Weil Sie einen Polizeibeamten tätlich angegriffen und verletzt haben. Und weil Sie im Verdacht stehen, an der Tötung des Journalisten Peter Kurtz mitgewirkt zu haben. Wollen wir wetten, dass wir Ihre DNA irgendwo an der Leiche von Peter Kurtz finden? Und Ihr Prepaid-Handy, das Sie auch jetzt ganz gewiss bei sich haben, war sicherlich im Umfeld der Tat zu orten. Wenn Sie es mir bitte geben würden!"

Hark streckte die Hand aus. Die Miene des Mannes verfinsterte sich. Das Spiel, das er gerade für sich gewonnen geglaubt hatte, glitt ihm aus der Hand. Sein Körper spannte sich und machte deutlich, dass er sich Hark nicht kampflos ergeben würde.

„Oh, Hark, du hattest mir ja gar nicht gesagt, dass du noch einen Besucher erwartest!" Die Stimme von Tante Lizzy klang aufgeregt und omahaft, als sie, ein Tablett in der Hand, mit schlürfenden Schritten und vom Alter gekrümmter Haltung heran kam. „Junger Mann, möchten Sie auch einen Kaffee und ein Stück Kuchen? Habe ich gerade frisch gemacht. Es ist genug für uns alle da!"

Singer versuchte, die Ablenkung für sich zu nutzen. Sein Bein schoss in einer blitzschnellen Bewegung nach oben auf Harks Brust zu. Aber diesmal war der Kommissar vorbereitet und schaffte es nicht nur auszuweichen, sondern mit einem ebenso schnellen Tritt gegen die Hüfte des Mannes zu kontern. Er traf hart und Singer stolperte auf Tante Lizzy zu. Im Taumeln zog er ein Messer, schlug Lizzy das Tablett aus der Hand und setzte ihr die Klinge an den Hals.

„Ah, der Herr Kommissar ist kampferfahren! Wer hätte das gedacht! Aber jetzt lass es mal gut sein, oder ich schneid deiner Oma den Kopf ab!"

Lizzy wurde zu einer zitternden, jammernden alten Frau, der Ohnmacht nahe, während Singer sie brutal zwischen sich und Hark zog, ohne das Messer dabei von ihrer Kehle zu nehmen.

„Ich sage dir jetzt mal, wie wir das weiter spielen, Kommissar! Du holst den Hubschrauber zum Landeplatz runter, wir drei Hübschen steigen ein und dann gehts ab zum Festland. Und wenn ihr dabei ganz brav seid, müssen Frau und Kinder vielleicht nicht um euch trauern."

„Hark, Hark, was will der Mann von mir! Hark, bitte, so tu doch was! Er tut mir weh!" Lizzy wurde zur vollständig aufgelösten, hysterischen Oma. Tränen liefen ihr aus den Augen. Dann schien ihr schreckdurchtränkter Körper zusammenzusacken. Im Hinuntergleiten griff sie haltsuchend nach oben, wie zufällig zum Handgelenk mit dem Messer.

Singers Gesicht, eben noch eiskalt, zeigte angesichts dieser hysterischen Geisel deutliche Zeichen von genervter Irritation. Während Lizzys Körper zusammensackte, zog er das Messer ein Stück von ihrem Hals zurück um zu vermeiden, dass sie sich damit selbst verletzte. Lizzys kraftlose Hand hatte jetzt sein Handgelenk fast umschlossen, ihr zweiter Arm schoss nach oben, bildete einen Hebel hinter seinem. Das Messer fiel ihm aus der Hand, noch bevor der heftige Schmerz sein Gehirn erreicht hatte. Ein zweiter gewaltiger Schmerz kam fast gleichzeitig im Kopf an, als Lizzy mit einem harten Tritt nach unten seine Zehen traf. Für den Bruchteil einer Sekunde war Singer vollständig von Schmerz erfüllt. Diese Zeit reichte Lizzy aus, sich von ihm zu lösen und gegen sein Knie zu treten, während ihre Handfläche zeitgleich seinen Kehlkopf traf. Der Tritt katapultierte die Kniescheibe aus den Sehnen heraus, der Schlag an den Hals nahm ihm die Luft zum Atmen. Er stand wie gelähmt, während Lizzy ihr Bein von seinem weg in die Gegenrichtung zog und ihr Knie kraftvoll in seine Genitalien prallen ließ. Ihr abschließender Schlag mit dem Ellbogen gegen den Kopf raubte ihm das Bewusstsein.

„Was für ein ungehobelter Kerl", schimpfte sie kopfschüttelnd. „Ich habe dir doch gesagt, dass du dich mit dem nicht einlassen sollst."

Polizeisirenen näherten sich, der Hubschrauber kam zurück und kreiste über dem Grundstück. Offenkundig hatte Emma den Flüchtenden im Vorbeifliegen entdeckt gehabt und Tiano benachrichtigt. Hark war heilfroh, den Revierleiter zusammen mit Linus in den Garten stürmen zu sehen. Selbst jetzt erschien ihm Singer noch als unangenehm gefährlich.

30

„Sie sehen nicht gerade wie eine typische Grüne aus..."
Diesen Satz hatte Beatrice von Warendorff schon hunderte von Malen gehört. Aus den eigenen Reihen und mehr noch

von außerhalb. Sie überlegte, mit welcher ihrer Standardantworten, die sie für solche Bemerkungen mittlerweile entwickelt hatte, sie dem neben ihr an der Reling lehnenden Thomas Matsen antworten sollte. Sie entschied sich für eine leicht arrogante Zurechtweisung.

„Menschen aufgrund ihrer Kleidung in Schubladen zu packen, ist selten hilfreich, Herr Matsen. Mag sein, dass ich bei meinem Kleidungsgeschmack familiär geprägt bin. Im schleswig-holsteinischen Landadel legt man Wert auf so etwas. Aber wir haben nicht nur ein Gestüt, sondern auch einen der größten Landwirtschaftsbetriebe im Norden. Daraus entspringt eine weitere familiäre Prägung: Meine Eltern haben schon Anfang der 80er komplett auf Nachhaltigkeit und Bio umgestellt."

„Und warum sind Sie nicht im Umwelt- oder Landwirtschaftsministerium tätig, sondern ausgerechnet bei der Wirtschaft?"

Auch das war eine Frage, mit der immer wieder versucht wurde, ihre ökologischen Intentionen in Frage zu stellen.

„Weil ich eine Menge davon verstehe. Außerdem ist die Wirtschaft einer der Schlüsselbereiche, in denen der Umweltgedanke fußfassen muss. Ohne sie führt das alles zu nichts. Daher kann ich im Wirtschaftsressort wesentlich mehr bewegen als dort, wo dieser Gedanke ohnehin im Vordergrund steht. Landwirtschaft bot sich für mich nicht an. Man hätte mir in zu vielen Punkten zu Recht wie auch zu Unrecht Befangenheit unterstellen können. Wenn ich dort das Glyphosatverbot vorantriebe, würde mir sofort unterstellt, die hauseigene ökologische Landwirtschaft damit zu unterstützen."

„Da habe ich es natürlich leichter", lachte Matsen und schaute freudig auf die weiß schimmernde Amrum-Odde, die gerade vor ihnen im blauen Meer in Sichtweite kam. „In Vorständen gehört Befangenheit zu den Einstellungskriterien. Aber, liebe Frau Staatssekretärin, wie passt Ihre zu Recht ablehnende Sicht auf das Schubladendenken damit zusammen, dass Sie mein Unternehmen und mich sofort in eine Schublade hineingezwängt haben?"

„Habe ich das?"

„Sie unterstellten uns vorhin unterschwellig, dass wir als Konzern zwangsläufig die Ökonomie, also die Wirtschaftlichkeit, über die Ökologie, also den Umweltgedanken, stellen müssten. Dabei haben Sie übersehen, dass wir ein Ökokonzern sind: Wir machen unsere Gewinne mit ökologischem Handeln."

„Sie wollen doch nicht im Ernst behaupten, in ökologische Projekte zu investieren, ohne hinzuschauen, ob sie sich auszahlen!", zweifelte die Staatssekretärin.

„Unsinn!" Matsen sah überrascht aus. „Natürlich *nicht*! Wir können doch nichts erreichen, wenn wir insolvent sind. Je mehr wir verdienen, desto mehr können wir mit unseren Projekten expandieren und desto besser ist das für die Umwelt. Bei anderen Konzernen, die ich geleitet habe, waren Nachhaltigkeitsprojekte auf Teilbereiche beschränkt. Die finanzierten sich durch Einsparungen bei Energie, Material, Treibstoff und ähnlichem oder aus der Marketingkasse. Bei Ecofare hingegen ist das gesamte Unternehmen ein Nachhaltigkeitsprojekt. Wir können zwar nicht *alles* machen, was ökologisch sinnvoll wäre, aber alles, was wir machen, *ist* ökologisch sinnvoll."

„Und Sie selbst sind der gänzlich uneigennützige Strippenzieher in diesem Spiel?", hakte Beatrice nach und versuchte, den höhnischen Unterton, den sie nicht vermeiden konnte, durch ein gewinnendes Lächeln zu kompensieren.

Matsen blieb freundlich. „Ungefähr so uneigennützig wie Sie, denke ich. Sie haben sich die Partei und die Aufgabenfelder ausgesucht, die Ihren Neigungen entsprechen. Das war bei mir nicht anders. Zugegeben: Bis vor zehn Jahren habe ich Wirtschaftsunternehmen, Konzerne und auch Investmentfonds geleitet, bei denen Ökologie naturgemäß allenfalls Beiwerk war. Das Wenige, was ich dort erreichen konnte, war mir nicht mehr genug. Darum habe ich mich entschlossen, alle meine Fähigkeiten, mein Wissen und mein Vermögen in den Aufbau eines Konzerns zu stecken, der zwar gewinnorientiert ist, jedoch ausschließlich ökologische Projekte vorantreibt. Sehen Sie das mal so: Für mich sind Gewinne die Grundvoraussetzung, an meinen Zielen zu arbeiten, für Sie sind es die Wählerstimmen. Wir können beide nichts machen, was uns zu viel von dieser essentiellen Basis entzieht. Aber wir können uns immer treu bleiben in dem, was wir innerhalb dieser Grenzen tun."

Beatrice von Warendorff staunte, mit welcher Leichtigkeit und Überzeugungskraft Matsen ihrer beider Handeln gerade auf dieselbe Stufe gesetzt hatte. Sie suchte nach dem Haken. Er musste einfach da sein. Aber für den Moment fiel ihr einfach nichts mehr ein, was sie dem entgegenhalten konnte. So schenkte sie ihm lediglich einen skeptischen Blick mit einem Hauch von anerkennendem Lächeln. Aber wirklich nur einem Hauch!

Ronald Sibender hatte die letzten 20 Minuten telefonierend am Heck des Schiffes verbracht, jetzt kam er mit ernstem Blick zu ihnen nach vorne. Er zeigte seinem Chef das Display seines Smartphones.

„Was für Idioten!", stöhnte Matsen nach einem kurzen Blick darauf und verdrehte die Augen zum strahlend blauen Himmel hinauf. Dann bedeutete er mit einem Kopfnicken, Beatrice und Redlef die Nachricht zu zeigen.

„Champagner an der Todesstrecke", lautete die Schlagzeile einer Newsseite. Kleiner darüber: „Grüne und Konzernchef: Verkehr nur auf der Schiene?" Beides zusammen war in ein Bild eingeklinkt, auf dem Matsen und die Staatssekretärin lächelnd miteinander anstießen. Beatrice tippte auf das Bild, um zur Meldung zu kommen. In gerade mal zehn Sätzen wurden darin Zusammenhänge hergestellt zwischen dem Mord am Journalisten, dessen angeblicher Vertuschung, dem Erfolg von Ecofare bei der Lizenzvergabe für Bahnstrecken und einem „vertrauten Getuschel" zwischen Staatssekretärin, Vorstandsvorsitzendem, Staatsanwaltschaft und den Bürgermeistern. Alle fünf waren auf einem dazugestellten Bild zu sehen. Eine mehrdeutige Formulierung brachte, neben Bestechung, ein intimes Verhältnis als möglichen Grund für die „mysteriösen Vorgänge" ins Spiel. All das wurde mit Konjunktiv und Konditional so geschickt abgefedert, dass Verleumdungsklagen keinen Erfolg haben würden.

„Auf jeden Fall versteht dieser Reporter sein perfides Handwerk", sagte Beatrice mit bitterem Lachen und gab Sibender sein Handy zurück. Sie war zu sehr Politikerin, um es sich zu Herzen zu nehmen, aber ganz unberührt konnte sie dies trotzdem nicht lassen. Am Ruf kratzten solche Sachen immer irgendwie.

Redlef legte seiner Freundin tröstend den Arm um die Schulter und gab ihr einen Kuss. Dann fragte er Matsen „Kommt es eigentlich öfter mal vor, dass einer Ihrer Züge unberechtigt irgendwo hin gefahren wird?"

„Ich höre sowas zum ersten Mal", antwortete dieser und blickte streng auf Sibender. „Aber hiervon hätte ich ja vermutlich auch nichts erfahren. Was ist, Sibender, hat es das schon mal gegeben?"

„In den zwei Jahren, in denen ich für Ecofare arbeite, jedenfalls nicht", versicherte der Sicherheitschef. „Ich habe auch keinerlei Erklärung dafür."

„Ist es denn üblich, einen Zug tagelang unbeaufsichtigt irgendwo stehen zu lassen? Und braucht man nicht, wie bei einem Auto, einen Schlüssel um ihn zu starten?"

„Das machen wir eigentlich nur, wenn eine zusätzliche Strecke in Betrieb genommen und dafür ein neuer Zug geliefert wird", schilderte Matsen. „Den können wir ja schlecht in letzter Minute aus Litauen kommen lassen. Mit dem Schlüssel müsste ich mich erkundigen. Aber ganz ohne geht es sicherlich nicht."

„Der Getötete war investigativer Journalist. Kannten Sie ihn? Er hieß Peter Kurtz."

Matsen warf Redlef Maier einen skeptisch lächelnden Blick zu. „Wird das hier gerade ein Verhör, Herr Staatsanwalt? Na, egal. Mir ist ja auch selbst sehr an einer Aufklärung dieser Sache gelegen. Der Name sagt mir tatsächlich etwas. Ein Journalist mit diesem Namen hatte meine Pressestelle im letzten Monat mehrmals kontaktiert und ich habe mich auch mit ihm getroffen. Hier auf Amrum, übrigens."

„Was hatte er von Ihnen gewollt?", hakte der Oberstaatsanwalt nach.

„Er sagte, er arbeite an einer Geschichte über Ecofare. Hatte erst einmal eine ganze Menge allgemeine Fragen zum Unternehmen, zu mir, zu meinem Werdegang. Dann fing er an, mein Unternehmen zu hinterfragen, zeigte mir Fotos, die angeblich Kinderarbeit bei Ecofare im Kongo dokumentierten. Die gibt es bei uns aber definitiv nicht. Außerdem sah er es aus Gründen der Steuergerechtigkeit kritisch, dass wir unsere Europazentrale in Luxemburg und die Muttergesellschaft auf den Caymans haben. Das kann ich verstehen, will es aber nicht ändern. Und er zeigte mir Überweisungen, die verschiedenste Bestechungszahlungen durch die Tochterfirma einer Tochterfirma von uns beweisen sollten. Kompletter Blödsinn!"

„Sie zahlen keine Bestechungsgelder?"

Matsen lachte. „Im Kongo, in Sierra Leone und... hmh, ja... vielleicht auch in Kolumbien... Sagen wir es mal so: Da mag es durchaus so etwas wie Spenden an einflussreiche, mächtige und gefährliche Gruppierungen geben. In allen anderen Ländern schließen wir jegliche Art von Zuwendungen komplett aus. Selbst Parteispenden. Unser guter Ruf ist uns viel wert."

„Auch einen Mord?", fragte der Staatsanwalt.

„Ich bitte Sie: natürlich keinen Mord und auch sonst keine Straftat!"

„Es sieht trotzdem so aus, als wäre Ecofare darin verstrickt. Oder könnte jemand Drittes ein Interesse haben, es so aussehen zu lassen?"

„Das übersteigt leider meine Vorstellungskraft", bedauerte Matsen und breitete die Hände in einer Geste der Ratlosigkeit aus. „Ich kann nur hoffen, dass die Polizei dieses Mysterium sehr bald lösen wird."

Die Fähre hatte Wittdün erreicht und machte am Ecofare-Ponton fest.

„Wenn Sie beide mögen und Zeit haben, dann können wir das Thema ja heute Abend bei mir zuhause im Waaswai vertiefen", schlug Matsen vor. „Meine Frau würde sich ganz gewiss ebenfalls freuen, Sie beide kennenzulernen. Sie liebt es, Gäste zu haben."

„Oh, das ist sehr nett", bedankte sich Beatrice. „Aber wir sind bereits mit Freunden verabredet. Sie werden hier morgen heiraten. Ein anderes Mal gerne."

31

Frederike machte sich Sorgen um Hark. Sie wäre eigentlich viel lieber bei ihm geblieben. Es war noch nicht oft vorgekommen, dass er bei körperlichen Auseinandersetzungen, die in seinem Beruf trotz aller Vorsicht und Besonnenheit nicht ganz ausbleiben konnten, selbst etwas abgekriegt hatte. Und der, der dafür verantwortlich war, lief noch frei auf der Insel herum. Aber Hark hatte ja ohnehin gleich wieder einen Termin, und sie hatte versprochen, Beatrice und Redlef zur Schnitzeljagd abzuholen. Darum stand sie nun trotz allem hier am Fähranleger und wartete mit gemischten Gefühlen auf das Schiff aus Richtung Sylt. Die Tasche mit der Freizeitkleidung der Freunde hatte sie schon vom Hotel abgeholt und vor sich hin gestellt. Sie wollten ja schließlich nicht noch mehr zu spät kommen.

Beatrice und Redlef kamen nicht allein vom Schiff, sondern in Begleitung von vier Herren, von denen zwei aussahen wie Bodyguards. „Geht Beatrice neuerdings mit Leibwächtern zu Terminen?", wunderte sie sich. Und der sportlich-schlanke Mann mit dem strengen, grauen Kurzhaarschnitt, der sich da so angeregt mit Beatrice unterhielt? Er kam ihr irgendwie bekannt vor.

„Tommy?", fragte Frederike erstaunt, als die Sechsergruppe die Treppe hochgekommen war.

Er stutzte kurz, erkannte sie dann aber sofort. „Freddchen!",
rief Matsen erfreut. „Hey, bist du 's wirklich? Was treibt dich
denn auf die Insel?"

„Ihr kennt euch?"; staunte Beatrice und gab Freddy ein Be-
grüßungsküsschen.

„Ja, sehr gut sogar", lachte Freddy. „Ist aber eine Ewigkeit
her. Bevor ich Mutter wurde. Wir haben seinerzeit gemeinsam
eine Unmenge von Demos auf die Beine gestellt."

Während Frederike und Thomas Matsen am Kai stehend im
Zeitraffer die gemeinsamen Erinnerungen auffrischten und
einander erzählten, was sie aktuell taten und was sie mit der
Staatssekretärin und dem Oberstaatsanwalt zu tun hatten, nutz-
ten Beatrice und Redlef die Zeit, sich die von Freddy mitge-
brachte Tasche zu schnappen und sich in den Toilettenräumen
des Fährgebäudes umzuziehen. Auch Ronald Sibender war in
Eile. Mit der Entschuldigung „Ich schaue schnell schon mal
im Waaswai nach dem Rechten, muss ja gleich in den Kongo
weiter", hatte er den Bus genommen. Die Leibwächter sollten
später mit ihm zusammen die Insel verlassen. Auf Amrum
fühlte sich ihr Chef auch ohne sie sicher und frei.

Als Beatrice und Redlef im eleganten, britisch inspirierten
Freizeitlook zurückkamen, waren „Freddchen und Tommy"
immer noch in eine fröhlich lachende Unterhaltung vertieft.

„Ich hatte eben schon versucht, deine Freunde zum Abendessen zu mir einzuladen, aber sie haben bereits eine Verabredung", sagte Matsen gerade. „Wie ist das mit dir; hast du die
gleiche Hochzeits-Verabredung?"

„Ja, allerdings", bedauerte Freddy. „Aber wie lange bist du
denn noch hier? Ab übermorgen hätte ich sicherlich Zeit und
Hark, mein Mann, vielleicht auch."

Sie stellten fest, dass sie beide noch bis Sonntag bleiben
wollten, und tauschten ihre Handynummern aus.

„Ich bin ganz aufgeregt!", gluckste Freddy, als sie mit ihren
Freunden im Auto saß. Sie wollten beim Leuchtturm zur

Schnitzeljagd hinzustoßen. „Wir haben uns schon vor einer Ewigkeit aus den Augen verloren, und jetzt treffe ich ihn plötzlich mit euch zusammen an der Fähre. Was für ein Zufall! Wir waren damals so richtig gute Freunde."

„*Nur* Freunde?", fragte Beatrice mit belustigtem Unterton. Freddy stutzte, dann lachte sie. „Ach so meinst du das. Nein, nein, wir hatten nichts miteinander. Keine Beziehung oder so jedenfalls. Aus damaliger Sicht waren sieben Jahre Altersunterschied ja auch ne ganze Menge. Aber wir haben wirklich tolle Aktionen geplant und Demos gegen die Kernkraft, für den Meeresschutz und noch ganz viel mehr organisiert. Das Dream-Team der Kieler Protestbewegung. Aber dann war er irgendwann in New York und ich mit Max schwanger. Weihnachtskarten gehörten damals für uns einfach nicht zum Stil, also ist der Kontakt schnell komplett abgerissen."

„Und er nennt dich Frettchen?", scherzte Redlef.

„Naja, eigentlich Freddchen mit ´dd`. Klingt aber sicherlich nicht nur zufällig ziemlich genauso wie Frettchen. Er fand mich bei unseren Aktionen damals ziemlich wieselig und bissig. Daher hat er aus Freddy Freddchen gemacht. Aber glaub ja nicht, dass du das jetzt auch dürftest!"

„Der Boss eines Wirtschaftskonzerns als Demo-Aktivist", grinste Beatrice. „Wer hätte das gedacht? Da kann man ihm sein Öko-Engagement ja vielleicht tatsächlich abkaufen?"

„Was? Ja! Auf jeden Fall! Ich nehme meine ganze Skepsis über Ecofare zurück. Das, was ich da gestern im Auto gesagt habe. Wenn *er* das Ding leitet, dann kann das *wirklich* was Gutes sein!"

32

Singers Hände waren mit Handschellen auf dem Rücken gesichert. Er hatte sich schnell von Lizzys Schlägen erholt, die Fesseln aber angesichts der beiden entsicherten Pistolen, die auf ihn gerichtet waren, ohne Gegenwehr anlegen lassen.

„Bringt ihn aufs Polizeischiff", wies Hark die Kollegen an. „Die sollen ihn vom Arzt untersuchen und in die JVA Flensburg schaffen lassen. Sorgt dafür, dass er immer gefesselt bleibt. Er ist der gefährlichste Nahkämpfer, der mir je begegnet ist!"

„Die Alte da ist aber auch nicht schlecht, Herr Kommissar", brummelte Singer und warf Lizzy einen gleichzeitig grimmigen und anerkennenden Blick zu. „Seit zwanzig Jahren hat mich keiner mehr umgehauen. Respekt, Oma!"

Lizzy musterte ihn kalt. „Wenn ich Ihre Großmutter wäre, junger Mann, wären Sie sicherlich kein krimineller Rüpel geworden. Also nennen Sie mich nicht Oma!"

„Pardon! Kommt nicht wieder vor!", versprach er und schien es ernst zu meinen.

Tiano und Linus schoben den Festgenommenen zum Streifenwagen, während Hark dem Hubschrauberpiloten einen Plastikbeutel mit Singers beiden Handys überreichte. Er sollte sie schnellstmöglich zu Max Weber ins Polizeipräsidium in Husum bringen. Dann informierte er die Einsatzleitstelle, dass der Flüchtige festgenommen wurde und die Kontrollen an den Häfen darum eingestellt werden könnten.

Als sie den Garten wieder für sich allein hatten, nahm Hark Lizzy in den Arm. „Vielen Dank!", sagte er, und weil sie ihm ungewöhnlich blass zu sein schien, fragte er besorgt, wie es ihr gehe.

„Ein bisschen aufgeregt, wenn ich ehrlich bin", seufzte sie. „Jetzt bin ich 65 Jahre alt und habe zum ersten Mal in meinen Leben jemanden mit ernster Absicht schlagen müssen. Hoffentlich war es auch das letzte Mal. Es gefällt mir nicht! Aber bei diesem Mistkerl bin ich trotzdem heilfroh, dass die Theorie in der Praxis funktioniert hat."

Hark war überrascht. Er hatte sich nie Gedanken darüber gemacht, ob seine Tante ihre Kampfkunst jemals in einem Ernstfall eingesetzt hatte. Irgendwie hatte er das ganz selbstverständlich vorausgesetzt. Aber warum hätte sie es tun sollen, wenn sie nie angegriffen worden war? Selbst *er* hatte das trotz seines Berufs nur selten gemusst. Obwohl, nun ja, seit gestern bereits zum zweiten Mal, wie er sich selbst gegenüber einräumte. Er hoffte inständig, dass das nun nicht zur Gewohnheit werden würde.

„Alles gut, mein Junge! Ich geh meditieren, muss den Körper beruhigen", lächelte Lizzy ihn an. „Nimm meinen Wagen, wenn du gleich zum Termin fährst. Radfahren ist jetzt nicht gut für dich."

Hark schaute auf die Uhr. Ein bisschen Zeit hatte er noch. Er hob die Scherben des beim Schlag auf das Tablett zu Bruch gegangenen Geschirrs und die Kuchenreste auf und warf alles zusammen in die Mülltonne. Die Prellung an der Brust machte dabei das Bücken trotz des Schmerzmittels zu einer unangenehmen Angelegenheit.

Zurück beim Strandkorb musste er feststellen, dass sein Kaffee inzwischen kalt geworden war. Doch egal: Er fühlte sich gerade ziemlich müde und ausgelaugt und brauchte unbedingt das Koffein. So schüttete er ihn mit tiefer Verachtung trotzdem in sich hinein. Es war irgendwie eklig! Als nächstes rief er Max an und erklärte ihm, dass Singers Handys per Hubschrauber zu ihm gebracht werden würde. „Schnellstmöglich knacken", lautete seine Anweisung.

Schließlich schaute er sich die noch Informationen durch, die Ella ihm zu Ecofare und deren Wettbewerbsumfeld zusammengestellt hatte. Nach zwei Minuten gab er auf. Das war im Moment einfach zu viel.

Ronald Sibender war mehr als pünktlich. Er stand bereits am Kai, als Petersen drei Minuten vor der verabredeten Zeit dort eintraf.

„Oh, was ist Ihnen denn passiert?", fragte der Sicherheitschef bei der Begrüßung eher irritiert als mitfühlend und deutete auf die inzwischen ins Dunkelblaue gewechselte Verfärbung an der Schläfe des Kommissars.

„Ein schlagkräftiger Zeitgenosse", antwortete Petersen und holte das Polizeifoto von Karol Singer auf sein Display. „Haben Sie ihn zufällig schon mal gesehen?"

Sibender blickte auf den Bildschirm und schien für einen Augenblick erschrocken und unentschlossen, wie er reagieren sollte.

„Hmm", meinte er dann. „Kommt mir irgendwie bekannt vor. Aber dann auch wieder nicht. Nein, Herr Kommissar, tut mir leid. Im Moment wüsste ich ihn nicht einzuordnen."

„So ein Gesicht fällt auf, das vergisst man dann auch nicht so schnell", entgegnete der Kommissar. Er hatte das Gefühl, dass Sibender den Mann durchaus kannte und sich mit seinem „im Moment nicht" ein Hintertürchen offen halten wollte, falls er ihm das gleich unter die Nase reiben würde.

„Da haben Sie recht, Herr Kommissar. Aber wie gesagt: Im Moment wüsste ich nicht..."

„Und wie ist es mit diesem hier?"

Petersen hatte das Foto des Mordopfers aufs Display gebracht.

„Peter Kurtz, der ermordete Journalist", antwortete Sibender. „Ja, den kenne ich. Nicht persönlich, muss ich zugeben. Aber er hatte einige Wochen lang bei fast allen unseren Niederlassungen herumgeschnüffelt und auch unseren Vorstandsvorsitzenden getroffen. Daher habe ich meinerseits Material über ihn sammeln lassen."

„Haben Sie eine Vorstellung, wer ein Interesse an seinem Tod gehabt haben könnte?"

„Also wir jedenfalls nicht, falls Sie darauf hinauswollen. Ich glaube kaum, dass er auf irgendetwas Belastendes gestoßen sein könnte. Herr Matsen führt das Unternehmen sehr transparent. Und selbst wenn er etwas gefunden hätte: Deswegen bringen wir natürlich niemanden um."

„*Natürlich* nicht", sagte Petersen mit provokant sarkastischem Tonfall.

„Hören Sie, ich weiß, dass es im Moment ein paar vage Hinweise gibt, die Ecofare mit diesem Mord in Verbindung bringen. Gerade vorhin erst tauchten zwei Reporter auf Sylt auf, die sowas behaupteten. Aber wie Herr Matsen bei dieser Gelegenheit schon der Frau Staatssekretärin erklärte: Morden gehört nicht zu den üblichen Umgangsformen in der Wirtschaft."

Petersen zeigte auf die rechte Hand von Sibender, die an den Knöcheln deutlich blaue Verfärbungen hatte:„Aber hin und wieder langen Sie selbst wohl mal kräftig zu."

„Ach das", meinte Sibender und schaute auf die Hämatome an seiner Hand als würde er sie selbst zum ersten Mal wahrnehmen. „Tja, gelegentlich gehts auch bei der Security mal ruppig zu. Da war so ein Wachmann in Sierra Leone auf mich losgegangen, weil ich ihn gefeuert habe. Notwehr! Kann man nichts machen."

„Wo waren Sie am 24. April zwischen vier und fünf Uhr morgens?"

Die unvermittelt gestellte Frage schien den Sicherheitchef nicht sonderlich zu überraschen. Er zog sein Smartphone aus der Tasche und blätterte in seinem Terminkalender.

„Da war ich in meiner Wohnung in Hamburg", sagte er schließlich. „Und um Ihre nächste Frage vorwegzunehmen: Ich lebe allein, es gibt also keine Zeugen. Aber Sie können gerne meine Handyposition für diese Zeit überprüfen. Ich schalte das Gerät nie ab, auch nachts nicht. Die Nummer haben Sie ja."

„Und in den 36 Stunden davor? Wo waren Sie da?"

Sibender schaute erneut auf sein Handy, schien dabei aber nicht wirklich in seinem Kalender zu suchen, sondern lediglich Zeit gewinnen zu wollen, um sich eine Antwort zurechtzulegen. Er scrollte ein wenig hin und her, dann endlich sagte er „Ah, ja, da haben wir 's ja. Ich hatte am Ostermontag einen Termin in der City Nord, fühlte mich aber schon dort nicht wohl. Irgendein Infekt, denke ich. Gleich nach dem Termin bin ich darum nach Hause und dort bis zum 24. April gegen Mittag im Bett geblieben. Kann ich sonst noch etwas für Sie tun?"

„Im Moment nicht, vielen Dank! Sie reisen jetzt gleich in den Kongo weiter, sagten Sie gestern. Was machen Sie da, wenn ich fragen darf?"

„Dürfen Sie! Wir stocken unser Sicherheitsteam auf, weil die politische Lage dort wieder unruhiger wird."

„Dafür reichen Ihnen zwei Tage inklusive Flug?"

Sibender lachte. „Lieber Herr Kommissar, was sind Sie misstrauisch! Ja, dafür reichen mir die wenigen Stunden, die ich bei unserer Mine sein werde, völlig aus. Wir haben da unten ja einen festen Stab von Sicherheitsleuten und ein hervorragendes Management. Die haben die Leute natürlich längst vorselektiert. Ich schaue mir nur lieber noch einmal jeden einzelnen an, bevor wir ihn mit einer scharfen Waffe in der Hand auf unser Gelände lassen. Aber jetzt entschuldigen Sie mich bitte, die Fähre legt gleich ab."

Mit diesen Worten winkte er seine beiden Mitarbeiter heran, die sich bis dahin abseits gehalten hatten, verabschiedete sich, und lief mit sportlich federndem Schritt die Stufen zum Schiff hinunter.

Petersens Handy hatte während des Gesprächs ein paar Mal geklingelt. Er hatte den Rufton jeweils ohne hinzuschauen weggedrückt. Gerade als er nachsehen wollte, wer ihn da angerufen hatte, klingelte es erneut.

„Mensch, Petersen, wo waren Sie denn jetzt schon wieder! Immer, wenn ich Sie anrufen will, dauert das Stunden!"

Hark verdrehte die Augen. Polizeidirektor Alfons Pauli schien zu erwarten, dass die ganze Welt jederzeit auf Abruf für ihn bereitsteht.

„Ich habe gerade einen Zeugen vernommen, den Sicherheitschef von Ecofare", antwortete er ruhig. „Das ließ sich leider nicht unterbrechen. Was kann ich für Sie tun?"

„Was *Sie* für *mich* tun können? Fragen Sie lieber, was *ich* für *Sie* tun kann. Wir haben einen anonymen Hinweis, dass dieser Journalist, dieser Peter Kurtz, vor seinem Tod in das Amrumer Haus vom Ecofare-Chef verschleppt worden ist. Ich habe schon einen Durchsuchungsbeschluss für Sie besorgt, kommt gleich vorab per Mail, und zwei Mannschaftstransporter losgeschickt. Sind in einer halben Stunde bei Ihnen."

„Ein anonymer Hinweis? Wie und an wen? Und wieso reicht das neuerdings für eine Durchsuchung?"

„Papperlapapp, Petersen. Von wegen ´wie und an wen`. Wir nehmen das sehr ernst! Schnappen Sie sich, was da an Polizei so rumsteht, und schwingen Sie ihren Hintern zum Haus von diesem Matsen. Das ist im... Mensch, was ist denn das für ein komisches Wort... im *Waaswai*. Ach so, den kennen Sie? Gut! Dann nichts wie hin. Und informieren Sie mich sofort, was Sie da gefunden haben!"

„Herr Polizeidirektor, ich muss wissen, an wen der anonyme Hinweis ging und auf welchem Weg er reinkam. Vielleicht lässt sich der Hinweisgeber zurückverfolgen."

„Kommissar Petersen, schwingen Sie endlich Ihre Hufe in diesen Waaswai!"

Pauli hatte grußlos aufgelegt.

33

Freddy hatte ihren Mercedes auf dem Parkplatz am Tanenwai abgestellt, direkt unterhalb des Leuchtturms. Von dort war sie mit Beatrice die langgezogenen Stufen zum Turm hinaufgestiegen, während Redlef unten beim Wagen warten musste. „Mindestens eine halbe Stunde", wie sie ihm eröffnete, denn die Frauengruppe würde zuerst am Leuchtturm eintreffen und dort für die Männer ihre Hinweise auf das nächste Ziel hinterlassen.

Sie und Beatrice würden sich den Frauen anschließen, Redlef hingegen musste sich gedulden, bis die Männergruppe eintraf. Wenn die Männer denn die Wegweiser der Frauen gefunden und richtig interpretiert hatten und überhaupt jemals hier ankamen. Redlef bedauerte, dass sie sich auf dieses Spiel eingelassen hatten und er den ganzen Nachmittag von Beatrice getrennt sein würde.

„Schmoll nicht", hatte Freddy gelacht. „Streng dich nachher bei der Suche ordentlich an, dann hast du deinen Schatz in Nullkommanichts wieder."

Die Gruppen waren in Wittdün gestartet, hatten bei einem Bistro am Ende der Unteren Wandelbahn aber bereits eine erste kurze Pause mit Kaffee, Bier, Sekt und Fischbrötchen eingelegt. So gekräftigt, spazierten sie den Bohlenweg am Wriakhörn-See entlang. Dann wurde es anstrengend, denn vor hier aus ging es auf und ab durch den tiefen Sand der Dünen in Richtung Leuchtturm.

„In meiner Kindheit führte der Bohlenweg noch durch die Dünen weiter", erzählte Christine, die die Frauengruppe begleitete. „Aber der wurde so oft vom Flugsand verschüttet, dass sie ihn irgendwann aufgegeben haben. Dafür hat man hier jetzt die einmalige Gelegenheit, einen Dünenspaziergang wie in der Sahara zu erleben."

Es war ein schönes, aber durchaus anstrengendes Erlebnis, das auch die Fittesten unter ihnen ein wenig ins Schnaufen brachte. Der hell in der Sonne leuchtende Dünensand gab unter jedem Schritt nach, die Füße sanken tief in ihn hinein. Ging es bergauf, rutschte der Fuß bei jedem Schritt gleich wieder im Sand nach unten, so dass man nur wenige Zentimeter an Höhe gewann. Bergab überwand dafür jeder Schritt ein gutes Stück Strecke mehr. Dünengras hatte in dieser Landschaft nicht überall Fuß fassen können; daher wurde der Sand zwischen Wriakhörn und Leuchtturm kaum gehalten und war ständig in Bewegung.

Teilweise verlor sich der Weg, den andere Spaziergänger vor ihnen mit ihren Füßen in den Sand gezeichnet hatten, ins Nichts. Dann rätselten sie, über welchen Dünenkamm sie wohl als nächstes kraxeln müssten und hielten Ausschau nach den vereinzelt aufgestellten Stangen, die diesen Weg weisen sollten. An solchen Stellen legten die Frauen ihre Pfeile aus Stöckchen in besonders engem Abstand. Die Männergruppe sollte ihnen ja auf den Fersen bleiben.

Nach Südwesten hin erhaschte die Gruppe immer wieder Blicke auf den hell leuchtenden Strand und das glitzernde Meer. In Richtung Norden und Osten machte das Geschrei unzähliger Möwen deutlich, dass dort ausgedehnte Brutgebiete liegen mussten. In diese Richtungen waren die Dünen ganzflächig von Vegetation überzogen, die den Sand stabilisiert hatte. Das verhinderte, dass die Möwengelege zugeweht wurden und hielt die wandernden Sande des Strandgürtels in Schach.

Der herrliche Marsch durch die Sandwüste war so anstrengend, dass letztlich alle froh waren, nach rund anderthalb Kilometern wieder einen festeren Weg zu erreichen, der den Füßen Halt bot. Am FKK-Campingplatz vorbei führte er sie zur Landstraße und zum Leuchtturm.

Redlef stand, lässig an Freddys Wagen gelehnt, auf dem Parkplatz. Er schaute gerade seine Mails durch, als die Frauengruppe dort ankam.

„So war das jetzt aber nicht geplant", lachte Christine nach der Begrüßung. „Du siehst dann ja, wohin wir abziehen. Ich fürchte, wir müssen dich gefangen nehmen und mit uns führen."

Redlef war von seiner Gefangennahme so begeistert, dass er sich ohne jede Gegenwehr ergab. Noch mehr freute er sich, als die Gruppe ihn oben, am Fuß des Leuchtturms, unter die Aufsicht von Beatrice stellte.

Der Leuchtturm war nur vormittags für Besuche zugänglich, aber das Brautpaar hatte für seine Gäste eine Ausnahme arrangiert. Schließlich sollten alle Amrum von seinen schönsten Seiten kennenlernen. Aufgabe der Männer würde es sein, die Zahl der roten und weißen Streifen an der Außenseite des Leuchtfeuers zu zählen und zu notieren wie auch die Zahl der Stufen im Turm. Oben auf der Aussichtsplattform stand erneut Kaffee, Sekt und Bier bereit, inklusive Kellner, der die Getränke ausschenkte. Aus gut 60 Meter Höhe genossen sie einen herrlichen Rundumblick über die Insel, die Dünen, den Strand und das Meer. Mit Kreide malte Christine einen Pfeil auf das Stahlgeländer, der zum nächsten Ziel weisen sollte, und hängte ein kleines Kästchen darüber, das die kommenden Aufgaben für die Männergruppe enthielt.

„Wohin gehts denn als nächstes", keuchte Ella, die nach dem vorangegangenen Spaziergang und den 197 Treppenstufen hier herauf noch ein wenig außer Atem war.

„Da drüben, die Windmühle von Nebel", sagte Christine und zeigte mit dem Finger in Richtung Norden.

„Puh", stöhnte die Sängerin, „ganz schön weit. Da brauchen wir ja locker ne Stunde."

„Keine Sorge", beruhigte die Braut. „Unten stehen Fahrräder für uns bereit. Ab jetzt wird alles ganz easy. Versprochen!"

34

Thomas Matsen hatte mit seiner Frau im Strandkorb vor dem Haus in der Sonne gesessen, als Amrums geballte Staatsmacht mit ihren beiden Dienstfahrzeugen vorfuhr. Er kam ihnen bereits entgegen, als sie den Garten betraten. Der Manager sah irritiert aus, war aber keineswegs beunruhigt, analysierte Hark.

„Thomas Matsen?", fragte da Silva und eröffnete ihm auf sein Nicken hin, dass es einen Durchsuchungsbeschluss für das Haus und das Grundstück gebe.

„Aha", erwiderte Matsen noch irritierter, offenbar aber immer noch nicht beunruhigt. „Mögen Sie mir sagen, was Sie suchen? Vielleicht kann ich Ihnen ja beim Finden helfen."

„Moin Thomas, es gibt Hinweise, dass ein ermordeter Journalist sich kurz vor seinem Tod in diesem Haus aufgehalten hat", erklärte Petersen, der sich bis dahin im Hintergrund gehalten hatte und jetzt übernahm.

„Oh, Hark Petersen!", staunte Matsen. „Grüß dich! Du bist bei der Polizei? Komisch, heute scheint der Tag der alten Freunde zu sein. Wenn ihr Peter Kurtz meint: Ja, der war hier.

Am Karfreitag. Aber was gibts denn deswegen zu durchsuchen?"

Das fragte Hark sich auch irgendwie, hütete sich jedoch, es auszusprechen. Stattdessen sagte er, er könne sich dazu jetzt nicht weiter äußern und dass die Spurensicherung bald eintreffen werde. Bis dahin solle das Haus von niemandem mehr betreten werden. Und er hätte da ein paar Fragen.

„Wir sitzen bei dem herrlichen Wetter sowieso gerade draußen", meinte Matsen achselzuckend. „Wenn ihr einen Kaffee mögt... Die Tassen müsstet ihr allerdings selber holen, wenn wir nicht ins Haus dürfen. Tür ist offen"

Hark und Tiano lehnten dankend ab. Sie wurden Mary Matsen vorgestellt, einer umwerfend attraktiven und trotz der Situation beeindruckend herzlichen Frau von vielleicht Mitte dreißig, und setzten sich auf zwei dem Strandkorb gegenüberstehende Stühle. Emma Jordan und Linus Brammer schauten derweil im Haus, ob nicht noch jemand drinnen war, der Spuren beseitigen könnte, und fuhren nach entsprechender Entwarnung zum Landeplatz, um die Spurensicherer abzuholen.

„Peter Kurtz war hier, sagst du", eröffnete Petersen das Gespräch. „Was wollte er? Und warum am Karfreitag?"

„Als Selbstständiger nimmt man es mit Feiertagen auch nicht genauer als ihr bei der Polizei. Das galt für mich wie auch für ihn. Karfreitag passte bei uns beiden in den Terminkalender. Kurtz wollte ein Interview über Ecofare und unsere Ziele führen. Hatte er zumindest gesagt. Tatsächlich schien es mir eher, als suche er krampfhaft nach irgendetwas Negativem. – Komisch, das habe ich gerade erst vorhin dem Oberstaatsanwalt erzählt, der diese charmante Staatssekretärin begleitet. Na, egal. – Kurtz zeigte mir Fotos, Rechnungen und Bankauszüge, die er für kompromittierend hielt. Ich denke, dass ich seine Verdächtigungen sehr gut entkräftet habe. Als er ging, sah er aus, als hätte ich ihm eine tolle Story kaputtgemacht. Merkwürdig war das allerdings mit den Kontoauszügen und Rechnungen. Die kann er ja nur von jemandem bei uns in der

Firma bekommen haben. Ich habe die Sicherheitsabteilung darauf angesetzt."

„War außer dir noch jemand bei dem Gespräch dabei gewesen? Ronald Sibender, vielleicht?"

„Sibender?" Matsen schaute ihn irritiert an. „Mein Sicherheitschef? Nein, wieso sollte er! Mary war dabei. Meine Frau. Sie leitet unsere Presseabteilung."

„Wie praktisch!", kommentierte Hark höhnischer als er es meinte. „Aber sag, du bist Vorstandsvorsitzender von Ecofare. Gehört dir das Unternehmen auch?"

„Mehr den Banken als mir, fürchte ich"; lachte Matsen. „Aber ich habe auch einen Großteil meines eigenen Vermögens darin stecken, falls du das meinst. Mir gehören 51 Prozent der stimmberechtigten Aktien von Ecofare und 20 Prozent des Investmentunternehmens, das hinter den anderen 49 Prozent steht."

„Wie bist du an so viel Geld gekommen?"

Matsen lachte erneut. Er schien Spaß an dem Gespräch zu finden. Das erlebte Petersen eher selten bei Verdächtigen, bei denen eine Durchsuchung buchstäblich ins Haus stand. Andere Konzernvorstände hätten längst ihre Anwälte anrücken lassen und jede Aussage verweigert.

„Mein Urgroßvater war ein armer Schlucker vom Land", erzählte Matsen, und es klang, als hätte er diese Geschichte schon tausendmal heruntergebetet. „Hat als Schiffsjunge auf einem Walfänger angeheuert, sich zum Kapitän hochgearbeitet. Statt nach Dänemark zurückzugehen, ließ er sich auf Amrum nieder. Er und sein Sohn, mein Großvater, gehörten zu den Pionieren, die Wittdün aufgebaut haben. Das war in den 1890er Jahren. Auch bei der Eisenbahnstrecke, die damals auf Amrum gebaut wurde, hatten sie die Finger im Spiel. Die Eisenbahn hat bei mir also sozusagen schon Familientradition. Als meine Eltern starben, war ich erst Mitte zwanzig. Habe den Großteil meines Erbes verkauft und bin mit diesem nicht unerheblichen Startkapital nach New York. Dort und später auch anderswo in den USA habe ich nacheinander eine Reihe von maroden Unternehmen gekauft, sie zum Erfolg geführt und mit reichlich Gewinn wieder verkauft. Sechs Jahre bis zur ersten Milliarde, danach ging es deutlich schneller voran. Bei 15 Milliarden habe ich den Cut gemacht und alles in Ecofare gesteckt. Naja, zumindest fast alles."

„Und wenn Ecofare pleitemacht?"

„Dann wäre das alles futsch. Wir hätten aber immer noch genug, unseren Lebensstil die nächsten hundert Jahre zu halten. Ich habe allerdings nicht die Absicht, Pleite zu machen, auch wenn das alles natürlich erst mal horrende Investitionen sind. Schau dir allein die Fährstrecken an der Nordsee an. Das erste Jahr hatten wir noch Millionenverluste, doch seit zwei Monaten schreiben wir schwarze Zahlen. Wir sind die Zukunft des Transports, Hark! Da bin ich ganz sicher!"

„Aber wenn dir irgendein Journalist da reinpfuscht und einen Skandal aufdeckt, dann ist alles weg, oder?"

„Ach, Herr Kommissar. Wir sind sauber. Ecofare gibt keinen Skandal her. Und selbst wenn doch: Was glaubst du, was ein paar negative Schlagzeilen so einem Konzern anhaben könnten? Deinen Mörder musst du woanders suchen."

Die Spurensicherer kamen auf das Gelände und Petersen ging ihnen entgegen. Der Trupp wurde zu seiner Freude von Michael Hagemann angeführt. Das garantierte ihm, dass nichts übersehen wurde, denn der gehörte einfach zu den Besten seines Fachs.

„Moin Hark! Wonach suchen wir?", fragte Hagemann.

Der Kommissar umriss für ihn kurz den gesamten Fall und zeigte ihm ein Foto von Peter Kurtz. „Der soll kurz vor seinem Tod hier gewesen sein. Anonymer Hinweis. Da er in den letzten 30 Stunden seines Lebens schwer misshandelt worden war, müsste noch was zu finden sein, wenn das denn stimmt."

Der Trupp schlüpfte in seine Schutzanzüge und legte los, während Petersen zum Konzernchef zurückging und den Gesprächsfaden wieder aufgriff.

„Jetzt suchen wir den Mörder erst einmal hier, Tommy, und wenn wir nichts finden, dann greifen wir deinen Vorschlag natürlich auf und suchen woanders. Apropos: Kennst du diesen Mann?"

Thomas Matsen betrachtete interessiert das Handybild von Karol Singer, das Hark ihm hinhielt. Der Vorstandschef sah aus, als denke er angestrengt nach.

„Also irgendwie habe ich das Gefühl, ihn schon mal gesehen zu haben", sagte er schließlich. „Aber ich komme nicht drauf, wann und wo. So markant, wie der aussieht, sollte ich mich doch eigentlich erinnern können. Hatte irgendwie was mit Sibender zu tun."

„Der war sich auch nicht sicher, ob er ihn schon mal gesehen hat. Sibender scheint gestern hier auf Amrum gewesen zu sein und heute noch einmal. Gab es dafür einen speziellen Grund?"

„Speziell? Nein! Das macht er schon, seit er bei uns angefangen hat. Er kontrolliert alle meine Wohnsitze, bevor ich hinfahre, und noch mal, bevor ich sie betrete. Nicht immer selber, aber er war ja ohnehin gerade in der Gegend."

„Wozu all dieser Sicherheitsaufwand? Bist du so gefährdet?"

„Wir gehen einer ganzen Menge Leute auf die Nerven. Wir krempeln die Märkte für Energie, Transport und Verkehr komplett um. Oder, naja, wir sind zumindest dabei, es zu versuchen. Das gefällt nicht allen. Bevor ich Sibender vor zwei Jahren eingestellt habe, gab es ständig irgendwelche Sabotageakte in allen unseren Niederlassungen. Ich bin selbst zweimal bei Anschlägen gerade noch glimpflich davongekommen. Da dachte ich, es sei Zeit, etwas zu tun. Und tatsächlich: Seither ist halbwegs Ruhe."

„Und jetzt schaut er mal eben schnell im Kongo nach dem Rechten?"

„Du bist ja gut informiert über ihn. Ja, wir gewinnen dort einige Rohstoffe selbst. Vor allem Kobalt, das wir unbedingt für unsere Batterien brauchen. Ohne Stromspeicherung läuft bei Ecofare fast gar nichts. Weil die Kobaltgewinnung ökologisch und sozial ziemlich problematisch ist, haben wir das lieber selbst in die Hand genommen. Nur so können wir die Einhaltung menschlicher Standards garantieren, naja, halbwegs zumindest. Deshalb konnte mir dieser Journalist auch den Mist mit der Kinderarbeit nicht erzählen. Ich habe ihm sogar im Internet zeigen können, woher seine Aufnahmen stammten. Die kannte ich nämlich; sie waren einer der Gründe, warum wir das selbst in die Hand genommen haben. Ein Pressefotograf hatte sie Jahre zuvor in einer ganz anderen Gegend des Kongo aufgenommen. Das hat Kurtz dann endgültig überzeugt. Sibender ist jetzt aber übrigens nicht wegen Kobalt dort, sondern bei unserem Coltan-Projekt im Nordosten des Kongo. Das Thema ist fast noch prekärer als Kobalt."

Petersen wollte gerade nachfragen, wofür Ecofare denn Coltan brauche, da wurde er von Michael Hagemann gerufen.

„Schau dir das hier mal an", sagte der Spurensicherer und führte Hark in einen Raum, der wunderschön eingerichtet war, aber keinerlei Dinge enthielt, die irgendwie persönlicher Natur waren. Dort zeigte er Hark einen Beutel, der Schuhe, Socken und eine leichte Sommerjacke enthielt.

„Solche Kleidungsstücke fehlten deinem Toten doch, oder?", fragte er. „Und dieser Presseausweis auf den Namen Peter Kurtz steckte in der Jackentasche. Am Revers gab es mehrere sehr kurze gerade Haare, so wie dein Gesprächspartner da draußen sie hat. Der Beutel lag unter einer Wolldecke in dem Kleiderschrank dahinten. Da der Schrank ansonsten komplett leer war, wird das hier wohl so eine Art Gästezimmer sein. Aber es gibt noch mehr. Unter dem Bett haben wir ein Stück Papiertaschentuch mit Blut daran gefunden und zwei Haare – halblang, dunkelblond, gelockt – so wie der Tote sie hatte."

Hark war vollkommen überrascht. Er hätte nicht gedacht, dass hier wirklich etwas zu finden sein könnte, und schon gar nicht derartig eindeutige Beweisstücke. Wie dumm musste man sein, die Sachen des Ermordeten im eigenen Haus zu lassen? Oder wie überheblich?

„Gibt es Fingerabdrücke?", wollte Hark wissen.

„Nicht einen einzigen. Nicht an den Schuhen, nicht im Zimmer. Ist alles penibel saubergewischt worden. Das gilt übrigens für das halbe Haus. In der anderen Hälfte gibt es aber welche: in Küche, Flur, Wohnzimmer und je einem der Bade- und Schlafzimmer."

„Irgendwelche Einbruchspuren an Türen oder Fenstern?"

„Keine!"

„Deine Interpretation?"

„Möglichkeit A: Dein Vorstandsvorsitzender da draußen ist komplett verblödet und hat alle Spuren beseitigt, nur diesen riesigen Beutel vergessen. Möglichkeit B: Hmmh... ach, was weiß ich denn..."

„Schon mal gesehen?", fragte Petersen und hielt den Beutel mit Schuhen und Jacke in die Höhe.

„Nö, wieso? War das etwa in meinem Haus?" Matsen war entweder wirklich überrascht und verärgert, oder er schauspielerte sehr überzeugend. Ein fragender Blick ging zu seiner Frau, die schüttelte ebenfalls den Kopf.

„Wann ist hier zuletzt saubergemacht worden?", fragte der Kommissar.

„Da müsste ich den Hausverwalter fragen. Auf jeden Fall irgendwann zwischen Ostermontag, da sind wir abgereist, und gestern Abend, da ist Mary hier angekommen."

„Wo warst du zwischen dem Abend des 22. April und dem Morgen des 24. April?"

„Brauche ich jetzt etwa ein Alibi?", fragte Matsen. Er war sichtlich verärgert. Es schien ihm schwerzufallen, einen offenen Wutausbruch zu vermeiden.

„Angesichts der Kleidung eines Mordopfers in deinem Haus und deinen Haaren an seinem Revers wäre das sicherlich für uns alle hilfreich", erwiderte der Kommissar gleichmütig und ergänzte zur Dame des Hauses gewandt „Und für Sie gilt naturlich das gleiche."

Matsen hatte sich bereits wieder beruhigt, zog sein Smartphone aus der Tasche.

„Jetzt ruft er wohl doch seinen Anwalt an", dachte Petersen, aber Matsen rief lediglich den Terminkalender auf.

„Ah ja, jetzt weiß ich 's auch schon wieder. Wir haben am Ostermontag die Ecofare-Fähre kurz nach acht genommen, sind dann mit der Bahn nach Hamburg und von dort direkt weiter nach Prag. Um 20:30 Essen mit unserem tschechischen Management, bis etwa 23:00 Uhr. Fünf Zeugen. Und die Kellner natürlich. Übernachtung im Grand Imperial. Das bestätigt vielleicht die Rezeption. Gegen acht sind wir zum Werk raus. Es geht bald in Betrieb. Zwei Zeugen vom Vorabend und die Bauleitung. Mary hat den Mittagsflieger zurück nach Hamburg genommen, ich bin mit dem Werksleiter nach Wien. Im Prototyp unseres eigenen Elektroautos, übrigens. 500 Kilometer Reichweite: Prag-Wien komplett ohne Aufladen! Am Nachmittag Meetings mit Investoren, gegen Abend bin ich weiter nach Litauen. 20:00 Uhr Abendessen mit dem dortigen Management. Auch die waren zu fünft. Ab 23 Uhr allein im Hotelzimmer, auch dort das Grand Imperial. 7:00 Uhr der erste Flug nach Hamburg. Mein Büro stellt dir alle Kontaktdaten zusammen, wenn du möchtest."

„Ja, möchte ich! Und Sie, Frau Matsen?"

„Bis Prag wissen Sie ja schon. Am Nachmittag war ich im Büro, bis, warten Sie, ja, kurz vor 20 Uhr. Danach mit der Leiterin unserer Mediaagentur beim Japaner. Kurz nach zehn mit dem Taxi nach Hause. Der Fahrer müsste über die Quittung auffindbar sein. Nach halb elf leider kein Alibi. Mein Mann war ja nicht zuhause. Gegen acht bin ich ins Büro."

„Für die eigentliche Tatzeit haben Sie damit kein Alibi", stellte Petersen fest.

„Da kann man wohl nichts machen", meinte Pressesprecherin und machte eine hilflose Geste mit den Händen. Unruhig schien sie deswegen nicht zu sein.

Hark überlegte, wie er weiter vorgehen sollte. Die Beweise im Haus waren nicht zu ignorieren, andererseits hielt er es für eine lächerliche Idee, das Ehepaar jetzt deshalb zu verhaften. Besonders, wenn Matsens Alibi sich als stichhaltig herausstellen sollte.

„Afrika!" sagte Matsen wie in plötzlicher Erleuchtung.

Petersen schaute ihn irritiert an.

„Afrika?"

„Afrika! Der Mann, den du mir vorhin gezeigt hast. Der Blonde mit den tiefliegenden Stahlaugen. Den habe ich in Afrika gesehen. Bei unserer Kobalt-Mine. Er war da im Security-Team. Muss etwa ein Jahr her sein. Warte, ich rufe gleich mal Sibender an und frag ihn, wer das ist."

„Wir wissen, wer das ist", wandte Petersen ein. „Aber wenn er dort für euch in der Security arbeitet, müsste Sibender ihn doch eigentlich kennen."

„Ja klar kennt er den. Er hatte ihn mir ja sogar vorgestellt. Tut mir leid, dass ich mich nicht gleich erinnert habe, aber wir haben ja über zehntausend Mitarbeiter weltweit und den da hatte ich nur ganz kurz gesehen."

„Was macht er dort genau für euch?"

„Ehrlich, da habe ich nicht die geringste Ahnung. Das müsste ich auch den Sibender fragen."

„Und du weißt auch nicht, was der Mann hier vorhin im Waaswai zu suchen hatte? Oder Sie vielleicht, Frau Matsen?"

Er zeigte ihr das Foto.

„Dieser Mann arbeitet für uns?", sagte sie stirnrunzelnd. „Und er war hier im Waaswai? Vorhin? Rätselhaft! Und irgendwie gruselig. Was will der denn hier? Sieht nicht aus wie jemand, dem ich gerne begegnen würde."

„Ich rufe gleich Sibender an. Er soll uns die Bodyguards rüberschicken", sagte Thomas Matsen und nahm die Hände seiner mittlerweile verängstigt dreinschauenden Gattin in seine.

„Das wird nicht nötig sein, denke ich, wir haben ihn schon in Gewahrsam genommen", erklärte Petersen. „Sie haben ihn hier nicht gesehen und sich nicht mit ihm getroffen?"

Das Ehepaar schüttelte einmütig die Köpfe.

„Gut, dann brechen wir das hier jetzt mal ab. Wenn Ihnen noch etwas einfällt oder auffällt, rufen Sie mich bitte sofort an."

Diesmal nickten die beiden einmütig.

„Ach, Thomas, da fällt mir noch ein: Du hattest dich nur am Karfreitag mit Peter Kurtz getroffen?"

„Ja, wieso?"

„Laut seinen Handydaten war er auch am Mittwoch davor schon mal hier auf Amrum."

„Am Mittwoch davor? Nein, da war ich noch in Schottland. Der Brexit, weißt du. Ist ein ziemlicher Mist für unsere Wasserstofferzeugung auf den Shetlands. Da gibt es verdammt viel zu regeln."

35

„Was? Im Ernst? Er hat Lizzy ein Messer an die Kehle gehalten?" Freddy schaute Hark entsetzt an, als er ihr von seinen Erlebnissen an diesem Nachmittag berichtete.

Hark nickte betrübt. „Ich mache mir da wirklich Vorwürfe", gab er zu. „Als ich sagte, dass wir ihm eine Mordbeteiligung nachweisen könnten, ist er ausgerastet. Vermutlich, weil er sein Prepaid-Handy noch in der Tasche hatte. Zum Glück hat Lizzy auf entsetzte Oma gemacht und ihn so überrumpeln können. Hätte ich mich mit ihm geprügelt, hätte ich wohl wieder verloren. Und wie war dein Tag gewesen?"

Freddy erzählte ihm von einem herrlichen Nachmittag, den sie mit Freundinnen und vielen neuen Bekannten auf der Insel verbracht hatte. Von der Mühle aus war die Schnitzeljagd durch den Wald zur Vogelkoje gegangen. Sie hatten dieses Teichgelände, das einst als verlockende Falle für Enten und Gänse gebaut worden war, auf Bohlenwegen erkunden können, die von dort aus auch noch weiter durch früher unzugängliche Feuchtgebiete führten.

Weiter ging es auf kulturgeschichtlichen Pfaden am Damwild-Gehege vorbei in ein Dünental, wo vor fünf Jahren ein Haus aus der Eisenzeit nachgebaut worden war. Der Aufgabenzettel der Schnitzeljagd forderte, die Zahl der Stallplätze darin zu notieren und in Relation zu den Schlafplätzen für Menschen zu setzen. Sie kamen auf acht Stallboxen und drei Bettstätten unter einem gemeinsamen Dach.

Auf der anderen Seite des Tals führte der Weg weiter zurück in der Vergangenheit: zu einem Großsteingrab aus der Jungsteinzeit, an dem die freiliegenden Findlinge gezählt werden mussten. Hier lautete die Antwort „vier", denn eine der zwei Grabkammern war bereits wieder vom Flugsand zugedeckt worden. „Fünf" würde aber auch akzeptiert werden, weil ein weiterer Findling etwas abseits aus einer angrenzenden Düne herausragte.

Nächste Station war das Quermarkenfeuer: ein kurzer, aber auf einer hohen Düne errichteter Leuchtturm am Weststrand, der Schiffen in den schwierigen Gewässern zwischen Sylt und Amrum Orientierung gab – und der so hübsch in die Landschaft eingebettet war, dass ihn schon unzählige Feriengäste, Maler und Profifotografen auf ihren Bildern verewigt hatten.

Zu Ellas Erleichterung hatte dort am Strand ein Traktor mit Anhängern bereitgestanden, um die Frauengruppe am Dünenrand entlang nach Norddorf zu fahren.

„Ausnahmegenehmigung", hatte Christine gelacht, als ihre Cousine Mara sich darüber wunderte. Als Einheimische hätte Mara geschworen, dass diese Art von Touristenbeförderung hier verboten war.

Der Traktor war an Norddorf vorbei gefahren und hatte sie zwei Kilometer weiter bei einem kaum zu erkennenden Strandübergang an der Odde abgesetzt, wo ein Mann mit riesigem Fernglas bereits auf sie wartete.

„Noch eine Ausnahmegenehmigung", hatte Christine gelacht, und der Mann, ein guter Freund des Brautpaars, hatte die Gruppe ins Vogelschutzgebiet hineingeführt, wo es Führungen sonst nur an Vormittagen gab. Er brachte sie zur Hütte der Vogelwarte und von dort zu einem Aussichtspunkt in den Dünen, der ihnen einen Blick auf die Brutgebiete gewährte, ohne dass die Vögel gestört wurden. Sie verließen die Dünen der Odde auf der Wattseite und schlenderten mit Blick auf Föhr am Dünenrand entlang in Richtung Norddorf. Zur erneuten Freude der endgültig ermatteten Ella standen am Beginn eines fahrbaren Weges zwei Kleintransporter für die Gruppe bereit. Ausnahmegenehmigung Nummer drei. Fast eine Stunde lang durfte die Frauengruppe danach im Garten des Hotels „Seelust" warten und entspannen, bis auch die Männer endlich aufgeholt hatten.

Die meisten jener Gäste, die die Schnitzeljagd nicht mitgemacht hatten, trafen nun ebenfalls langsam ein. Es wurde Prosecco gereicht und es gab „Friesische Tapas": mundgerechte Häppchen mit vielfältigen Zubereitungen vor allem aus Matjes, Lachs, Schafskäse und Kräutern. Eine ungewöhnliche, interessante und wohlschmeckende Einstimmung auf den gemeinsamen Abend, fanden die Gäste. Und eine tolle Ergänzung zu den spanischen Tapas des Vorabends.

„Ach Männo", seufzte Freddy traurig, als Harks Handy klingelte und Max Weber ihr den Ehemann damit schon wieder entriss.

„Nur kurz, hoffe ich", lächelte er entschuldigend und nahm das Gespräch an.

„Wir haben das Prepaidhandy von deinem Auftragsmörder geknackt und wissen jetzt, wo er sich rumgetrieben hat", berichtete Max aufgeregt. „Wenn man die Nummer kennt, kann man auch bei Prepaid an die Bewegungsdaten kommen. Das Ding war genau zu dem Zeitpunkt in der City Nord, als das von Peter Kurtz dort ausgeschaltet wurde. Und dort war noch ein weiteres Prepaid-Handy: so ziemlich das einzige, mit dem er jemals über dieses hier telefoniert hat. Jenes andere war wiederum zeitgleich mit dem Journalisten auf dem Hindenburgdamm, als das von Kurtz wieder anging. Und am frühen Nachmittag hatte Singer es dreimal von Amrum aus angerufen, da war es auf Sylt eingeloggt. Zurzeit ist es am Frankfurter Flughafen."

„Weißt du, wem es gehört?"

„Nee, wie gesagt: ist Prepaid. Eins von den früheren, anonymen Prepaids, wie es scheint. Oder auch ganz einfach illegal."

Hark rechnete sich die Chancen aus, den Handybesitzer auf dem Flughafen zu finden. Selbst mit riesigem Polizeiaufgebot völlig aussichtslos, befand er.

„Ruf es doch mal mit Singers Handy an", wies er Max an. „Mach einen auf gestörte Verbindung und versuch rauszukriegen, wer am anderen Ende ist. Jedes Wort mitschneiden. Vielleicht können wir die Stimme identifizieren."

„Okay, melde mich dann wieder", sagte Max und legte auf.

Das Telefon klingelte im selben Moment wieder, und als Petersen in Erwartung einer Rückfrage von Max mit einem einfachen „Ja?" abnahm, brüllte ihm Pauli ins Ohr.

„Mann, Petersen, Sie sind ja schon wieder pausenlos am Telefonieren! Was zum Teufel hat die Hausdurchsuchung ergeben? Haben Sie diesen Matsen festgenommen?"

Oh Mist. Den Chef hatte er in all dem Hin und Her total vergessen.

„Dafür gab es keinen Grund", antwortete er. „Er hat ein Alibi. Wir haben einen Beutel mit Kleidungsstücken des Toten im Haus gefunden, Amrum passt aber kaum ins Bewegungsprofil der Tatzeit, das wir aktuell anhand von Handydaten erstellen. Wir haben einen Mann verhaftet, der vermutlich an der Tat beteiligt war, den Mord aber nicht selber ausgeführt haben kann. Ein möglicher Täter hält sich zurzeit am Frankfurter Flughafen auf, wir haben zurzeit allerdings nur seine Prepaid-Handynummer."

„Dann lassen Sie doch gefälligst..."

Weiter kam Alfons Pauli nicht. Bei Petersen hatten sich während des Gesprächs Zusammenhänge im Kopf gebildet, die unverzügliche Handlung erforderten. Mit „Oh, verdammt, melde mich wieder" legte er auf und wählte Max an. Aber bei dem war besetzt. Gut! Wenn er gerade mit seinem Handy telefonierte, hatte er die Anweisung vielleicht noch nicht ausgeführt.

Petersen wählte das Polizeipräsidium in Husum an und bat, eiligst zu Max Weber zu laufen. „Ja! Laufen!" Er solle auf keinen Fall das Prepaid-Handy anrufen – „Ja! Er weiß, was ich damit meine!" -, sondern sich erst mal bei *ihm* melden.

Max meldete sich drei Minuten später.

„Zu spät", sagte er bedauernd. „Als der Wachhabende reinkam, wars leider schon passiert. Was ist los?"

„Mist", schimpfte Petersen. „Habe zu spät eins und eins zusammengezählt. Ronald Sibender, der Sicherheitchef, kennt diesen Karol Singer. Und er fliegt heute Abend nach Luanda. Daher gut möglich, dass er dafür jetzt gerade in Frankfurt ist. *Ihn* hätten wir dort problemlos finden und sogar ausrufen können, aber ich fürchte, jetzt ist er gewarnt. Oder?"

„Ja, davon ist auszugehen", meinte auch Max. „Warte, ich spiele dir den Anruf kurz mal vor."

Petersen hörte ein Freizeichen, dann eine Stimme, die mit einem wütend klingenden „Mensch Singer, wo steckst du denn" abnahm. Max auf der anderen Seite nuschelte etwas mit geschlossenem Mund. Völlig unverständlich. Petersen war beeindruckt: Das hätte wirklich eine durch eine schlechte Verbindung unkenntliche Stimme gewesen sein können. Der Angerufene allerdings schien nicht darauf reinzufallen oder war zumindest vorsichtig. „Singer?", fragte er, nach einer Sekunde noch einmal „Singer! Mensch!", kurze Pause, dann „Ach Schei...". Danach war das Gespräch beendet.

„Er hat das Handy sofort abgeschaltet", war Max jetzt wieder zu hören.

„Ja, verdammt, das hatte ich befürchtet", fluchte Hark. Er war sich trotz des Rauschens ziemlich sicher, dass es die Stimme von Ronald Sibender gewesen war, die sich da gemeldet hatte. Im Hintergrund war eine dieser typischen Flughafenansagen zu hören gewesen.

„Pass auf, du gibst sofort den Frankfurter Kollegen und der Bundespolizei Bescheid", wies er seinen Assistenten dann an. „Sie sollen Sibender festnehmen. Er ist vermutlich am Gate für den Flug nach Luanda oder irgendwo hin, von wo aus man nach Luanda kommt. Und sie müssen sein Prepaid-Handy sicherstellen. Wenn er es nicht bei sich haben sollte, sollen sie die gesamte Umgebung des Gates auf den Kopf stellen. Das könnte unser Beweisstück Nummer eins werden. Jetzt schnell! Alles Weitere dann, wenn sie ihn haben."

Harks Gesicht hatte sich vor Aufregung rot gefärbt. Freddy war herangekommen und drückte ihm ein Glas Prosecco in die Hand.

„So schlimm?", fragte sie mitfühlend.

„Vielen Dank!", lächelte er und nahm einen Schluck. „Nein, eigentlich gar nicht schlimm. Nur irgendwie gerade sehr aufregend. Wenn ich ein paar Minuten früher die richtigen Schlüsse gezogen hätte, hätten wir vielleicht schon den Täter und die Beweise. Jetzt kann ich nur hoffen, dass er sich nicht schon aus dem Staub gemacht hat. Aus Afrika bekommen wir ihn so schnell nicht zurück."

Das Handy klingelte erneut. Schon wieder Pauli. Hark verdrehte die Augen und ging ran.

„Wie kommen Sie dazu, einfach aufzulegen, während ich mit ihnen rede!", brüllte der Polizeidirektor am anderen Ende der Verbindung. „Wenn Sie das noch ein..."

„Es war keine Zeit zu verlieren", unterbrach ihn Petersen in barschem Ton. Dann erklärte er Pauli die Zusammenhänge.

„Gut, gut, aber dann sollten Sie jetzt schleunigst diesen Matsen verhaften, bevor der uns auch noch durch die Lappen geht", wies Pauli ihn an. „Der ist ja der Auftraggeber dieser Mörder."

„Das muss nicht sein", gab der Kommissar zu bedenken. „Zumindest gibt es dafür bislang keinerlei Hinweise außer dieser anonymen Information, von der Sie mir nicht sagen wollen, woher sie kommt. Die Beweismittel in seinem Haus könnten ihm von anderen untergeschoben worden sein, was wahrscheinlicher ist, als dass dies nicht der Fall wäre. Wenn wir ihn jetzt verhaften, dann haben Sie in fünf Minuten alle Anwälte dieses Konzerns am Hals und müssen ihn in einer Stunde wieder laufenlassen. Das wollen Sie doch sicherlich nicht, Chef, oder?"

„Papperlapapp", schimpfte Pauli. Es war seit jeher eines seiner Lieblingsworte. Aber er klang diesmal ein wenig kleinlaut. „Dann lassen Sie es eben erst einmal sein. Aber sehen Sie zu, dass er nicht irgendwohin ins Ausland verschwindet. Und sagen Sie mir Bescheid, wenn Sie diesen Sicherheitsmann haben, diesen Salander."

Der Polizeidirektor legte wieder grußlos auf, noch bevor Petersen den Namen auf Sibender korrigieren konnte.

„Ach, der Pauli", seufzte Hark und versuchte, Ärger und Anspannung abzuschütteln. Das gelang ihm zu seiner Überraschung sogar ohne jede Mühe. Er stürzte sich mit Freddy zusammen in die Hochzeitsgesellschaft, plauderte mit Dieser und Jenem, frischte alte Bekanntschaften wieder auf und machte neue.

„Oh, mein Gott, ist die schön", sagte Freddy plötzlich, zupfte ihn am Ärmel und zeigte mehr oder weniger diskret auf eine hochgewachsene, braungebrannte, dunkelhaarige Frau Anfang dreißig, die gerade in verwaschener Jeans und verblichenem T-Shirt in wiegendem Schritt durch die Pforte in den Garten kam. „Hast du eine Ahnung wer das ist? Bei der Schnitzeljagd war sie auch schon dabei, hat aber immer irgendwie Abstand zu allen gehalten außer zu Christine."

„Das ist Mara, eine Cousine von Christine", klärte er seine Frau auf. „Du müsstest sie schon mal in der Nebeler Disco gesehen haben. Sie macht dort oft die Bar. Komm, ich stelle sie dir vor."

Mara strahlte über das ganze Gesicht, als sie die beiden auf sich zukommen sah und begrüßte Hark mit einer so innig-zärtlichen Umarmung, dass bei Freddy sofort alle Alarmglocken schrillten. Sie bereute es, die Aufmerksamkeit auf diese Schönheit gelenkt zu haben.

Hark merkte natürlich sofort, was los war, und bemühte sich wortlos, die Harmlosigkeit seiner Beziehung zu Mara deutlich zu machen. Er stellte die beiden Frauen einander vor, betonte, dass Frederike die Frau seines Lebens sei, und erklärte Freddy, dass er Mara im Zusammenhang mit früheren Mordermittlungen auf der Insel kennengelernt hatte. Als sie nach einigen Minuten angeregter Unterhaltung weiterschlenderten, flüsterte er Freddy ins Ohr „Ich weiß, dass sie schön ist wie Schneewittchen, aber ich bin nicht *ihr* Prinz, sondern *deiner*".

Seine Frau musterte ihn mit kritischem Blick von oben bis unten. Dann prustete sie plötzlich los vor Lachen.

„Was ist so komisch?", fragte er irritiert.

„Naja, dein Schneewittchenvergleich", kicherte sie. „Ich hatte gerade ein Bild vor Augen, in dem ich vor einem Spiegel stand – und schwuppdiwupp hatte ich einen giftigen Apfel in der Hand."

Hark blickte sie weiterhin ratlos an, aber bevor er etwas sagen konnte, klingelte schon wieder das Telefon. Er zog es mit entschuldigendem Blick aus der Tasche, es war Max, und entfernte sich ein wenig von den anderen Gästen.

„Und?", fragte er aufgeregt.

„Leider negativ", antwortete sein Assistent. „Hat ne halbe Stunde gedauert, bis die Kollegen in Frankfurt bereit waren, auszuschwärmen. Als sie zum Gate kamen, war der Flieger bereits in der Luft und sie fanden die Indizienlage zu dürftig, um ihn zurückzuholen. Immerhin haben sie die Umgebung abgesucht, sagen sie. In der kurzen Zeit kann das nicht sehr gründlich gewesen sein. Nichts gefunden! Ich fürchte, der Verdächtige und das Handy sind nach Afrika entschwunden."

„Mist!", fluchte Hark frustriert. „Pass auf, du hast jetzt die Nummern der Prepaid-Handys und auch die der Vertragshandys von Sibender und Singer. Stell mir bitte ein Bewegungsprofil davon zusammen und vergleiche es mit dem Bewegungsprofil des Mordopfers. Ich denke, damit können wir eine ordentliche Indizienkette aufbauen."

„Klar Chef, mache ich, aber das wird ein paar Stunden dauern, und ich bin jetzt seit fast zwölf Stunden im Dienst. Das packe ich heute nicht mehr."

„Ah, ja, okay", stimmte Petersen ihm zu. „Dann schlage ich vor, du weist einen Kollegen der Nachtschicht in die Sache ein und machst Feierabend. Morgen kannst du dann das zusammenstellen und ergänzen, was der Kollege zusammengetragen hat. Noch weiter weglaufen kann uns Sibender nicht mehr, und Singer haben wir ja schon im Kästchen. Apropos, hat der Singer schon gesungen?"

„Nee, der singt nicht, sagen die Kollegen in Flensburg. Ist stumm wie ein Fisch. Hat noch nicht einmal nach einem Anwalt verlangt. Sitzt einfach nur da wie der Wald und schweiget. Einen schönen Abend, Chef!"

„Dir ebenfalls, Max!"

Auch ihm selbst war jetzt endgültig nach Feierabend zumute. Keine Anrufe mehr! Er schrieb eine kurze SMS an den Polizeidirektor: „Frankfurter Kollegen zu langsam. Verdächtiger entkommen. Erstellen Bewegungsprofile." Eine zweite Nachricht ging an die Spurensicherung, direkt an Michael Hagemann: „Bitte Rucksack von Karol Singer auf Spuren der Beweismittel im Matsen-Haus untersuchen." Ihm waren nämlich Bilder in den Kopf gekommen: Als er Singer verfolgt hatte, war der Rucksack prall gefüllt gewesen, später, im Garten von Lizzy, aber nicht mehr. Gut möglich, dass Singer die Kleidungsstücke ins Haus am Waaswai geschmuggelt hatte, nachdem er Hark außer Gefecht gesetzt hatte. Das setzte zwar enorme Kaltblütigkeit voraus. Die traute er diesem Mann aber absolut zu. Oder war er doch von Matsen selbst dorthin bestellt worden?

Hark blickte sich um. Freddy war ein kleines Stück entfernt dabei, sich zusammen mit Lizzy über einen Teller mit Tapas herzumachen. Winzige Wraps waren dabei, gefüllt mit Matjes, Kräutern und Frischkäse. Es gab Spießchen mit Räuchermatjes, Ziegenkäse und Birnen auf einem Stückchen Schwarzbrot und Heringsfilets, die von einer Frischkäsecreme mit Garnelen umhüllt und mit luftgetrocknetem Schinken umwickelt waren. Mundgerechte Heringsburger mit gelblicher Senfcreme standen in farblichem Kontrast zu grünen Spinatwraps mit Räucherlachs und winzigen Blinis mit Thunfischcreme.

„Esst nicht zu viel, es gibt gleich noch den Hauptgang", lachte Hark, griff sich eine cremige Friesentapa mit Räucherlachs vom Teller der Frauen und steckte sie sich in den Mund. Dann blickte er mit besorgtem Gesicht zu Lizzy und fragte sie, ob wieder alles okay sei.

„Lieb, dass du fragst", strahlte sie. „Ja, klar, alles wieder gut. So eine Aufgeregtheit kenne ich sonst gar nicht von mir. Ich weiß nicht, ob ich das mit der Kampfkunst in Zukunft noch so unbedarft weitermachen kann wie bisher. Es ist eine ziemlich harte Sache, wenn es denn mal ernst wird. Habe mir vorhin gleich einen Flug nach China rausgesucht. Muss das dringend mit den Mönchen besprechen."

Die letzten beiden Sätze hatte sie mehr zu sich selbst gemurmelt als zu ihm.

„Ihr Lieben, wenn ihr jetzt bitte nach drinnen kommen möchtet", rief Christine, die sich dafür zusammen mit Leif wieder einen zentralen Punkt in der Hochzeitsgesellschaft gesucht hatte. „Wir werden jetzt unsere Schnitzeljagd mit der Jagdbeute krönen. Es gibt Kalbsschnitzel, Schweineschnitzel, Hähnchenschnitzel, Putenschnitzel, Sellerieschnitzel, Gemüseschnitzel und... ach, ich weiß gar nicht mehr alles. Lasst euch überraschen!"

36

Afrika war ihm unheimlich. Er kannte sich überhaupt nicht aus, wusste nicht mal so recht, wo in Afrika er denn eigentlich war. Wie sollte er hier denn wohl ermitteln können, fragte sich Hark. Wie sollte er hier jemanden *verhaften*? Aber Pauli hatte seine Teufelsmiene aufgesetzt. Widerstand war zwecklos. Nun stand er vollkommen frustriert mitten in einer desolaten Abbaugrube, die das eigentliche böse Zentrum der Ecofare-Macht war. Halb verhungerte, sagenhaft schmutzige Kinder mit unendlich traurigen Blicken schürften mit bloßen Händen radioaktives Uran aus dem Boden, bewacht und angetrieben von brutalen Muskelmännern mit nackten, schwitzenden Oberkörpern und Peitschen in der Hand.

Oben, am Rand der Mine, standen Matsen und Sibender. Feixend rieben sie sich die Hände. Eine nicht enden wollende Schlange dunkelhäutiger Kinder zog mit schlürfenden Schritten an ihnen vorbei. In unterwürfiger Ehrerbietung knieten sie vor den riesigen Weißen nieder und übergaben ihnen dicke Bündel von Geldscheinen, die die Männer achtlos in riesengroße Körbe neben sich warfen. Hier also kam das ganze Geld dieses Konzerns her! „Zu wenig!", hörte er Sibender schreien. Er schlug auf den winzigen, spindeldürren Jungen ein, der ihm das Geldbündel überreicht hatte. Hark wollte dem Kleinen zu Hilfe eilen, sich schützend vor den Jungen stellen, aber seine Füße steckten zu tief im schlammigen Boden. Er konnte sich nicht rühren. Sein Blick traf den von Matsen.

„Stopp ihn!", versuchte Hark zu rufen, aber es kam kein Ton aus ihm heraus.

Matsen grinste ihn höhnisch an. Seine Hand machte eine befehlende Geste, die Hark nicht verstand. Wie aus dem Nichts tauchte die Fratze von Karol Singer vor ihm auf. Verdammt! Der sollte doch im Flensburger Gefängnis sitzen! Stattdessen war er hier und schlug auf ihn ein. Hark versuchte, die Schläge abzuwehren. Aber auch seine Arme steckten in tiefem, zähem Schlamm. Die Schläge waren hart. Er fühlte und hörte, wie seine Knochen darunter zerbrachen, aber er spürte keinen Schmerz.

Da plötzlich stand Matsen direkt vor ihm.

„Tommy, was tut ihr hier nur?", schrie Hark ihn verzweifelt an.

„Wir sind die Guten", lachte der Manager und verzog das Gesicht zu einer höhnischen Grimasse. „Wir werden die Welt verändern!"

Dann hatte er mit einem Mal einen Revolver in der Hand und hielt ihn Freddy an den Kopf. Oh Gott, wo war sie denn jetzt gerade hergekommen?

„Besser, du hältst dich aus unseren Angelegenheiten raus", drohte er. „Sonst..."

Hark wachte schweißgebadet auf. Es war halb sechs. Behutsam, um Freddy nicht zu wecken, schob er sich aus dem Bett und schlich aus dem Zimmer ins Bad. Eine heiß-kalt-heiße Dusche spülte den Traum von ihm ab und brachte ihn in die reale Welt zurück, und in dieser realen Welt verlangte sein Körper nach einem Gegenprogramm zum Stress und den Unmengen von Essen der letzten Tage. Er musste laufen. Würde er hinterher halt noch einmal duschen.

Die Sonne war bereits aufgegangen. Sie stand als leuchtender Ball tief über Föhr. Ihre Strahlen hatten gerade erst begonnen, die in der klaren Nacht abgekühlte Luft wieder zu erwärmen, aber das Rot und Orange des Sonnenaufgangs wurde bereits vom weißen Licht des Tages verdrängt. Vereinzelte Nebelschwaden schwebten geisterhaft über den Wiesen. Bald würden sie sich im Licht der höher steigenden Sonne auflösen.

Hark lief nach Osten, zum Meer hinunter, und bog nach links in den Weg ab, der am Ufer entlang nach Norddorf führte. Mal verlief er zwanzig oder dreißig, manchmal weniger als zehn Meter vom Meeresrand entfernt. Aber da *war* gerade kein Meer, sondern nur trockener Wattboden. In weniger als einer Stunde würde das Wasser seinen niedrigsten Stand erreicht haben. Das Meer hatte sich fast vollständig aus dem schmalen Streifen zwischen den Inseln zurückgezogen. Gänse watschelten in loser Formation in Ufernähe über den im Sonnenlicht glitzernden Wattboden und suchten nach Nahrung. Grüne Algenteppiche durchbrachen als leuchtende Tupfer die erdgewordenen Flächen, auf denen die Braun- und Ockertöne dominierten. Weiter draußen eilte ein Schwarm Knutts als dunkler Schattenriss vor einem weißblauen Himmel dahin, stieß auf den Meeresboden hinab, entschied sich um, verdichtete sich wieder nach oben, um dann einige hundert Meter weiter doch noch zu landen.

Der Läufer hatte Nebels Lahnungsfelder in zügigem Tempo hinter sich gelassen. Kaum einen Kilometer weiter begannen die Lahnungsfelder von Norddorf. Dazwischen drang das Wasser bei Flut ungebremst bis direkt an den schmalen Strandstreifen heran, an den sich das salzresistente Vegetationsband unmittelbar anschloss. Hark fiel ein, dass er sich schon immer mal nach dem Grund für die Lücke hatte erkundigen wollen, die der Küstenschutz zwischen den Lahnungsfeldern in der Mitte und im Norden der Insel gelassen hatte. Vielleicht traf er ja später auf der Hochzeit jemanden, der das beantworten konnte.

Zwei Radfahrer kamen dem Läufer entgegen. Ein von beiden Seiten gekeuchtes „Moin", schon waren sie aneinander vorbei. Hark folgte dem Wattweg bis zum Norddorfer Asphaltdeich und bog dann nach rechts in Richtung Odde ab. Er blieb auf der Deichkrone. Unten, wo Rinder und Graugänse mehr oder minder einvernehmlich auf den Marschwiesen weideten, waren mehr Fliegen unterwegs. Beim Laufen konnte da schnell mal eine im Auge, im Hals oder in der Luftröhre landen, wie er aus Erfahrung wusste.

Für das Umrunden der Odde fehlte Hark heute die Zeit. Exakt denselben Weg zurück wollte er aber auch nicht nehmen. Daher lief er am Ende des Asphaltdeiches geradeaus weiter und überquerte wenig später direkt bei Ban Horn den schmalen Dünenstreifen zum Weststrand hinüber. Auch dort war um diese Uhrzeit noch kein Mensch zu sehen, nur am Strandübergang von Norddorf hatte Strandkorbvermieter Martin Dethlefsen schon begonnen, sich für den Tag einzurichten. Hark winkte ihm im Vorbeilaufen zu, Martin winkte zurück. Dann war der Läufer beim befestigten Weg am ehemaligen Schwimmbad angekommen, dem er von hier durch die Dünen fast bis an den Rand von Norddorf folgen konnte.

Über den großen Parkplatz am Ortseingang, an Minigolfplatz und Spielplatz vorbei, erreichte er den Wald. Schon nach wenigen Metern zwischen den Bäumen wurde die Seeluft vom intensiven Duft des Waldes übertönt. Statt pfeifender, kreischender und schnatternder Seevögel hörte er jetzt das Flöten und Trällern ganz anderer, wesentlich kleinerer Vögel. Spechte klopften gegen Baumstämme, der Ruf eines Kuckucks hallte mit vielfältigem Waldesecho heran. Hark liebte dieses Eintauchen zwischen die Bäume, bei dem sich innerhalb weniger Laufschritte eine völlig andere Welt auftat.

Der Kommissar folgte dem Waldweg in Richtung Vogelkoje, wandte sich von dort aus nach Südosten und traf in Westerheide auf die ersten Häuser des nördlichen Tanenwai. Hier, wie schon an anderen Stellen auf seinem Weg, kamen die Erinnerungen an frühere Mordermittlungen auf Amrum in ihm hoch. In dem Haus, das er gerade passierte, war der Fahrradverleiher Peer Olufsen erschlagen worden. Einer der Brüder von Christine. Ein tragischer, völlig sinnloser Tod, der Hark jetzt, wo er an ihn zurückdachte, für einen Moment wieder die ganze schreckliche Geschichte der Familie Olufsen ins Gedächtnis rief. Er wünschte inniglich, dass die Unglückssträhne, die so viele aus der Familie dahingerafft hatte, nun endlich vorbei sein möge. Christine Olufsen sollte mit Leif ein von solchen Ereignissen verschontes, glückliches Leben führen dürfen, wünschte er ihr.

Über den Noorderstrunwai kam Hark nach Nebel zurück. Er folgte ihm bis zum Ende, bog nach links in den Waasterstigh ab und war zweihundert Meter weiter wieder beim Haus von Tante Lizzy angekommen. Die Kirchturmuhr schlug sieben. Kaum mehr als eine Stunde hatte er für die etwa zwölf

Kilometer gebraucht, stellte er mit einem befriedigten Blick auf seinen Schrittzähler fest. Das war fast seine Spitzenzeit! Und das, obwohl die von gestern noch böse schmerzenden Rippen ihm das Atmen deutlich erschwert hatten.

„Guten Morgen, mein Junge! Wollt ihr in zwanzig Minuten zum Frühstück runterkommen?", strahlte seine Tante, als er im Garten hinter dem Haus schnaufend auf die Tür zu seiner Wohnung zusteuerte. Lizzy stand, wie so oft, bei offener Terrassentür in ihrer Küche.

„Liebend gerne, aber ich weiß nicht, ob Freddy schon wach ist", antwortete er.

„Ist sie! Und wenn meine Ohren mich nicht getäuscht haben, müsste sie auch schon aus der Dusche raus sein", lachte die Tante. Sie schien den gestrigen Schock inzwischen vollständig überwunden zu haben, stellte Hark erfreut fest.

Frederike war tatsächlich schon wach und angezogen, als er nach oben in die Wohnung kam. Sie stand im Bad und zog sich gerade die Augenbrauen nach.

„Guten Morgen, mein Schatz! Gut geschlafen? Gleich zum Frühstück zu Lizzy?"

„Ja und ja ", lachte sie. „Aber erst solltest du duschen!"

An diesem Morgen fanden sie es trotz des strahlenden Sonnenscheins noch zu kühl, um auf der Terrasse zu frühstücken. Tante Lizzy hatte im Esszimmer gedeckt und wie immer riesige Mengen zubereitet.

„Uff, ich kann noch gar nicht wieder", stöhnte Freddy und beschränkte sich auf den Milchkaffee.

„Ich schon", freute sich Hark und löffelte eine große Portion Rührei und Speck neben sein Brötchen.

„Ich auch", stimmte Lizzy ein und tat es ihm gleich.

Zwischen den einzelnen Bissen berichtete Hark vom Stand der Ermittlungen. Sie hatten zwar schon am Abend ein wenig darüber gesprochen, da aber hatte der nochmalige Zufall im Mittelpunkt gestanden, dass Hark und Freddy gestern in gerade mal einer Stunde Abstand ihren alten Freund Tommy wiedergetroffen hatten. Bis gestern hatten sie noch nicht einmal gewusst, dass sie ihn beide von früher kannten.

Frederike wollte Thomas Matsen am Vormittag treffen, wenn er denn Zeit und Lust hätte. Ein spontaner Entschluss, nachdem Hark ihr eröffnet hatte, dass er gleich nach dem Frühstück nach Hamburg müsste. Gespräch mit der Agentur, für die das Mordopfer in seinen letzten Wochen recherchiert hatte.

Hark runzelte die Stirn: „Das gefällt mir nicht."

„Eifersüchtig?", lachte sie.

„Das natürlich auch, vor allem aber, weil er eines der Ziele unserer Ermittlungen ist. Dir könnte etwas dazu rausrutschen oder man könnte mir Fraternisierung mit dem Feind vorwerfen. Außerdem hat er dich in dem Traum, mit dem ich aufgewacht bin, als Geisel genommen."

„Keine Sorge, mir rutscht ganz gewiss nichts raus und ihm auch nicht, wenn ich ihm gleich eröffne, dass du und ich ein Paar sind. Und fraternisieren werde ich ganz bestimmt nicht mit ihm."

„Könnte aber so aussehen", schmollte Hark. Doch er kannte Freddy. Sie hatte sich längst entschieden, und es wäre daher müßig, noch weiter darüber zu reden oder gar zu streiten.

„Ist vielleicht sogar ganz gut, wenn Frederike dir eine persönliche Einschätzung zu seinem Charakter geben kann", mischte Lizzy sich ein. „Dein Fall ist ja eher verworrener als klarer geworden, und die Motivlage liegt noch völlig im Dunkel. Die Indizien werden so stümperhaft gestreut, dass man den Bluff sofort bemerkt. Der Beutel im Schrank *ent*-lastet Matsen daher eher als dass er ihn *be*-lastet, was ja wiederum auch Absicht sein könnte und ihn somit dann umso mehr *be*-lastet, was Absicht sein könnte... und so weiter. Ein Gordischer Knoten. Den löst du nicht mit Aufdröseln, den musst du mit dem Schwert zerschlagen."

37

Der Hubschrauber war pünktlich und der Flug nach Hamburg genauso herrlich wie am Vortag. „Hier kann es einem nie langweilig werden", stimmte er mit dem Piloten überein. Die Uhrzeit war fast identisch, aber die Tide schon wieder anders und damit auch der gesamte Ausdruck der Meereslandschaft.

Sie landeten diesmal auf einer Grünfläche mitten in der City Nord, nur ein paar hundert Meter vom Büro der PBI entfernt. Ella hatte seinen Besuch dort per Mail angekündigt und ihm eine Kurzfassung von dem geschickt, was sie über dieses Recherchebüro herausgefunden hatte.

In Deutschland arbeiteten sie mit gerade mal einer Handvoll fest Angestellter, und auch in London waren es kaum mehr. Die Zentrale auf den Cayman Islands war vermutlich sogar nur ein Briefkasten. Auf die knapp 62.000 Einwohner dieses Steuerparadieses kamen über 200.000 Firmen, die dort registriert waren, hatte Ella geschrieben. Da konnte beim besten Willen nicht jede dieser Firmen einen eigenen Mitarbeiter abbekommen.

Wer tatsächlich hinter PBI, der Profound Background Investigations, stand, hatte Ella nicht ergründen können. Da gab es eine Kette von Beteiligungsgesellschaften, die ihrerseits nur Briefkastenfirmen zu sein schienen. Tarnfirmen, die letztlich nur der Verschleierung der Eigentumsverhältnisse dienten.

„Die wollen nicht, dass ihre Hintermänner bekannt sind. Sehr ungewöhnlich für ein einfaches Recherchebüro", folgerte sie, und er konnte dem nur zustimmen.

Am Landeplatz nahmen ihn dieselben uniformierten Kollegen in Empfang, die auch gestern schon auf dem Heiligengeistfeld dabei gewesen waren. Sofie Gessler und Emre Kiliç. Sie hatten das Rasenstück für die Hubschrauberlandung abgesperrt. Kröger war diesmal nicht dabei, freute sich Petersen. Auf diesen übel gelaunten Kollegen konnte er gern verzichten.

Das Büro von PBI hatte sein Domizil in einem riesigen neuen Gebäudekomplex mit gebogenen Glasfassaden und weitläufigen, nach außen offenen Höfen, die tief in das fünf- bis siebenstöckige Gebäude hineinreichten und so allen Mietern Licht spendeten.

„Glasfassaden können Fluch und Segen gleichermaßen sein", dachte sich der Kommissar, als sie aus südlicher Richtung auf das Gebäude zufuhren. Trotz des noch jungen Tages war das Sonnenlicht bereits bei mehr als der Hälfte der Fenster durch Jalousien, Markisen, Vorhänge und Rollos gedämpft oder sogar vollkommen ausgesperrt worden. In den nicht abgeschirmten Treppenhäusern der Südfassade dürfte die Luft heute am Nachmittag Saunatemperaturen erreichen, schätzte er.

Amüsiert registrierte Petersen, dass der junge Kollege sich mit dem Polizeiwagen direkt vor die Drehtür des Haupteingangs stellte. Acht Meter entfernt wäre eine Parklücke frei gewesen. Leif hätte es genauso gemacht. Das verlieh dem Auftritt eine gewisse Dramatik.

Solch eine Dramatik hatte es auch, mit zwei uniformierten Kollegen zu diesem Treffen zu erscheinen. Die Dame am Schreibtisch gleich hinter dem Eingang war sichtlich beeindruckt und reichte sie unverzüglich an den Geschäftsführer weiter.

Er stellte sich als Maximilian Matfeld vor und war einer dieser smarten, dynamischen Jungmanager, die Petersen schon tausendmal erlebt hatte. Der drahtige, im Fitnessstudio und durch Joggen gestylte Körper steckte in einer Designerjeans, modischen Schuhen und einem Designer-T-Shirt, über dem ihnen ein kunstgebräuntes Gesicht gewinnend entgegenstrahlte.

„Was kann ich für Sie tun, meine Dame und meine Herren?", grüßte er freundlich, während er mit einer Geste Sitzplätze und mit einer Frage Getränke anbot. Über die Gegensprechanlage orderte er den gewünschten Cappuccino und für sich selber einen Tee. Darjeeling First Flush.

„Sie kennen Peter Kurtz?", eröffnete der Kommissar die Befragung.

Matfelds Gesicht legte den strahlenden Ausdruck ab und wechselte in einen traurigen.

„Ja, der arme Peter! Schrecklich, diese Sache. Ich hätte nie gedacht, dass er so am Ende ist, dass er sich umbringen würde. Niemand hier hätte das gedacht."

„Wie kommen Sie darauf, dass er sich selber getötet hätte?", fragte Petersen sanft.

Matfeld stutzte. „So stand es doch in der Zeitung, nicht wahr?"

„Nun, mag sein. Wir gehen aber von Mord aus. Deshalb sind wir hier. Woran hat er für Sie gearbeitet?"

„Ach, nichts Konkretes", antwortete der Manager ausweichend. „Mal an diesem, mal an jenem. Er war ja nicht fest angestellt und arbeitete auch bei weitem nicht nur für uns."

„Aber er war doch gerade an einem konkreten Auftrag für Sie dran, oder etwa nicht?"

„Wie kommen Sie darauf?"

„Lassen Sie uns nicht um den heißen Brei herum reden! Sie wissen es, wir wissen es. Jetzt möchte ich erfahren, woran Kurtz konkret gearbeitet hatte und welche Ergebnisse er Ihnen mitgeteilt hatte."

„Wir machen hier Background-Recherchen", konstatierte Matfeld, dessen Gesicht sich versteinert hatte. „Enthüllungsjournalismus! Sie verstehen? Das lebt von Diskretion bis zum Zeitpunkt der Veröffentlichung."

„Und ich mache hier eine Vordergrund-Recherche. Polizeiarbeit! Sie verstehen? Mord sollte Ihr Diskretionsbedürfnis doch wohl aufheben. Ich gebe Ihnen mal ein Stichwort: Ecofare!" Auch in Petersens Gesicht war jetzt keine Freundlichkeit mehr zu erkennen.

Der Manager überlegte kurz, dann glättete ein nachgiebiges Lächeln seine Gesichtszüge. Er breitete die Arme aus wie ein segnender Pfarrer, rang sich ein „Na gut" ab und berichtete.

„Wir haben Peter damit beauftragt, bei Ecofare nach dem Schmutz unter dem Saubermannkittel zu suchen. Er ist einfach einer der Besten. *War* einer der Besten, pardon! Schon nach kurzer Zeit hatte er eine ganze Menge zusammen, was das Weitermachen rechtfertigte: Kinderarbeit, Bestechung... Danach muss er dann auf richtig harte Dinger gestoßen sein. Eine hochgradig kriminelle Vereinigung sei das, sagte er, mit dem Vorstandsvorsitzenden als eine Art Wirtschaftsmafia-Boss. Er wollte dazu nur noch zwei oder drei Sachen überprüfen und mir dann in der Woche, in der er gestorben ist, den vollständigen Bericht samt allen Beweisen liefern. Dazu ist es leider nicht mehr gekommen."

„Worum ging es da konkret?"

„Ich habe leider nicht die geringste Ahnung. Das war so Peters Art. Bevor er nicht alle Beweise beisammen und die Story hieb- und stichfest hatte, hielt er sich bedeckt. Auch das mit der Kinderarbeit und Bestechung hatte er mir nur zur Rechtfertigung gezeigt, weil er die Spesen noch mal verdoppelt haben wollte."

„Wann haben Sie ihn das letzte Mal gesehen?"

„Moment, ich schaue nach", sagte Matfeld und tippte auf seinem Smartphone herum. „Ah, hier haben wir es. Ostermontag! Da war er gegen Abend hier bei mir im Büro und hat mir das mit den ganz dicken Dingern erzählt."

„Von wann bis wann war er hier?"

„Er ist gegen 18 Uhr gekommen. Um 19:30 Uhr bin ich los. Zu einem Essen mit Geschäftspartnern. Er ist vielleicht eine Viertelstunde vor mir aufgebrochen."

„Wo wollte er da hin?"

„Hat er nicht gesagt."

„Kurtz hatte an einige Redaktionen einen Abschiedsbrief gemailt. Hatten Sie auch einen bekommen?"

Matfeld sah konsterniert aus. „Nein, habe ich nicht."

„Haben Sie für Ihre, ähm... wie nennen Sie es... Background-Recherchen konkrete Auftraggeber oder starten Sie das alles von sich aus?", wechselte der Kommissar das Thema.

„Mal so, mal so. Ecofare war so eine Bauchentscheidung von mir selbst. Da fing es unter der glatten Fassade irgendwie zu brodeln an. Die waren einfach zu sauber, zu modisch, zu transparent, zu beliebt, zu trendy. Das konnte überhaupt nicht echt sein. Deshalb habe ich Peter darauf angesetzt."

„Und wenn Sie dann über so ein sauberes Unternehmen eine Menge Dreck zusammengesammelt haben, was machen Sie dann damit?"

„Oh, das kommt sehr darauf an. Wenn sie richtig heiß ist, verkaufen wir die Story direkt an einen der großen Zeitungs- oder Zeitschriftenverlage. Manchmal warten wir auch erst noch den günstigsten Zeitpunkt ab. Gerade bei den weniger heißen Dingern."

„Bei kriminellen Handlungen müssten Sie auch die Behörden informieren."

„Machen wir natürlich auch, Herr Kommissar! Aber erst, wenn die Story in Druck ist. Irgendwie muss das Geld ja wieder reinkommen."

„Allein für Ecofare hatte Kurtz über 20.000 Euro in Reisespesen investiert und schon fast einen Monat Arbeitszeit", rechnete Petersen vor. „Werden Enthüllungsstorys derart gut bezahlt?"

„Muss ja wohl", lächelte der Manager. „Wir sind schließlich ein Profitcenter und nicht die Polizei. Wir müssen unseren Lebensunterhalt selbst verdienen."

„Verkaufen Sie Ihre Enthüllungen immer an die Presse oder auch mal an die zu Enthüllenden selbst, damit sie nicht öffentlich werden?"

„Herr Kommissar, ich bitte Sie! Das wäre dann ja sowas wie Erpressung. Nein, das ist nicht unser Metier. Unser Job ist es, die Öffentlichkeit über Missstände zu informieren."

„Wer sind Sie denn überhaupt?", fragte Petersen mit erneutem Themenwechsel.

„Wie meinen Sie das, wer ich bin?"

„Ich meine nicht Sie persönlich, sondern PBI. In Deutschland ist PBI eine GmbH. Wer steht dahinter? Wer sind die wahren Gesellschafter, die eigentlichen Eigentümer?"

„Die wahren Eigentümer? Ich weiß immer noch nicht so recht, was Sie meinen. Ich berichte an unsere Europazentrale in London. London berichtet genau wie New York, Rio, Hongkong, Dubai oder Johannesburg an Cayman. Cayman ist letztlich die zentrale PBI, der Boss."

„Wie ich gehört habe, gibt es auf den Kaiman-Inseln aber nur einen Briefkasten. Der wird ja nicht viel entscheiden können."

„Da wissen Sie mehr als ich, Herr Kommissar. So hoch in die Hierarchie hinauf habe ich als einfacher Deutschland-Manager noch nicht schauen können. Meine Anweisungen und mein Gehalt bekomme ich aus London. Aber ich bin mir sicher, dass wir echte Bosse aus Fleisch und Blut und nicht nur Briefschlitze in der Unternehmensspitze haben."

„Woher nehmen Sie diese Überzeugung? Unsere Recherchen haben das Geflecht aus Investment- und Beteiligungsgesellschaften bei PBI noch nicht durchdringen können."

Maximilian Matfeld breitete die Arme in einer Geste aus, die deutlich machte, dass er sich dazu nicht äußern wollte und es vermutlich auch gar nicht konnte. Das Gespräch war beendet. Mehr gab es hier im Moment nicht zu tun.

Unten, vor dem Eingang, fiel Petersens Blick auf die Firmennamen an der Fassade. Ein namhafter Windanlagenhersteller hatte hier seinen Sitz. Schräg gegenüber saß ein auf Sonnenkollektoren spezialisierter Konzern und eine Straße weiter waren Größen aus der Mineralölindustrie nicht zu übersehen. Alte und neue Technologien lagen in Hamburgs City Nord extrem nah beieinander.

Petersen schaute auf sein Smartphone. Max hatte versucht, ihn anzurufen, und dann eine SMS geschickt: „Singer ist ausgebrochen. Bundesweite Fahndung läuft!"

„Verdammt", fluchte Petersen und hoffte, dass keine Kollegen bei dem Ausbruch zu Schaden gekommen waren. Er hatte etwas in der Art befürchtet. Einmal von den Handschellen befreit, war dieser Kampfprofi nur schwer unter Kontrolle zu halten.

„Jemand verletzt?", simste er an Max.

„Zwei Beamte, aber nur leicht", kam Sekunden später die Antwort. „Er hat ihre Waffen!"

Ein weiterer entgangener Anruf kam von einer Nummer, die er nicht kannte. Aber der Anrufer hatte eine Nachricht hinterlassen. Es war Harald Ruhlander, der Kollege des Mordopfers, der „noch was gefunden hatte" und ihn dringend sprechen wollte. Er rief den Journalisten unverzüglich zurück.

„Können wir uns treffen?", fragte dieser nach kurzer Begrüßung.

„Gerne, ich bin eh gerade in Hamburg. Worum geht es?"

„Ich habe Informationen im Bankfach gefunden. Danach sieht es so aus, als ob es Peter bei diesem Fall gar nicht mehr um Ecofare ging. Da scheinen ganz andere Mächte verstrickt zu sein. Ich zeige es Ihnen, wenn wir uns sehen."

„Okay", sagte Petersen und schaute auf die Uhr. Es war zwanzig vor zehn. „Zehn Uhr in Ihrem Büro?"

„Passt", antwortete Ruhlander knapp und legte auf.

38

Frederike hatte gleich nach Harks Aufbruch eine SMS an Thomas Matsen geschickt: „Hätte heute Vormittag Zeit. Wie schaut 's bei dir aus?"

„Um neun zum Frühstück bei uns?", kam es unverzüglich zurück.

„Werde pünktlich, aber satt sein!", lautete ihre Antwort.

Jetzt saß sie mit dem Ehepaar Matsen zusammen am Frühstückstisch in der Sonne und hatte sich doch zu einem dick gebutterten und üppig mit Krabben belegten Brötchen überreden lassen. Zum Glück! Es schmeckte köstlich!

„Zufälle gibts", hatte Tommy gestaunt, als sie ihm gleich bei der Begrüßung eröffnet hatte, dass er gestern beruflichen

Besuch von ihrem Ehemann hatte. Aber es schien ihn nicht zu irritieren. Ganz im Gegenteil: „Ich finde es toll, dass zwei alte Freunde von mir so zueinander gefunden haben", erklärte er. Natürlich finde er es völlig verständlich, das Thema Peter Kurtz auszuklammern.

So vertieften sie erst einmal die gestern begonnene Unterhaltung über ihr Leben in den mehr als zwanzig Jahren, die sie einander nicht gesehen hatten.

„Nein, nein, stört mich überhaupt nicht", hatte Mary Matsen versichert. „Ganz im Gegenteil! Es interessiert mich brennend!"

Mary, die eigentlich Marybelle hieß, war die zweite Ehefrau von Matsen, erfuhr Frederike, nachdem sie über ihren Mann, ihre Kinder und ihr Leben als Ärztin in Kiel erzählt hatte. Seine erste Frau hatte Tommy gleich nach der Ankunft in New York kennengelernt und einen mittlerweile achtzehnjährigen Sohn mit ihr. Er sehe beide regelmäßig und habe auch heute noch eine freundschaftliche Beziehung zu seiner Ex-Frau.

„Aber ich war beruflich unglaublich eingespannt, und so haben wir uns irgendwann auseinandergelebt", bedauerte der Manager. „Seit fünf Jahren ist Mary meine Pressesprecherin, seit vier Jahren sind wir ein Paar. Und weil wir allein schon wegen der Arbeit häufiger beisammen sein können, wird es diesmal ganz gewiss gutgehen."

„Sind Sie Deutsche?", wollte Frederike von Mary wissen. „Sie haben so gut wie gar keinen Akzent."

„Vielen Dank! Nein, ich bin US-Bürgerin. Aber meine Mutter war Deutsche und ich habe in meiner Jugend immer wieder viel Zeit bei Verwandten in Deutschland verbracht. Daher klappt das sprachlich ziemlich gut."

Dann bekam Mary einen Anruf und verschwand mit einem „Sorry, muss arbeiten" im Haus.

„Du findest sie zu jung für mich!", sagte Matsen, sobald sie außer Sichtweite war.

„Quatsch, Tommy! Sie ist reizend! Ehrlich! Umwerfend schön obendrein! Und sicherlich alt genug, um zu wissen, was sie tut."

„Also doch!", schmollte er. „Zu wissen, was sie tut... Die Schöne und der Lustgreis? Nee, Freddchen, so ist das bei uns nicht. Die siebzehn Jahre Unterschied kommen gar nicht zum Tragen. Es ist eine tiefe, innige Beziehung und hat überhaupt nichts mit Geld und Macht zu tun."

„Hey, komm runter, ich habe überhaupt nichts gesagt und auch nichts gemeint, außer, dass alles gut und okay ist und niemandes Sache außer die von euch beiden. Davon musst du mich wirklich nicht überzeugen. Aber mit deinem Konzern, da gebe ich dir sicherlich keine Absolution. Findest du das wirklich gut, was du da tust? In Afrika, zum Beispiel! Auf Fotos, die ich vom Coltan- und Kobalt-Abbau gesehen habe, sah es verdammt nochmal aus wie eine Mondlandschaft. Außerdem schuften sich die Menschen dort für einen Hungerlohn krumm. Warum lässt du die Minen nicht einfach mit Maschinen betreiben?"

„Und tausenden Menschen die Arbeit wegnehmen? Das wäre kein guter Weg! Die Arbeit ist schrecklich, keine Frage. Aber ohne sie gäbe es gar kein Einkommen für die Leute. Wir sorgen für passable Unterkünfte, zahlen unseren Arbeitern mehr als andere, haben eine Krankenstation, eine Schule, einen Kindergarten. Wir schützen sie außerdem davor, ihr Geld durch überhöhte Preise, Wegezölle oder Straßenraub gleich wieder loszuwerden. Dieser Schutz ist allerdings wieder ein Problem für sich, weil wir ihn nur durch eigene Bewaffnete und durch Zahlungen an die jeweils Mächtigen aufrecht erhalten können. Das kann man durchaus als Förderung von Korruption und streng genommen auch als Finanzierung des Bürgerkriegs sehen. Die Dinge sind kompliziert da unten, oft kann man nur zwischen großem und nicht ganz so großem Übel wählen, selten zwischen richtig und falsch."

„Und Kinderarbeit? Ist sie das größere oder das kleinere Übel für dich?"

„Sicherlich ein großes, aber auch da kommen wir mit Schwarz-weiß-Malerei nicht weit. Wir haben uns klar gegen jegliche Kinderarbeit entschieden, als wir die Minen übernommen haben. Damals waren dort hunderte von Acht- bis Vierzehnjährigen beschäftigt. Aber weißt du was passiert, wenn man sie einfach nur entlässt? Sie suchen sich anderswo Arbeit, und wenn sie keine finden, dann verkaufen sie etwas anderes, was noch schlimmer ist, oder verhungern. Schließlich war keines der Kinder in den Minen, weil es ihm dort so gut gefiel. Also haben wir für die, die niemanden hatten, Hütten und eine Schule aufgebaut, Verpflegung und eine Betreuung organisiert. Bei denen, die Eltern haben, reicht deren Lohn jetzt dafür, dass die Kinder nicht mehr mitarbeiten müssen, sondern zur Schule gehen können. Es ist trotzdem schwierig, weil es in dem Gebiet ja viel mehr Kinder gibt als bei uns unterkommen können. Erwachsene natürlich auch. Wir können leider nicht allen helfen."

„Hmh, so hatte ich das mit der Kinderarbeit bisher nicht gesehen."

„Das tun viele nicht. Dabei ist nur zu klar: Wenn du Kinderarbeit abschaffen willst, was ohne jeden Zweifel unbedingt notwendig ist, musst du gleichzeitig etwas Neues, eine Alternative für die Kleinen schaffen. Sonst sind die meisten noch schlechter dran als vorher."

„Aber ihre Abschaffung zu fordern ist doch trotzdem richtig!"

„Natürlich! Sonst passiert ja überhaupt nichts. Aber wie überall im Leben sollte man sich die Zeit nehmen, ein Problem zu durchdenken und den einzelnen Fall anzuschauen, bevor man Forderungen dazu aufstellt."

„Ach, und du hast das alles schon durchdacht?", maulte Freddy, die sich und ihre Einstellungen irgendwie in Frage gestellt fühlte.

„Für mich und die Umstände, die ich schaffe, ja. Ob ich das alles immer richtig sehe, weiß ich natürlich nicht. Aber ich versuche, das aus meiner Sicht Beste zu tun. Wir können das übrigens eher leisten als andere, weil wir uns mit unseren Rohstoffen weder dem direkten Wettbewerb stellen müssen noch wollen wir uns eine goldene Nase daran verdienen. Unser vorrangiges Ziel in Afrika ist die möglichst saubere Gewinnung der von uns benötigten Rohstoffe."

„Und die Umweltzerstörungen, die ihr da unten betreibt? Das ist wohl nicht wirklich sauber zu nennen!", hakte Frederike nach.

„Da gibt es leider wenig, was ich zu meiner Verteidigung sagen könnte. Wir brauchen die Rohstoffe und nehmen für den Abbau Umweltschäden in Kauf, die teils irreversibel sind. Und das auch noch in einem Land, das nicht das unsere ist. Im Gegensatz zu den meisten anderen werden wir hinterher aber wieder aufforsten. Ohne das Kobalt könnten wir die Umstellung auf emissionsfreien Verkehr nicht realisieren, denn dafür brauchen wir Batterien mit Kobalt."

„Naja, ihr könntet doch auch auf andere erneuerbare Energien setzen. Nachwachsende Rohstoffe, beispielsweise. Muss ja nicht unbedingt Wasserstoff und Elektromotor sein."

„Schön wärs, ist es aber nicht. Die Welt verbraucht heute ein Vielfaches mehr an Energie, als sich über nachwachsende Rohstoffe überhaupt erzeugen ließe. Außerdem bedeuten nachwachsende Rohstoffe, dass Äcker für die Energiegewinnung genutzt werden anstatt für die Nahrungsmittelerzeugung. Ist das angemessen in einer Welt, in der Menschen hungern? Darüber hinaus werden Wälder für zusätzlich benötigte Flächen gerodet und Moore trockengelegt, was auch nur wieder die Erderwärmung beschleunigt und Natur vernichtet. Und am Ende reichen die Mengen dann, wie gesagt, doch nicht mal annähernd, um Kohle, Öl und Gas zu ersetzen. Wir haben uns das durchgerechnet und uns letztlich gegen diesen Weg entschieden. Saubere Energie in ausreichender Menge ist nur über Sonne, Wind, Gezeiten und Geothermie zu gewinnen. Die Wasserstofferzeugung ist dabei ein guter Weg, Überschüsse zwischenzuspeichern und je nach Bedarf nutzen zu können."

„Dann bist du ja vielleicht immer noch einer von den Guten", lachte Freddy und hoffte, dass es nicht allzu ironisch klang.

„Zumindest hoffe ich, dass meine Arbeit die Welt ein wenig besser machen wird", antwortete Matsen ernst. „Aber ganz offen: Es ist ein Spiel nach den Regeln der Wirtschaft. Ich bin in erster Linie Manager und sehe zu, dass der Laden läuft. Auch finanziell. Das wird für manch einen negative Folgen haben. Wenn wir Verbrennungsmotoren überflüssig machen, machen wir Arbeitsplätze von Menschen überflüssig, die solche Motoren und den Treibstoff für sie herstellen und verkaufen. Gerade in Deutschland werden uns daher nicht *alle* lieben. Und kannst du dir vorstellen, wie viele Fans wir in der Ölindustrie haben?"

39

Die Eingangstür zum Haus hatte offen gestanden. So konnten Petersen und seine Kollegen gleich ins Treppenhaus und hoch zum Redaktionsbüro gehen. Er schaute auf die Uhr. Fünf vor zehn. Hamburgs Straßen waren an diesem Vormittag außergewöhnlich leer. Die Fahrt vom Kapstadtring in die Feldstraße war daher locker in fünfzehn Minuten zu schaffen gewesen. Vermutlich hatten viele Hamburger den Feiertag am Mittwoch zum Anlass genommen, den Rest der Woche frei zu nehmen.

Vielleicht war ihre deswegen sehr frühe Ankunft der Grund dafür, warum jetzt oben niemand auf ihr Klingeln reagierte, überlegte Petersen. Er versuchte es noch einmal. Diesmal glaubte er, drinnen ein leises Geräusch zu hören, war sich aber nicht ganz sicher. Die Tür jedenfalls wurde nicht geöffnet. Er zog sein Telefon aus der Jacketttasche und wählte Harald Ruhlander an. In der Wohnung klingelte ein Handy, aber nur wenige Rufzeichen lang. In Petersens Hörer wechselte das Freizeichen auf „besetzt".

Er legte sein Ohr an die Tür. Diesmal war er sich sicher, drinnen Geräusche zu vernehmen. Ein leichtes Schaben, ein leises Stöhnen, ein dumpfer Schlag, ein verhaltenes Poltern, dann nichts mehr. Er versuchte es erneut übers Handy. Jetzt kam die Durchsage „Der Teilnehmer kann zurzeit nicht erreicht werden".

„Herr Ruhlander! Petersen hier", rief er und klopfte laut an die Tür. „Herr Ruhlander, bitte machen Sie auf!"

Nichts! Er versuchte es erneut mit Klopfen, mit Klingeln, mit „Hier ist die Polizei, bitte öffnen Sie die Tür". Immer noch nichts. Dafür öffnete sich gegenüber die Nachbarstür. Eine rundliche alte Dame mit dicker Hornbrille und schneeweißen Locken streckte den Kopf heraus.

„Was soll denn der Lärm?", beschwerte sie sich. „Ach, die Herren sind von der Polizei. Macht er nicht auf? *Da* ist er jedenfalls. Hab ich gesehen. Hat aber Herrenbesuch. Da wollen sie vielleicht gerade nicht gestört werden."

Mit diesen Worten zog die Nachbarin sich wieder in ihre Wohnung zurück und schloss die Tür. Hark war sich aber sicher, dass sie weiterhin aufmerksam blieb. Das Blitzen im Türspion sprach für sich.

„Aufmachen! Polizei!", versuchte er es erneut und bekam ein zunehmend mulmiges Gefühl. Irgendetwas war hier faul! Er dachte an den aus dem Flensburger Justizvollzug ausgebrochenen Singer. Sein Verstand fand es zwar gänzlich unwahrscheinlich, dass der hier gerade direkt vor seiner Nase den Journalisten überfallen hatte, sein Bauch aber kam genau zu diesem Schluss.

„Wir gehen rein", sagte er zu den Kollegen und zog seine Waffe. „Höchste Vorsicht! Wenn ein hagerer Dunkelblonder mit tiefen Augenhöhlen drin ist: Er ist bewaffnet und extrem gefährlich!"

Hark musterte die Tür. Es waren drei Sicherheitsschlösser angebracht. Sollten die alle geschlossen sein, könnte es schwierig werden, die Tür aufzutreten. Aber eigentlich war es unwahrscheinlich, dass Ruhlander sich derart verrammelt hatte, wo er ihn doch erwartete. Und auch Singer hätte sicherlich nicht alle Riegel hinter sich zugeschoben, wenn er hier eingedrungen wäre.

Tatsächlich war die Tür nur zugedrückt worden. Beim ersten harten Tritt des Kommissars flog sie auf, schlug krachend gegen die Flurwand und katapultierte zurück zum Ausgangspunkt. Petersen schob sie vorsichtig wieder auf. Nichts zu sehen. Nach rechts und geradeaus führte der Wohnungsflur, wie er wusste, in die beiden Büroräume. Links lagen das Bad und ein Stückchen weiter die Küche. Alle Türen standen offen und füllten den Flur mit dämmerigem Tageslicht. Das Bad war leer. Die Pistole auf die erste Tür rechts gerichtet, die Wand im Rücken, schob sich Petersen auf der linken Flurseite voran. Sofie Kessler, die junge Kollegin, tat es ihm mit dem Rücken an der rechten Flurwand gleich. Sie sicherte die Küchentür. Emre Kiliç blieb am Eingang stehen und behielt von dort aus den gesamten Wohnungsflur im Visier.

„Ruhlander! Sind Sie da?"

Keine Antwort.

„Hier ist die Polizei! Singer, kommen Sie mit erhobenen Händen in den Flur!"

Ein leises Kichern aus Richtung der hinteren Bürotür.

Hark bedeutete den Kollegen, auf ihren Plätzen zu verharren. Er selbst glitt, die Waffe schussbereit in den nach vorne ausgestreckten Händen, geräuschlos und, wie er hoffte, auf alles gefasst, weiter in die Wohnung hinein. Zwei bellende Schüsse zerrissen die Luft. Die Projektile schlugen wenige Zentimeter vor Petersen in die Wand ein und ließen einen Hagelsturm aus Putz und Stein in sein Gesicht prasseln. Im selben Moment katapultierte ein dunkler Schatten durch die Tür. Petersen sah das Mündungsfeuer einer Pistole und drückte im gleichen Moment selber ab. Hinter sich hörte er einen Schrei und weitere Schüsse. Seine Ohren dröhnten. Einen Moment lang hörte er nur noch das penetrante Pfeifen seiner Trommelfelle.

Was gerade als dunkler Schatten in den Flur katapultiert war, lag jetzt als reglose Gestalt am Boden. In höchster Konzentration näherte Petersen sich ihr. Es war tatsächlich Singer. Die Waffe war ihm aus der Hand geflogen und fast bis zur Badezimmertür gerutscht. Singer hielt beide Hände auf den Bauch gedrückt. Ein schmaler Streifen Blut quoll zwischen seinen Fingern hervor und tropfte auf den Holzfußboden, wo sich bereits eine kleine rote Pfütze gebildet hatte.

Der Mann lag leicht zusammengerollt, halb auf der Seite und hatte die Augen geöffnet. Er lebte. Mit einem schnellen Blick nach hinten vergewisserte Petersen sich, dass das auch für die beiden Kollegen noch galt. Emre hatte ein schmerzverzerrtes Gesicht und hielt sich mit der linken Hand das Bein. Er schien verletzt zu sein, hatte seine Pistole aber nach wie vor auf Singer gerichtet. Sofie kümmerte sich um ihren Kollegen, auch sie behielt gleichzeitig den Angreifer im Auge und die Waffe im Anschlag. Die beiden hatten gute Nerven und auch sonst was drauf, dachte Hark anerkennend.

„Kommt ihr klar?", rief er nach hinten.

„Ja, kein Problem! Kannst dich um den schießwütigen Rambo kümmern", stöhnte Emre.

„Wo sind Sie verletzt?", fragte Petersen Singer.

„Tief in der Seele, Bulle", röchelte der und verzog das Gesicht trotz seiner offenkundigen Schmerzen zu einem höhnischen Grinsen. „Erst die Alte, jetzt das hier. Du fängst wirklich an, mir auf den Geist zu gehen!"

Petersen sah Singer in die Augen, hielt weiter die Waffe auf seine Brust gerichtet und wartete ab.

„Bauchschuss und Oberschenkel", ließ der sich nach einigen langen Sekunden, vermutlich von den Schmerzen dazu getrieben, dann doch herab zu antworten. Es kam als Stöhnen aus seinem Mund. Dann schien er das Bewusstsein zu verlieren.

„Ruf zwei Krankenwagen und die Kollegen, Sofie", rief Hark nach hinten. „Und bleibt wachsam. Kann sein, dass er blufft und fit genug für einen Angriff ist."

Petersen ging vorsichtig ganz an den Verletzten heran. Seinen Körper hatte er dabei auf Kampfbereitschaft geschaltet: völlige Entspannung bei gleichzeitig höchster Aufmerksamkeit. Lizzys Worte waren ihm im Kopf: „Halte dich mindestens zwei Meter von ihm entfernt." Das konnte er jetzt beim besten Willen nicht tun. Er musste sich um den Angeschossenen kümmern. Petersen setzte seine Pistole direkt auf dessen Rippen – nicht in der Herzgegend, sondern da, wo ein Schuss ihn bremsen, aber nicht töten würde. Gleichzeitig fühlte er den Puls am Hals des Mannes. Der flatterte unruhig und schnell. Das Gesicht war kreidebleich, der Atem ging stoßweise. Er zog Singers Augenbraue nach oben. Die Pupille war blicklos. Der Verletzte hatte wirklich das Bewusstsein verloren.

„Behalt ihn im Auge", wies er Sofie an, stieg über den Körper hinweg und ging in den Büroraum, um nach Ruhlander zu sehen. Der lag stöhnend auf dem Boden, fast in der gleichen Haltung wie Singer draußen. Aber er blutete nicht. Notizblätter lagen verstreut im Zimmer herum.

Als Petersen durch die Tür trat, versuchte der Journalist aufzustehen. Er kam langsam auf die Knie.

„Bleiben Sie liegen, Krankenwagen kommt gleich", sagte der Kommissar.

„Brauche ich nicht", winkte Ruhlander ab und kam beschwerlich auf die Füße. „Ein übler Zeitgenosse, da draußen. Gut, dass wir gerade verabredet waren."

„Was wollte er von Ihnen?"

„Peters Notizen, die ich im Banksafe gefunden habe. Er fing gerade an, aus mir rauszuprügeln, ob noch andere Bescheid wissen, als Sie gekommen sind."

„Sie hatten gesagt, es gebe keinen Banksafe und keine weiteren Verstecke."

„Das war gelogen", räumte Ruhlander ohne Zögern und ohne jegliche Reue ein. „Ich wollte selber nachschauen. Es liegen vertrauliche Unterlagen im Safe. Peters und meine. Kontaktdaten von Informanten. Die haben bei der Polizei nichts verloren."

„Und woher soll Singer davon gewusst haben, dass Sie sie geholt hatten?"

Ruhlander schaute ratlos drein. „Ich habe nicht die geringste Ahnung", erklärte er nach einigem Nachdenken.

„Wer hat denn noch davon gewusst? *Mir* hatten Sie bei unserem Telefonat nichts in *dem* Sinne Konkretes gesagt."

„Ich hatte auch sonst niemandem was gesagt. Naja, außer Max gestern Abend. Aber der erzählt sowas allein schon aus beruflicher Verschwiegenheit nicht weiter."

„Max?"

„Maximilian Matfeld. Chef von PBI. Der hatte Peter ja den Rechercheauftrag gegeben."

„Von dem komme ich gerade. Komisch: Er hat kein Wort darüber gesagt. Wie hatten Sie ihn informiert? Telefonisch? Von hier aus?"

„Ja, genau!"

Petersen würde den Raum nach Abhörwanzen durchsuchen lassen.

„Was für Informationen haben Sie denn nun gefunden?", fragte er.

„Vor allem hat Peter in den letzten Tagen vor seinem Tod das Recherchethema gewechselt. Bei den Nachforschungen zu Ecofare ist er auf massenhaft Sabotageanschläge vor zwei bis drei Jahren gestoßen und aktuell auf die Verbreitung von Negativmeldungen über Ecofare. Jede Menge gezielter Fake-News über die Gefährlichkeit von Wasserstoff, über marode Fähren, Kinderarbeit, Umweltzerstörung und so weiter. Lief vor allem über die sozialen Medien. Peter hatte einen Informanten aufgetan, der schon seit Jahren an dem Thema dran ist und war dadurch wohl schon ziemlich nah an die Hintermänner dieser Sachen rangekommen. Und an deren Finanzierung. Irgendwie haben die Öl- und Autoindustrie da die Finger drin, hat er hier notiert. Und es gibt da einen Ronald Sibender, ist wohl Leiter der Sicherheitsabteilung bei Ecofare. Der hat direkt davor für einen Ölkonzern gearbeitet. Peter hat notiert, dass der noch in engem Kontakt mit seinem früheren Arbeitgeber steht."

„Hatte er dafür Beweise?", fragte Petersen.

„Keine Ahnung. Das hier sind ja nur handschriftliche Arbeitsnotizen. Wenn es Beweise gibt oder er dazu schon was geschrieben hat, dann sind die auf dem USB-Stick hier, der im Bankfach lag. Aber ich kenne das Passwort nicht."

„Das könnte das gleiche sein wie für seine Cloud: Name und Geburtsdatum seiner Mutter", mutmaßte Petersen.

„Name und Geburtsdatum seiner Mutter?" Ruhlander lachte, verzog aber sofort schmerzverzerrt das Gesicht und hielt sich die Rippen. „Autsch! Machen Sie keine Witze! Wenn ich lache, tuts echt weh."

„Wieso Witze? Mein Kollege ist damit in die Cloud von Peter Kurtz reingekommen."

„Nie im Leben! Peter war Profi, der hat richtige Passwörter verwendet und, wie gestern schon gesagt, hätte er auch nichts Wesentliches in eine Cloud gestellt."

Sirenengeheul näherte sich und kam direkt vor dem Haus zum Verstummen. Im Abstand von wenigen Sekunden trafen zwei Rettungswagen und mehrere Polizeifahrzeuge ein. Die Einsatzkräfte polterten das Treppenhaus hoch.

„Entschuldigen Sie mich", sagte Petersen und ging in den Flur hinaus. Zwei Notärzte kümmerten sich um die Verletzten. Emre hatte nur einen Streifschuss am Oberschenkel abbekommen. Relativ harmlos, aber sie würden ihn mit ins Krankenhaus nehmen. Singer hatte es deutlich schwerer erwischt, aber nicht lebensbedrohlich, wie es aussah. Eine Kugel steckte im Bauchraum, eine im Bein. Er würde gleich nach der Operation ins Zentralkrankenhaus des Justizvollzugs überstellt werden können.

Petersen warnte die Ärzte und Kollegen eindringlich vor der Gefährlichkeit des Verletzten. Dann bat er einen der Notärzte, sich auch Ruhlander noch anzuschauen. Der hatte sich eine leichte Gehirnerschütterung und geprellte Rippen von Singer eingefangen. „Kenne ich irgendwie", dachte Hark. Ruhlander wollte auf keinen Fall ins Krankenhaus. Auch in diesem Punkt nahm der Kommissar mit einem Lächeln die Parallelen zu sich selber wahr.

Mit einem zweiten Schwung von Einsatzwagen war nun auch Hauptkommissar Henning Kröger in der Feldstraße eingetroffen. Für einen Moment sah es so aus, als wollte er wieder den Stinkstiefel herauskehren, doch dann schien er sich zu besinnen und fragte Petersen stattdessen sogar kollegial, ob alles okay sei und es ihm gut gehe. Petersen nickte und setzte den Kollegen ins Bild, was hier vorgefallen war.

„Können Sie dann die Sache hier übernehmen?", bat er. „Ich müsste so bald wie möglich wieder los. Mein Protokoll sende ich Ihnen morgen per Mail."

Kröger war das mehr als recht. Petersen steckte seine Waffe in einen Plastikbeutel, den der Kollege ihm wortlos auffordernd hinhielt. Sie würde, wie das nach Waffeneinsätzen durch Polizisten üblich war, untersucht werden müssen. Dann beorderte er den Hubschrauber zum Heiligengeistfeld, und sein Hamburger Kollege wies zwei Uniformierte an, die Landefläche abzusperren.

„Könnten Sie mir dann bitte alle Unterlagen geben, die Sie im Banksafe gefunden haben!", forderte Petersen Ruhlander auf.

Der zögerte. „Ich wäre schon gerne dabei, wenn Sie den Stick knacken", sagte er schließlich. „Ich kann sicherlich auch am besten dabei helfen, die schriftlichen Notizen auszuwerten und den Stick zu interpretieren, was immer da drauf sein mag."

„Wir machen das in Husum. Wenn Sie dahin mitkommen wollen, soll es mir recht sein."

Für den Journalisten war das vollkommen okay. So stiegen sie gemeinsam in den Hubschrauber und flogen nach Husum.

Max Weber erwartete sie dort zusammen mit einem Streifenbeamten bereits am Landeplatz und übernahm die Unterlagen.

Während Max sich mit Ruhlander zum Revier aufmachte, flog Hark im Hubschrauber über Nordstrand und Pellworm hinweg nach Amrum zurück. Er sah auf die Uhr. Es war gerade erst zwölf. Puh, was für ein Vormittag. Aber er würde rechtzeitig zur Hochzeitsfeier auf der Insel sein und vorher sogar noch etwas essen und sich umziehen können. Er schrieb das als Nachricht an Freddy. Als Antwort schickte sie einen Smiley, ein Herz und einen erhobenen Daumen.

40

„Ah, da kommt Hark. Ich sollte dann auch mal los", sagte Freddy und stand auf. Sie konnte den Hubschrauber nicht nur hören, sondern auch sehen, wie er aus südöstlicher Richtung auf Amrum zuflog. „Es war schön mit euch! Es würde mich freuen, wenn es bis zum nächsten Treffen nicht wieder 25 Jahre dauert."

„Unbedingt!", strahlte Matsen. „Wir sind noch bis Sonntag auf der Insel und auch sonst ziemlich oft. Das sollten wir doch sicherlich hinbekommen."

Nach dem von ihr eher bissig oder zumindest hinterfragend geführten Gespräch über Afrika, Kinderarbeit und Umweltschutz waren sie wieder zu privateren Themen übergegangen und hatten sich so gut verstanden wie damals in der Studentenzeit. Nach einer Weile war auch Mary wieder herausgekommen. Sie entschuldigte sich mit „ein paar dringenden Sachen im Büro", die sie hatte regeln müssen, und beteiligte sich interessiert an der Unterhaltung. Frederike fand sie wirklich sympathisch.

Hark hatte auf dem Nachhauseweg bei der Bäckerei Halt gemacht und gleich mehrere Stücke Kuchen gekauft. Nervennahrung! Je älter er wurde, desto weniger perlten die harten Seiten seines Jobs an ihm ab. Eine Schießerei mit Verletzten schon mal gar nicht. Die ordentliche Portion Zucker sollte ihm dabei helfen, in sein inneres Gleichgewicht zurückzufinden. Es war auch noch Zeit genug, um sich mit dem Kuchen auf die Terrasse zu setzen und ein bisschen Ruhe und Sonne zu tanken.

Lizzy war schwer beschäftigt. Zwei Freundinnen waren gekommen und halfen ihr bereits seit Stunden, die aufwändige Amrumer Festtracht anzulegen, die sie heute zur Feier des Brautpaares tragen wollte. Vor allem das Aufstecken der Haare und des Kopftuchs waren extrem zeitaufwändige Tätigkeiten und alleine nicht zu bewerkstelligen.

Dafür setzte sich Freddy zu Hark an den Tisch. „Nur für ein paar Minuten", wie sie sagte. Dann müsse auch sie langsam anfangen, sich zurechtzumachen. Vom Kuchen wollte sie lieber nichts abhaben: „Wenn ich jetzt noch was esse, passe ich bestimmt nicht mehr ins Kleid."

Hark erzählte seiner Frau, wie der Vormittag für ihn verlaufen war.

„Manchmal macht deine Arbeit mir furchtbare Angst", seufzte sie. „Gerade dieser Fall hier ist erschreckend. Sei um Himmels willen vorsichtig!"

„Bin ich. Keine Sorge! Zum Glück haben wir Singer ja schon wieder gefasst, und mit seinen Verwundungen wird er diesmal auch nicht gleich wieder entwischen können. Hoffe ich zumindest; die ärztliche Versorgung eröffnet so einem ja durchaus noch zusätzliche Fluchtwege."

„Wenn er entkommt, dann lasst ihr ihn am besten laufen. Ich möchte nicht, dass du dir noch mal eine Schießerei mit ihm lieferst."

„Ich natürlich auch nicht! Aber stell dir vor, wir wären da in dem Hamburger Treppenhaus einfach weggegangen. Dann wäre Ruhlander jetzt vielleicht genauso tot wie sein Journalistenkollege. Man kann es sich leider nicht immer aussuchen."

„Aber du könntest dich versetzen lassen. Einbruchsdezernat, Wirtschaftskriminalität... Es gibt ja durchaus Dienststellen, die weniger gefährlich sind als die Mordkommission."

„Ach komm, die Zahl der Schießereien, die ich bisher hatte, kannst du doch an einer Hand abzählen und brauchst nicht mal alle Finger dazu", beschwichtigte Hark. „Deswegen muss ich mir doch nun nicht gleich einen anderen Job suchen."

„Aber jede einzelne davon hätte böse ausgehen können." So schnell wollte Frederike nicht lockerlassen.

„Getroffen hat es aber vorhin den Kollegen von der Schutzpolizei. Unser Job ist halt irgendwie in jedem Einsatzbereich nicht ganz ohne. Aber ich habe das, glaube ich, ziemlich gut drauf und, ehrlich gesagt, nicht die geringste Lust, die Leitung der Mordkommission aufzugeben. Ich verspreche dir, dass ich so gut es geht aufpasse und keine unnötigen Risiken eingehe."

Freddy schien versucht, weiter zu argumentieren. Aber dann entschied sie sich anders, stand auf und gab ihm einen Kuss.

„Ich muss mich jetzt fertig machen", seufzte sie und ging zum Wohnungseingang. „Aber pass bitte wirklich gut auf. Ich will..., wir alle wollen dich nicht verlieren."

Die Gesellschaft, die sich nach und nach vor dem Standesamt am Strunwai in Nebel einfand, stach auf der modisch von Windjacken und Jeans geprägten Insel ziemlich heraus. Schon auf dem Fußmarsch hierher hatten sich alle Blicke auf Frederike, Hark und Lizzy gerichtet. Und das nicht nur, weil Freddy einfach blendend aussah. Sie hatte sich für ein eng tailliertes, knielanges, dunkelblaues Kleid entschieden, dessen breiter Ausschnitt die Schultern zur Hälfte freiließ. Saum und Dekolleté waren mit luftiger Spitze besetzt, die sich ebenfalls eng über die Arme bis hinunter zu den Handgelenken zog. Hark hatte es sich hingegen mal wieder einfach gemacht: Anthrazitfarbener Anzug und ein weißes Hemd ohne Krawatte, schon war er fertig gewesen. Zur Feier des Tages hatte er sich aber immerhin glatt rasiert.

Lizzy stach besonders heraus. Sie trug ihre Amrumer Festtagstracht mit einem Trägerrock aus dunkelblauem Tuch, mit Ärmeln aus Samt und einem Saum aus hellblauer Seide. In scharfem Kontrast zu diesen dunklen Tönen stach die mit

Lockstickereien verzierte Schürze aus Batist schneeweiß hervor. Das dunkelgrüne seidene Schultertuch mit geknoteten Fransen war sorgsam und unverrückbar am Mieder festgesteckt. Das bunt verzierte schwarze Kopftuch war kunstvoll zur Haube geschlungen worden; die zusätzliche Haube verheirateter Frauen trug Lizzy aber natürlich nicht. Da war sie ganz konservativ eingestellt. Ihr besonderer Stolz war der filigrane Brustschmuck aus Silber mit seinen acht großen Knöpfen und einer mehrreihigen Gliederkette, deren mittig gesetztes Amulett Kreuz, Herz und Anker zeigte. Das galt als Symbol für Glaube, Liebe und Hoffnung. Lizzy war es wichtig, die traditionelle Tracht der Insel am Leben zu erhalten. Sie selbst trug sie zwar eher selten, nur zu solchen ganz besonderen Anlässen. Aber im Trachtenverein half sie unermüdlich anderen Frauen beim Anfertigen und Anlegen dieser Kleidung.

Christine und Leif standen bereits im strahlenden Sonnenschein vor dem Standesamt, als die drei dort eintrafen. Sie lehnten lässig an einem mit Blumen geschmückten schwarzen Maserati, einem von mehreren Luxusautos, die Christine von ihren Brüdern geerbt hatte. Christine trug ein bodenlanges Brautkleid, das mit seinem eng taillierten Schnitt und Spitzenbesatz dem Kleid von Freddy nicht unähnlich war, dabei aber schneeweiß leuchtete und hinten tief ausgeschnitten war. Leif trug einen maßgeschneiderten dunkelgrauen Smoking, der ihn sagenhaft elegant und gleichzeitig sportlich ausschauen ließ. Zusammen mit der wunderschönen, strahlenden Braut und dem protzigen Auto hatte diese Szene fast schon etwas Unwirkliches, fand Hark. Und dann auch noch die hochgewachsene, strahlend schöne Mara daneben, die die beiden offenbar chauffierte und sich dafür mit einem dunkelblauen Anzug, weißem Hemd, Krawatte und Chauffeur-Mütze stilsicher gekleidet hatte.

Stilsicherheit zeigten natürlich auch Beatrice und Redlef, die gerade mit dem Taxi vorfuhren. Redlef, gekleidet in einen maßgeschneiderten anthrazitfarbenen Zweireiher mit eleganter

Weste und großer, dunkelvioletter Fliege, sprang aus dem Fond des Wagens und half Beatrice beim Aussteigen. Sofort wurde deutlich: Er hatte die Farbe seiner Fliege auf das Kleid der Partnerin abgestimmt: Dunkelviolett schimmerte der Seidenstoff ihrer bis zum Hals geschlossenen Abendrobe in der Sonne. Ein bis weit über das Knie reichender Schlitz im engen, sich erst auf Kniehöhe glockenartig erweiternden, bodenlangen Kleid verhalf ihr zu ausreichender Beweglichkeit.

Wenige Minuten später waren auch die letzten Hochzeitsgäste eingetroffen und hatten sich um das Brautpaar geschart.

„Wie werdet ihr es mit den Namen halten?", fragte Freddy die beiden neugierig, nachdem sich alle gegenseitig für ihre Kleidung und ihr Aussehen bewundert und gelobt hatten.

„Darüber haben wir tatsächlich sehr lange nachgedacht, weil der Name Olufsen hier auf Amrum ja wirklich nicht nur mit Gutem verbunden ist", erklärte Christine ernst. „Am Ende haben wir uns trotzdem für Olufsen entschieden, weil Mara und ich den Namen zukünftig in ein besseres Licht setzen wollen. Und auch, weil Leif mit mir jetzt ein neues Leben als Amrumer begonnen hat."

Die standesamtliche Trauung, bei der Mara und Hark als Trauzeugen unterzeichneten, war formell, freundlich und erfreulich kurz. Danach stieg das Brautpaar bereits als Frau und Herr Olufsen in den Fond seines Wagens. Mara steuerte den Maserati im Schritttempo vor der zu Fuß folgenden Hochzeitsgesellschaft her Es ging nur einige hundert Meter weit durch Waasterstigh und Hööwjaat zur Kirche. Hinter der Gruppe fuhren Emma und Linus sichernd im Streifenwagen mit eingeschaltetem Blaulicht. Ihre Polizeimützen standen in auffallendem Kontrast zu Ballkleid und Nadelstreifen.

Tiano und seine Schwester, die zur Hochzeit ihr schönstes Dirndl aus dem Schrank geholt hatte, hatten sich mit ihren Ehepartnern weiter vorne in den fast 100 Personen starken Zug eingereiht, der von Einheimischen wie von Feriengästen mit unverhohlenem Staunen und begeistertem Interesse beschaut und fotografiert wurde. Während Amrums komplette Polizeimannschaft in Feierlaune die Kirche betrat, hatten Kollegen von Föhr für die nächsten 24 Stunden die Wache in der Wache übernommen. So war die Insel nicht schutzlos dem kriminellen Verfall ausgesetzt, hatte Albertina von ihrem Bruder erfahren. Sie war sich nicht ganz sicher, ob er sie damit auf den Arm nehmen wollte, aber Tiano hatte bei der „Wache auf der Wache" so ernst dreingeschaut, dass sie ihm letztlich glaubte.

Hark hatte vergessen, sein Handy auf stumm zu schalten, so dass Michael Jackson mitten in die Ansprache des Pfarrers hinein sein Blood on the Dancefloor" zum Besten gab. Ein strenger Blick des Geistlichen und ein breites Grinsen des Brautpaares verfolgten ihn beim Wegdrücken des Gesprächs. Harks Gesicht war knallrot angelaufen, was aber nur zum Teil an der Peinlichkeit des Augenblicks lag. Die andere Hälfte hatte er Freddys Ellenbogen zu verdanken, der seine Rippen in unangenehmer Nähe zu dem von Singer hinterlassenen Handabdruck getroffen hatte.

„Oh Gott, entschuldige", stammelte sie entsetzt, während er versuchte, Schmerzenslaute zu unterdrücken, gleichzeitig das Gespräch wegzudrücken und das Handy auf stumm zu schalten, bevor Pauli noch einmal anrufen konnte. Nachdem ihm beides gelungen war, grinste er sie schief und entschuldigend an.

Den Rest der Trauung konnte der Pfarrer ungestört abschließen. Das Brautpaar hatte die Ringe nicht im Standesamt getauscht, sondern diesen feierlichen Moment für die kirchliche Zeremonie aufgehoben. Auch mit dem innigen, leidenschaftlichen Kuss hatten sie bis jetzt gewartet. Lauter Beifall begleitete ihn und ebbte erst ab, als das Brautpaar die Kirche verlassen hatte.

Draußen standen Busse bereit, um die Gäste nach Norddorf zu fahren.

„Es tut mir so leid", entschuldigte sich Freddy erneut bei ihrem Mann. „Ich hatte das da total vergessen. Ich wollte dir wirklich nicht wehtun!"

„Ach, halb so wild. Und du hattest ja recht: Ich habe mal wieder nicht ans Stummschalten gedacht", beruhigte er sie. Dann rief er seinen Chef zurück.

Pauli brüllte natürlich erst einmal wieder in den Hörer, wie unverschämt es sei, ihn wegzudrücken, ob er denn vielleicht künftig eine Audienz bei ihm beantragen müsse und dass es viel zu schwierig sei, ihn zu erreichen. Petersen hatte allerdings ziemlich die Nase voll davon, sich diesen Ton anzuhören.

„Herr Polizeidirektor, ich möchte Sie jetzt zunächst einmal bitten, Ihren Ton mir gegenüber zu mäßigen", erklärte er freundlich, als er es endlich schaffte, zu Wort zu kommen. „Das erbitte ich sowohl für jetzt als auch für die Zukunft. Dies ist ganz und gar keine Art, in der Menschen miteinander kommunizieren sollten. Sie können versichert sein, dass es Gründe dafür gibt, wenn ich ein Telefongespräch nicht annehme. In diesem Falle war es, weil die Trauung mitten im Gang war. Was kann ich für Sie tun?"

„Was fällt Ihnen...", brüllte Pauli sofort wieder los. Dann aber schien er sich zu besinnen und fuhr in ruhigem Ton fort. „Papperlapapp, Petersen, Sie wissen doch, dass ich das nicht so meine. Ich bin halt manchmal ein wenig aufbrausend. Das bringt der Job so mit sich."

„Aha", sagte Petersen nur.

„Von wegen aha! Jetzt erzählen Sie mir aber gef... äh... bitte, wie weit Sie mit unserer Mördersuche gekommen sind."

„Konkretes hat sich seit unserem letzten Gespräch nicht ergeben", erklärte Petersen und gab seinem Chef einen kurzen Abriss über die Geschehnisse seit dem Vorabend. „Wir müssen weiterhin die Auswertung der Handydaten abwarten und deren Muster auswerten. Das kann noch etwas dauern. Außerdem können wir hoffentlich bald den USB-Stick öffnen. Sein Inhalt wird uns möglicherweise weiterbringen. Und wenn Sie mir sagen könnten, woher der anonyme Hinweis auf das Haus von Matsen gekommen war, wäre das sicherlich ebenfalls hilfreich."

„Papperlapapp", sagte Pauli und legte auf.

41

Max Weber war es tatsächlich gelungen, das Passwort des USB-Sticks zu knacken. Es hatte allerdings Stunden gedauert! Jetzt war er dabei, zusammen mit Harald Ruhlander die Daten zu sichten, jeder von ihnen vor einem eigenen Computer. Eine ganze Weile saßen sie nur stumm da, lasen Dokumente und zappten sich durch Fotos. Zunächst hatten sie sich auf Dateien konzentriert, die den Begriff „Ecofare" im Namen trugen. Aber diese befassten sich nicht mit dem Unternehmen selbst, sondern vielmehr mit Anschlägen, die es vor mehreren Jahren auf dessen Einrichtungen gegeben hatte. Außerdem mit Unfällen aus der Zeit nach diesen Anschlägen.

Der USB-Stick schien nicht von Kurtz selbst zu sein. Die meisten Daten waren schon vor Monaten darauf gespeichert worden. Aber der Journalist hatte seine eigenen Notizen hinzugefügt. Vor allem schienen ihn die Unfälle und Anschläge zu interessieren. Über sie hatte er bereits mit Mitarbeitern und Zeugen am Telefon gesprochen. Er glaubte, Muster darin zu erkennen: Viele der einstigen Anschläge zielten auf die Sicherheit des Ecofare-Managements, während der Großteil der Unfälle an Ecofares Sicherheits-Image kratzte und deren Technologie unausgereift und gefährlich erscheinen ließ. Die Recherchen legten für Peter Kurtz nahe, dass all dies absichtlich herbeigeführt worden war. Auffallend erschien ihm dabei, dass die Unfälle zum Teil sehr schwer waren, aber nur selten einmal jemand ernsthaft verletzt worden war.

Und Peter Kurtz war noch weiter vorangekommen. Er hatte Indizien und Korrespondenzen gefunden, die seiner Meinung nach ein und dieselbe Firma immer wieder mit den Anschlägen und den als Unfällen getarnten Anschlägen in Verbindung brachten, wenn auch nur auf Umwegen. Es war ein Tochterunternehmen von PYG, Promote Your Goodness, einer international aufgestellten Marketing- und Werbeagentur. Deren Kunden kamen ausschließlich aus der Öl- und Autoindustrie.

In einem der Ordner auf dem USB-Stick gab es Fotos, die alle die immer selben als Mitarbeiter von PYG bezeichneten Männer mit unterschiedlichen Personen zeigten. Es waren Parlamentsabgeordnete und Amtsinhaber diverser Länder.

Ein weiterer Ordner enthielt offenbar mit Teleobjektiven aufgenommene Bilder, auf denen andere PYG-Mitarbeiter abgelichtet waren. Sie waren an wechselnden Orten zu sehen, unter anderem mit Ronald Sibender, mit Karol Singer und – Harald Ruhlander stieß ein „Oh Gott" aus, als er ihn erkannte – mit Maximilian Matfeld, dem Geschäftsführer von PBI in Hamburg. Plötzlich wurde ihm klar, warum Singer von den Informationen aus dem Bankschließfach wissen konnte und ihn in seinem Redaktionsbüro überfallen hatte.

Aber wie war Peter an diesen Stick mit all den Informationen und Fotos herangekommen? Er konnte die Aufnahmen unmöglich selber gemacht haben, denn sie waren über einen Zeitraum von mehreren Jahren hin entstanden, während er selbst sich erst seit wenigen Tagen mit dem Thema befasst hatte. Bislang deutete nichts auf den Fotografen oder die Quelle der Informationen hin.

Ruhlander und Weber suchten weiter in den Unterlagen, jetzt vor allem nach dem Stichwort PBI. Was sie fanden, das waren vor allem Überweisungen hoher Beträge in Euro, Pfund, Rand oder Dollar von PYG an verschiedene Niederlassungen von PBI. Mal an PBI in Hamburg oder London, mal an PBI Johannesburg, mal nach Bogotá.

Peter Kurtz hatte seine Erkenntnisse als Text zusammengefasst. Eher ein Brainstorming als ein Artikel. Danach betrieb PYG sowohl ein offizielles Marketing für Erdölprodukte und Autos als auch, über Tarnfirmen, ein Negativ-Marketing gegen Ecofare. Letzteres hängte sich an den Unfällen auf und lief insbesondere über soziale Netzwerke. Die „Unfälle" wurden, so schien Peter Kurtz zu glauben, von PYG gezielt bei PBI „in Auftrag gegeben". Die Aufträge, oder zumindest ein Teil davon, seien von Ronald Sibender oder Karol Singer ausgeführt worden, glaubte Kurtz. Die beiden habe man dafür gezielt in den Sicherheitsbereich von Ecofare eingeschleust. Parallel habe PYG die Wirksamkeit der Maßnahmen durch Lobbyarbeit erhöht und durch Bestechung die Strafverfolgung behindert.

Max Weber stand vom Schreibtisch auf und holte für Ruhlander und sich einen Kaffee aus dem Automaten im Flur der Polizeistation. Es war vermutlich bereits der fünfte oder sechste.

„Was hältst du davon, Harald?", fragte er Ruhlander, mit dem er bereits seit Stunden per Du war. „Für mich klingt es wie eine an den Haaren herbeigezogene Verschwörungstheorie."

„Für mich irgendwie auch", stimmte der Journalist zu. „Wenn das nicht von Peter zusammengestellt worden wäre, würde ich nicht viel darauf geben. Und wären da nicht die beiden tatsächlichen Fakten: der Mord an ihm und der Überfall auf mich."

„Da hast du allerdings recht! Doch das hat höchstens in Bezug auf Karol Singer Beweiskraft und reicht von ihm aus allenfalls noch zu PBI. Aber den Rest... Den würde ich noch nicht mal wirklich als Indizien bezeichnen. Das ist eher in den blauen Dunst fabuliert."

„Trotzdem gehe ich davon aus, dass da was dran ist", meinte Ruhlander „Frage mich nur, wie wir da jetzt weiterkommen sollen. Ich selbst bin ja eher Kriegsberichterstatter als Enthüllungsjournalist."

„Tja, dann hilft wohl nur klassische Polizeiarbeit", lachte Max. „Wir machen bei den Handydaten weiter, erstellen Bewegungsprofile und schauen, welche Nummern wann im Umfeld von Kurtz, Sibender und Singer aufgetaucht sind.

Vielleicht kommen wir so auch an die Quelle dieser Fotos und Unterlagen ran."

„Das ist jetzt nicht dein Ernst!" Harald Ruhlander schaute den Polizisten entsetzt an. „Du meinst, du willst in einer Art Rasterfahndung auf die Daten Unbeteiligter zugreifen? Das verstößt doch gegen die Datenschutzgesetze und wer weiß gegen sonst noch was."

„Das stimmt natürlich, Herr Journalist", antwortete Max Weber achselzuckend. „Das dürfen wir ja gar nicht. Hatte ich gerade nur kurz verdrängt. Das dürfen ja nur die Internetriesen, weil denen dazu jeder die Genehmigung gegeben hat. Dann lassen wir das jetzt mal mit der Mördersuche und machen Feierabend. Mein Kommissar hat morgen bestimmt noch ne legale Idee auf Lager."

42

„Darf ich Ihnen ein Glas Föhrer Sekt anbieten? Den hätte ich auch mit Sanddorn-Likör als Friesen-Kir. Oder doch lieber einen alkoholfreien Sanddorn-Aperitif?"

Die Kellnerin in schwarz-weißem Livree lächelte Hark und Freddy freundlich an, und beide entschieden sich für den Sekt. „Pur, bitte!"

„Was bedeutet denn das eigentlich, ein 'Föhrer' Sekt`?", wollte Hark von der Kellnerin wissen.

Sie war darauf vorbereitet. „Dies hier ist ein trockener Johanniter", erklärte sie strahlend. „Die Johanniter-Traube wird jetzt auf Föhr angebaut und ganz traditionell mit der Méthode Champenoise, der klassischen Flaschengärung, gekeltert. Ein echtes Regionalprodukt!"

„Weinanbau auf Föhr? Das kann nicht Ihr Ernst sein!", staunte Frederike und nippte in Erwartung eines essigsauren Geschmacks misstrauisch am Glas. Dann hellte sich ihr Gesicht auf.

„Schmeckt ja wirklich sehr gut!", staunte sie und nahm gleich noch einen weiteren Schluck. „Das hätte ich jetzt nicht erwartet. Von Winzern auf den nordfriesischen Inseln habe ich aber wirklich noch nie was gehört."

„Gibt es ja auch noch nicht so lange", räumte die Kellnerin ein. „Der Klimawandel... Die Anbauflächen sind außerdem ziemlich klein. Winzig, um ehrlich zu sein. Reicht nur mal eben für ein paar Tausend Flaschen. Die Weine und den Sekt gibt es daher fast nur drüben auf Föhr zu kaufen. Das Brautpaar hat für den heutigen Abend extra einige Kartons davon kapern lassen. Einen Weißwein aus Föhr gibt es später zum ersten Hauptgang."

Auch beim Essen hatte das Brautpaar für diesen Abend deutlich nordische Akzente gesetzt. Es verwöhnte seine Gäste mit einer Hummer-Consommé, bei der jeder einzelne Teller mit dem im Ganzen ausgelösten Fleisch einer Hummerschere serviert wurde. „Dem Gesetz der Nachhaltigkeit folgend", wie der Koch bei der Ankündigung lächelnd hervorhob, war der übrige Hummer in den ersten Hauptgang eingeflossen: Linguine mit Hummerfleisch, die als Beilage zu einem kleinen, mit Halligbutter gebratenen Nordseesteinbutt-Filet serviert wurden. Winzige Broccoli-Röschen tupften farbige Akzente auf die Teller.

Als Zwischengang folgte ein knackiger Salat, der mit den ersten zarten Queller-Trieben des Jahres eingenordet worden war und die Speisefolge um wichtige Vitamine ergänzte. Als zweiter Hauptgang kam ein zartes, mit niedriger Temperatur gegartes Karree vom nordfriesischen Lamm auf den Tisch. Aufgewachsen auf den Salzwiesen der Halligen, stand sein Fleisch dem der berühmten bretonischen Pré-salé-Lämmer geschmacklich in nichts nach, fand Feinschmecker Redlef Maier. Das Lamm wurde mit friesischen Schnippelbohnen, kross gebratenen Rösti und einer umwerfenden Bratensauce serviert. Auf Getränkeseite löste nun ein granatroter Barolo aus dem Piemont den regionalen Weißwein ab. Der Rote präsentierte sich intensiv fruchtig, mit nur leichter Säure und einer deutlichen, aber hervorragend eingebetteten Barrique-Note.

Den süßen Abschluss bildete „Sienbohntjesupp". Diese Friesische Bohnensuppe hatte der Koch nach eigenem Bekunden schon vor Monaten selber angesetzt: aus Rosinen, Branntwein und einem Läuterzucker, den er eigenhändig aus Kluntje gewonnen hatte. Serviert wurde diese Bohnensuppe auf Vanilleeis, und wer von den Gästen bis dahin noch keinen Schwips hatte, dem war er bei diesen gehaltvollen Rosinen nun so gut wie gewiss.

Während des Essens unterhielten Freddy und Hark sich angeregt mit Henrietta Kaltenbach, mit der sich Christine die Geschäftsführung ihrer Immobilienfirma teilte. Hark hatte die Mittfünfzigerin bereits bei einer seiner Mordermittlungen auf der Insel kennengelernt. Er mochte die hagere Frau in ihrem stahlgrauen Kostüm, deren ausgesprochen strenge Erscheinung so gar nicht mit dem warmherzigen, freundlichen Wesen in Einklang zu bringen war, als das sie sich im Gespräch entpuppte. Hark erkundigte sich nach ihren Plänen, den Amrumer Wohnungsmarkt zu entspannen. Aus früheren Kontakten wusste er, dass Christines Immobilienfirma neben der Vermietung an Feriengäste auch Wohnungen für Menschen bauen wollte, die auf Amrum leben und arbeiten.

„Am schwierigsten war es gewesen, all die Wünsche und Auflagen der Gemeinderatsmitglieder unter einen Hut zu bringen", erzählte Henrietta Kaltenbach, die es genoss, dass Hark ihr Lieblingsthema ansprach. „Alle waren begeistert, dass wir bezahlbaren Wohnraum schaffen wollten, aber jeder Einzelne meinte, das müsse genau nach seinen Vorstellungen passieren. Nicht zu hoch, nicht zu breit, nicht zu auffällig, nicht so sehr als Kasten, sondern versetzt und so weiter. Einige wollten sogar Reetdach... Ich bitte Sie! Eine mehrgeschossige Wohnanlage unter Reet! Wo gibts denn sowas! Aber nun ist alles gut und, ehrlich gesagt, ohne all die Einwände und Ideen wäre es nicht halb so schön geworden. Die Häuser in Wittdün und Norddorf sind seit März fertig, in zwei Wochen kann auch die Anlage in Nebel bezogen werden. Amrum hat jetzt neuen, komfortablen und vor allem preisgünstigen Wohnraum für 30 Alleinstehende oder Saisonkräfte und für 20 Familien."

„Preisgünstig?", wollte Freddy wissen. „Das Bauen ist hier doch viel teurer als auf dem Festland, weil das Material mit der Fähre rübergebracht werden muss. Und dann die Grundstückspreise... und die Unterbringung von Arbeitskräften..."

„Stimmt schon", räumte die Geschäftsführerin ein. „An den höheren Materialkosten kommen auch wir hier natürlich nicht vorbei. Aber die Grundstücke gehörten Christine schon. Ihr verstorbener Bruder hatte sie über die Jahrzehnte günstig zusammengekauft. Darum können wir mit den Warmmieten unter zehn Euro pro Quadratmeter bleiben."

„Mit der Vermietung an Feriengäste ließe sich vermutlich aufs Jahr gesehen mehr verdienen, nicht wahr?", hakte die grundsätzlich skeptische Freddy nach.

„Christine will *überhaupt* nicht daran verdienen", lachte Henrietta Kaltenbach. „Sie sagt, sie hat schon viel mehr Geld als sie braucht und will Amrum auf diese Weise etwas von dem zurückgeben, was ihr Bruder Sven der Insel genommen hat. Darum hat sie sich bei den Gemeinden auch zur Zweckbindung verpflichtet."

„Zweckbindung?", fragte Hark erstaunt. „Wie geht denn das?"

„Ganz einfach: Vermietet wird nur an Menschen, die hier ihren ersten und einzigen Wohnsitz haben oder einen Arbeitsvertrag für mindestens sechs Monate vorlegen können", strahlte die Geschäftsführerin. „Dazu haben wir uns gegenüber den Gemeinden verpflichtet. Untervermieten und ähnliches ist ausgeschlossen beziehungsweise nur unter denselben Vorgaben erlaubt. Wir schauen uns natürlich außerdem jeden Bewerber gründlich an!"

„Klingt toll", staunte Frederike. „Aber die Wohnungen für Saisonarbeiter stehen dann ja wohl auch einen Teil des Jahres leer, oder?"

„Naja, wir können leider nicht jedes Problem lösen", gab Henrietta Kaltenbach zu. „Amrum läuft nun mal vor allem im

Sommerbetrieb rund. Wenn Sie dazu mal eine Idee haben..."

Tiano kam an den Tisch und strahlte Frau Kaltenbach an. „Henrietta, wie schön, dich hier zu treffen! Ich hatte mich noch gar nicht persönlich für deine Hilfe bedanken können!"

„Nicht der Rede wert", lächelte die Angesprochene zurückhaltend und errötete etwas. „Ich bin froh, dass das ging und wir für Hein und seine Familie noch eine Wohnung in der neuen Anlage zur Verfügung hatten. Es ist so schön für ihn, dass er ganz in der Nähe der Wache wohnen kann. Und die Kinder haben es dann später auch nicht so weit bis zur Schule."

Hark schaute überrascht. „Hein Dammann?", fragte er. „Kommt der nach Amrum zurück?"

Heinrich Dammann, ein hünenhaft gewachsener Polizist, hatte bis Ende des letzten Jahres neben Tiano die Stammbesetzung der Amrumer Polizeistation gebildet. Dann hatte er sich nach Jork im Alten Land versetzen lassen, um dort seine gebrechlichen Eltern besser betreuen zu können. Leif hatte dadurch Heins Arbeitsstelle auf Amrum übernehmen können.

„Ja, Hein kommt in unsere Wache zurück", erklärte Tiano freudestrahlend, wurde dann aber gleich ernst. „Kaum waren sie nach Jork gezogen, da sind seine Eltern gestorben. Alle beide! Im Abstand von gerade mal sechs Wochen. Nun zieht die Familie wieder hierher. Hein, seine Frau und die Kinder haben das Leben auf Amrum wahnsinnig vermisst."

„Und Leif?", fragte Hark irritiert. „Oder willst du hier etwa selber aufhören?"

„Neenee! Alles okay. Wir kriegen eine halbe Stelle extra. Weil hier auf Amrum neuerdings ja verdammt viel los war, wie du selber am besten weißt. Hätte ich dir natürlich längst erzählt, wenn in den letzten Tagen nicht schon wieder so verdammt viel losgewesen wäre. Leif kommt das mit der halben Stelle sehr zupass. Da kann er sich dann richtig um das Kind kümmern, sagt er. Für den Unterhalt der Familie wird sein Gehalt ja eh nicht gebraucht."

Hark guckte immer verwirrter. „Das geht mir jetzt wirklich alles ein bisschen zu schnell", beschwerte er sich. „Christine ist schwanger?"

„Ach Gott, soweit ich weiß noch nicht", lachte Tiano. „Aber sie tun wohl beharrlich alles Notwendige, um das zu ändern. Sie sind fest entschlossen, schnellstmöglich ein Dutzend Kinder in die Welt zu setzen."

„Darf es zum Abschluss des friesischen Menüs noch ein Friesengeist sein?"

Die Kellnerin war mit einem ganzen Tablett voller Schnapsgläser an den Tisch gekommen.

„Mir wird das jetzt, glaube ich, ein bisschen zu viel", winkte Freddy ab. „Außerdem verbrenne ich mir dabei immer die Lippen."

Aber Hark und Henrietta Kaltenbach nahmen gerne einen. Die Kellnerin stellte die beiden fast randvoll gefüllten Gläser vor sie hin, entzündete die Getränke mit einem langstieligen Feuerzeug und ließ ein kleines Pfännchen zum Ablöschen da. Die Flammen züngelten über der hochprozentigen Flüssigkeit auf. Fasziniert beobachtete Hark, wie der durch die Hitze ausfallende Zucker in schlierigen Wölkchen auf den Glasboden hinabschwebte. Dann legte er das Pfännchen über die Flamme, so dass sie erlosch, setzte das Glas so an den Mund, dass die Unterlippe den heißen Rand nicht berührte und kippte das heiß-kalte, zuckrig-fruchtige, brennend-alkoholische Getränk mit Schwung in den Mund. Leider mit zu viel Schwung! Der Schnaps schwappte tief in seine Kehle, er musste husten, verbrannte sich dabei dann doch noch die Lippen, und auch seine geprellten Rippen spürte er durch das Husten wieder schmerzhaft. Während Frederike ihm liebevoll auf den Rücken klopfte, lächelte Henrietta Kaltenbach mitfühlend. Sie hatte ihren Schnaps formvollendet und gänzlich unfallfrei getrunken.

Ein lauter, wundervoller Gitarrenriff brachte die Gespräche zum Verstummen. Das Licht wurde gedimmt, dafür erhellten jetzt Scheinwerfer die Bühne und die Tanzfläche davor.

„Ella est la, Ella ist hier", rief Ella aus dem Rampenlicht heraus. In ihrem langen, schwarzen Abendkleid stand sie wie ein strahlender Fels in der Brandung der Scheinwerferlichter. Eine Hand am Mikrofon, die andere in ausladender Geste in die Runde deutend, stellte sie ihre Bandmitglieder vor. Jeder Einzelne wurde euphorisch beklatscht, denn die Musiker und ihr Publikum waren sich schon an den Abenden zuvor und bei der Schnitzeljagd näher gekommen. Dann kündigte Ella ihr erstes Stück an, das, wie Hark und Redlef wussten, am Anfang jedes ihrer Auftritte stand. Die Band hatte es so abgewandelt, dass es perfekt in ihr Repertoire passte.

„Als erstes spielen wir für euch Ella, elle l'a", kündigte sie an. „Zu Deutsch: Ella hats drauf. Und natürlich meinen wir damit nicht *uns*, sondern Ella Fitzgerald, der France Gall und Michel Berger 1987 diesen Song und wir 2007 unseren Bandnamen gewidmet haben. Heute passt dieser Song besonders gut, denn unser Brautpaar wird damit einen beswingten ersten Tanz hinlegen können. Danach dürft ihr dann alle ran, wenn es heißt ´dancing cheeck to cheeck`."

Dann legten sie los und griffen dabei vor allem viele der alten Songs ihres Vorbilds Ella Fitzgerald auf. Allerdings interpretierten sie sie auf eine jazzigere, swingendere, schnellere Weise. So konnte die meiste Zeit ausgelassen getanzt werden. Nur hin und wieder ließ ein ruhigeres Stück die Tanzpartner näher aneinanderrücken.

43

Max Weber verfluchte sich. Die enge Zusammenarbeit mit Harald Ruhlander am USB-Stick schien ihn so eingelullt zu haben, dass er vergessen hatte, dass da kein Kollege neben ihm saß. Schlimmer noch: Neben ihm saß ein Journalist. Da konnte er doch nicht einfach Fahndungsmethoden aus dem rechtlichen Graubereich kommunizieren. So hatte er tatsächlich nichts anderes machen können, als die Arbeit zu beenden und Ruhlander zum Bahnhof zu fahren, damit der noch den Regionalzug nach Hamburg erwischte. Er hatte den Journalisten auf den Bahnsteig begleitet und, er wusste gar nicht so recht warum, auch noch gewartet, bis sich der Zug in Bewegung setzte. Nun schlenderte er durch die Bahnhofshalle zurück in Richtung Auto.

Am Snackstand brannte noch Licht, aber die Rollläden waren schon zur Hälfte heruntergelassen. Weber fiel auf, dass er seinem Magen außer literweise Kaffee mit Milch und Zucker in den letzten Stunden nichts mehr gegönnt hatte, und sein Magen griff den Gedanken sofort mit lautstarkem Knurren auf. Dem empörten Protestton Folge leistend, ging er zum Stand, bückte sich unter den Rollladen und schaute hinein. Eine Verkäuferin war dabei, den Boden zu wischen, aber auf dem Tresen entdeckte er eine Kiste mit belegten Brötchen.

„N' Abend! Kann man noch was kriegen?", fragte er hoffnungsvoll.

„Hier is zu", keifte die Frau, ohne vom Besen aufzuschauen.

„Klar, sehe ich, aber ich hab noch ne Nachtschicht vor mir und wahnsinnig Hunger. Und da in der Kiste, die Brötchen, sind die noch okay?"

„Türlich sind die okay!" Die Frau hatte beim Wischen innegehalten und sah zu ihm hin. Sie schien zu überlegen, ob ihr Nettsein gefallen oder sie mit Garstigkeit mehr Spaß haben würde. Zum Glück von Max entschied sie sich für nett.

„Was solls denn sein, Jungchen? Da is noch Ei mit Remoulade, Lachs mit Meerrettich-Sahne und Mozzarella mit Tomate und Basilikum. Oh, und auch noch einmal Schnitzel."

„Kann ich alle vier Sorten haben?", bat Max zu seinem eigenen Erstaunen. Da schien sein leerer Magen aus ihm gesprochen zu haben.

„Lass ich dir für nen Zehner. Okay?"

„Super nett! Danke! Gerne!"

Die Frau packte die Brötchen in eine große Tüte und reichte sie Max im Austausch gegen einen Zehneuroschein unter dem Rollladen hindurch.

„Vielen Dank und einen schönen Feierabend!", rief er fröhlich.

„Bitte gerne! Und frohes Schaffen!", antwortete sie und lächelte ihn tatsächlich ebenfalls herzlich an. Am Ende freuten sich die Menschen ja *doch* immer, wenn sie etwas für einen tun konnten.

Max und sein Magen freuten sich ihrerseits über die unverhofft reiche und preisgünstige Beute. Der Abend war gerettet. Fröhlich pfeifend ging er zum Auto zurück. Nun konnte er sich in Ruhe in die Graubereiche der Fahndung stürzen und würde noch Stunden durchhalten.

Er stutzte und glaubte, seinen Augen nicht zu trauen. Am Auto lehnte Harald Ruhlander. Wie konnte das angehen? Er hatte doch extra gewartet, bis der Zug losgefahren war!

„Na, noch was vor?", grinste der Journalist und zeigte auf die Brötchentüte.

„Was machst *du* denn hier?", gab Max wütend zurück.

„Dachte mir, ist doch schade, einfach abzufahren und dich allein in den Abgründen der Illegalität zurückzulassen. Zwei Hirne kombinieren mehr als eins. Der Journalist und der gesetzestreue Bürger bleiben draußen. Versprochen! Ich hänge die beiden so lange an die Garderobe."

„Ich mach gar nichts Illegales", brummelte Max. „Ich dehne höchstens ein bisschen den Spielraum für Bewegungsprofile aus. Für die Nummern von Kurtz, Sibender, Singer und Matsen habe ich das richterliche Okay. Und damit auch für deren Querverbindungen."

„Und die Standortbestimmungen? Woher kriegst du die überhaupt?"

Max machte ein saures Gesicht. Er wusste nicht so recht, ob er Harald Ruhlander trauen konnte. Und das mit den Einloggdaten, die er sich rund um die Zeitfenster der bekannten Handynummern verschaffen wollte, war wirklich ein sehr grauer Graubereich.

„Ach komm, bleibt alles unter uns! Ehrenwort!", versprach der Journalist und hielt ihm die Hand hin.

Max zögerte noch eine Sekunde. Dann sagte er „Sind eh viel zu viele Brötchen für mich allein" und schlug in die Hand ein.

44

Es war fast schon neun Uhr, als Hark an diesem Morgen aufwachte. Freddy schlief noch tief und selig neben ihm, und auch ihm selbst wäre es lieber gewesen, sich noch einmal umzudrehen und weiterzuschlafen. Die Feier war wunderschön gewesen und bis tief in die Nacht hinein gegangen. So waren sie erst gegen drei Uhr morgens ins Bett gekommen. Aber es half nichts. Schließlich wartete ein Mordfall darauf, aufgeklärt zu werden. Also quälte er sich aus dem Bett, ging ins Wohnzimmer, schaltete sein Handy von „stumm" auf „Ton" um und schaute, was über Nacht hereingekommen war.

Es war nur eine einzige Mail dabei, die ihn interessierte. Sie war von Max, abgeschickt gegen vier Uhr morgens. Sein Assistent hatte offenkundig eine noch längere Nacht gehabt, als er selbst. Das mochte auch der Grund dafür sein, warum Hark dieser Bericht irgendwie unstrukturiert und wirr erschien. Lang und breit fabulierte sein Assistent darüber, wie er den USB-Stick geknackt hatte und wie er beim Sichten der Daten vorgegangen war.

„Junge, komm endlich auf den Punkt!" fluchte Petersen, während er sich von einem Satz zum nächsten hangelte. Aber der Punkt kam nicht so recht, das Ganze blieb vage. Denn eigentlich war, wie Max schrieb, kein einziger wirklicher Beweis auf dem USB-Stick zu finden. Streng genommen noch nicht mal ein handfestes Indiz. Eigentlich brachten nur die Überfälle auf die beiden Journalisten eine gewisse Plausibilität in die auf dem Stick zusammengetragene abstruse Verschwörungstheorie hinein.

Folgte er allerdings dieser Theorie, so würde sich der Fall gänzlich anders darstellen, als er zunächst ausgesehen hatte.

Dann hätte Ecofare mitnichten versucht, eine journalistische Aufdeckung über sich durch Mord zu verschleiern. Kurtz hatte vielmehr im Begriff gestanden zu enthüllen, dass Ecofare selbst Opfer von Anschlägen seiner Mitbewerber geworden war und der Ecofare Sicherheitschef als eine Art Doppelagent für die Gegenseite gearbeitet hatte und es immer noch tat.

Hark war enttäuscht und durch die wirre Berichterstattung von Max obendrein ziemlich genervt. Das war einfach zu viel für diesen Morgen. Vor dem Weiterlesen bräuchte er erst mal eine Dusche und einen riesigen, starken Kaffee.

Während er das warme Wasser der Dusche über Kopf und Rücken laufen ließ, gab Hark seinen Gedanken freien Lauf. Langsam fügten sich die zunächst wirr erscheinenden Bruchstücke zu einer plausiblen Reihe zusammen. Hark bekam eine vage Vorstellung davon, welche Motive und welche Interessensgruppen hinter dem Mord gestanden haben mochten. Bilder von mächtigen, uralten Industrien, die ihre Interessen mit stahlharten Klauen verteidigten, tauchten vor seinem geistigen Auge auf. Er sah nun die internationalen Agenturen PYG und PBI, die oberflächlich betrachtet als unabhängige Unternehmen im Markt agierten, als etwas ganz anderes: Als verlängerte Arme von Öl- und Automobilkonzernen, die nur dazu da waren, um verschleiert gegen Mitbewerber zu agieren.

Hark drehte das Wasser ab, stieg aus der Dusche und rubbelte sich mit dem Handtuch kräftig die Haare trocken. Lizzy hatte ihn vor der Vielschichtigkeit dieses Falles gewarnt. Er sollte sich vor voreiligen Schlüssen hüten. War es nicht auch denkbar, dass es da noch eine dritte Ebene gab, in der Ecofare letztlich doch hinter all dem stand?

Auf dem Weg zur Küche kam Freddy ihm entgegen. Schlaftrunken, die Haare zerzaust, die Augen noch halb geschlossen und abgesehen von ihren kurzlockigen Schaffell-Pantoffeln vollständig nackt schlurfte sie aus dem Zimmer heraus.

„Hast du mein Nachthemd gesehen?", fragte sie gähnend, schlang ihm in einer müden Geste die Arme um den Hals und war in dieser Position fast schon wieder am Einschlafen.

„Hängt noch am Haken im Bad", sagte er lachend und gab ihr einen Kuss auf die Wange. „Kaffee?"

„Unbedingt! Einen riesengroßen!"

Sie lösten sich voneinander, und während sich Freddy weiter in Richtung Bad schleppte, setzte er seinen Weg in die Küche fort, griff sich beide Espressokocher, füllte sie und setzte sie auf. In den Stieltopf schüttete er einen ganzen Liter Milch, stellte zwei Tassen und eine Schale mit Zucker auf den Küchentisch und setzte sich. Während die Milch warm wurde und der Espresso durchlief, griff er mit deutlichem Unwillen wieder nach seinem Smartphone und las die Mail von Max weiter.

Der Unwille wandelte sich nun allerdings schnell in ein angespanntes Interesse. Im zweiten Teil der Mail ging es um die Bewegungsprofile der Handys. Das fesselte ihn so sehr, dass ihm fast die Milch übergekocht wäre. Erst kurz bevor sie über dem Rand gestiegen wäre, hatte er wieder an sie gedacht und den Topf mit einer schnellen Bewegung von der heißen Herdplatte geschoben. Auch der Espresso war jetzt durchgelaufen, und er schüttete den Inhalt der beiden Kocher zur Milch in den Topf. Dann goss er den Milchkaffee in die beiden Tassen, schaufelte den Zucker nur in seine, trank einen kräftigen Schluck und brachte die andere Tasse zu Freddy ins Bad.

Seine Frau hatte bereits geduscht und spülte sich gerade die letzte Zahncreme aus dem Mund. Sie sah jetzt schon viel wacher und überhaupt nicht mehr zerknittert aus. Das Nachthemd hing weiterhin unbenutzt am Haken.

„Oh, das ist lieb", freute sich Freddy. „Stellst du ihn mir bitte auf die Ablage."

Er tat es, verdrängte den Impuls, sie zu umarmen, ging zurück in die Küche, griff sich sein Smartphone und las die Mail noch einmal durch, während er genüsslich seinen Kaffee schlürfte.

Max hatte wirklich kein Talent, das Wesentliche kurz zusammenzufassen. Die Brisanz lag erst im zweiten Teil seines

Berichts. Die Bewegungsmuster führten die Akteure darin buchstäblich zusammen und untermauerten die durch die Fotos nur vage beleuchteten Möglichkeiten durch echte Indizien. Und es gab einen völlig neuen beziehungsweise bislang nicht weiter beachteten Aspekt. Petersen hatte vorgehabt, an diesem Morgen noch einmal bei den Matsens vorbeizuschauen. Aber eigentlich nur, um mit ihnen die Rolle ihres Sicherheitschefs in diesem Fall zu besprechen. Nun hatte er einen wichtigen Grund mehr.

Freddy kam mit ihrer leeren Tasse in die Küche und füllte sie aus dem noch halb vollen Topf wieder auf. Sie warf ihm einen fragenden Blick zu, und als er zustimmend lächelte, goss sie auch seine noch einmal voll. Zu seiner Freude hatte sie ihr Nachthemd auch jetzt noch im Bad gelassen.

„Du siehst aufgeregt aus. Gibt es was Neues?", wollte Freddy von ihm wissen und machte es sich auf seinem Schoß bequem.

Hark erzählte es ihr. „Ich werde gleich zu den Matsens rübergehen. Mal schauen, was die dazu zu sagen haben."

Freddy blickte auf die Uhr an der Küchenwand. „Die sind bestimmt noch nicht auf", behauptete sie. „Und gestern ist es echt spät geworden. Wollen wir uns nicht lieber noch eine halbe Stunde hinlegen?"

Er fand das eine schöne Idee.

Das Frühstück konnte Hark an diesem Morgen getrost ausfallen lassen. Der Kaffee mit Milch und Zucker würde nach dem üppigen Mahl gestern Abend und einer kaum minder üppigen Buchweizentorte, die beim Mitternachtsimbiss serviert worden war, sicherlich noch einige Stunden vorhalten.

Matsen war sofort am Telefon gewesen, als er ihn anrief, und hatte auch nichts dagegen, dass er in zehn Minuten vorbeikommen wollte.

„Bring doch Freddy mit, wenn dein Berufsethos das zulässt", bot er an. „Wir haben gerade den Frühstückstisch vor dem Haus gedeckt. Die Sonne ist wieder herrlich. Ihr seid herzlich eingeladen."

Hark ging nicht darauf ein, da sein Berufsethos tatsächlich dagegen sprach. Aber er machte sich gleich auf den Weg.

Das Paar saß zum Frühstück in einem Strandkorb auf der Ostseite des Hauses in der Morgensonne, als er im Waaswai eintraf. Hark lehnte sein Fahrrad an die Gartenhecke und gesellte sich zu ihnen. Die Einladung, bei Brötchen, Käse und Schinken kräftig zuzulangen, lehnte er freundlich dankend ab.

Auf dem kurzen Weg hierher hatte Petersen die Fakten in seinem Kopf geordnet. Er war sich inzwischen fast sicher, es beweisen zu können, dass Ronald Sibender direkt mit dem Mord an Peter Kurtz zu tun hatte. Er war während der Tat am Tatort gewesen und hatte sie vielleicht sogar selbst vollzogen. Aber Hark wusste nicht, welche Rolle die Matsens dabei gespielt haben könnten. Gut möglich, dass sie die Auftraggeber der Tat gewesen waren. Schließlich war Sibender ihr Mitarbeiter. Dann würden sie hier kein doppeltes, sondern ein dreifaches Spiel treiben, bei dem haufenweise falsche Indizien gestreut wurden. Gut möglich ebenfalls, dass Sibender für die Gegenseite und gegen die Matsens und Ecofare arbeitete. Oder konnte gar Mary Matsen eine Doppelagentin sein, die auf der Seite des Sicherheitschefs und gegen ihren eigenen Mann stand?

„Kannst du mir sagen, wo sich Ronald Sibender am 23. und 24. April aufgehalten hat?", begann der Kommissar das Gespräch.

„Was ist denn *das* jetzt für eine Frage?", fragte Thomas Matsen überrascht zurück und griff zum Telefon. „Nee, keine Ahnung. Soll ich ihn fragen?"

„Nein, bitte nicht", antwortete Petersen und wandte sich an die Ehefrau. „Und Sie? Wissen Sie es?"

„Soweit ich mich erinnere, war er in Hamburg gewesen und hatte sich krankgemeldet. Das hatte mir jedenfalls unsere Büroleiterin erzählt, als ich aus Prag zurückkam."

„Wie ist Ihr Verhältnis zu Ronald Sibender?", wandte sich der Kommissar weiter an Mary Matsen.

„Ich *habe* kein Verhältnis mit ihm!", rief sie empört und ihr Mann sah für einen Moment so aus, als wollte er sich auf Hark stürzen, beruhigte sich aber ebenso schnell wieder.

„Ah, gut zu wissen", grinste Petersen und wunderte sich ein wenig über dieses sprachliche Missverständnis bei der sonst doch perfekt Deutsch sprechenden Frau. „Aber das meinte ich nicht mit *Verhältnis*. Ich wollte erfahren, wie sie zu ihm stehen, ob sie ihn gut kennen, auch mal private Worte mit ihm wechseln."

„Ach so, nein, nicht wirklich. Wir sehen uns recht häufig, aber über Privates reden wir kaum miteinander. Ich weiß nicht einmal, ob er in einer Beziehung lebt oder Familie hat. Ich mag ihn nicht besonders."

„Was mögen Sie an ihm nicht?"

„Keine Ahnung. Er ist immer sehr höflich und freundlich, aber es kommt mir vor, als sei er in Wirklichkeit sehr hinterhältig, gewalttätig, eiskalt und verschlagen. Ich traue ihm nicht über den Weg."

Thomas Matsen schaute seine Frau überrascht an. „Du traust unserem *Sicherheitschef* nicht? Dem Mann, der für unsere *Sicherheit* zuständig ist? Warum hast du mir das nicht gesagt?"

„Habe ich ja. In den ersten Monaten, nachdem er bei uns angefangen hatte, immer wieder. Aber du wolltest davon nichts hören. Du warst so froh, dass die Anschläge auf Ecofare und auf dich aufgehört hatten."

„Traust *du* ihm denn?", wandte sich Petersen nun an den Ehemann.

„Natürlich vertraue ich ihm! Wieso sollte ich ausgerechnet dem Mann, der für unsere Sicherheit sorgt, nicht vertrauen? Was soll das Ganze?" Matsen wirkte zunehmend konsterniert.

„Nun, es gibt einige Indizien dafür, dass Ronald Sibender nicht nur für dich arbeitet, sondern gleichzeitig in enger Verbindung zu einem Recherchebüro in Hamburg steht", erläuterte Petersen. „Das wiederum erhält Aufträge von einer Marketingagentur, die für Firmen der Öl- und Autoindustrie arbeitet. Ausschließlich für solche Kunden! Sie hat die Unfälle, die es bei euch gab, in sozialen Netzwerken für Stimmungsmache gegen die Wasserstofftechnik ausgeschlachtet und sie bei Politikern für Lobbyarbeit gegen Ecofare genutzt."

Der Konzernchef war aus dem Strandkorb aufgestanden und fing an, auf und ab zu gehen. Mit seiner Ruhe war es offenkundig endgültig vorbei.

„Das kann ich einfach nicht glauben!", sagte er schließlich, und es klang wie Brüllen, ohne dass er die Stimme sonderlich erhoben hätte. „Das ist kompletter Blödsinn, Hark! Ich weiß überhaupt nicht, wie du darauf kommst! Sibender ist absolut vertrauenswürdig, absolut zuverlässig, absolut loyal."

„Nein, ist er nicht", sagte Mary sehr leise und mit auf den Boden gesenktem Blick. „Er arbeitet gegen uns, schon seit er hier angefangen hat."

„Was sagst du da?", brüllte Matsen nun seine Frau an, bekam sich aber gleich wieder in den Griff und brachte Freundlichkeit in seine Stimme. „Entschuldige, Schatz! Aber wieso sagst du das?"

„Weil es wahr ist! Ich hatte es dir ja gleich am Anfang gesagt", rechtfertigte sie sich. „Dem Mann war einfach nicht zu trauen. Er war immer genau da, wo etwas Schlimmes passierte. Aber du wolltest davon überhaupt nichts hören. Dann bin ich irgendwann auf einer Pressekonferenz mit einem englischen Umweltaktivisten ins Gespräch gekommen. Er und ein mit ihm befreundeter Privatdetektiv hatten schon länger diese Marketingagentur PYG im Auge. Das ist sicherlich die, die der Kommissar gerade meinte. John Johnson, so heißt der Aktivist, wusste, dass Sibender Kontakt zu PYG hatte, und die haben voll gegen uns agiert. Von da an habe ich den Privatdetektiv finanziert, damit er mehr herumreisen kann, eindeutige Beweise findet und ich dich endlich überzeugen kann."

„Mary, dass du mich so hintergehst!" Matsen war fassungslos.

„Was blieb mir denn", konterte sie, und Tränen füllten ihre Augen. „Der Mann ist gefährlich! Ich habe Angst um dich! Furchtbare Angst! Und du wolltest einfach nicht hören!"

„Sie hat recht", unterstützte Petersen die Frau in das Kopfschütteln ihres Gatten hinein. „Für das, was sie sagt, haben wir starke Indizien. Sibender war in der City Nord, als Peter Kurtz dort zum letzten Mal gesehen wurde. Karol Singer ebenfalls – du erinnerst dich: der Mann mit den tiefliegenden Augenhöhlen. Beide waren auch auf dem Hindenburgdamm, als Peter Kurtz dort starb. Das hat Beweiskraft! Das bedeutet, dass du entweder den Mord selber in Auftrag gegeben hast oder dass du gut daran tätest, an diesem Punkt auf deine Frau zu hören. ... Und? Hast du den Mord in Auftrag gegeben?"

„Quatsch, natürlich nicht", brummte Matsen und ließ sich kraftlos in einen der weiß lackierten Gartenstühle fallen. Er war blass geworden und sah besorgt aus.

„Und Sie? Haben *Sie* den Mord in Auftrag gegeben?", fragte er nun die Ehefrau.

„Was? Wieso ich? Was soll denn jetzt *dieser* Unsinn?", fragte Mary Matsen verwirrt.

„Sie hatten sich bereits zwei Tage vor dem Interview mit Peter Kurtz getroffen. Hier in diesem Haus. Warum?"

Die Frau schien aus allen Wolken zu fallen. „Was... wie... warum... woher..." stammelte sie, ohne eine Frage an die Worte anzuschließen. „Wie kommen Sie..."

„Es gibt Zeugen dafür", log Petersen, ohne eine Miene zu verziehen. Dass er das aufgrund der Bewegungsprofile wusste, wollte er lieber nicht offenlegen.

Mary Matsen überlegte einen Augenblick lang. „Okay", sagte sie dann, „das stimmt. Ich war schon hier, um das Haus für unseren ersten Amrum-Aufenthalt in diesem Frühjahr vorzubereiten. Er hatte sich zum Vorgespräch für das Interview angemeldet. Aber er war aggressiv gewesen, hatte schwere

Vorwürfe erhoben. Irgendwann hatte ich die Nase voll und dachte, dass er mit seiner Hartnäckigkeit und journalistischen Erfahrung vielleicht ganz nützlich bei der Beweissuche gegen Sibender und PYG sein könnte. Und er hatte die Mittel, die Öffentlichkeit damit wachzurütteln. Darum hab ich ihm die Kontaktdaten des Privatdetektivs gegeben und gesagt ´schauen Sie doch mal, ob die Story nicht auch eine ganz andere sein könnte`. Das hatte er sich, denke ich, zu Herzen genommen – aber erst, nachdem auch mein Mann ihn beim Interview überzeugt hatte, dass wir die Guten in diesem Spiel sind. Wenn es stimmt, was Sie sagen, dann hat ihm das aber wohl auch den Tod gebracht."

Matsen schüttelte bedrückt den Kopf. „Marybelle, wie konntest du mir all das nur verheimlichen!" Er schien traurig und tief gekränkt zu sein.

„Ich hatte einfach keine andere Möglichkeit gesehen, dich zu schützen. Du bist immer so stur, wenn du etwas nicht wahrhaben willst. Und nachdem Kurtz gestorben war und ich immer noch keine wirklichen Beweise hatte, war ja nun wirklich nicht der Zeitpunkt, dir alles zu gestehen. Oder?"

„Natürlich war es der richtige Zeitpunkt! Ich bin dein *Mann*!"

Sie schaute betreten in ihre leere Kaffeetasse auf dem Tisch. „Entschuldige", sagte sie betrübt und nickte. „Du hast ja recht."

Petersen hatte sich zurückgehalten und nur beobachtet. In solchen emotionalen Momenten konnte sich mehr Wahrheit offenbaren, als er in stundenlangen Vernehmungen zutage bringen würde. Nun aber hatte er genügend mitbekommen und keine Lust mehr, sich die Beziehungsdramatik des Ehepaars Matsen weiter anzuschauen. Er spielte sich in die aktive Position zurück.

„Wie heißt der Privatdetektiv?", fragte er Mary Matsen.

„Gordon Blackstone. Er wohnt in einem Vorort von London. Moment, ich schicke Ihnen gerade mal die Kontaktdaten per Mail. Ich informiere ihn über Sie und sage ihm, dass er Ihnen alles erzählen soll, was er weiß."

Während Mary Matsen auf ihrem Smartphone nach den Kontaktdaten suchte, wandte sich Petersen wieder ihrem Ehemann zu. „Wie stehst du zu ´Amrum autofrei`?", fragte er aus einer plötzlichen Eingebung heraus.

Matsen sah ihn überrascht an. „Entschuldige, was hat *das* denn jetzt mit der Sache zu tun?"

„Hat es etwas mit der Sache zu tun?", spielte der Kommissar den Ball zurück.

„Nicht, dass ich wüsste. Darum frag ich ja!"

„Erzähl mir stattdessen doch einfach, welche Beziehung du zu diesem Verein hast. Du scheinst dich mit deren Vorsitzenden Bodo von Thien ja recht gut zu versehen."

„Sagt wer?"

Statt eine Antwort zu geben, lächelte Petersen ihn nur an und hakte mit einem „Also?" nach.

„Na gut. Also erst einmal: Ich verstehe mich nicht ´recht gut` mit Bodo von Thien. Ganz im Gegenteil. Ich finde ihn großspurig, selbstherrlich, diktatorisch und insgesamt ziemlich widerlich. Aber es stimmt, dass wir bei Ecofare in einigen Punkten die gleichen Ziele verfolgen wie ´Amrum autofrei`. Vor allem in Sachen Inselbahn. Darum arbeiten wir mit denen zusammen. Ganz diskret, versteht sich."

„Nicht so diskret, dass die Amrumer es nicht längst mitbekommen hätten", grinste Petersen. „Aber was ist denn dein Ziel dabei?"

„Ich will zeigen, dass Verkehr in Deutschland und Europa auch ganz anders funktionieren kann: emissionsfrei, leise und mit viel weniger Eingriffen in die Natur und das Leben der Menschen. Amrum soll uns für die Umstellung als Paradebeispiel dienen. Ich liebe Amrum! Es ist meine zweite Heimat – oder in Wahrheit eigentlich mein einziges wirkliches Zuhause. Deshalb möchte ich gerade *hier* damit beginnen. Der Verein kann dabei sehr nützlich für uns sein. Darum unterstützen und finanzieren wir ihn. Noch ist es nur ein kleiner Haufen alter

Spinner, aber das wird sich schnell ändern. Mary hat die Aktion am letzten Dienstag mit professioneller Pressearbeit begleitet, und sie haben es damit bis in die großen Nachrichtensendungen geschafft. Du wirst sehen, bald wird da eine ganz große Sache draus. Aber der Verein ist nur eine Facette. Das Wichtigste machen wir selber. Stell dir doch mal vor, wie toll das sein wird: Eine Bahn, die ständig zwischen Wittdün und Norddorf pendelt und vielleicht sogar wieder raus an den Strand führt!"

„Hatte Sibender etwas mit dem Verein zu tun?", unterbrach Petersen den ins Schwärmen geratenden Manager. Für Zukunftsphantasien hatte er gerade kein Ohr.

„Wenn er sich hier um das Haus gekümmert hat, hat er sich wohl auch mal mit denen getroffen. Vor allem steht aber Mary mit ihm in Kontakt. Wegen der Pressearbeit. Ich kann von Thien, wie gesagt, nicht leiden. Aber noch mal: Was hat denn das mit dem Mord an diesem Journalisten zu tun?"

„Vielleicht gar nichts, vielleicht doch etwas. Wir werden sehen."

Als nächstes würde er Sibenders Wohnung durchsuchen lassen und sich schleunigst um die Rechercheagentur in Hamburg kümmern, befand Petersen auf dem Rückweg zu Lizzys Haus. Da Sibender und Singer laut Bewegungsprofil im Umfeld von deren Büro waren, als Kurtz verschwand, hatte er genügend in der Hand, auch dafür einen Durchsuchungsbeschluss zu erwirken. Das glaubte er zumindest. Und es war an der Zeit, den Geschäftsführer von PBI nochmals verschärft zu befragen. Der gehörte seit gestern zum engeren Kreis der Verdächtigen.

Da Petersens eigenes Team noch in den Federn lag, wie er annahm, telefonierte er mit seinem Stellvertreter in Husum. Rufus Hartland versprach, sich umgehend darum zu kümmern, und schickte sofort den Hubschrauber los, um Hark nach Hamburg zu bringen.

„Bis du in Hamburg bist, haben wir die richterlichen Anordnungen und die Teams vor Ort zusammen", versprach er.

45

Maximilian Matfeld sah sich eigentlich nicht als Kriminellen. Und schon gar nicht als einen Mörder! Er würde sich, wenn er sich selbst gefragt hätte, einfach nur als Geschäftsmann und Pragmatiker definieren. Aber er war sich durchaus bewusst, dass das für Polizei und Gerichtsbarkeit ein wenig anders ausschauen mochte. Ganz besonders, weil es einen Toten gegeben hatte. Einen *ermordeten* Toten!

Bis vor einer halben Stunde hatte er das trotzdem noch ganz gelassen gesehen. Sein Alibi für die Tatzeit war unumstößlich. Doch dann hatte er mit PYG das weitere Vorgehen besprechen wollen. Darum lagen jetzt zwei große Hartschalenkoffer auf seinem breiten Bett, in die er im Eiltempo alles hineinwarf, was ihm wichtig war.

Im Grunde genommen konnte er es immer noch nicht fassen, was ihm da gerade widerfahren war. Zunächst hatte er Sebastian Jordan direkt angerufen. Besser gesagt, er hatte es versucht. „Die Rufnummer ist nicht vergeben", verkündete ihm eine Englisch sprechende Computerstimme. Auch als er es ein zweites und ein drittes Mal versuchte, änderte die Stimme ihre Meinung nicht. Dann hatte er die zentrale Festnetznummer angewählt.

„PYG, Promote Your Goodness. Sie sprechen mit Linda. Guten Tag! Was kann ich für Sie tun?" Die Frauenstimme klang ebenso mechanisch wie die Computerstimme, die ihn gerade dreimal hatte auflaufen lassen.

„Max Matfeld hier", meldete er sich. „Verbinden Sie mich bitte mit Sebastian."

„Entschuldigung, mit was für einem Sebastian, bitte?"

„Sebastian. Sebastian Jordan, bitte!"

„Ein Sebastian Jordan ist mir nicht bekannt. Den gibt es hier nicht. Tut mir leid! Kann ich Ihnen in anderer Weise behilflich sein?"

„Was heißt ´er arbeitet hier nicht`? Ich habe erst letzte Woche noch mit ihm gesprochen. Wann hat er aufgehört?"

„Tut mir leid, einen Sebastian Jordan gibt es bei uns nicht", wiederholte sie nur.

„Wollen Sie mich auf den Arm nehmen?" Er überlegte kurz.

„Geben Sie mir Jeremiah Curly!", forderte er dann.

„Tut mir leid, unser Vorstandschef ist zurzeit in einer Besprechung. Aber auch sonst dürfte ich Sie nicht zu ihm durchstellen, er ist ein sehr beschäftigter Mann."

Beim letzten Satz schwang ein Anklang von Ablehnung in der bis dahin kontinuierlich ausdruckslos-freundlichen Stimme mit.

„Wie bitte? Was heißt hier ´nicht so einfach`? Hören Sie zu, Linda: Hier ist Maximilian Matfeld. Geschäftsführer von PBI. Wir sind Kooperationspartner von PYG. Sehr intime Kooperationspartner! Ich habe eine dringende Angelegenheit mit ihm zu besprechen!"

„Tut mir leid, Max, eine Kooperation mit PBI gibt es nicht." Die Stimme war im ausdruckslosen Modus zurück. „PYG vergibt keine Aufträge mehr an Sie. Aber ich notiere gerne Ihre Telefonnummer. Mr. Curly wird Sie zurückrufen, falls er es für richtig hält."

„Verdammt! Schluss jetzt mit den Spielchen!" Matfeld war außer sich. Wollte man ihn ausbooten und ihm das Problem mit dem Ermordeten alleine überlassen? Für einen Moment verlor er die Nerven. „Geben Sie mir Curly! Sofort! Glauben Sie ja nicht, dass ich mir das gefallen lasse! Wenn ich falle, fällt PYG mit! Ich habe alles, aber auch wirklich alles beweiskräftig dokumentiert!"

„Einen Moment, bitte!"

Es knackte in der Leitung. Für eine Minute oder zwei hörte Matfeld nichts als ein leises Rauschen. Dann knackte es wieder und er hörte Lindas Stimme, die sagte „Ich verbinde Sie jetzt."

„Max, entschuldigen Sie bitte, dass Sie warten mussten", hörte er eine freundlich-sanfte Männerstimme sagen. Matfeld hatte mit dem Boss der Bosse bislang nur ein einziges Mal gesprochen, aber er erkannte diese Stimme sofort wieder. Es war tatsächlich Jeremiah Curly. „Ich hörte, Sie wollten mich sprechen. Was kann ich für Sie tun?"

Die kurze Wartezeit hatte Matfeld gereicht, seinen Wutausbruch zu überwinden und über das nachzudenken, was er da gerade gebrüllt hatte. War er verrückt geworden, PYG zu bedrohen? Die sanfte Stimme von Curly jagte ihm einen kalten Schauder den Rücken hinunter. Er musste umgehend zurückrudern, wenn es dafür nicht schon zu spät war.

„Ähm, ja, Mr. Curly, Sir. Entschuldigen Sie, wenn ich störe! Ich muss dringend mit Sebastian Jordan sprechen, aber diese Linda behauptet, er arbeite nicht mehr bei Ihnen. Könnten Sie mir vielleicht bitte sagen, wie ich ihn erreichen kann?"

„Sebastian? Hmm, natürlich, Sebastian! Ja, selbstverständlich. Aber nicht am Telefon. Ich lasse Sie zu ihm bringen. Sind Sie im Büro? Nein? Ah, zuhause. Sehr gut! Bleiben Sie dort. Wir sind in spätestens zwei Stunden bei Ihnen und holen Sie ab."

Matfeld zitterte vor Angst, als er aufgelegt hatte. Sein Fehler war unumkehrbar, das war ihm nun klar. Er hatte keinerlei Zweifel daran, dass er mit seinem Team aus Singer und Sibender nicht die einzige Einsatztruppe war, die für PYG schmutzige Aufträge erledigte. Eine andere sollte er in zwei Stunden kennenlernen. Sie würden ihn verschwinden lassen, so wie sie vermutlich bereits seinen Auftraggeber Sebastian hatten verschwinden lassen, der sie zu dieser Schwachsinnsaktion mit Peter Kurtz genötigt hatte. „Ich lasse Sie zu ihm bringen", hatte Curly gesagt. Dazu wollte es Matfeld auf keinen Fall kommen lassen. Er würde selbst verschwinden, bevor man ihn verschwinden ließ.

Maximilian Matfeld klappte die Kofferdeckel zusammen, zog die Reißverschlüsse zu und klickte sie in ihre Zahlenschlösser. Im Büro würde er niemandem Bescheid sagen. Natürlich nicht! Sie würden sich am Nachmittag, vielleicht aber auch erst am Montag wundern, wo er denn bliebe, am Dienstag unruhig werden und am Mittwoch vielleicht die Polizei informieren, dass er vermisst werde. Bis dahin würde er längst irgendwo untergetaucht sein. Gut, dass er schon seit Jahren auf solch eine Situation vorbereitet war. In seiner Vorstellung war das zwar immer die Vorbereitung auf eine Flucht vor der Polizei gewesen, nicht vor den eigenen Leuten. Aber in der Praxis machte das jetzt keinen Unterschied. Er schaute noch einmal in den Pass, den er sich ins Revers gesteckt hatte. Von jetzt an würde er Matthias Vollstedt heißen. Er musste sich erst noch daran gewöhnen.

Mit leichter Wehmut schloss Matfeld, der nun Vollstedt hieß, die Tür seines Apartments hinter sich. Er hatte gerne hier gelebt. Er hatte auch seinen Job bei PBI geliebt. Aber all das würde er nun hinter sich lassen müssen. Er hatte einen riesigen Bock geschossen. Nun konnte er nur noch versuchen, seine Haut zu retten und hoffen, dass irgendwann Gras über die Sache gewachsen sein würde.

Die Fahrstuhltüren zur Tiefgarage öffneten sich. Misstrauisch schaute Matfeld in die von grellen Leuchtstoffröhren durchflutete Halle, in der, wie immer um diese Tageszeit, nur wenige Autos standen. Beruhigt stellte er fest, dass es totenstill war. Niemand da! „Kann ja auch noch gar nicht, du Idiot", dachte er beruhigt zu sich selbst. Schließlich war seit seinem Telefonat mit Curly noch nicht mal eine Stunde vergangen.

Er rollte die beiden schweren Koffer aus dem Fahrstuhl heraus und durchquerte mit ihnen die menschenleere Garage hin zu seinem Wagen. Die harten Räder der schweren Gepäckstücke waren erschreckend laut. Die Angst kam sofort wieder zurück: Sollten Curlys Killer doch schon da sein, würde er ihrer Aufmerksamkeit auf keinen Fall entgehen.

Aber es kam niemand. Er war vollkommen allein in der riesigen Halle, als er mit misstrauischen Blicken über die Schulter die Rücksitze seines Porsche Cayenne umklappte und das Gepäck in den Kofferraum wuchtete. Dann saß er im Wagen, drückte sich gegen die Rücklehne und in die Seitenwange des ledernen Sportsitzes und fühlte sich sofort deutlich sicherer, als er die 550 PS starke Maschine anschmiss. Ihr dumpfes Dröhnen füllte die Halle.

„Schade um den Wagen", überkam es ihn mit gewisser Wehmut. Zum Glück war es ja nur geleast. Er würde ihn irgendwo in einer Seitengasse im Norden von Paris zurücklassen, als Matthias Vollstedt in der Metropole untertauchen und nach ein paar Tagen mit Bartstoppeln und Sonnenbrille von Spanien, Italien oder Griechenland aus in Richtung Dominikanische Republik jetten. Er blickte auf die Uhr und musste trotz der angespannten Situation lächeln: Es war fünf vor zwölf.

„Na, das passt ja", dachte Matfeld, ließ den Motor an und steuerte den Wagen die gewundene Auffahrt der Tiefgarage hinauf. Schon ganz unten hatte er auf den Knopf seiner Fernbedienung gedrückt, der ihm die Schranke öffnen würde. Er glaubte zwar noch immer nicht wirklich, dass PYG in der Lage wäre, derart schnell Leute zu schicken; schließlich waren er und Sibender ja selbst die Einsatztruppe in Hamburg. Aber bei dem Gedanken, auch nur eine Sekunde vor der geschlossenen Schranke zu stehen, grauste ihm dennoch. Der Tank war voll! Er hatte nicht vor, den Motor vor Belgien auch nur ein einziges Mal zu stoppen.

Tatsächlich stand die Lichtanlage bereits auf grün, als er oben ankam. Er grinste beruhigt und trat das Gaspedal durch, aber sofort wieder auf die Bremse. Eine große schwarze Limousine hatte sich quer vor die Garageneinfahrt gestellt. Verdammt! Sie waren doch schon da!

46

Hark stand am Landeplatz und biss in ein Brötchen, das er sich mit auf den Weg genommen hatte. Allen Erwartungen zum Trotz hatte sein Magen schon auf dem Rückweg von den Matsens wieder angefangen zu knurren.

Der Hubschrauber ließ auf sich warten, so dass nach der kleinen Mahlzeit noch Zeit war zu telefonieren. Er kramte seinen englischen Wortschatz zusammen, den er in den letzten Jahrzehnten kaum hatte trainieren können, und wählte die Nummer von Gordon Blackstone, die Mary Matsen ihm geschickt hatte. Es dauerte eine Weile, bis endlich abgenommen wurde.

Mit einem kurz angebundenen „Yes" meldete sich schließlich eine nicht mehr ganz junge Frauenstimme.

„This is Hark Petersen from German murder police. I will talk to Gordon Blackstone, please", bat Petersen.

Schweigen auf der anderen Seite.

„Hello! Can you me understand? Gordon Blackstone, please", versuchte er es erneut.

Diesmal kam ein Schluchzen von der anderen Seite.

„Hello?", hakte er nach.

„You say you are from the homicide squad?", sagte nun die irgendwie bedrückt klingende Frauenstimme, und er dachte sich „Verdammt, Mordkommission heißt wohl nicht murder police, sondern homicide squad".

„Yes, homicide squad in Husum. Germany. Is this Gordon Blackstones number?"

„Gordon was murdered last week. How come you don't know?", kam es zurück. Verdammt, woher sollte er denn wohl wissen, dass Gordon letzte Woche ermordet worden war.

„Did not know", entschuldigte er sich. „My English not good. Sorry! My Ella calls later. Okay? She speaks English better. Sorry again and goodbye."

Noch ein Mord! Besser Ella würde da später noch mal anrufen und in Erfahrung bringen, was passiert war, dachte sich Hark. Er selbst fühlte sich mit der trauernden Dame sprachlich vollkommen überfordert.

In der Ferne hörte Hark den Hubschrauber. Er schaffte es aber noch vor dessen Landung, eine Nachricht mit den wichtigsten Infos und der Telefonnummer von Blackstone an Ella zu schicken. Anrufen wollte er sie jetzt noch nicht. Sie war sicherlich *noch* später ins Bett gekommen als er selbst.

Der Hubschrauber landete wie beim letzten Mal auf einer Wiese in der City Nord, und auch diesmal erwartete ihn Sofie Gessler wieder dort.

„Wie geht es Emre?", fragte er sie als erstes.

„Er ist ganz okay", antwortete sie. „Ist nur eine Fleischwunde. Zwei Wochen Krankschreibung. Danach sollte er dann wieder auf den Beinen sein. Buchstäblich. Ich soll dich herzlich von ihm grüßen."

„Vielen Dank! Grüß ihn bitte herzlich zurück! Es tut mir sehr leid, euch da in Gefahr gebracht zu haben."

„Muss es nicht. Da konntest du ja nichts für. Außerdem gehört das zum Job. Und zum Glück ist ja nichts wirklich Schlimmes passiert." Sie wechselte das Thema. „Die Spurensicherung ist schon oben im Büro. Der Geschäftsführer ist heute Morgen nicht zur Arbeit gekommen. Das sei aber nicht ungewöhnlich, meint die Büroleiterin. Kommissar Kröger ist gerade eben mit ein paar Einsatzwagen zu seiner Privatwohnung losgefahren. Nicht, dass der sich absetzt."

Im PBI-Büro war ein gutes Dutzend weiß gekleideter Frauen und Männer dabei, Akten und Computer in Kartons zu packen und nach unten zu einem Transporter zu bringen. Ein weiteres Dutzend kroch in jeder Ecke herum und nahm Proben von allem Möglichen. Hark teilte dem Einsatzleiter mit, dass es ihm vor allem um Spuren von Gewaltanwendung gegen Peter Kurtz ging, aber auch darum nachzuweisen, dass der Ecofare Sicherheitschef und sein furchterregender Begleiter hier gewesen waren.

Die drei an diesem Tag anwesenden PBI-Mitarbeiter, zwei Frauen und ein Mann, saßen in einer Art Konferenzraum beisammen und machten einen überraschend gleichgültigen Eindruck. Petersen ging zu ihnen, schloss die Tür hinter sich und stutzte. Irgendetwas irritierte ihn. Er blickte sich um, konnte aber nicht erkennen, was diese Irritation ausgelöst hatte. Anstatt es auf sich beruhen zu lassen, öffnete er die Tür, die er gerade geschlossen hatte. Die Irritation ließ augenblicklich nach. Er schloss die Tür, die Irritation war wieder da. Die Dame, die bei seinem ersten Besuch vorne am Eingang gesessen hatte und nun locker an den Konferenztisch gelehnt dastand, grinste ihn an.

„Schalldicht und abhörsicher", erklärte sie auf seinen fragenden Blick hin.

„Was bitte?"

„Der Raum. Unser Konferenzraum. Wände, Tür und Fenster schlucken jede Schallwelle. Hier werden Gespräche über Dinge geführt, von denen niemand etwas wissen soll."

„Über Straftaten?"

„Nein, über die Ergebnisse investigativer Recherchen, von denen die Welt erst dann erfahren soll, wenn wir selbst sie veröffentlichen", lachte die Dame und stellte sich als „Katrin Sauerbier, Büroleiterin" vor.

„Dann lassen Sie uns mal alle in einen weniger abhörsicheren Raum gehen, damit die Spurensicherung hier ihre Arbeit machen kann", erklärte Petersen und nahm die Angestellten mit sich hinaus in den Eingangsbereich.

„Schalldichter Raum", erklärte er draußen dem Einsatzleiter. „Sicherlich ein möglicher Ort für Befragungen unter Gewaltanwendung."

„Sagt Ihnen die Agentur PYG etwas?", fragte Petersen die Büroleiterin, nachdem sie alle in der Besucherecke im Eingangsbereich platzgenommen hatten.

„Sie gehört zu unseren Auftraggebern", antwortete sie nach kurzem Zögern, das deutlich machte, dass sie lieber nicht über Firmenangelegenheiten sprechen wollte.

„Welcher Art sind die Aufträge, die Sie von PYG bekommen?"

„Das müssen Sie schon Herrn Matfeld fragen. Ich bin nicht befugt, Auskunft über unsere Kunden zu geben."

„Und haben Sie diesen Mann schon mal gesehen?", fragte er und hielt ihr ein Foto von Ronald Sibender auf seinem Smartphone hin.

Sie schien sich ihre Antwort gut zu überlegen. „Er kommt mir ein wenig bekannt vor, aber genau wüsste ich das im Moment nicht", sagte sie schließlich. Es war die gleiche Art von Ausweichantwort, wie sie Sibender ihm seinerzeit zu Singer gegeben hatte.

„Und was ist mit Ihnen?", wandte er sich an die Kollegin und den Kollegen der Frau.

Sie sahen erst einander, dann die Büroleiterin an und gaben ihm nach weiterem Zögern praktisch die gleiche Antwort.

Petersen kannte diese Art von Zurückhaltung und Ausweichmanövern aus hunderten von Verhören. „Nun hören Sie mir mal alle drei gut zu", forderte er seine Gegenüber auf. „Hier geht es um einen Mordfall, nicht um irgendein Kavaliersdelikt. Ich weiß nicht – noch nicht –, wie weit Sie selbst darin verstrickt sind. Aber wenn Sie unsere Arbeit behindern, dann wird das auch für Sie nicht gut ausgehen. Versprochen!"

„Mord? Wieso Mord?" Katrin Sauerbier war überrascht und zeigte zum ersten Mal tatsächlich sowohl Interesse als auch eine gewisse Unruhe. „Wer ist denn ermordet worden?"

„Kennen Sie diesen Mann?", fragte der Kommissar und hielt ihr diesmal ein Foto von Peter Kurtz vor die Augen.

Die Frau wurde leichenblass. „Oh nein!", stammelte sie.

„Oh nein heißt, Sie kennen ihn nicht?"

„Oh nein, nein... Natürlich kenne ich ihn. Das ist Peter. Peter Kurtz. Ist er... ist er der Tote? Wann? Wieso denn... Ist er... ist *er* ermordet worden?", stammelte die Büroleiterin.

Petersen nickte fast unmerklich und beobachtete, wie sich die Augen der Frau mit Tränen füllten. Er sagte erst einmal gar nichts mehr, sondern gab Katrin Sauerbier Zeit, die Nachricht zu verdauen. Dabei beobachtete er interessiert, wie die Blässe in ihrem Gesicht ganz allmählich in ein zunächst helles, dann immer dunkler werdendes Rot überging. Der Kommissar geduldete sich noch eine Weile länger, bis er den richtigen Zeitpunkt für gekommen hielt, Öl in das Feuer zu gießen, das in seinem Gegenüber aufgeflammt war.

„Ja, Peter Kurtz wurde vor rund zehn Tagen zusammengeschlagen, gefoltert, auf Eisenbahnschienen gelegt und von einem Zug überfahren", eröffnete er ihr bewusst brutal.

„Diese Schweine!", platzte es aus der Frau heraus. Wut und Trauer verzerrten ihr Gesicht in einer unheilvollen Melange. „Jetzt wird mir klar, warum er sich nicht mehr meldet! Steckt Matfeld dahinter? Und Sibender? Bestimmt auch dieser ekelhafte Karol Singer! Ja, die sind hier gewesen! Immer wieder! Schon seit Jahren gehen die hier ein und aus. Immer mit Max im Konferenzraum. Bei geschlossener Tür. Ganz heimlich tun die jedes Mal. Immer dann, wenn Aufträge von PYG reinkommen. Max hebt Bargeld ab. Große Summen. Immer, wenn Sibender kommt. Diese Saukerle! Was hat Peter denen denn getan!"

„Was waren das für Aufträge von PYG?", fragte Petersen.

„Keine Ahnung", antwortete die Büroleiterin. „PYG ist Chefsache. Dazu findet sich auch nichts in den Akten. Auf den Überweisungen stehen nur irgendwelche Stichworte wie ´Aktion Shetland` oder ´Security Kongo` und so. Konnte ich nie was mit anfangen. Ich hatte mal gefragt, aber nur ein einziges Mal. Da ist Max total wütend geworden, weil mich das nichts angehe und ich meine Nase nicht da reinstecken sollte, wenn mir mein Job lieb ist."

„Und daran haben Sie sich gehalten?"

„Ja, klar! Mein Job *war* mir lieb!"

„Und haben Sie geglaubt, dass da irgendetwas Illegales am Laufen war? Können Sie sich vorstellen, was?"

„Nicht wirklich, um ehrlich zu sein. Unser Arbeitsfeld hat ja ganz viel mit Diskretion und Verheimlichung zu tun. Da fand ich es zwar komisch, aber irgendwie auch normal, dass es Bereiche gibt, von denen auch wir Angestellte nichts wissen sollten. Komisch ist mir das mit PYG aber vorgekommen."

„Warum?"

„Naja, über das meiste andere gab es irgendwie Infos, Notizen, Verträge, Rechnungen. Nur bei PYG blieb außer den Überweisungen alles unter dem Tisch."

„Und was hat das Finanzamt zu diesen Zahlungen ohne Rechnung gesagt?"

„Das hat nie was geprüft. Vermutlich, weil unsere Finanzen eh über London und Cayman laufen und darum bei uns nichts zu holen ist."

„Hatten Sie zu allen Auftragnehmern ein so gutes Verhältnis wie zu Peter Kurtz?", wechselte der Kommissar das Thema. „Sie scheinen sehr betroffen von seinem Tod zu sein."

Die Gesichtsfarbe von Katrin Sauerbier, die sich gerade wieder normalisiert hatte, wechselte erneut zu tiefrot. Ihrem Gesichtsausdruck nach zu urteilen, war es diesmal eher Verlegenheit als Wut. Auch ein paar Tränen flossen wieder.

„Stimmt! Wir hatten ein gutes Verhältnis. Oder... naja, ist jetzt ja auch egal...", sagte sie zögernd mit Seitenblick zu ihrer Kollegin. „Ja! Wir hatten ein Verhältnis! Wir hatten uns vor drei oder vier Jahren mal zufällig in der Stadt getroffen, haben uns danach gelegentlich verabredet und, das werden Sie bestimmt gleich fragen, ja, wir waren öfter mal zusammen im Bett. Aber Peter wollte nichts Festes, sich nicht binden. Darum hatten wir ein Verhältnis, aber keine wirkliche Beziehung."

„Sie hätten sich mehr erhofft?"

„Mehr gewollt? Ja! Mehr erhofft? Nicht wirklich. Mir war schon immer klar, dass er niemals mit mir oder irgendeiner anderen Frau zusammenziehen würde. Dafür war er nicht der Typ. Er wollte unabhängig sein. Er reiste ja ständig durch die ganze Welt. Aber wir mochten uns. Wir mochten uns sehr!"

Das Bürotelefon klingelte. Eine anonyme Nummer. Die Büroleiterin schaute Petersen fragend an. Er bat sie, abzunehmen und so zu tun als sei alles in Ordnung. Sie meldete sich auf Deutsch, ging dann aber sofort zu Englisch über. Hark konnte trotzdem recht gut mitverfolgen, was gesprochen wurde. Die Frau machte das super, fand er. Fast so, als hätten sie es vorher abgesprochen.

Das Telefonat war nur kurz, und als es beendet war, schüttelte Katrin Sauerbier ungläubig den Kopf. „Das war Ronald

Sibender, der mit verstellter Stimme behauptet hat, er wäre Sebastian Jordan. Das ist unser Kontaktmann bei PYG. Ich hab so getan, als ob ich es ihm abkaufe. Er wollte Max sprechen. Ich habe ihn auf den späten Nachmittag vertröstet."

„Gut gemacht!", lobte Hark.

47

„Bin ich denn wirklich so ein Despot?" Thomas Matsen war in seinen Gefühlen hin und her gerissen zwischen der Wut auf seine Frau, dass sie ihn hintergangen hatte, und dem Selbstzweifel, ob das nicht in Wirklichkeit *seine* und nicht *ihre* Schuld war.

„Nein, Liebling, du bist kein Despot! Nicht bei mir, zumindest. Aber du kannst leider verdammt stur sein, wenn du etwas nicht hören und nicht wissen willst."

„ Was soll denn *das* heißen: 'Nicht bei mir, zumindest'? Sonst hältst du mich für einen Despoten?"

Marybelle Matsen schaute ihren Ehegatten mit erstauntem Gesicht an. „Fragst du mich das etwa im Ernst?", staunte sie. Ihr Ton wurde nachdenklich, sie rang um die Worte. „Naja, sicherlich ist 'Despot' nicht ganz das richtige Wort. Aber es ist doch wohl so, dass du deinen Weg unbeirrt von anderen und sehr konsequent gehst und dabei nur auf dich selber vertraust."

„Der Erfolg gibt mir recht, oder?"

„Ich mache dir das doch gar nicht zum Vorwurf! Ganz im Gegenteil: Es gehört zu den vielen Eigenschaften, die ich an dir liebe. Nur ist es dadurch manchmal schwer, dich vor einem Fehler zu bewahren."

„Ach, und darum lügst du mich dann an?" Er wurde gerade wieder wütend.

„Ich habe dich nicht angelogen. Ich habe dir nur nicht gesagt, dass ich versuche, meine Auffassung über Sibender zu verifizieren."

„Deine *vorgefasste* Auffassung über ihn!", konterte er.

„Mein Gefühl über ihn, von dem du nichts wissen wolltest

und das sich jetzt ja als richtig herausgestellt hat", hielt sie dagegen.

„Aber du hättest es mir sagen müssen", fand er.

„Und dann? Was hättest du dann getan? Mir gesagt, dass ich das lassen soll! Oder hättest du sogar mit ihm darüber geredet und damit alle Chancen, ihm etwas nachzuweisen, vertan?"

„Ja, kann schon sein", räumte Matsen maulend ein. „Und trotzdem: Ich finde, wir sollten keine solchen Geheimnisse voreinander haben. Gibt es vielleicht noch mehr, wovon ich nichts weiß? Gibt es noch mehr Punkte, an denen ich dir nicht zuhöre und wo du mich deswegen ´zu meinem eigenen Wohl` manipulierst?"

„Darling, ich bitte dich! Ich manipuliere dich nicht! Ich habe ja versucht, es dir zu sagen. Immer und immer wieder. Und nur weil du es nicht hören wolltest und immer wütender auf mich geworden bist, habe ich das irgendwann sein lassen und versucht, etwas zu finden, was dich überzeugt. Sei mir deswegen bitte nicht böse!"

„Doch, bin ich!", fauchte er. „Ich weiß ja gar nicht mehr, wo ich dir überhaupt noch vertrauen kann!"

„Das kann doch nicht dein Ernst sein!", fauchte Marybelle zurück. „Natürlich kannst du mir vertrauen! In allem! Vergiss jetzt bloß nicht, dass ich das Ganze gemacht habe, um dich zu schützen, und nicht, um dich hinters Licht zu führen!"

Mitten in ihre Auseinandersetzung hinein meldete sich Marys Telefon. Sie hatte „Some Unholy War" von Amy Winehouse als Klingelton eingestellt. Die beiden sahen sich an. Dieser Song einer Frau, die auf Gedeih und Verderb zu ihrem Mann steht, passte gerade so verdammt genau in ihr Thema, dass es ihnen die Sprache verschlug.

„Dein Klingelton...", sagte er

„Mein Leben...", sagte sie.

„It's *you* I'm fighting for", sang Amy Winehouse: „*Du* bist der, für den ich kämpfe."

„Geh bitte ran", forderte er sie auf. Er brauchte Zeit zum Nachdenken.

Während seine Frau telefonierte, ließ er sich das gerade geführte Gespräch durch den Kopf gehen. Ja, sie hatte recht: Wenn er eine Idee verfolgte oder eine Meinung gefasst hatte, dann war er nur sehr schwer davon abzubringen. Das war in der Schule so gewesen, es zog sich durch seine Studentenzeit, in der er mit Demonstrationen und politischen Aufrufen die Welt verbessern wollte, und es hatte sich mit zunehmendem Alter und zunehmender Macht sicherlich noch weiter verstärkt. Dass er ohne diese Eigenschaft nicht annähernd dahin gekommen wäre, wo er heute stand, war die eine Sache. Aber er gestand sich ein, dass seine Frau unter diesen Umständen tatsächlich nur die Chance gehabt hatte, heimlich Nachforschungen zu betreiben. Und sie hatte offenbar ja sogar recht mit ihrem Meinungen und dem schlechten Gefühl Sibender gegenüber! Aus diesen Überlegungen zog er den Schluss, grundsätzlich so zu bleiben, wie er war, gleichzeitig aber mehr darauf zu achten, was andere ihm sagten. Und ganz besonders auf das, was Mary ihm sagte.

Mary hatte ihr Telefonat beendet und blickte ihn mit blassen, traurigen Augen an.

„Was ist los?", fragte er sie besorgt.

„Blackstone ist tot", antwortete sie zerknirscht. „Du weißt: der Privatdetektiv. Ermordet. Drei Tage nach diesem Journalisten. Das eben am Telefon, das war eine Assistentin von deinem Kommissar. Sie hatte mit Blackstones Witwe telefoniert. Die konnte ihr aber überhaupt nichts Genaueres sagen, nur dass er den Auftrag von *mir* bekommen hatte. Ich habe ihr die Nummer von John Johnson gegeben, dem britischen Umweltaktivisten. Hoffentlich ist dem nicht auch noch was passiert. Mein Gott, was habe ich da nur angerichtet!"

„Du? Wieso *du*? *Du* kannst doch nun überhaupt nichts dafür, wenn hier solche Irren herumrennen und Leute abschlachten."

„Aber ich habe Blackstone durch meinen Auftrag ja erst in Gefahr gebracht! Und ich habe Kurtz mit ihm zusammengeführt. Wenn ich das nicht gemacht hätte, würden beide heute wohl noch leben. Es ist so furchtbar! Alles meine Schuld!"

„Aber das hast du doch überhaupt nicht voraussehen können, Schatz! Du konntest schließlich nicht ahnen, dass das skrupellose Mörder sind! Mach dir bitte deswegen keine Vorwürfe. Die waren beide erwachsen und Profis auf ihrem Gebiet. Wenn überhaupt jemand, dann haben sie *selbst* den Fehler gemacht!"

Sie sah ihn fassungslos an. „Sie *selbst*? Du meinst, sie sind selber schuld, dass sie jetzt tot sind? Das kann doch nicht dein Ernst sein!"

„Schatz, so habe ich das nicht gemeint. Niemand ist schuld daran, außer den Mördern. Aber du eben auch nicht! Komm in meinen Arm und beruhige dich einfach. Vielleicht wäre es ja auch ganz anders gekommen, wenn ich von vornherein auf dich gehört hätte. Ich werde künftig ein offeneres Ohr für dich haben. Naja, zumindest werde ich es versuchen!"

Sie nickte und schmiegte sich an ihn. Ihr Gesichtsausdruck zeigte eine zweifelnde Hoffnung, dass eintreffen möge, was er da gerade gesagt hatte, und eine Liebe, die auch dann noch weiterbestehen würde, wenn diese Hoffnung sich bewahrheiten würde.

Sein Gesicht hingegen zeigte, dass das Thema für ihn mit dem Umarmung beendet war und er bereits zum nächsten überging. Matsen befasste sich immer nur so lange mit einer Sache, wie sie seiner Aufmerksamkeit oder Handlung bedurfte.

„Entschuldige mich für einen Moment, ich muss da noch was regeln", murmelte er, löste sich von ihr, griff nach seinem Handy und ging damit ins Haus. Es dauerte zehn Minuten, dann kam er wieder heraus, ein befriedigtes Lächeln auf dem Gesicht. Marybelle schaute ihn fragend an. „Sibender", sagte er nur und ließ sich entspannt in den Strandkorb fallen.

48

„Maximilian Matfeld?! Stellen Sie bitte den Motor ab und steigen Sie aus dem Wagen", forderte ihn ein älterer Mann in Zivilkleidung auf, der aussah, als hätte er einen ganz schlechten Tag. Zwei uniformierte Polizisten verschafften seiner Aufforderung mit vorgehaltenen Pistolen Nachdruck.

„Nun, besser die als die anderen", dachte der Manager. Vielleicht hätte er bei *denen* hier sogar noch eine Chance. „Was erlauben Sie sich! Was soll das Ganze! Das muss ein Irrtum sein!", plusterte er sich auf. Aber irgendwie klang das selbst für *ihn* wenig überzeugend. Allein der falsche Pass, der da in seiner Jackentasche steckte und eigentlich seine Rettung sein sollte, würde nun seinen Hals in die Schlinge bringen. Oder doch nicht? Vielleicht konnte er sich ja gerade *damit* herauswinden.

„Nein, ich bin *nicht* Maximilian Matfeld", sagte er im Aussteigen. „Mein Name ist Vollstedt. Matthias Vollstedt. Max hat mir nur seinen Wagen geliehen. Er ist heute zu Fuß zum Büro. Wenn Sie mir in die linke Brusttasche greifen wollen: Da steckt mein Ausweis."

Dummerweise fiel der Polizist nicht darauf rein. „Lassen Sie den Mist, Herr Matfeld! Wir wissen, wie Sie aussehen und dass Sie keinen Zwillingsbruder haben." Mit diesen Worten zog er den Ausweis aus Matfelds Jackentasche, schlug ihn auf und betrachtete ihn eingehend. „Sieht echt aus", brummelte er dann. „Sehr gute Arbeit! Sie müssen uns unbedingt erzählen, wer das gemacht hat. Aber später. Jetzt sind Sie erst einmal vorübergehend festgenommen wegen des dringenden Verdachts, an der Tötung von Peter Kurtz beteiligt gewesen zu sein." Dann klärte er ihn über seine Rechte auf.

„Ich will meinen verdammten Anwalt sprechen", maulte Matfeld, während die Uniformierten ihm Handschellen anlegten und in einen Polizeiwagen schoben.

„Sie können uns viel Zeit und Nerven ersparen, wenn Sie uns gleich erzählen, wie sich das alles abgespielt hat", sagte Petersen und schaute Maximilian Matfeld dabei herausfordernd in die Augen.

Gemeinsam mit seinem Hamburger Kollegen Henning Kröger saß er dem PBI-Geschäftsführer in einem Vernehmungsraum gegenüber, der er im Vergleich zu dem in seiner immer noch provisorischen Dienststelle in Husum beneidenswert professionell ausgestattet war.

„Ich weiß wirklich nicht, was Sie von mir wollen", antwortete der Verdächtige. „Ich habe nichts verbrochen!"

„Passfälschung!", brüllte Kröger ihn an. Er war naturböse.

„Ich hab doch schon gesagt: Das war ein Scherz! Dieser Matthias Vollstedt hat mir den Pass geschenkt, weil wir uns zufällig so ähnlich sehen. Was kann ich dafür, wenn Sie ihn jetzt nicht unter dieser Adresse finden!"

„Sie wollten mit falschem Pass untertauchen!"

„Unsinn, ich wollte nur ein paar Tage Urlaub machen."

„Mit zwei riesigen Koffern und 50.000 Euro im Gepäck. Ohne in der Firma Bescheid zu sagen!"

„Ich zieh mich eben gerne öfter mal um und hau im Urlaub richtig auf den Putz. Katrin hatte ich 's außerdem gesagt. Wenn die das vergessen hat..."

„Sie haben sich mir gegenüber als Vollstedt ausgegeben!"

„Stimmt! Sorry! Kommt nicht wieder vor!"

„Mann, wollen Sie mich verarschen!"

„Aber Herr Kommissar..."

„Na gut, Herr Matfeld, dann passen Sie jetzt mal auf!", mischte sich Petersen wieder ein. „Wenn Sie mir nicht erzählen wollen, was war, dann erzähle ich es Ihnen jetzt: Sie haben Peter Kurtz ins Büro bestellt und ihn dort gemeinsam mit Karol Singer und Ronald Sibender in Ihrem abhörsicheren Raum zusammengeschlagen. Wir haben dort Blutspuren, Hautpartikel und Kleidungsfasern von Kurtz gefunden. Dann haben Sie und Ihre Komplizen ihn auf den Hindenburgdamm gebracht und von einem Zug überfahren lassen. Kurtz hatte Beweise, dass Sie im Auftrag von PYG Anschläge auf Ecofare verübt haben. Diese Beweise haben jetzt *wir*. Dann haben Sie Karol Singer beauftragt, Harald Ruhlander in seinem Redaktionsbüro zu überfallen. Wir haben Singer schon in Haft. Sibender schnappen wir, sobald er aus Afrika zurück ist. Tun Sie sich den Gefallen, uns Ihre Version zu erzählen, bevor uns die beiden *ihre* Sicht der Dinge schildern."

„Das mache ich natürlich gerne", lächelte Matfeld. „Dann passen Sie mal gut auf: Ich habe mich, wie ich Ihnen ja längst erzählt hatte, am Ostermontag mit Peter Kurtz in meinem Büro getroffen. Allein! Mag sein, dass diese Leute, die Sie da erwähnen, ebenfalls im Gebäude waren, wenn Sie deren Handys dort geortet haben. Ich habe sie jedenfalls nicht gesehen. Kurtz ist gegen 19:15 Uhr gegangen, ich etwa eine Viertelstunde später. Falls er, wie Sie behaupten, in unserem Büro geschlagen wurde, dann muss das später passiert sein, als ich wenig später mit einem Bekannten im Restaurant saß – Sie können ihn und die Kellner gerne befragen. Oder es war noch später, als ich im Nacht-Flieger nach Island saß. Als Kurtz starb, war ich in Island und erst einen Tag später zurück. Dafür gibt es Dutzende von Zeugen. Woher also nehmen Sie all Ihre haltlosen Behauptungen? Entweder Sie lassen mich jetzt gehen oder Sie holen endlich meinen Anwalt her. Ohne den habe ich meiner Aussage nämlich nichts mehr hinzuzufügen."

„Laufen lassen? Sie haben sie wohl nicht mehr alle!", brüllte Kröger den Geschäftsführer an. „Sie bleiben hübsch brav hier! Gefälschter Pass und Fluchtgefahr. Das allein reicht schon für eine ganze Weile Kost und Logis. Glauben Sie allen Ernstes, Ihre Kumpel werden Sie decken!"

Matfeld lehnte sich grinsend in seinem Stuhl zurück. „Anwalt", sagte er noch, dann machte er die Geste eines sich zuziehenden Reißverschlusses vor seinem Mund, verschränkte die Arme vor der Brust und spielte den Zuversichtlichen.

Petersen war sich gar nicht mehr so sicher, dass diese Zuversicht unberechtigt war. Tatsächlich hatten sie außer den Indizien, die Matfeld, sofern das mit den Alibis stimmte, gerade weitgehend entkräftet hatte, und dem falschen Pass wenig in petto. Aber wenn der Manager sich so sicher fühlte, warum hatte er dann abhauen und sein gesamtes erfolgreiches Leben hinter sich lassen wollen? Nein, so schnell würde er nicht aufgeben wollen. Er war sich sicher: Da ging noch was.

Die Tür öffnete sich. Ein Polizeibeamter kam herein und flüsterte Henning Kröger etwas ins Ohr. Der wiederum gab Petersen ein Zeichen, mit ihm den Raum zu verlassen. In der Tür stießen sie fast mit einem mit einem hellgrauen Anzug, Weste und Krawatte elegant gekleideten, dicklichen Mann zusammen, der den Vernehmungsraum gerade in Begleitung eines Polizeibeamten betreten wollte. Er stellte sich als Firmenanwalt von PBI vor und wollte mit Maximilian Matfeld sprechen.

„Trifft sich gut", meinte Kröger. „Er sitzt drinnen. Gehört ganz Ihnen. Die Mikrofone sind bereits abgeschaltet."

Petersen ließ sich vom Kollegen bereitwillig und ohne nach Gründen zu fragen mitziehen. Er würde schon gleich herausfinden, worum es ging. Sie nahmen schweigend den Fahrstuhl hinunter ins Erdgeschoss. Dort führte Kröger ihn in einen Raum, der vollgestopft war mit Technik und dessen heruntergezogene Jalousien kaum Tageslicht hereinließen.

Ein sportlicher, braungebrannter Mann um die vierzig stand von seinem mit drei Bildschirmen völlig zugestellten Schreibtisch auf und kam ihnen entgegen. Kröger stellte ihn als Leiter der IT-Abteilung vor. Die Kollegen hatten Matfelds Koffer durchsucht und waren auf eine externe Festplatte gestoßen, deren Passwort den Angriffen der Polizei-Informatiker nicht lange standgehalten hatte. Kaum war es geknackt, wähnten sich die Computerfachleute und ihre Polizeikollegen im Paradies: Matfeld hatte akribisch alle Anweisungen von PYG und Aktionen von PBI aufgelistet und mit Überweisungsbelegen,

Fotos und Tonaufnahmen und anderem mehr unterlegt. Die Aktionen waren überwiegend Anschläge und richteten sich vor allem gegen Ecofare. Es waren aber auch Anschläge gegen einige andere Unternehmen dabei, berichtete der IT-Chef.

Die Kommissare konzentrierten sich auf die jüngsten Aufzeichnungen, die in einem mit „Kurtz" betitelten Ordner abgelegt waren. Es waren mehrere Audiodateien darunter: Mitschnitte von Gesprächen. Bei einem von ihnen erkannte Petersen die Stimmen von Sibender und Singer. Bei zwei anderen sprach Matfeld am Telefon mit einem „Sebastian". Hark konnte sein Glück kaum fassen. Selbst Krögers Gesicht zeigte ein breites Grinsen. Kröger hob die Hand zum High Five und Petersen schlug mit seiner dagegen. Dann beeilten sie sich, zu Matfeld zurückzukommen.

Der Manager saß kreidebleich und in sich zusammengesunken auf seinem Stuhl, als sie den Vernehmungsraum betraten. Der Anwalt hingegen hatte einen hochroten Kopf. Er schien im Raum auf und ab gelaufen zu sein und kam auf sie zugestürzt, sobald sie die Tür geöffnet hatten.

„Was fällt Ihnen ein, uns hier eine geschlagene Stunde warten zu lassen!", brüllte er die Polizisten an. „Ich verlange die sofortige Freilassung meines Mandanten! Der Scherz mit dem Pass ist kein Haftgrund und die angebliche Fluchtgefahr ist völlig absurd. Herr Matfeld ist ein angesehenes Mitglied der Gesellschaft, Geschäftsführer einer namhaften Agentur und hat einen festen Wohnsitz..."

„... den er gerade im Begriff war, mit Sack und Pack zu verlassen", fuhr Kröger in gleicher Lautstärke in den Redefluss hinein.

„Außerdem geht es hier, wie schon betont, nur am Rande um ein Passvergehen", mischte Petersen sich mit ruhiger Stimme ein. „Wir werfen Ihrem Mandanten Anstiftung zum Mord, Beauftragung von Straftaten und Mitgliedschaft in einer kriminellen Vereinigung vor."

„Schwachsinn", brüllte der Anwalt. „Dafür haben Sie weder Beweise noch irgendwelche Indizien."

„Bei seiner Verhaftung hatten wir bereits sehr handfeste Indizien", widersprach Petersen, der weiterhin die Ruhe selbst war. „Inzwischen sind unwiderlegbare Beweise hinzugekommen. Herr Matfeld war so freundlich, diese Beweise selber hieb- und stichfest zusammenzutragen und wohlgeordnet auf einer Festplatte abzuspeichern. Sie war in seinem Reisegepäck und wurde inzwischen von uns ausgelesen. Unterlagen, Fotos, Gesprächsmitschnitte... alles lückenlos dokumentiert. Vielen Dank, können wir da nur sagen!"

Bei Petersens letzten Worten war der Manager noch blasser geworden und starrte seinen Anwalt voller Entsetzen an. Der antwortete mit einem vernichtenden Blick auf seinen Mandanten, griff nach seiner Aktentasche und ging wortlos zur Tür.

„Wie jetzt, Sie wollen nicht bleiben?", fragte Petersen überrascht. „Gerade jetzt wird Ihr Mandant Sie brauchen."

„Ich habe mein Mandat soeben niedergelegt", antwortete der Anwalt tonlos. „Wenn Sie mir dann bitte die Tür öffnen würden!"

„Wollen Sie jetzt endlich mit uns reden oder sich erst einmal mit einem anderen Anwalt besprechen?", erkundigte sich Petersen, als die Tür sich wieder geschlossen hatte.

„Ich bin tot! Die bringen mich um!", stammelte Matfeld nur vor sich hin.

„Wer bringt Sie um?", übernahm Kröger das Wort.

„Die haben ihre Leute auch im Knast, hat er gesagt. Ich werde ihnen nicht entkommen. Ein Wort, dann ist es zu Ende mit mir, hat er gedroht. Aber wenn Sie jetzt schon alles haben, die Festplatte, die Beweise... Die machen mich platt! So oder so! Die bringen mich um! Ratzfatz aus!"

„Wer bringt Sie um? Wer hat Ihnen gedroht? Der Anwalt?"

„Der Anwalt, PYG, Curly, die Öl-Leute, Leute wie Sibender und Singer", schluchzte Matfeld. Von dem smarten, selbstsicheren Manager war nicht mehr viel übrig. Er zitterte, schien vollkommen neben sich zu stehen, machte einen nur noch verängstigten Eindruck. Dann riss er sich sichtbar zusammen, schaute zu Petersen auf und druckste etwas, was klang wie „Kronzeugenregelung? Neue Identität?"

„Haben Sie denn mehr zu bieten als die Aufzeichnungen, die wir ohnehin schon haben?", lachte Kröger höhnisch.

Matfeld sackte sofort wieder in sich zusammen, schien fieberhaft nachzudenken. Dann schnellte sein Kopf erneut hoch.

„Mit meiner Zeugenaussage vor Gericht können Sie sie doch erst richtig festnageln, oder?", fragte der Manager hoffnungsvoll.

„Könnte zumindest hilfreich sein", räumte Petersen ein. „Aber ob das dem Staatsanwalt reichen wird... Ich kann mal mit ihm reden. Erzählen Sie uns jetzt erst einmal alles zu Peter Kurtz und den Anschlägen auf Ecofare. Und was Sie sonst noch so haben. Dann sehen wir weiter."

49

Christine und Leif hatten auch für den Freitag ein Programm für ihre Gäste auf die Beine gestellt. Die Tide stand günstig, so dass die Hochzeitsgesellschaft ausschlafen und danach bei weiterhin schönstem Frühlingswetter nach Föhr hinüberwandern konnte. Das frischgebackene Ehepaar hatte eine individuelle Tour nur für seine Gäste gebucht. Die beiden waren auch selbst wieder dabei, denn die Hochzeitsreise würde bis zum Herbst warten müssen. Weder er noch sie konnten ihre Arbeitsstellen während der Saison so lange verlassen.

„Puh, das wird hier ja der reinste Fitness-Urlaub", stöhnte Ella als sie hörte, dass vom Treffpunkt an der Odde aus gut zehn Kilometer vor ihnen liegen würden. Aber ihr fröhlicher Gesichtsausdruck machte deutlich, dass sie sich in Wahrheit mehr darüber freute als dass sie darunter litt. Bis zur Odde hatten sie ja auch ganz entspannt das Fahrrad nehmen können.

Die Truppe war diesmal ein wenig kleiner als an den Tagen davor. Die Amrumer hatten komplett abgewunken – mit Ausnahme von Mara, die jede Minute mit ihrer Cousine genoss und seit ihrer Erbschaft über ein beliebiges Reservoir an Freizeit verfügte. „Schon tausendmal gemacht und zu viel zu tun", hatten die Einheimischen gemeint und die anderen auf ein Wiedersehen am Abend vertröstet. Die Auswärtigen sahen dem Ausflug umso freudiger entgegen. „Das muss man mal gemacht haben", hatte ihnen ja auch jeder versichert.

Freddy hatte die Wanderung nach Föhr bereits früher ein paar mal absolviert: ganz am Anfang ihrer Ehe, als Hark ihr die Insel mit all ihren Facetten vorgestellt hatte, und später noch einige Male mit den Kindern. Da Hark heute aber den ganzen Tag unterwegs sein würde, hatte sie sich den anderen trotzdem mit Freude angeschlossen.

Die Ausflügler waren mit kurzen Röcken, kurzen Hosen und nackten Füßen gut für den Marsch über den Meeresgrund zur Nachbarinsel gerüstet, denn ganz trockenen Fußes ging das auch bei Niedrigwasser nicht vonstatten. Schon kurz nach dem Start an der Odde galt es nämlich, einen Priel zu durchqueren, der 24 Stunden am Tag Wasser führte. Schuhe, Strümpfe und Ersatzkleidung hatten sie in Rucksäcken auf dem Rücken dabei.

„Heute ist 's mit dem Priel aber nicht so wild", hatte der Wattführer angekündigt. „Vorgestern war Halbmond, und wir steuern darum jetzt auf eine Nipptide zu. Da ist der Wasserstand viel niedriger als sonst." Dann hatte er grinsend auf den selbst bei diesem Anlass mit Sakko und Fliege elegant gekleideten Redlef geschaut, dessen Beine in deutlich knielangen Bermudashorts aus edlem britischem Tweed steckten. „Na, aber sooo niedrig wirds denn wohl doch nicht werden."

Redlef grinste breit zurück, griff zwei unter dem Saum versteckte Bänder und zog daran. Die Hosenbeine glitten dreißig Zentimeter nach oben und gaben damit weit mehr Bein frei, als beim Wattführer selbst.

„Okay, wie ich jetzt sehe, sind wir tatsächlich alle gut vorbereitet", lachte der und gab das Signal zum Aufbruch.

Die Wanderung führte sie zunächst an einem Bohlenweg entlang zur Odde und von dort schräg in nördlicher Richtung auf das trockengefallene Watt hinaus. Der Boden war ein wenig rutschig.

„Das gibt sich bald", versprach der Wattführer.

Sie passierten kleine grüne Flächen aus Quellern und Algen, durchwanderten weite Felder, die dicht an dicht mit Wattwurmhügeln gesprenkelt waren, und trafen schon bald auf den angekündigten Priel. An diesem Tag war er aber tatsächlich weder sehr breit noch sonderlich tief, so dass Redlef seinen Hosentrick eigentlich gar nicht einsetzen musste. Aber die Strömung in diesem Wasserlauf war trotzdem recht ordentlich. Man konnte sich vorstellen, welche Kräfte sich bei auflaufendem oder ablaufendem Wasser in ihm bilden würden.

„Das sollen acht Kilometer sein?", staunte Ella mit Blick auf die Insel Föhr. „Sieht doch eigentlich ganz nah aus. Das hätte ich höchstens auf die Hälfte geschätzt."

„Damit haben Sie auch vollkommen recht", bestätigte der Wattführer. „Aber wir können hier nicht einfach geradeaus laufen, denn da gibt es Schlickflächen und einen Wattstrom, der viel zu tief ist. Wir müssen uns westlich von diesem Strom in Richtung Norden halten. Erst da fällt er bei Ebbe trocken. Wir kommen darum auf der Höhe von Dunsum nach Föhr."

Auf der anderen Seite des Priels war der Untergrund wirklich, wie versprochen, weniger glatt und auf weite Strecken sogar trocken, fest und sandig. Sie kamen gut voran und freuten sich über die Erklärungen des Wattführers zu all den Muscheln, Würmern, Krebsen und anderen Tieren, die hier im Nationalpark Wattenmeer ihren einzigartigen Lebensraum gefunden hatten. Einige von ihnen grub er aus und zeigte sie ihnen. Dann sprach er von den riesigen Vogelschwärmen, die hier auf ihren Wanderungen einen stets reich gedeckten Tisch für sich vorfanden und deutete auf eine große Wolke von Knutts. Sie waren wie zur Bestätigung gerade vom Wattboden aufgestiegen und flogen zum nächsten Futterplatz.

„Schau nur, diese unendliche Weite", schwärmte Beatrice und zupfte Redlef am Ärmel. Tatsächlich wurde der Blick hier, zwischen den beiden Inseln, von keiner einzigen Erhebung unterbrochen.

„Ist schon beeindruckend", meinte Redlef ein wenig freudlos. „Aber so richtig schön finde ich es, ehrlich gesagt, nicht. Ist mir irgendwie ein bisschen zu farb- und konturlos und zu wenig Abwechslung drin."

„Ach du", lachte sie und wirbelte fröhlich mit ausgestreckten Armen im Kreis. „Guck doch mal: Man kann hier doch auf 360 Grad den Horizont betrachten. Und überleg nur: In ein paar Stunden ist das alles wieder Meer."

„Und die fehlende Ablenkung hebt deine strahlende Schönheit noch umso mehr hervor", sagte er mit ernster Miene und gab ihr einen Kuss.

Am Ende der Wanderung wartete ein Bus auf die Gruppe. Er stand auf einem Parkplatz direkt hinter dem grün bewachsenen Deich bereit, der die Insel vor den manchmal wütend tobenden Fluten schützte. Der Busfahrer hatte Lunchpakete und Getränke dabei, mit denen sich die Wanderer stärken konnten, während sie zu einer Rundfahrt über die Insel starteten.

Die Insel war auch jetzt, Anfang Mai, schon ungeheuer grün. Es gab Felder, Dörfer und Windmühlen zu betrachten. Bei Borgsum besichtigten sie den gewaltigen Erdwall der Lembecksburg und in Nieblum die Kirche. Schließlich setzte der Bus die Gesellschaft am Fähranleger in Wyk ab, von wo aus sie mit der Fähre nach Wittdün zurückkehren konnten. Müde und erschöpft von dem langen Ausflug freuten sich alle auf zwei ruhige Stunden in ihren Unterkünften, bevor sie sich zum letzten gemeinsamen Abendessen dieses Hochzeitsurlaubs wiedertreffen würden.

50

Es war fast schon Mitternacht, als der Hubschrauber ihn auf der kleinen Landewiese außerhalb von Nebel absetzte. Hark war hundemüde und erschöpft von der stundenlangen Vernehmung. Trotzdem oder gerade deswegen freute er sich auf den Heimweg durch das wie ausgestorben wirkende Dorf. Bewegung und Sauerstofftanken waren den ganzen Tag über zu kurz gekommen.

Die Sterne funkelten am Himmel, und nachdem der Hubschraubermotor in der Ferne verklungen war, war es totenstill. Nur seine eigenen Schritte klangen durch die Nacht. Kein Auto, kein Fahrrad, kein Fußgänger begegnete Hark auf dem nächtlichen Weg durch das gut beleuchtete Dorf. Selbst die Vögel schienen schlafen gegangen zu sein.

Während Hark den Waasterstig hinunterschlenderte, wich die Müdigkeit einer entspannten Ruhe. Er spürte, wie die Freude über den so gut wie gelösten Fall in ihm hochstieg. Matfeld hatte nach anfänglichem Zögern eine vollständige Beichte abgelegt und seine gesammelten Beweise mit eidesstattlichen Erklärungen untermauert. Zusammen mit dem, was Harks eigene Mannschaft zusammengetragen hatte, würden sie die Anklage vor Gericht lückenlos untermauern können.

Hark kam an einem Fahrradverleih vorbei. Den hatten Christines Brüder bis vor einem Jahr noch betrieben, dachte er und blieb davor stehen. Der Anblick des Verkaufsraums und der auf dem Platz davor abgestellten Räder unterschied sich kaum von damals, fand er. Wer mochte das Geschäft wohl heute betreiben? Christines Firma selbst? Oder hatte einer der anderen Verleiher auf der Insel das übernommen? Er nahm sich vor, Leif und Christine zu fragen, oder auch schon Tante Lizzy morgen beim Frühstück.

Ein Taxi kam zügig den Noorderstrunwai herunter, als Hark ihn gerade überqueren wollte. Er blieb stehen, um es vorbeizulassen, aber es hielt direkt vor ihm und versperrte den Weg über die Straße. Während Hark noch überlegte, ob er vorne oder hinten daran vorbeigehen oder einfach abwarten sollte, dass es doch noch weiterfuhr, öffnete sich die Beifahrertür und Freddy stieg aus.

„Hallo Fremder, so spät noch allein unterwegs!", sagte sie mit betont rauchiger Stimme und schlang ihre Arme um ihn. Das Taxi bog derweil nach rechts in den Waasterstigh ab und brauste in die Richtung davon, aus der Hark gerade gekommen war.

„Begrüßen Sie nächtliche Wanderer immer auf diese Weise?", stieg Hark auf ihr Spiel ein.

„Nur die, die mir gefallen", antwortete sie und gab ihm einen langen Kuss.

Arm in Arm schlenderte das Paar die kurze verbliebene Strecke zu Lizzys Haus. Freddy erzählte ihrem Mann dabei von einem herrlichen Wandertag, den sie mit den Freunden erlebt hatte, und einem wunderbaren Essen mit erlesenen Weinen, von dem sie gerade zurückkehrte.

„Stell dir vor, ich habe mich sogar ein wenig mit Schneewittchen anfreunden können", plapperte sie fröhlich, während sie die Stufen zu ihrer Wohnung hinaufstiegen.

Hark sah sie fragend an. „Schneewittchen?"

„Mara natürlich", lachte sie. „*Du* hattest doch gesagt, dass sie aussieht wie Schneewittchen. Eine unglaubliche Schönheit! Und dabei total nett! Wusstest du, dass sie trotz ihrer Millionen immer noch als Kellnerin jobbt?"

„Kann ich gut verstehen", sagte er. „Es macht ihr einfach Spaß, in der Stranddisko an der Bar zu bedienen oder bei Moritz im Roten Hahn auszuhelfen. Warum sollte sie darauf verzichten?"

„Auch wieder wahr", räumte Freddy ein. „Ich würde ja auch nicht meine Praxis schließen, nur weil die Konten überlaufen. Aber jetzt erzähl mal, wie war denn dein Tag? Ist ja echt spät geworden. Hast du die ganze Zeit gearbeitet?"

„Ja, war ganz schön lang und zum Schluss auch ziemlich ermüdend. Aber wir haben alles aufgeklärt und mit Beweisen untermauert", sagte Hark und grinste stolz über das ganze Gesicht.

„Im Ernst? Das ist ja großartig! Erzähl!"

„Das mache ich lieber morgen", gähnte Hark. „Ich bin hundemüde. Lass uns jetzt lieber schlafen gehen."

„Ach komm, erzähl. Wenigstens kurz. Wer ist 's gewesen und warum haben sie den Journalisten getötet?"

„Na gut", lächelte er, denn eigentlich wollte er es ihr ja auch gerne erzählen. „Aber nur ganz kurz! Also: Da gibt es diese Marketingagentur PYG mit Zentrale auf den Bahamas. Die macht offiziell Werbung für Öl- und Autokonzerne, verbreitet unter der Hand aber vor allem Negatives über die Konkurrenten ihrer Auftraggeber. Wenn es nicht genug Negatives gibt, lässt sie es über das internationale Recherchenetz von PBI ausgraben. Wenn nichts Negatives gefunden wurde, haben sie Unfälle arrangiert und sie als Sicherheitslücken ihrer Konkurrenten dargestellt. Hauptziel der letzten Jahre war dabei Ecofare. Soweit alles klar?"

„Ja, schon, aber wieso ausgerechnet Ecofare?"

„Weil Ecofare extrem erfolgreich ist und damit die größte Bedrohung darstellt. Wenn das Ecofare-Modell Schule macht, können die Ölmultis und Hersteller von Verbrennungsmotoren einpacken."

„Ja, das hatte Tommy auch so erzählt", stimmte Freddy zu. „Aber wer hat denn nun den Journalisten umgebracht und warum?"

„PYG war sich wohl ziemlich sicher, dass Ecofare irgendwo Dreck am Stecken haben muss, und hat deshalb über PBI einen der besten Enthüllungsjournalisten darauf angesetzt", erzählte Hark. „Der ist dann aber stattdessen mit Hilfe von Mary Matsen und einem britischen Privatdetektiv auf den ganzen Dreck um PYG gestoßen und hatte vielleicht auch schon geahnt oder sogar gewusst, dass PBI mit drinsteckte. Aber er hat wohl nicht damit gerechnet, wie skrupellos diese Leute sind. Sonst hätte er ein einsames Treffen mit Matfeld sicherlich vermieden."

„Und dieser Matfeld hat ihn dann umgebracht?"

„Nicht selber. Aber er hat Sibender und Singer im Namen von PYG damit beauftragt. Die beiden haben ihn halbtot geschlagen, und dann hat Sibender ihn zusammen mit einem gewissen Juan, der die Lok gefahren hat, auf die Gleise gelegt. Singer fuhr im anderen Zug mit. Wir nehmen an, dass er sicherstellen sollte, dass Peter Kurtz tatsächlich tödlich getroffen war. Andernfalls hätte er nachgeholfen."

„Das ist ja total grausig." Freddy schüttelte angewidert den Kopf. „Aber warum haben sie das so kompliziert gemacht, anstatt ihn einfach irgendwo verschwinden zu lassen?"

„Wegen der Anweisung, es Ecofare in die Schuhe zu schieben. Das hielten sie offenbar für besonders raffiniert. Wäre es ja vielleicht auch gewesen, wenn sie ein bisschen weniger schlampig vorgegangen wären. Wir konnten Sibender inzwischen sogar die DNA zuordnen, die wir im Ecofare-Zug direkt neben der von Kurtz gefunden hatten. Wie blöd kann man sein!"

„Ist doch toll!", freute sich Frederike. „Dadurch haben wir doch jetzt endlich Urlaub. Oder?"

„Naja, nur so halbwegs. Der Haken ist, dass wir im Moment nur Matfeld und Singer hinter Gittern haben. Sibender ist in Afrika. Ich fürchte, der ist gewarnt und kehrt erst einmal nicht freiwillig zurück. Und von diesem Lokführer haben wir nichts außer dem Vornamen Juan, und selbst der ist vermutlich noch falsch."

„Ach was, keine Sorge, die kriegst du schon noch", sagte Freddy mit ernstem Gesicht. „Das eilt nun ja wirklich nicht mehr. Komm, lass uns ins Bett gehen, es ist fast schon eins."

51

Ronald Sibender stand schwitzend am Rande der Schürfgrube und blickte hinunter auf die Arbeiter, die Tantalit aus dem Erdreich siebten. In späteren Arbeitsschritten würde daraus Coltan gewonnen werden, das Ecofare für seine Kondensatoren brauchte. Die Minenleitung hatte riesige Planen aufstellen lassen. Sie schützten die Arbeiter ein wenig vor der sengenden Sonne. Das war eine von diesen vielen Kleinigkeiten, mit denen Matsen die Lebensumstände für die Arbeiter verbessern wollte, dachte Sibender düster. „Verdammter Gutmensch!"

Die neuen Sicherheitsleute, die er am Morgen eingestellt hatte, hatten ihre Stellungen am Rande des Minengeländes bezogen. Ihre Schnellfeuergewehre hielten sie stolz im Anschlag. Dadurch waren sie leicht von den alten Hasen der Wachmannschaft zu unterscheiden, die ihre Waffen lässig über der Schulter trugen. In ein oder zwei Wochen würden auch die Neuen zu dieser entspannteren Haltung übergegangen sein, wusste Sibender aus Erfahrung.

Thomas Nbado, der Sicherheitschef vor Ort, hatte mal wieder ein gutes Händchen bei der Vorauswahl bewiesen. Sibender konnte alle zwölf Männer, die er ihm vorgestellt hatte, bedenkenlos einstellen. Ob sie am Ende tatsächlich ihren Kopf zum Schutz der Mine hinhalten würden, wenn eine der in der Gegend marodierenden Konfliktparteien angreifen würde, hätte er zwar nicht sagen können. Vielleicht würden sie auch weglaufen oder sich den Angreifern unter Mitnahme ihrer Waffen anschließen. Aber die Chancen standen bei diesen Ausgewählten nicht schlecht, dass sie ihrem Arbeitgeber die Treue hielten.

Sibender schaute auf die Uhr. Er hatte noch gut eine Stunde Zeit bis zur Abreise nach Kigali. Wenn er denn überhaupt nach Deutschland zurückkehren wollte. Das Foto, das ihm Petersen von Singer gezeigt hatte, und vor allem der Anruf von Singers Handy, der ihn kurz vor seinem Abflug in Frankfurt erreicht hatte, hatten ihn misstrauisch gemacht. Irgendetwas stimmte da nicht. Die Stimme schien ihm nicht die von Singer zu sein, auch wenn er sich darüber bei so einer schlechten Verbindung nicht ganz sicher sein konnte. Doch seither hatte er weder Singer noch Matfeld erreichen können. Was wäre, wenn neben Kurtz und diesem britischen Privatdetektiv noch jemand Drittes die Informationen über ihn und PYG erhalten hätte? Sein Gefühl riet ihm dazu, unterzutauchen und mit einer neuen Identität ein neues Leben anzufangen.

Das Handy klingelte. Nicht das mit der Prepaid-Nummer, wie er gehofft hatte, sondern sein offizielles. Es war Matsen. „Herr Matsen, guten Tag", meldete er sich.

„Moin Sibender! Sind Sie noch in Afrika? Ich brauche Sie so schnell wie möglich zurück. Wann können Sie da sein?" Matsen klang für seine Verhältnisse ungewöhnlich aufgeregt.

„Ich bin gerade bei der Mine, aber nur noch etwa eine Stunde. Was ist denn passiert?"

„Der Mord an diesem Journalisten. Sie erinnern sich? Der vom Hindenburgdamm. Den Mord wollen sie mir jetzt in die Schuhe schieben. Die haben Kleidung und Blut von dem bei mir im Waaswai gefunden. Und angeblich stand er kurz vor üblen Enthüllungen über Ecofare. Sie müssen sofort herkommen! Die Polizei ist schon auf dem Weg, mich zu verhaften!"

„Das können die doch nicht machen", spulte sich Sibender routiniert auf. „Keine Sorge, wir werden Ihre Unschuld beweisen. Ich setzte den ganzen Sicherheitsdienst darauf an! Morgen lande ich gegen 13 Uhr in Frankfurt. Wenn ich den 14-Uhr-Flieger nach Hamburg noch erwische, bin ich am späteren Nachmittag bei Ihnen. Sagen Sie Ihrer Frau bitte, dass sie mich über Ihren Aufenthalt auf dem Laufenden hält, falls Sie tatsächlich verhaftet werden."

„Danke, Sibender! Ich zähl auf sie! Ah Mist, ich muss auflegen. Sie kommen schon." Damit beendete Matsen das Gespräch.

Sibender musste lächeln. Matsen hatte die Hosen voll! Prächtig! Also war der Plan doch aufgegangen und seine ganze Unruhe umsonst gewesen. Alles im grünen Bereich. Wie hätte es denn auch sonst sein können: Sie machten diesen Kram ja schon seit über drei Jahren, ohne dass ihnen jemand draufgekommen wäre.

„Glück gehabt", dachte er, „der Anruf kam gerade noch rechtzeitig! Fast hätte ich alles hingeschmissen, für nichts und wieder nichts. Aber wieso erreiche ich Singer und Matfeld nicht?" Er würde es zur Sicherheit über das PBI-Büro versuchen, über Matfelds Durchwahl.

Es dauerte sechs oder sieben Rufzeichen, bis endlich abgenommen wurde. Fast hätte Sibender schon vorher wieder aufgelegt gehabt. Doch dann endlich war die Büroleiterin dran.

„PBI Germany, Katrin Sauerbier am Apparat."

„Hi Kate, this is Sebastian. Is Max in?", meldete er sich und versuchte dabei, die Stimme von Sebastian Jordan so gut wie möglich zu imitieren. Er hoffte, dass die Büroleiterin noch nicht so oft mit dem PYG-Manager telefoniert hatte, dass sie den Unterschied bemerken würde.

Sie schien tatsächlich nicht weiter irritiert zu sein, sondern antwortete, dass ihr Chef im Moment nicht da sei. Aber er habe angerufen, dass es zurzeit Handyprobleme gebe. Am späten Nachmittag würde er wohl wieder ins Büro kommen.

Das mit dem Handy erklärte, warum er ihn nicht erreichen konnte. Sibender war beruhigt und legte auf. Dann ging er hinüber zum Bürogebäude, um sich vom Management der Mine zu verabschieden. Sein Pilot war gerade auf dem holprigen Rollfeld am Rande des Waldes gelandet. Alles verlief genau nach Plan, freute er sich lächelnd.

52

Hark hatte ruhig, fest und traumlos geschlafen. Ganz gegen seine Gewohnheit wachte er erst weit nach sieben Uhr auf. Wie immer schlich er sich leise aus dem Zimmer, um Freddy nicht zu stören, machte sich fertig und verließ kurz vor acht die Wohnung. Mal schauen, ob er bei Lizzy frühstücken könnte. Tatsächlich stand seine Tante bei geöffneter Tür in der Küche, als er aus dem Haus trat.

„Moin, mein Junge! Frühstück ist gleich fertig", rief sie ihm zu und strahlte ihn an.

Komisch, dass sie das immer passgenau hinbekam, auch wenn sie keine Zeit ausgemacht hatten, wunderte sich Hark. Aber Lizzy war halt Lizzy, fiel ihm dann wieder ein. Da musste er sich doch eigentlich über gar nichts wundern.

Gerade hatte er sich gesetzt und wollte seiner Tante über den neuesten Stand der Ermittlungen berichten, da klingelte sein Telefon. Es war die Nummer von Thomas Matsen.

„Hark Petersen", meldete er sich formell.

„Tommy hier", klang es von der anderen Seite. „Sibender sitzt im Flugzeug nach Europa. Hat pünktlich abgehoben. Er wird gegen 13 Uhr mit dem Flieger aus Paris in Frankfurt landen. Ich hoffe, ihr bekommt ein Begrüßungskomitee für ihn zusammen."

„Was? Wieso? Woher weißt du das?", fragte Hark.

„Ich habe mit ihm telefoniert und gesagt, dass ich ihn hier dringend brauche, weil ihr mich verhaftet habt. Er hat Mary von Ruanda aus wissen lassen, dass er pünktlich sein und Himmel und Hölle in Bewegung setzen wird, um mich rauszuboxen."

Petersen brauchte nicht lange, um seine nächsten Schritte zu entscheiden. Es war der letzte volle Urlaubstag, den sie hier auf Amrum hatten. Streng genommen war es sogar der einzige Tag, den Freddy und er in diesem Kurzurlaub voller Ermittlungen überhaupt ganz miteinander würden haben können. Den wollte er gewiss nicht dafür opfern, in der vagen Hoffnung nach Frankfurt zu hetzen, noch rechtzeitig zu Sibenders Verhaftung dort anzukommen. Das konnten die Kollegen vor Ort genauso gut ohne ihn hinbekommen. Sie könnten eine Doppelschleife um die Handgelenke des Verdächtigen binden und ihn als Geschenkpaket nach Flensburg schicken. Morgen Nachmittag war es dann immer noch früh genug für ein Verhör.

Zunächst galt es jedoch, an einem Samstag zu früher Stunde einen Haftbefehl gegen Sibender zu bekommen. Wer wäre für solch eine Aufgabe besser geeignet als sein Chef, Alfons

Pauli? Zudem war acht Uhr an einem Samstagvormittag gewiss der ideale Zeitpunkt, seinen Vorgesetzten über den Stand der Ermittlungen zu informieren. Danach könnte dieser seinen Einfluss geltend machen, um einen Staatsanwalt aufzutreiben und die Kollegen der Bundespolizei und des Landes Hessen zuverlässig in Bewegung zu setzen.

Doch da hatte Hark die Rechnung ohne den Chef gemacht. Nach acht Freizeichen nahm nur dessen Mailbox den Anruf an und verlangte, eine Nachricht zu hinterlassen. Petersen versuchte es noch zwei Mal, in der Hoffnung, den Chef doch noch aus seinem Wochenende zu reißen. Vergeblich. Beim dritten Mal hinterließ er daher eine wenige Sätze kurze Erklärung zum Stand der Dinge und machte sich daran, die Festnahme über die Dienststelle in Husum in die Wege zu leiten.

Rufus Hartland hatte dort zwar Bereitschaft, war aber natürlich nicht am Platz. Sein Stellvertreter versprach, selber alles Notwendige zu veranlassen. Das mit dem Haftbefehl werde schon klappen, da sei er zuversichtlich. Danach würde er die Kollegen in Frankfurt informieren. Hark dankte und bat um einen Anruf, sobald Sibender festgenommen war. Dann wandte er sich endlich wieder Tante Lizzy und seinem Frühstück zu.

Frederike stieß eine halbe Stunde später zu ihnen. Sie war noch ein wenig schlaftrunken, aber sofort bester Dinge als sie hörte, dass sie und Hark den ganzen Tag miteinander verbringen würden. Sie beschlossen, einen langen Spaziergang durch den Wald und die Dünen zu machen, sich dann am Strand von Nebel einen Strandkorb zu mieten und händchenhaltend für den Rest des Nachmittags aufs Meer hinauszuschauen.

„Heute Abend könnten wir dann zu Tommy und Mary, falls du Lust hast", sagte Freddy. „Sie haben uns eingeladen. Und jetzt, wo der Fall gelöst ist, spricht ja auch nichts mehr dagegen, oder? Redlef und Beatrice wollen auch kommen."

Es war erneut ein Tag mit herrlichstem Wetter, und die beiden setzten ihre Pläne genau so um, wie sie es sich ausgemalt hatten. Allerdings wurde Hark von dem Zeitpunkt an, für den Sibenders Ankunft in Frankfurt erwartet war, immer nervöser. Das Händchenhalten im Strandkorb und der entspannte Blick aufs Meer wurden dadurch zunehmend getrübt. Erst alle zehn, dann alle fünf Minuten schaute der Kommissar auf die Uhr seines Smartphones. Hätte nicht längst die Nachricht von der Festnahme gekommen sein müssen? Dann, endlich, es war schon fast 16 Uhr, erklang „Blood on the Dancefloor" in Harks Jackentasche.

„Na endlich, wurde ja auch Zeit", knurrte er ohne Freude. „Wieso hat das so verflucht lange gedauert!"

Er ging ans Telefon, hörte zu, wurde erst blass, dann rot. Freddy beobachtete das Farben- und Mienenspiel in seinem Gesicht und spürte, wie er um Fassung rang, um nicht laut loszubrüllen. Vom Gespräch selber bekam sie nicht viel mit, denn von Hark waren fast nur fragende Einwortsätze zu hören: „Was?", „Wann?", „Wie?", „Wieso?", „Wohin?", „Warum nicht?", „Und dann?", „Nicht mal das?". Nach dem Auflegen blieb er erst einmal stumm und starrte aufs Meer hinaus. Freddy ließ ihn in Ruhe seine Gedanken zusammensuchen. Sie ahnte schon, was passiert war.

„Diese Idioten", sagte er schließlich mit ruhiger Stimme, aber sichtbar verärgert. „Sie haben ihn laufenlassen. Haben jemand anderen festgenommen, der ihm offenbar ähnlich sah. Währenddessen ist der Herr Sibender wohl in Seelenruhe an ihnen vorbeigelatscht. So ein Mist! Wäre ich doch nur selber hingeflogen! Hat anderthalb Stunden gedauert, bis sie dem Festgenommenen geglaubt haben, dass er nicht unter falscher Identität reist. Und jetzt ist er den Hamburger Kollegen am Airport auch noch durch die Lappen gegangen. Sie wurden zu spät informiert oder waren zu langsam an den beiden Terminalausgängen. Jetzt können wir nur noch hoffen, dass er von der Aktion nichts mitbekommen hat und sich nicht aus dem Staub macht, anstatt zu Matsens Hilfe zu eilen. Ich muss mit Tommy telefonieren!"

Thomas Matsen war sofort am Telefon. „Hark, was soll der Mist! Wieso lasst ihr diesen Killer frei rumlaufen?"

„Woher weißt du es?", fragte Hark zurück, anstatt auf die Kritik einzugehen, die er nur zu gut hätte teilen können.

„Er hat Mary vor zwei Minuten angerufen, dass er in Hamburg angekommen ist. Wollte wissen, wo die Polizei mich hingebracht hat. Sie war darauf nicht vorbereitet. Wir dachten ja, ihr nehmt ihn gleich in Frankfurt fest."

„Was hat sie ihm gesagt? Hat er etwas gemerkt? Ist er gewarnt?"

„Gemerkt? Gewarnt? Keine Ahnung! Sie hat ein bisschen rumgestammelt, bevor sie sich wieder im Griff hatte. Kann also durchaus sein. Hat sich dann damit rauszureden versucht, dass sie wegen meiner Verhaftung völlig durch den Wind sei. Aber sie sagt, sie weiß nicht, ob er das geschluckt hat. Jedenfalls hat sie ihm gesagt, dass ihr mich nach Husum gebracht habt, um mich zu verhören, und dass unser Anwalt jetzt gerade bei mir ist. Sibender wollte sich sofort auf den Weg machen."

„Wie ist er unterwegs? Hat er ein Auto?"

„Klar! Das lässt er bei den Kurzreisen immer im Parkhaus am Flughafen. Dunkelroter Mercedes SLK 250 Convertible. Kennzeichen HH-EF irgendwas. Damit werdet ihr ihn schon identifizieren können, oder? In anderthalb Stunden könnte er in Husum sein. Wenn er denn wirklich dahin kommt..."

„Okay, diesmal sehe ich zu, dass ich selber rechtzeitig vor Ort bin. Bis später."

Hark legte auf und wählte die Einsatzleitstelle an. Der Kollege dort war ausgesprochen hilfsbereit. Offenkundig hatte er noch immer die versprochene „vollste Unterstützung". Der Hubschrauber würde in 20 Minuten auf dem Landeplatz bereitstehen und ein Polizeiwagen in wenigen Minuten am Strandübergang Nebel auf ihn warten. Die Polizeistation Husum wurde in Alarmbereitschaft versetzt.

Jetzt erst blickte Hark wieder zu Freddy, die die Telefonate über wortlos an seiner Seite gesessen hatte.

„Das wars dann wohl mit unserem letzten Urlaubstag!",
sagte sie mit traurigem Gesicht.

„Ich fürchte ja", stimmte er mit ebenso trauriger Miene zu.
„Das muss ich jetzt selbst in die Hand nehmen. Vielleicht habe
ich ja doch noch eine Chance, ihn zu erwischen. Entschuldigst
du mich bitte heute Abend bei den anderen."

Freddy nickte und gab ihm einen Kuss.

„Sei vorsichtig!", bat sie.

„Bin ich", versprach er. Dann sprintete er über den breiten
Sandstrand in Richtung Dünenübergang davon.

Ein Polizeiwagen stand, wie versprochen, am Strandübergang bereit, als Hark dort eintraf. Er hatte sich mit dem Heck
fast ganz in den schmalen Weg zum Strand gedrängt. Das
Blaulicht war eingeschaltet. Ein freudiges Lächeln trat auf Petersens Gesicht. Der dramatisch inszenierte Polizeieinsatz war
ein eindeutiges Zeichen dafür, wer ihn hier abholte. Er lief zur
Beifahrerseite und sprang in den Wagen.

„Hey, schon wieder im Dienst?", begrüßte er Leif, während
er in den Sitz glitt und den Sicherheitsgurt um sich herumzog.

„Klar, ist doch Saison", grinste der Kollege, schaltete das
Einsatzhorn ein und trat das Gaspedal in dem Moment durch,
in dem Petersen seinen Gurt in der Halterung befestigt hatte.
Der Wagen schoss los wie eine Rakete. „Christine hat heute
eh wieder vollen Einsatz. Ist ja Samstag. Da kann ich mich genauso gut nützlich machen."

„Mach langsam, der Hubschrauber kommt erst in zehn
Minuten", sagte Hark mit wenig Hoffnung, dafür Gehör zu
finden. Zu groß war Leifs Freude, endlich mal wieder das Mar-
tinshorn erklingen zu lassen. Die entsetzten Gesichter der Radfahrer, an denen er vorbeisauste, schienen ihm völlig egal oder
vielleicht sogar ein zusätzlicher Ansporn zu sein. Vielleicht
aber auch nicht, denn als hinter einer Hügelkuppe eine radfah-
rende Familie mit drei kleinen Kindern ins Blickfeld kam,
bremste Leif sofort ab, stellte die Sirene aus und fuhr wenig
später vorsichtig, ohne Warnsignal, über den die Straße kreu-
zenden Tanenwai.

Trotzdem dauerte die Fahrt zum Landefeld keine fünf Minuten. Der Hubschrauber war noch nicht in Sicht.

„Tiano hat erzählt, dass Hein auf die Insel zurückkommt und dass du dann auf Teilzeit gehen wirst. Stimmt das?", fragte Hark den Kollegen.

„Ja, stimmt. Ist für uns alle eine tolle Sache. Wir freuen uns schon total darauf. Hein ist ein netter Kerl und mit Tiano ein eingespieltes Team. Und ich kann mich so mehr um Christine kümmern und um das Kind, wenn wir denn hoffentlich bald eines haben werden."

„Reicht dir denn ein Halbtagsjob? Finanziell, meine ich? Amrum ist ja verdammt teuer."

„Nee, alles gut! Du weißt doch noch aus unseren Ermittlungen im letzten Jahr so ungefähr, was Christine damals verdient hat. Das ist durch die zusätzlichen Erbschaften ja nicht weniger geworden. Darum müsste von meiner Seite überhaupt nichts hinzukommen. Aber ich will den Job ja nicht aufgeben. Dafür mache ich ihn viel zu gerne!"

„Und wenn es... Ich meine, ich will ja nicht unken. Aber es könnte doch sein..."

„...dass das mit Christine und mir mal nicht mehr so gut läuft und sie mich rauswirft, meinst du?"

„Äh, ja, sorry, hat man ja alles schon mal gehört. Von einem halben Gehalt kannst du dir auf Amrum ja keine Wohnung mieten. Zum Leben reicht hier kaum ein volles."

„Das hatte Christine auch gemeint und mir deswegen zwei Wohnungen und ein Haus geschenkt. Ich wollte das ja eigentlich nicht annehmen, aber sie meinte, dass ich mich sonst vielleicht abhängig fühlen würde. Und sie will nicht irgendwann mal denken, dass ich nur deswegen bei ihr bleibe, weil ich sonst verhungere, sagt sie. Aber keine Sorge: Das mit ihr und mir ist sowieso für die Ewigkeit."

Der Hubschrauber ließ noch volle zehn Minuten auf sich warten, aber Petersen fand das nicht weiter beunruhigend. Er hatte nicht das Gefühl, sich sonderlich beeilen zu müssen, sondern würde auf jeden Fall rechtzeitig vor Sibender in Husum sein.

53

Ronald Sibender holte aus seinem roten Sportwagen heraus, was der Verkehr überhaupt zuließ. Mit weit überhöhter Geschwindigkeit lenkte er ihn durch das an diesem Samstagnachmittag eher lockere Hamburger Straßengetümmel in Richtung Autobahn, raste in Schlangenlinien um die anderen Verkehrsteilnehmer herum und bog schließlich mit kreischenden Reifen auf die Autobahn 7 ein. Er konnte es kaum erwarten, zu Thomas Matsen zu kommen. Wie freute er sich darauf, seinen Chef in Handschellen zu sehen und ihm dabei gespielt betreten in die Augen zu schauen! Danach würde er sich dann angeblich mit aller Kraft daran machen, ihn zu entlasten, während er ihn in Wahrheit immer tiefer in die Sache hineinritt.

„Verfluchter Biedermann!", zischelte der Sicherheitschef. „Hast es uns verdammt schwer gemacht, dir was anzuhängen." Aber jetzt würde er seinen Triumpf umso freudiger auskosten können. Der Plan war perfekt aufgegangen: Matsen war vernichtet und würde Ecofare mit sich in den Abgrund reißen. Eine fette Prämie von PYG war ihm so gut wie sicher.

„Mach dich vom Acker, du Schnecke!", brüllte Sibender und betätigte wild die Lichthupe, während er mit über 200 Stundenkilometern auf einen hellblauen Fiat 500 zuschoss, der sich auf der dritten Fahrspur an einem seinerseits überholenden Reisebus vorbeischob. Erst kurz vor dessen Stoßstange bremste er ab, hupte im Dauerton und schoss an dem kleinen italienischen Auto vorbei, noch bevor es ganz auf die Mittelspur zurück gewechselt war. Die nächsten dreißig Kilometer nutzte er im Zickzackkurs die gesamte Autobahnbreite aus, überholte mal links, mal rechts, mal in der Mitte und zweimal, als gar nichts mehr ging, über den Standstreifen. Trotzdem sank die Tachonadel für seinen Geschmack viel zu oft unter die Zweihunderter-Marke. Dann endlich lichtete sich der Verkehr ein wenig und er konnte mit durchgetretenem Gaspedal auf der linken Spur bleiben. „Wurde auch Zeit", brummelte er und grinste breit.

Je näher Sibender Husum kam, desto stärker breitete sich die Vorfreude in ihm aus. „Das läuft echt noch besser, als wenn sie uns den Selbstmord abgekauft hätten", redete er laut zu sich selbst. „Super Idee von Singer, Matsen die Klamotten von Kuntz unterzuschieben. Eigentlich hätten wir ihm auch gleich die ganze Leiche ins Haus schmeißen können, anstatt mit der Bahn rauszufahren. Naja, man kann nicht immer gleich an alles denken."

Sibender war so in seine Gedanken versunken, dass er fast die Abfahrt bei Jagel verpasst hätte. Ohne nachzudenken trat er mit voller Kraft auf die Bremse und zog gleichzeitig den Wagen nach rechts rüber. Das Fahrzeug geriet ins Schlingern, hob für einen Augenblick mit den linken Reifen von der Straße ab. Im letzten Moment schaffte es Sibender, gegenzulenken und den Wagen auf alle Viere zurückzubringen. Aber jetzt kam er dem LKW auf der rechten Fahrspur verdammt nah. Er trat das Gaspedal durch, um noch an ihm vorbeizuziehen. Der LKW-Fahrer hupte wie verrückt, legte aber gleichzeitig eine Vollbremsung hin, so dass der Mercedes gerade so eben an seinem Kühler vorbei nach rechts in die Abfahrt rutschte.

„Puh", dachte Sibender, während er den Wagen die Autobahnausfahrt hinunter und nach links auf die Landstraße nach Husum lenkte. „Das ist ja gerade noch mal gutgegangen." Dann kam das breite Grinsen auf sein Gesicht zurück, und er trat das Gaspedal erneut bis zum Anschlag durch.

Husums Straßen waren weitgehend leer und wirkten fast wie ausgestorben. Sibender sah keinen Grund, die Fahrgeschwindigkeit sonderlich zu drosseln, bis er den Markt erreicht hatte. Er wusste nicht genau, wo dort das Polizeikommissariat untergebracht war, nur so ungefähr. Aber es war nicht schwer zu finden: Die Norderstraße hinunter kam er direkt auf die

Parkplätze zu, die die Polizei entlang der Straße für ihre Einsatzfahrzeuge mit Halteverbotsschildern freigehalten hatte.

„Das nenne ich Service", grinste Sibender und parkte, ohne einen Gedanken an das Parkverbot zu verschwenden, zwischen zwei Einsatzfahrzeugen ein. Er stellte den Motor ab und wollte aus dem Wagen springen, aber direkt neben der Fahrertür hatte ein schwarzer BMW angehalten, so nah, dass dessen Außenspiegel fast seine Scheibe berührte. An ein Öffnen der Tür war so nicht zu denken.

Sibender schaute in den BMW hinein. Am Steuer saß ein Polizist in Uniform, der Beifahrersitz war leer. Er versuchte, den Beamten auf sich aufmerksam zu machen, aber der schaute stur geradeaus. Sibender überlegte, ob er hupen sollte, entschied sich dann aber dafür, einfach das Dach zu öffnen und nach oben hin auszusteigen. Es dauerte eine Weile, bis er die Zündung wieder angestellt und das Verdeck per Knopfdruck nach hinten in sein Fach gefahren hatte.

„Perfektes Timing, Herr Sibender! Da haben Sie wohl ordentlich Gas gegeben."

Der Sicherheitschef erkannte die Stimme sofort, obwohl er bislang nur zwei Mal mit Kommissar Petersen gesprochen hatte. Der Polizist stand mit einem breiten Grinsen im Gesicht auf der Beifahrerseite des gerade zum Cabriolet mutierten Wagens. Sibender war sofort bewusst, dass etwas an dieser Situation gar nicht gut für ihn war. Die Lage erschien ihm plötzlich gänzlich anders, als er es sich gedacht hatte. Er war in eine Falle getappt.

54

Verdammt, das war knapp! Wie schnell musste der gefahren sein! Petersen hatte seinen Augen kaum getraut, als ein roter Mercedes SLK genau in dem Moment an ihnen vorbeisauste, als sie in die Norderstraße einbiegen wollten.

„Das muss unser Mann sein, bleiben Sie dran", forderte er den Kollegen auf, der ihn mit einem Zivilfahrzeug vom Landeplatz abgeholt hatte. Aber sie mussten gar keine Verfolgungsjagd beginnen. Der Sportwagen bremste bereits vor der Polizeistation. Sibender würde sich ihnen von ganz alleine ausliefern. Der Mercedes parkte ein, frecher Weise auf einem ausschließlich für Polizeifahrzeuge reservierten Platz. Petersen glitt ein Stück entfernt aus dem Wagen und wies den Kollegen an, den Verfolgten so zu blockieren, dass er weder aussteigen noch wegfahren konnte. Er wollte nicht riskieren, dass Sibender ihnen ein drittes Mal an diesem Tag durch die Lappen ging. Dann schlenderte er in aller Ruhe auf die Beifahrerseite des roten Wagens, um den Gesuchten in Empfang zu nehmen.

Allerdings hatte er seine Rechnung nicht mit dessen Auto gemacht. Anstatt sich mühsam über die Mittelkonsole auf den Beifahrersitz zu hangeln, klappte Sibender einfach das Dach des Fahrzeugs weg und stellte für sich damit eine zuvor nicht gegebene Bewegungsfreiheit her. Kaum hatte Hark den Sicherheitschef angesprochen, zog dieser mit unerwarteter Behändigkeit die Beine unter dem Lenkrad hervor, stand einen Sekundenbruchteil später aufrecht auf dem Fahrersitz und sprintete von dort aus, mit den Füßen Beulen auf der Motorhaube des Polizei-BMW hinterlassend, zum Marktplatz hinüber, wo die letzten Wochenmarkthändler noch mit dem Abbau ihrer Stände beschäftigt waren.

Hark blieb dem Flüchtenden auf den Fersen, konnte dessen zehn Meter Vorsprung aber bei ihrem Zickzackkurs zwischen Verkaufswagen, Buden, Kisten und Müllbergen hindurch kaum verringern. Der Polizist, der den Dienstwagen gefahren hatte, folgte in deutlichem Abstand. Während er lief, sprach er gleichzeitig in sein Funkgerät und fiel dadurch noch ein Stück weiter zurück.

Sibender hechtete nach links in einen Durchgang zwischen Fischverkaufswagen und Gemüsestand, der vom abbauenden Gemüsehändler fast vollständig mit Kisten zugestellt worden war. Petersen sah, wie der Flüchtende sich nach ihm umblickte. Eine unbedachte Handlung, die sich sofort rächte, denn bei diesem Tempo durfte man den Blick auf keinen Fall von der Fluchtrichtung abwenden. Sibender stolperte über eine Tomatenkiste, kam ins Straucheln und verlor dadurch auf einen Schlag wertvolle sieben Meter. Petersen hatte ihn jetzt fast erreicht. Er bereitete sich darauf vor, sich auf ihn zu hechten, da landete direkt vor seinen Füßen eine hohe, schwere Apfelkiste. Es war zu spät, um abzubremsen oder auch nur sein Gewicht zu verlagern. Die Kiste blockierte Harks rechtes Bein, er verlor den Bodenkontakt und flog in hohem Bogen über sie hinweg.

Fast hätte er dabei Sibender im Flug erreicht, aber nur fast. Anstatt die Arme nach ihm auszustrecken, entschloss er sich im letzten Moment, sich einzurollen und dadurch, Lizzys Training sei Dank, den Schwung beim Aufprall über die Schulter abzuleiten. Mit einer eleganten Bewegung drehte er seinen Körper im Abrollen um 180 Grad weiter, katapultierte sich am Ende der Drehung nach oben, kam dabei wieder auf die Füße und rannte übergangslos weiter. Die Nummer war zirkusreif, hatte aber trotzdem wertvolle Zeit gekostet. Die gerade aufgeholten sieben Meter waren wieder verloren. Außerdem war er beim Abrollen schmerzhaft an seine Rippenprellung erinnert worden.

„Der ist Polizei", hörte er den uniformierten Beamten hinter sich brüllen. „Ganz vorne ist der Verbrecher!"

Offenbar hatte einer der Händler ihm absichtlich die Kiste vor die Füße geworfen, schloss er daraus. Aber ihm blieb jetzt keine Zeit, sich darum Gedanken zu machen. Sibender hatte gerade das Ende des Marktplatzes erreicht und rannte nach Westen in die Fußgängerzone hinein Richtung Hafen. Petersen konnte sich nicht vorstellen, wohin er wollte. Vermutlich hatte er auch gar kein Ziel, sondern versuchte nur erst einmal, sich der Verhaftung zu entziehen.

Der Kommissar blieb an ihm dran. Er konnte das Tempo mühelos mithalten, aber der Schmerz in seiner Brust hinderte ihn daran, den Abstand mit einem Zwischenspurt wieder zu verringern. Sekunden später hatten sie das Hafenbecken erreicht. Hier war um diese Zeit deutlich mehr los als um den

Marktplatz herum. Jede Menge Touristen flanierten an den Schiffen entlang, allein, zu zweit oder in kleinen Grüppchen. Das bremste Sibender ein wenig, aber auch seinen Verfolger. Die Hetzjagd ging schubsend, drängelnd und sich um Menschen schlängelnd an der Kaimauer entlang.

Zwei Segelboote warteten vor der Fußgängerbrücke im Binnenhafen auf die Durchfahrt. Die Ampel auf der Brücke war von ihnen auf rot geschaltet worden, die Schranke ging gerade herunter. Sibender schubste die vor der Ampel wartenden Fußgänger zur Seite, duckte sich unter der sich schließenden Schranke hindurch und rannte der anderen Hafenseite entgegen.

Die Wartenden hatten sich gerade wieder berappelt und zu schimpfenden Grüppchen zusammengefunden, als Petersen mit „Platz machen, Polizei"-Rufen seinen Weg durch sie hindurch bahnte. Die Schranke war inzwischen vollständig geschlossen, die Brückenglieder öffneten sich schon. Petersen hockte kaum abbremsend über den Schlagbaum, rannte die langsam nach oben klappende Brücke hinauf, sprang über die sich in der Mitte der Brücke bildende Lücke und geriet beim Hinunterrennen auf der anderen Seite fast ins Stolpern. Die Brücke war allerdings zum Stillstand gekommen. Offenbar hatte einer der Segler geistesgegenwärtig den Stoppknopf gedrückt.

„Geschafft!", freute sich der Kommissar, als er sein Gleichgewicht wiedergefunden hatte, aber die ganze Aktion hatte erneut wertvolle Zeit gekostet. Sibender hatte zwanzig, vielleicht sogar schon dreißig Meter gewonnen. Der Kollege in Uniform war jetzt endgültig abgehängt. Er stand auf der gegenüberliegenden Seite der Fußgängerbrücke und sprach in sein Funkgerät.

Sibender war geradeaus durch den Durchgang in den Häusern gerannt. Das hatte Petersen noch gesehen. Jetzt hatte er ihn aus den Augen verloren. Als er selbst auf der anderen Seite der Häuserreihe anlangte, war der Flüchtende aus dem Blickfeld verschwunden. Hark blieb stehen und lauschte. Direkt geradeaus auf dem Parkplatz hörte er rennende Schritte, dann einen erschreckten Protestschrei gefolgt von einem Schmerzensruf. Der Kommissar spurtete los, der Geräuschquelle entgegen. Sekunden später sah er eine junge Frau auf dem Boden liegen und Sibender, der gerade nach etwas neben ihr gegriffen hatte. Dann sprang der Verfolgte in einen lindgrünen Renault Twingo und startete schon den Motor, während Hark noch auf ihn zulief.

„Schnell weg da", brüllte er der Frau entgegen. Wenn Sibender jetzt rücksichtslos Gas gab, lief sie Gefahr, vom eigenen gerade geraubten Auto erfasst zu werden. Die Frau krabbelte geistesgegenwärtig auf allen Vieren hinter ein anderes Auto, während Hark noch im Laufen seine Waffe zog. Der Kleinwagen setzte sich in Bewegung, raste schlingernd auf ihn zu. Hark sprang zur Seite, schoss auf den Vorderreifen, der krachend aufplatzte. Er schoss noch einmal, diesmal ging einem Hinterreifen die Luft aus. Für Sibender schien das kein Grund zu sein anzuhalten. Er raste auf funkensprühenden Felgen in Richtung Parkplatzausfahrt davon.

Petersen fluchte. Für einen Moment fürchtete er, es jetzt auch noch selber verpatzt zu haben. Doch da schoben sich zu seiner Erleichterung zwei Streifenwagen vor die Parkplatzausfahrt und Kollegen sprangen mit gezogenen Waffen aus ihnen heraus. Der Renault kam zum Stehen. Petersen rannte hin, riss die Fahrertür auf und blickte in das zwar genervte, aber unerwartet ruhige Gesicht von Sibender.

„Herr Kommissar, Sie fangen an, mir auf den Geist zu gehen", knurrte der Sicherheitschef, ließ dabei aber, ganz Profi, brav beide Hände gut sichtbar auf dem Lenkrad. Er wollte offenkundig nicht Gefahr laufen, im letzten Moment noch erschossen zu werden.

„Na, da warten Sie erst mal die nächsten Tage ab, Herr Sibender. Sie werden staunen, wie viel mehr ich Ihnen in den nächsten Tagen *noch* auf den Geist gehen werde."

55

„Auf eine emissionsfrei Verkehrs-Zukunft", sagte Thomas Matsen und hob sein Glas.

„Oh ja, darauf stoße ich sehr gerne mit Ihnen an", freute sich Beatrice von Warendorff und hob ebenfalls ihr Glas.

„Da bin ich uneingeschränkt dabei", stimmte Frederike zu.

„Schade, dass Hark nicht dabei sein kann", lenkte Redlef ab, dem bei diesem Thema zwangsläufig sein Bentley in den Sinn kam. Es würde ihm schwerfallen, sich von diesem lieb-gewonnenen Briten loszusagen, auch wenn es um die Zukunft der Menschheit ging.

„Lenk nicht ab, Redlef", lachte Freddy, die den Freund gut genug kannte, um zwischen seinen Worten die Gedanken zu erahnen. „Dein Luxusschlitten wird deshalb ja nicht gleich verschrottet. Der hält glatt noch zehn Jahre, vielleicht sogar fünfzehn! Aber für mich steht fest, dass der Nachfolger unserer alten Familienkutsche auf jeden Fall ein Hybridfahrzeug wird, wenn die mal schlappmacht. Vielleicht sogar ganz elektrisch, wenn Tommy & Co. die Reichweiten noch ein bisschen erhöhen können."

„Glauben Sie denn wirklich, den Verkehr derartig umbauen zu können?", fügte sich der Oberstaatsanwalt an Matsen gewandt in das Thema. „Deutschland, Europa, Asien, Afrika, ganz zu schweigen von Amerika... Da haben Sie sich ja echt was vorgenommen."

„Fangen wir doch einfach mal im Kleinen an", lachte Matsen. „Wir sind ja noch keine zehn Jahre dabei. Aber in Schleswig-Holstein und vor allem hier auf Amrum haben wir doch schon ziemlich was erreichen können, meinen Sie nicht?"

„Also für mich sieht der Verkehr auf der Insel noch so aus wie immer, mein Junge", mischte Lizzy sich ein. „Autos überall, wo du hinschaust, oder etwa nicht?"

„Aber kaum noch Lastwagen, oder?"

Lizzy dachte nach, machte ein überraschtes Gesicht. „Stimmt", gab sie schließlich zu. „Da sehe ich eigentlich nur noch eure froschfarbenen Wasserstoff-Hummeln herumkurven. Wie hast du das denn hinbekommen?"

„Eigentlich war das ganz einfach", lächelte der Ecofare-Manager. „Wir haben ein Logistikzentrum in Dagebüll gebaut und bündeln dort alles, was Einzelhandelskonzerne, Gastronomiegroßhändler und viele andere sonst so auf die Insel schaffen wollen. Das bringen wir dreimal am Tag mit unseren wasserstoffbetriebenen Lastenfähren nach Amrum, Föhr, Pellworm und vermehrt auch nach Sylt und verteilen es hier selbst. Emissionsfrei! Viel weniger Fahrten, viel weniger Fahrzeuge, viel weniger Umweltbelastung."

„Und da machen die alle mit?", staunte Freddy.

„Na klar, warum nicht? Erstens werden die Handelskonzerne auch immer umweltbewusster, zweitens sparen sie auch noch jede Menge Geld dabei, obwohl wir selbst kräftig daran verdienen. Nur die Paketdienste tun sich mit uns noch ein wenig schwer. Da haben wir erst zwei der Marktpartner überzeugen können."

„Und wann kommt Ihre Inselbahn?", wollte Redlef wissen.

„Das steht leider noch vollkommen in den Sternen", lachte Matsen und schaute dabei zu Lizzy. „Das ist zwar eines meiner Lieblingsprojekte, allein schon wegen der Familientradition. Aber die Insulaner wollen da nicht so recht ran, nicht wahr Lizzy? Da müssen wir wohl noch ein bisschen mehr Überzeugungsarbeit leisten."

Freddy horchte auf. Ein Hubschrauber war zu hören. Sie griff nach ihrem Handy. „Hark kommt doch noch", rief sie fröhlich in die Runde. „Er hat Feierabend, schreibt er, und will gleich zu uns stoßen, wenns recht ist. Und dir, Tommy, soll ich schon mal ausrichten, dass sie Sibender ins Untersuchungsgefängnis nach Flensburg gebracht haben."

56

„Fall abgeschlossen, Urlaub vorbei. Das war ja nicht gerade die erholsamste Zeit für dich, Hark. Schade vor allem wegen der Feier", sagte Redlef mitfühlend. Er und Hark standen an der Reling der WDR-Fähre in der Sonne und blickten über das Meer nach Westen, wo ein schwarzes Wolkenband über der am Horizont immer kleiner werdenden Insel Amrum hochzog und das Ende der Schönwetterperiode ankündigte.

„Ach was, das war schon ganz in Ordnung", wiegelte Hark ab. „Ich habe ja wenigstens an den Abenden bei euch sein können und auch ein wenig Zeit mit Freddy gehabt. Die nächste Woche bleibe ich außerdem als Ausgleich bei ihr in Kiel und fahre nur tagsüber zu den Verhören nach Flensburg rüber. Das ist doch ne schöne Perspektive, oder etwa nicht? Aber um noch mal auf den Fall zu kommen: Hast du inzwischen herauskriegen können, wo dieser Oberrat von der Bundesbahn die Selbstmord-Akte her hatte?"

„Er will es mir nicht sagen. Informantenschutz, behauptet er. Aber aus dem, was du mir so erzählt hast, denke ich mal, dass die irgendein PYG-Lobbyist über seine Kontakte im Ministerium besorgt und ihm dann direkt oder über andere zugespielt hat. Und was ist mit Pauli? Hat der inzwischen gesagt, woher er seine Tipps bekommen hatte?"

„Nee, kein Wort. Der wechselt entweder sofort das Thema oder legt unvermittelt auf. Aber ich denke, das dürfte ähnlich gelagert sein wie bei deinem Informanten. Wenn du mich fragst, riecht das nicht gerade koscher. Was meinst du, wollen wir dem mal so richtig nachgehen? Unter der Hand, meine ich?"

Redlef schaute in das breit lächelnde Gesicht seines Freundes. „Auf gar keinen Fall", lachte er, „da verbrennen wir uns nur die Finger."

57

Der Himmel war grau in grau. Ein heftiger Herbststurm riss die letzten welken Blätter von den Bäumen und blies ihm auf den wenigen Metern zum Haus einen unangenehm kalten Nieselregen ins Gesicht. Trotzdem war Carsten Mewes bestens gelaunt. Er hatte auf dem Rückweg vom Gericht eine Flasche Sekt gekauft, den teuersten, den der Supermarkt im Kühlregal hatte. Es gab etwas zu feiern! Die Gerichtsverhandlung war heute mit der Urteilsverkündung zu Ende gegangen. Die Mörder hatten ihre Strafe bekommen. Zumindest die, deren man habhaft geworden war. Die Hintermänner würden ungeschoren bleiben. Sie waren in der Verhandlung kaum ein Thema gewesen.

„Ich bin zurück! Bist du zuhause?", rief er beim Öffnen der Tür.

„In der Küche", kam die Antwort. Der Geruch von frisch gekochtem Grünkohl zog durch das Haus.

Claudia hatte zur Feier des Tages sein Lieblingsgericht zubereitet. Dazu passte der Sekt nun ja eigentlich nur bedingt. Doch egal: Zum Anstoßen musste der jetzt unbedingt sein.

„Na, wie wars?", fragte seine Frau als er die Küche betrat.

Er hielt bedeutungsvoll die Flasche hoch. „Es ist zu Ende", sagte er. „Alle drei verurteilt. Ich habe jetzt Antworten, zumindest ein paar. Ich kann das abhaken... na ja, fast... vielleicht..."

„Und, was haben sie gekriegt?"

„Lebenslänglich wegen Mordes für diesen Ecofare-Typen. Der hat zwar bis zum Schluss geleugnet, überhaupt dabei gewesen zu sein, aber seine DNA und sein Prepaid-Handy waren im Zug, und sein Kumpel, dieser Agenturfuzzy, hat gegen ihn ausgesagt. Das war überhaupt der Einzige, der geredet und etwas zugegeben hat. Dafür ist er dann auch mit nur zehneinhalb Jahren wegen Anstiftung zum Mord davongekommen. Dieser unheimliche Blonde hat überhaupt gar nichts gesagt. Den haben sie dann vor allem wegen des Mordversuchs an Polizeibeamten in Hamburg drankriegen können. Sechseinhalb Jahre gab es dafür. Aber der Kommissar hat mir in einer Verhandlungspause erzählt, dass es für den einen Auslieferungsantrag aus London gibt. Die britische Polizei kann wohl beweisen, dass er dort einen Privatdetektiv umgebracht hat. Aber jetzt lass uns erst einmal anstoßen!"

Der Lokführer hatte für sich und seine Frau die altmodischen Kristallglas-Sektgläser gefüllt, die sie, wie so vieles im Haus, noch von seinen Schwiegereltern geerbt hatten. Sie klangen beim Anstoßen besonders schön, fast wie kleine Glöckchen.

„Und warum haben sie das Ganze gemacht?", wollte Claudia wissen.

„So genau hab ich das gar nicht verstanden. War ziemlich kompliziert und scheint letztlich auch irgendwie nur blöde von denen gewesen zu sein. Es ging wohl darum, diesem Ecofare-Konzern, du weißt, die mit den Wasserstoff-Bahnen, was anzuhängen. Und weil die wohl so überhaupt gar keinen Dreck am Stecken haben, haben diese Verbrecher versucht, ihnen mit irgendwelchen Aktionen trotzdem was anzuhängen. Dann ist ihnen der Journalist drauf gekommen, Peter Kurtz, und sie haben versucht, alles, was er wusste und gegen sie gesammelt hatte, aus ihm rauszuprügeln. Danach war er fast tot, und da dachten sie, wenn sie ihn eh umbringen, können sie das mit dem offensichtlich fingierten Selbstmord auch gleich Ecofare anhängen. Darum sind sie mit der Ecofare-Bahn auf den Hindenburgdamm raus und haben ihn vor mir auf die Strecke gelegt. Diese Schweine!"

„Aber wieso ist dann einer von denen bei dir im Zug mitgefahren?"

„Das hat der Richter auch gefragt. Dazu wusste der Agenturfuzzy aber nichts zu sagen, und die beiden anderen haben ja sowieso nicht geredet. Der Anwalt von dem Blonden meinte, sein Mandant wollte einfach nur nach Sylt fahren, und weil ihm eingefallen war, dass er sein Auto nicht abgeschlossen hatte, sei er dann bei dem Stopp zu Fuß ans Festland zurück. Hat ihm keiner geglaubt, aber das Gegenteil war ja auch schlecht zu beweisen. Der Kommissar meinte zwar, dass er ausgestiegen war, um Peter Kurtz den Rest zu geben, falls der Zug ihn nicht richtig getroffen hätte. Aber das fand der Richter zu vage, auch wenn jedem klar ist, dass es wohl so war."

„Und wer hatte die Bahn gefahren? Die von Ecofare, meine ich?"

„Den haben sie nicht ermitteln können, sagt der Kommissar. Keine Fingerabdrücke, keine DNA, keine Zeugen, keiner, der ihn verrät... Nur eine Stimme, die unser Fahrdienstleiter gehört hatte. Der kommt also einfach so davon. Genau wie die, die den Auftrag zu dem Ganzen gegeben haben."

„Die waren nicht angeklagt?"

„Ne, das war nicht mal Thema vor Gericht. Aber Kommissar Petersen hat mir was dazu erzählt. Da gab es eine Marketingfirma auf den Bahamas, Bermudas oder so, die für die Ölmultis gearbeitet hat. Die streiten aber ab, etwas mit den Taten von dem Agenturfuzzy zu tun zu haben und deren Firma ist inzwischen auch aufgelöst, weil ihre Auftraggeber sie fallengelassen haben. Petersen meint aber, dass das alles zusammenhängt und nur durch Scheinfirmen verdeckt worden war, dass also alle beteiligten Unternehmen irgendwie den Multis selbst gehört haben. Trotzdem kommen die völlig ungeschoren davon."

„Oh, der Grünkohl muss vom Herd runter! Lass uns beim Essen weiterreden."

„Mehr kann ich dir dazu sowieso nicht erzählen. Bin nur froh, dass nun alles vorbei ist. Was meinst du, sollte ich mich mal bei Ecofare als Lokführer bewerben? Scheint ein tolles Unternehmen zu sein, und ich hab so das Gefühl, dass die bald die einzige Bahngesellschaft hier in unserer Gegend sein werden."

„Gute Idee", stimmte Claudia ihm zu, während sie die dampfenden Schüsseln auf den Tisch stellte. „Mach das!" Dann nahm sie ihn in den Arm und gab ihm einen langen, innigen Kuss.

VOM SELBEN AUTOR

Amrumer Familien-Bande
Hark Petersens erster Fall

Auf einer Sandbank vor Amrum wird das Segelboot von In-
vestor Sven Olufsen entdeckt; er selbst ist verschwunden. Ein
Fall für Mordermittler Hark Petersen? Eigentlich nicht, wären
da nicht diese merkwürdigen Spuren: Die Jolle scheint im
Meer mit einem Auto kollidiert zu sein. Schon auf dem Weg
zur Insel überschlagen sich für Petersen die Ereignisse und lassen keinen Zweifel daran, dass die Mordkommission hier gefragt ist. Immobiliengeschäfte jenseits von Moral, üppige
Erbschaften und Erpressung bieten ein breites Geflecht an Motiven. Doch die deutlichsten Spuren führen tief in die Vergangenheit. ISBN 978-3-7469-3583-6

Amrumer Familien-Erbe
Hark Petersens zweiter Fall

Der Amrumer Fahrradverleiher Peer Olufsen wird ermordet.
Sein Bruder Gunnar ist unauffindbar, doch auf der Tatwaffe
sind seine Fingerabdrücke. Für den Mordermittler Hark Petersen ist der einfältige, gutmütige Gunnar damit aber noch längst
nicht der Täter. Zumindest nicht er allein. Da kämen schon
eher Peers Schwester und die schönen Cousinen in Frage.
Oder ging es um geplante Bauprojekte? Und wer, zum Teufel,
tut hier so, als wäre der „Volvo-Mörder" zurück?

ISBN 978-3-7469-3592-8

Zeitfracht Medien GmbH
Ferdinand-Jühlke-Straße 7
99095 Erfurt, Deutschland
produktsicherheit@kolibri360.de